比较文学与世界文学 研究丛书

主编 曹顺庆

初编 第 **24** 册

西班牙语世界的巴尔加斯·略萨研究

吴 恙 著

花木兰文化事业有限公司

国家图书馆出版品预行编目资料

西班牙语世界的巴尔加斯·略萨研究／吴恙 著 —— 初版 —— 新
北市：花木兰文化事业有限公司，2022〔民 111〕
目 4+274 面；19×26 公分
（比较文学与世界文学研究丛书 初编 第 24 册）
ISBN 978-986-518-730-9（精装）
1.CST：巴尔加斯·略萨（Vargas Llosa, Jorge Mario Pedro, 1936- ）
2.CST：作家 3.CST：传记 4.CST：文学评论
5.CST：西班牙
810.8   110022071

ISBN-978-986-518-730-9

9 789865 187309

比较文学与世界文学研究丛书
初编　第二四册　　　　　　　ISBN：978-986-518-730-9

西班牙语世界的巴尔加斯·略萨研究

作　　者 吴 恙
主　　编 曹顺庆
企　　划 四川大学双一流学科暨比较文学研究基地
总 编 辑 杜洁祥
副总编辑 杨嘉乐
编辑主任 许郁翎
编　　辑 张雅淋、潘玟静、刘子瑄　美术编辑 陈逸婷
出　　版 花木兰文化事业有限公司
发 行 人 高小娟
联络地址 台湾 235 新北市中和区中安街七二号十三楼
　　　　　电话：02-2923-1455 ／ 传真：02-2923-1452
网　　址 http://www.huamulan.tw 信箱 service@huamulans.com
印　　刷 普罗文化出版广告事业
初　　版 2022 年 3 月
定　　价 初编 28 册（精装）台币 76,000 元　　　版权所有 请勿翻印

西班牙语世界的巴尔加斯·略萨研究

吴恙 著

作者简介

吴恙，女，汉族，1987 年 3 月出生。四川大学西班牙语系讲师，四川大学文学与新闻学院比较文学专业博士。中国比较文学学会、国际比较文学学会、中国西葡拉美研究分会成员。主要研究方向为比较文学、西班牙语美洲文学、文化。主持相关课题 5 项，出版专著 1 部，发表论文 10 余篇。

提　要

　　"西班牙语世界的巴尔加斯·略萨研究"是对面向西班牙语读者及学者群体的略萨研究的资料、视角、观点的整理呈现，也可以说是针对略萨（西语）研究学术史的研究。本书分为五大专题：中西研究发展概述；略萨生平研究；略萨作品研究；略萨思想研究以及略萨与拉丁美洲作家的比较研究。以异质性比较为总体出发点，在理解国内译介、批评研究的材料空缺和本土特点基础上，引介西班牙语世界略萨研究的成果，从历史发展及跨学科视角分析、比较国内外（中国与西班牙语世界）略萨研究的错位性和差异性。本书试图以回归原文本语境的方式重新认识诺贝尔文学奖作家巴尔加斯·略萨，从拉丁美洲（西班牙语）文学界的视角对略萨进行更直观的观察研究，也是为国内相关研究摆脱英美文学批评中心、束缚于英美学界对拉丁美洲文学的阐释过滤，从而造成文学误读、臆读的一次尝试。

比较文学的中国路径

曹顺庆

　　自德国作家歌德提出"世界文学"观念以来，比较文学已经走过近二百年。比较文学研究也历经欧洲阶段、美洲阶段而至亚洲阶段，并在每一阶段都形成了独具特色学科理论体系、研究方法、研究范围及研究对象。中国比较文学研究面对东西文明之间不断加深的交流和碰撞现况，立足中国之本，辩证吸纳四方之学，而有了如今欣欣向荣之景象，这套丛书可以说是应运而生。本丛书尝试以开放性、包容性分批出版中国比较文学学者研究成果，以观中国比较文学学术脉络、学术理念、学术话语、学术目标之概貌。

一、百年比较文学争讼之端——比较文学的定义

　　什么是比较文学？常识告诉我们：比较文学就是文学比较。然而当今中国比较文学教学实际情况却并非完全如此。长期以来，中国学术界对"什么是比较文学？"却一直说不清，道不明。这一最基本的问题，几乎成为学术界纠缠不清、莫衷一是的陷阱，存在着各种不同的看法。其中一些看法严重误导了广大学生！如果不辨析这些严重误导了广大学生的观点，是不负责任、问心有愧的。恰如《文心雕龙·序志》说"岂好辩哉，不得已也"，因此我不得不辩。

　　其中一个极为容易误导学生的说法，就是"比较文学不是文学比较"。目前，一些教科书郑重其事地指出：比较文学不是文学比较。认为把"比较"与"文学"联系在一起，很容易被人们理解为用比较的方法进行文学研究的意思。并进一步强调，比较文学并不等于文学比较，并非任何运用比较方法来进行的比较研究都是比较文学。这种误导学生的说法几乎成为一个定论，

一个基本常识，其实，这个看法是不完全准确的。

让我们来看看一些具体例证，请注意，我列举的例证，对事不对人，因而不提及具体的人名与书名，请大家理解。在 Y 教授主编的教材中，专门设有一节以"比较文学不是文学比较"为题的内容，其中指出"比较文学界面临的最大的困惑就是把'比较文学'误读为'文学比较'"，在高等院校进行比较文学课程教学时需要重点强调"比较文学不是文学比较"。W 教授主编的教材也称"比较文学不是文学的比较"，因为"不是所有用比较的方法来研究文学现象的都是比较文学"。L 教授在其所著教材专门谈到"比较文学不等于文学比较"，因为，"比较"已经远远超出了一般方法论的意义，而具有了跨国家与民族、跨学科的学科性质，认为将比较文学等同于文学比较是以偏概全的。"J 教授在其主编的教材中指出，"比较文学并不等于文学比较"，并以美国学派雷马克的比较文学定义为根据，论证比较文学的"比较"是有前提的，只有在地域观念上跨越打通国家的界限，在学科领域上跨越打通文学与其他学科的界限，进行的比较研究才是比较文学。在 W 教授主编的教材中，作者认为，"若把比较文学精神看作比较精神的话，就是犯了望文生义的错误，一百余年来，比较文学这个名称是名不副实的。"

从列举的以上教材我们可以看出，首先，它们在当下都仍然坚持"比较文学不是文学比较"这一并不完全符合整个比较文学学科发展事实的观点。如果认为一百余年来，比较文学这个名称是名不副实的，所有的比较文学都不是文学比较，那是大错特错！其次，值得注意的是，这些教材在相关叙述中各自的侧重点还并不相同，存在着不同程度、不同方面的分歧。这样一来，错误的观点下多样的谬误解释，加剧了学习者对比较文学学科性质的错误把握，使得学习者对比较文学的理解愈发困惑，十分不利于比较文学方法论的学习、也不利于比较文学学科的传承和发展。当今中国比较文学教材之所以普遍出现以上强作解释，不完全准确的教科书观点，根本原因还是没有仔细研究比较文学学科不同阶段之史实，甚至是根本不清楚比较文学不同阶段的学科史实的体现。

实际上，早期的比较文学"名"与"实"的确不相符合，这主要是指法国学派的学科理论，但是并不包括以后的美国学派及中国学派的学科理论，如果把所有阶段的学科理论一锅煮，是不妥当的。下面，我们就从比较文学学科发展的史实来论证这个问题。"比较文学不是文学比较""comparative literature is not literary comparison"，只是法国学派提出的比较文学口号，只是法国学派一派的主张，而不是整个比较文学学科的基本特征。我们不能够把这个阶段性的比较文学口号扩大化，甚至让其突破时空，用于描述比较文学所有的阶段和学派，更不能够使其"放之四海而皆准"。

法国学派提出"比较文学不是文学比较"，这个"比较"（comparison）是他们坚决反对的！为什么呢，因为他们要的不是文学"比较"（literary comparison），而是文学"关系"（literary relationship)，具体而言，他们主张比较文学是实证的国际文学关系，是不同国家文学的影响关系，influences of different literatures，而不是文学比较。

法国学派为什么要反对"比较"（comparison），这与比较文学第一次危机密切相关。比较文学刚刚在欧洲兴起时，难免泥沙俱下，乱比的情形不断出现，暴露了多种隐患和弊端，于是，其合法性遭到了学者们的质疑：究竟比较文学的科学性何在？意大利著名美学大师克罗齐认为，"比较"（comparison）是各个学科都可以应用的方法，所以，"比较"不能成为独立学科的基石。学术界对于比较文学公然的质疑与挑战，引起了欧洲比较文学学者的震撼，到底比较文学如何"比较"才能够避免"乱比"？如何才是科学的比较？

难能可贵的是，法国学者对于比较文学学科的科学性进行了深刻的的反思和探索，并提出了具体的应对的方法：法国学派采取壮士断臂的方式，砍掉"比较"（comparison），提出比较文学不是文学比较（comparative literature is not literary comparison），或者说砍掉了没有影响关系的平行比较，总结出了只注重文学关系（literary relationship）的影响（influences）研究方法论。法国学派的创建者之一基亚指出，比较文学并不是比较。比较不过是一门名字没取好的学科所运用的一种方法……企图对它的性质下一个严格的定义可能是徒劳的。基亚认为：比较文学不是平行比较，而仅仅是文学关系史。以"文学关系"为比较文学研究的正宗。为什么法国学派要反对比较？或者说为什么法国学派要提出"比较文学不是文学比较"，因为法国学派认为"比较"（comparison）实际上是乱比的根源，或者说"比较"是没有可比性的。正如巴登斯佩哲指出："仅仅对两个不同的对象同时看上一眼就作比较，仅仅靠记忆和印象的拼凑，靠一些主观臆想把可能游移不定的东西扯在一起来找点类似点，这样的比较决不可能产生论证的明晰性"。所以必须抛弃"比较"。只承认基于科学的历史实证主义之上的文学影响关系研究（based on scientificity and positivism and literary influences.）。法国学派的代表学者卡雷指出：比较文学是实证性的关系研究："比较文学是文学史的一个分支：它研究拜伦与普希金、歌德与卡莱尔、瓦尔特·司各特与维尼之间，在属于一种以上文学背景的不同作品、不同构思以及不同作家的生平之间所曾存在过的跨国度的精神交往与实际联系。"正因为法国学者善于独辟蹊径，敢于提出"比较文学不是文学比较"，甚至完全抛弃比较（comparison），以防止"乱比"，才形成了一套建立在"科学"实证性为基础的、以影响关系为特征的"不比较"的比较文学学科理论体系，这终于挡住了克罗齐等人对比较文学"乱比"的批判，形成了以"科学"实证为特征的文学影响关系研究，确立了法国学派的学科理论和一整套方法论体系。当然，法国学派悍然砍掉比较研究，又不放弃"比较文学"这个名称，于是不可避免地出现了比较文学名不副实的尴尬现象，出现了打着比较文学名号，而又不比较的法国学派学科理论，这才是问题的关键。

当然，法国学派提出"比较文学不是文学比较"，只注重实证关系而不注重文学比较和文学审美，必然会引起比较文学的危机。这一危机终于由美国著名比较文学家韦勒克（René Wellek）在 1958 年国际比较文学协会第二次大会上明确揭示出来了。在这届年会上，韦勒克作了题为《比较文学的危机》的挑战性发言，对"不比较"的法国学派进行了猛烈批判，宣告了倡导平行比较和注重文学审美的比较文学美国学派的诞生。韦勒克作了题为《比较文学的危机》的挑战性发言，对当时一统天下的法国学派进行了猛烈批判，宣告了比较文学美国学派的诞生。韦勒克说："我认为，内容和方法之间的人为界线，渊源和影响的机械主义概念，以及尽管是十分慷慨的但仍属文化民族主义的动机，是比较文学研究中持久危机的症状。"韦勒克指出："比较也不能仅仅局限在历史上的事实联系中，正如最近语言学家的经验向文学研究者表明的那样，比较的价值既存在于事实联系的影响研究中，也存在于毫无历史关系的语言现象或类型的平等对比中。"很明显，韦勒克提出了比较文学就是要比较（comparison），就是要恢复巴登斯佩哲所讽刺和抛弃的"找点类似点"的平行比较研究。美国著名比较文学家雷马克（Henry Remak）在他的著名论文《比较文学的定义与功用》中深刻地分析了法国学派为什么放弃"比较"（comparison）的原因和本质。他分析说："法国比较文学否定'纯粹'的比较（comparison），它忠实于十九世纪实证主义学术研究的传统，即实证主义所坚持并热切期望的文学研究的'科学性'。按照这种观点,纯粹的类比不会得出任何结论,尤其是不能得出有更大意义的、系统的、概括性的结论。……既然值得尊重的科学必须致力于因果关系的探索,而比较文学必须具有科学性,因此,比较文学应该研究因果关系,即影响、交流、变更等。"雷马克进一步尖锐地指出,"比较文学"不是"影响文学"。只讲影响不要比较的"比较文学",当然是名不副实的。显然,法国学派抛弃了"比较"(comparison),但是仍然带着一顶"比较文学"的帽子,才造成了比较文学"名"与"实"不相符合,造成比较文学不比较的尴尬,这才是问题的关键。

美国学派最大的贡献,是恢复了被法国学派所抛弃的比较文学应有的本义——"比较"(The American school went back to the original sense of comparative literature ——"comparison"),美国学派提出了标志其学派学科理论体系的平行比较和跨学科比较:"比较文学是一国文学与另一国或多国文学的比较,是文学与人类其他表现领域的比较。"显然,自从美国学派倡导比较文学应当比较(comparison)以后,比较文学就不再有名与实不相符合的问题了,我们就不应当再继续笼统地说"比较文学不是文学比较"了,不应当再以"比较文学不是文学比较"来误导学生!更不可以说"一百余年来,比较文学这个名称是名不副实的。"不能够将雷马克的观点也强行解释为"比较文学不是比较"。因为在美国学派看来,比较文学就是要比较(comparison)。比较文学就是要恢复被巴登斯佩哲所讽刺和抛弃的"找点类似点"的平行比较研究。因为平行研究的可比性,正是类同性。正如韦勒克所说,"比较的价值既存在于事实联系的影响研究中,也存在于毫无历史关系的语言现象或类型的平等对比中。"恢复平行比较研究、跨学科研究,形成了以"找点类似点"的平行研究和跨学科研究为特征的比较文学美国学派学科理论和方法论体系。美国学派的学科理论以"类型学"、"比较诗学"、"跨学科比较"为主,并拓展原属于影响研究的"主题学"、"文类学"等领域,大大扩展比较文学研究领域。

二、比较文学的三个阶段

下面,我们从比较文学的三个学科理论阶段,进一步剖析比较文学不同阶段的学科理论特征。现代意义上的比较文学学科发展以"跨越"与"沟通"为目标,形成了类似"层叠"式、"涟漪"式的发展模式,经历了三个重要的学科理论阶段,即:

一、欧洲阶段，比较文学的成形期；二、美洲阶段，比较文学的转型期；三、亚洲阶段，比较文学的拓展期。我们将比较文学三个阶段的发展称之为"涟漪式"结构，实际上是揭示了比较文学学科理论的继承与创新的辩证关系：比较文学学科理论的发展，不是以新的理论否定和取代先前的理论，而是层叠、累进式地形成"涟漪"式的包容性发展模式，逐步积累推进。比较文学学科理论发展呈现为层叠式、"涟漪"式、包容式的发展模式。我们把这个模式描绘如下：

法国学派主张比较文学是国际文学关系，是不同国家文学的影响关系。形成学科理论第一圈层：比较文学——影响研究；美国学派主张恢复平行比较，形成学科理论第二圈层：比较文学——影响研究＋平行研究＋跨学科研究；中国学派提出跨文明研究和变异研究，形成学科理论第三圈层：比较文学——影响研究＋平行研究＋跨学科研究＋跨文明研究＋变异研究。这三个圈层并不互相排斥和否定，而是继承和包容。我们将比较文学三个阶段的发展称之为层叠式、"涟漪"式、包容式结构，实际上是揭示了比较文学学科理论的继承与创新的辩证关系。

法国学派提出，可比性的第一个立足点是同源性，由关系构成的同源性。同源性主要是针对影响关系研究而言的。法国学派将同源性视作可比性的核心，认为影响研究的可比性是同源性。所谓同源性，指的是通过对不同国家、不同民族和不同语言的文学的文学关系研究，寻求一种有事实联系的同源关系，这种影响的同源关系可以通过直接、具体的材料得以证实。同源性往往建立在一条可追溯关系的三点一线的"影响路线"之上，这条路线由发送者、接受者和传递者三部分构成。如果没有相同的源流，也就不可能有影响关系，也就谈不上可比性，这就是"同源性"。以渊源学、流传学和媒介学作为研究的中心，依靠具体的事实材料在国别文学之间寻求主题、题材、文体、原型、思想渊源等方面的同源影响关系。注重事实性的关联和渊源性的影响，并采用严谨的实证方法，重视对史料的搜集和求证，具有重要的学术价值与学术意义，仍然具有广阔的研究前景。渊源学的例子：杨宪益，《西方十四行诗的渊源》。

比较文学学科理论的第二阶段在美洲，第二阶段是比较文学学科理论的转型期。从 20 世纪 60 年代以来，比较文学研究的主要阵地逐渐从法国转向美国，平行研究的可比性是什么？是类同性。类同性是指是没有文学影响关系的不同国家文学所表现出的相似和契合之处。以类同性为基本立足点的平行研究与影响研究一样都是超出国界的文学研究，但它不涉及影响关系研究的放送、流传、媒介等问题。平行研究强调不同国家的作家、作品、文学现象的类同比较，比较结果是总结出于文学作品的美学价值及文学发展具有规律性的东西。其比较必须具有可比性，这个可比性就是类同性。研究文学中类同的：风格、结构、内容、形式、流派、情节、技巧、手法、情调、形象、主题、文类、文学思潮、文学理论、文学规律。例如钱钟书《通感》认为，中国诗文有一种描写手法，古代批评家和修辞学家似乎都没有拈出。宋祁《玉楼春》词有句名句："红杏枝头春意闹。"这与西方的通感描写手法可以比较。

比较文学的又一次危机：比较文学的死亡

九十年代，欧美学者提出，比较文学作为一门学科已经死亡！最早是英国学者苏珊·巴斯奈特 1993 年她在《比较文学》一书中提出了比较文学的死亡论，认为比较文学作为一门学科，在某种意义上已经死亡。尔后，美国学者斯皮瓦克写了一部比较文学专著，书名就叫《一个学科的死亡》。为什么比较文学会死亡，斯皮瓦克的书中并没有明确回答！为什么西方学者会提出比较文学死亡论？全世界比较文学界都十分困惑。我们认为，20 世纪 90 年代以来，欧美比较文学继"理论热"之后，又出现了大规模的"文化转向"。脱离了比较文学的基本立场。首先是不比较，即不讲比较文学的可比性问题。西方比较文学研究充斥大量的 Culture Studies（文化研究），已经不考虑比较的合理性，不考虑比较文学的可比性问题。第二是不文学，即不关心文学问题。西方学者热衷于文化研究，关注的已经不是文学性，而是精神分析、政治、性别、阶级、结构等等。最根本的原因，是比较文学学科长期囿于西方中心论，有意无意地回避东西方不同文明文学的比较问题，基本上忽略了学科理论的新生长点，比较文学学科理论缺乏创新，严重忽略了比较文学的差异性和变异性。

要克服比较文学的又一次危机，就必须打破西方中心论，克服比较文学学科理论一味求同的比较文学学科理论模式，提出适应当今全球化比较文学研究的新话语。中国学派，正是在此次危机中，提出了比较文学变异学研究，总结出了新的学科理论话语和一套新的方法论。

中国大陆第一部比较文学概论性著作是卢康华、孙景尧所著《比较文学导论》，该书指出："什么是比较文学？现在我们可以借用我国学者季羡林先生的解释来回答了:'顾名思义,比较文学就是把不同国家的文学拿出来比较,这可以说是狭义的比较文学。广义的比较文学是把文学同其他学科来比较,包括人文科学和社会科学'。"[1]这个定义可以说是美国雷马克定义的翻版。不过,该书又接着指出:"我们认为最精炼易记的还是我国学者钱钟书先生的说法:'比较文学作为一门专门学科,则专指跨越国界和语言界限的文学比较'。更具体地说,就是把不同国家不同语言的文学现象放在一起进行比较,研究他们在文艺理论、文学思潮,具体作家、作品之间的互相影响。"[2]这个定义似乎更接近法国学派的定义,没有强调平行比较与跨学科比较。紧接该书之后的教材是陈挺的《比较文学简编》,该书仍旧以"广义"与"狭义"来解释比较文学的定义,指出:"我们认为,通常说的比较文学是狭义的,即指超越国家、民族和语言界限的文学研究……广义的比较文学还可以包括文学与其他艺术(音乐、绘画等)与其他意识形态(历史、哲学、政治、宗教等)之间的相互关系的研究。"[3]中国比较文学早期对于比较文学的定义中凸显了很强的不确定性。

由乐黛云主编,高等教育出版社 1988 年的《中西比较文学教程》,则对比较文学定义有了较为深入的认识,该书在详细考查了中外不同的定义之后,该书指出:"比较文学不应受到语言、民族、国家、学科等限制,而要走向一种开放性,力图寻求世界文学发展的共同规律。"[4]"世界文学"概念的纳入极大拓宽了比较文学的内涵,为"跨文化"定义特征的提出做好了铺垫。

随着时间的推移,学界的认识逐步深化。1997 年,陈惇、孙景尧、谢天振主编的《比较文学》提出了自己的定义:"把比较文学看作跨民族、跨语言、跨文化、跨学科的文学研究,更符合比较文学的实质,更能反映现阶段人们对于比较文学的认识。"[5]2000 年北京师范大学出版社出版了《比较文学概论》修订本,提出:"什么是比较文学呢?比较文学是一种开放式的文学研究,它具有宏观的视野和国际的角度,以跨民族、跨语言、跨文化、跨学科界限的各种文学关系为研究对象,在理论和方法上,具有比较的自觉意识和兼容并包的特色。"[6]这是我们目前所看到的国内较有特色的一个定义。

1 卢康华、孙景尧著《比较文学导论》,黑龙江人民出版社 1984,第 15 页。
2 卢康华、孙景尧著《比较文学导论》,黑龙江人民出版社 1984 年版。
3 陈挺《比较文学简编》,华东师范大学出版社 1986 年版。
4 乐黛云主编《中西比较文学教程》,高等教育出版社 1988 年版。
5 陈惇、孙景尧、谢天振主编《比较文学》,高等教育出版社 1997 年版。
6 陈惇、刘象愚《比较文学概论》,北京师范大学出版社 2000 年版。

具有代表性的比较文学定义是 2002 年出版的杨乃乔主编的《比较文学概论》一书，该书的定义如下："比较文学是以跨民族、跨语言、跨文化与跨学科为比较视域而展开的研究，在学科的成立上以研究主体的比较视域为安身立命的本体，因此强调研究主体的定位，同时比较文学把学科的研究客体定位于民族文学之间与文学及其他学科之间的三种关系：材料事实关系、美学价值关系与学科交叉关系，并在开放与多元的文学研究中追寻体系化的汇通。"[7]方汉文则认为："比较文学作为文学研究的一个分支学科，它以理解不同文化体系和不同学科间的同一性和差异性的辩证思维为主导，对那些跨越了民族、语言、文化体系和学科界限的文学现象进行比较研究，以寻求人类文学发生和发展的相似性和规律性。"[8]由此而引申出的"跨文化"成为中国比较文学学者对于比较文学定义所做出的历史性贡献。

我在《比较文学教程》中对比较文学定义表述如下："比较文学是以世界性眼光和胸怀来从事不同国家、不同文明和不同学科之间的跨越式文学比较研究。它主要研究各种跨越中文学的同源性、变异性、类同性、异质性和互补性，以影响研究、变异研究、平行研究、跨学科研究、总体文学研究为基本方法论，其目的在于以世界性眼光来总结文学规律和文学特性，加强世界文学的相互了解与整合，推动世界文学的发展。"[9]在这一定义中，我再次重申"跨国""跨学科""跨文明"三大特征，以"变异性""异质性"突破东西文明之间的"第三堵墙"。

"首在审己，亦必知人"。中国比较文学学者在前人定义的不断论争中反观自身，立足中国经验、学术传统，以中国学者之言为比较文学的危机处境贡献学科转机之道。

三、两岸共建比较文学话语——比较文学中国学派

中国学者对于比较文学定义的不断明确也促成了"比较文学中国学派"的生发。得益于两岸几代学者的垦拓耕耘，这一议题成为近五十年来中国比较文学发展中竖起的最鲜明、最具争议性的一杆大旗，同时也是中国比较文学学科理论研究最有创新性，最亮丽的一道风景线。

---

7 杨乃乔主编《比较文学概论》，北京大学出版社 2002 年版。
8 方汉文《比较文学基本原理》，苏州大学出版社 2002 年版。
9 曹顺庆《比较文学教程》，高等教育出版社 2006 年版。

比较文学"中国学派"这一概念所蕴含的理论的自觉意识最早出现的时间大约是 20 世纪 70 年代。当时的台湾由于派出学生留洋学习，接触到大量的比较文学学术动态，率先掀起了中外文学比较的热潮。1971 年 7 月在台湾淡江大学召开的第一届"国际比较文学会议"上，朱立元、颜元叔、叶维廉、胡辉恒等学者在会议期间提出了比较文学的"中国学派"这一学术构想。同时，李达三、陈鹏翔（陈慧桦）、古添洪等致力于比较文学中国学派早期的理论催生。如 1976 年，古添洪、陈慧桦出版了台湾比较文学论文集《比较文学的垦拓在台湾》。编者在该书的序言中明确提出："我们不妨大胆宣言说，这援用西方文学理论与方法并加以考验、调整以用之于中国文学的研究，是比较文学中的中国派"[10]。这是关于比较文学中国学派较早的说明性文字，尽管其中提到的研究方法过于强调西方理论的普世性，而遭到美国和中国大陆比较文学学者的批评和否定；但这毕竟是第一次从定义和研究方法上对中国学派的本质进行了系统论述，具有开拓和启明的作用。后来，陈鹏翔又在台湾《中外文学》杂志上连续发表相关文章，对自己提出的观点作了进一步的阐释和补充。

在"中国学派"刚刚起步之际，美国学者李达三起到了启蒙、催生的作用。李达三于 60 年代来华在台湾任教，为中国比较文学培养了一批朝气蓬勃的生力军。1977 年 10 月，李达三在《中外文学》6 卷 5 期上发表了一篇宣言式的文章《比较文学中国学派》，宣告了比较文学的中国学派的建立，并认为比较文学中国学派旨在"与比较文学中早已定于一尊的西方思想模式分庭抗礼。由于这些观念是源自对中国文学及比较文学有兴趣的学者，我们就将含有这些观念的学者统称为比较文学的'中国'学派。"并指出中国学派的三个目标：1、在自己本国的文学中，无论是理论方面或实践方面，找出特具"民族性"的东西，加以发扬光大，以充实世界文学；2、推展非西方国家"地区性"的文学运动，同时认为西方文学仅是众多文学表达方式之一而已；3、做一个非西方国家的发言人，同时并不自诩能代表所有其他非西方的国家。李达三后来又撰文对比较文学研究状况进行了分析研究，积极推动中国学派的理论建设。[11]

继中国台湾学者垦拓之功，在 20 世纪 70 年代末复苏的大陆比较文学研

---

10 古添洪、陈慧桦《比较文学的垦拓在台湾》，台湾东大图书公司 1976 年版。
11 李达三《比较文学研究之新方向》，台湾联经事业出版公司 1978 年版。

究亦积极参与了"比较文学中国学派"的理论建设和学科建设。

季羡林先生 1982 年在《比较文学译文集》的序言中指出："以我们东方文学基础之雄厚，历史之悠久，我们中国文学在其中更占有独特的地位，只要我们肯努力学习，认真钻研，比较文学中国学派必然能建立起来，而且日益发扬光大"[12]。1983 年 6 月，在天津召开的新中国第一次比较文学学术会议上，朱维之先生作了题为《比较文学中国学派的回顾与展望》的报告，在报告中他旗帜鲜明地说："比较文学中国学派的形成（不是建立）已经有了长远的源流，前人已经做出了很多成绩，颇具特色，而且兼有法、美、苏学派的特点。因此，中国学派绝不是欧美学派的尾巴或补充"[13]。1984 年，卢康华、孙景尧在《比较文学导论》中对如何建立比较文学中国学派提出了自己的看法，认为应当以马克思主义作为自己的理论基础，以我国的优秀传统与民族特色为立足点与出发点，汲取古今中外一切有用的营养，去努力发展中国的比较文学研究。同年在《中国比较文学》创刊号上，朱维之、方重、唐弢、杨周翰等人认为中国的比较文学研究应该保持不同于西方的民族特点和独立风貌。1985 年，黄宝生发表《建立比较文学的中国学派：读〈中国比较文学〉创刊号》，认为《中国比较文学》创刊号上多篇讨论比较文学中国学派的论文标志着大陆对比较文学中国学派的探讨进入了实际操作阶段。[14]1988 年，远浩一提出"比较文学是跨文化的文学研究"（载《中国比较文学》1988 年第 3 期）。这是对比较文学中国学派在理论特征和方法论体系上的一次前瞻。同年，杨周翰先生发表题为"比较文学：界定'中国学派'，危机与前提"（载《中国比较文学通讯》1988 年第 2 期），认为东方文学之间的比较研究应当成为"中国学派"的特色。这不仅打破比较文学中的欧洲中心论，而且也是东方比较学者责无旁贷的任务。此外，国内少数民族文学的比较研究，也应该成为"中国学派"的一个组成部分。所以，杨先生认为比较文学中的大量问题和学派问题并不矛盾，相反有助于理论的讨论。1990 年，远浩一发表"关于'中国学派'"（载《中国比较文学》1990 年第 1 期），进一步推进了"中国学派"的研究。此后直到 20 世纪 90 年代末，中国学者就比较文学中国学派的建立、理论与方法以及相应的学科理论等诸多问题进行了积极而富有成效的探讨。

12 张隆溪《比较文学译文集》，北京大学出版社 1984 年版。
13 朱维之《比较文学论文集》，南开大学出版社 1984 年版。
14 参见《世界文学》1985 年第 5 期。

刘介民、远浩一、孙景尧、谢天振、陈淳、刘象愚、杜卫等人都对这些问题付出过不少努力。《暨南学报》1991 年第 3 期发表了一组笔谈,大家就这个问题提出了意见,认为必须打破比较文学研究中长期存在的法美研究模式,建立比较文学中国学派的任务已经迫在眉睫。王富仁在《学术月刊》1991 年第 4 期上发表"论比较文学的中国学派问题",论述中国学派兴起的必然性。而后,以谢天振等学者为代表的比较文学研究界展开了对"X+Y"模式的批判。比较文学在大陆复兴之后,一些研究者采取了"X+Y"式的比附研究的模式,在发现了"惊人的相似"之后便万事大吉,而不注意中西巨大的文化差异性,成为了浅度的比附性研究。这种情况的出现,不仅是中国学者对比较文学的理解上出了问题,也是由于法美学派研究理论中长期存在的研究模式的影响,一些学者并没有深思中国与西方文学背后巨大的文明差异性,因而形成"X+Y"的研究模式,这更促使一些学者思考比较文学中国学派的问题。

经过学者们的共同努力,比较文学中国学派一些初步的特征和方法论体系逐渐凸显出来。1995 年,我在《中国比较文学》第 1 期上发表《比较文学中国学派基本理论特征及其方法论体系初探》一文,对比较文学在中国复兴十余年来的发展成果作了总结,并在此基础上总结出中国学派的理论特征和方法论体系,对比较文学中国学派作了全方位的阐述。继该文之后,我又发表了《跨越第三堵'墙'创建比较文学中国学派理论体系》等系列论文,论述了以跨文化研究为核心的"中国学派"的基本理论特征及其方法论体系。这些学术论文发表之后在国内外比较文学界引起了较大的反响。台湾著名比较文学学者古添洪认为该文"体大思精,可谓已综合了台湾与大陆两地比较文学中国学派的策略与指归,实可作为'中国学派'在大陆再出发与实践的蓝图"[15]。

在我撰文提出比较文学中国学派的基本特征及方法论体系之后,关于中国学派的论争热潮日益高涨。反对者如前国际比较文学学会会长佛克马(Douwe Fokkema)1987 年在中国比较文学学会第二届学术讨论会上就从所谓的国际观点出发对比较文学中国学派的合法性提出了质疑,并坚定地反对建立比较文学中国学派。来自国际的观点并没有让中国学者失去建立比较文学中国学派的热忱。很快中国学者智量先生就在《文艺理论研究》1988 年第

---

15 古添洪《中国学派与台湾比较文学界的当前走向》,参见黄维梁编《中国比较文学理论的垦拓》167 页,北京大学出版社 1998 年版。

1 期上发表题为《比较文学在中国》一文，文中援引中国比较文学研究取得的成就，为中国学派辩护，认为中国比较文学研究成绩和特色显著，尤其在研究方法上足以与比较文学研究历史上的其他学派相提并论，建立中国学派只会是一个有益的举动。1991 年，孙景尧先生在《文学评论》第 2 期上发表《为"中国学派"一辩》，孙先生认为佛克马所谓的国际主义观点实质上是"欧洲中心主义"的观点，而"中国学派"的提出，正是为了清除东西方文学与比较文学学科史中形成的"欧洲中心主义"。在 1993 年美国印第安纳大学举行的全美比较文学会议上，李达三仍然坚定地认为建立中国学派是有益的。二十年之后，佛克马教授修正了自己的看法，在 2007 年 4 月的"跨文明对话——国际学术研讨会（成都）"上，佛克马教授公开表示欣赏建立比较文学中国学派的想法[16]。即使学派争议一派繁荣景象，但最终仍旧需要落点于学术创见与成果之上。

比较文学变异学便是中国学派的一个重要理论创获。2005 年，我正式在《比较文学学》[17]中提出比较文学变异学，提出比较文学研究应该从"求同"思维中走出来，从"变异"的角度出发，拓宽比较文学的研究。通过前述的法、美学派学科理论的梳理，我们也可以发现前期比较文学学科是缺乏"变异性"研究的。我便从建构中国比较文学学科理论话语体系入手，立足《周易》的"变异"思想，建构起"比较文学变异学"新话语，力图以中国学者的视角为全世界比较文学学科理论提供一个新视角、新方法和新理论。

比较文学变异学的提出根植于中国哲学的深层内涵，如《周易》之"易之三名"所构建的"变易、简易、不易"三位一体的思辨意蕴与意义生成系统。具体而言，"变易"乃四时更替、五行运转、气象畅通、生生不息；"不易"乃天上地下、君南臣北、纲举目张、尊卑有位；"简易"则是乾以易知、坤以简能、易则易知、简则易从。显然，在这个意义结构系统中，变易强调"变"，不易强调"不变"，简易强调变与不变之间的基本关联。万物有所变，有所不变，且变与不变之间存在简单易从之规律，这是一种思辨式的变异模式，这种变异思维的理论特征就是：天人合一、物我不分、对立转化、整体关联。这是中国古代哲学最重要的认识论，也是与西方哲学所不同的"变异"思想。

---

16 见《比较文学报》2007 年 5 月 30 日，总第 43 期。
17 曹顺庆《比较文学学》，四川大学出版社 2005 年版。

由哲学思想衍生于学科理论，比较文学变异学是"指对不同国家、不同文明的文学现象在影响交流中呈现出的变异状态的研究，以及对不同国家、不同文明的文学相互阐发中出现的变异状态的研究。通过研究文学现象在影响交流以及相互阐发中呈现的变异，探究比较文学变异的规律。"[18]变异学理论的重点在求"异"的可比性，研究范围包含跨国变异研究、跨语际变异研究、跨文化变异研究、跨文明变异研究、文学的他国化研究等方面。比较文学变异学所发现的文化创新规律、文学创新路径是基于中国所特有的术语、概念和言说体系之上探索出的"中国话语"，作为比较文学第三阶段中国学派的代表性理论已经受到了国际学界的广泛关注与高度评价，中国学术话语产生了世界性影响。

四、国际视野中的中国比较文学

文明之墙让中国比较文学学者所提出的标识性概念获得国际视野的接纳、理解、认同以及运用，经历了跨语言、跨文化、跨文明的多重关卡，国际视野下的中国比较文学书写亦经历了一个从"遍寻无迹""只言片语"而"专篇专论"，从最初的"话语乌托邦"至"阶段性贡献"的过程。

二十世纪六十年代以来港台学者致力于从课程教学、学术平台、人才培养，国内外学术合作等方面巩固比较文学这一新兴学科的建立基石，如淡江文理学院英文系开设的"比较文学"（1966），香港大学开设的"中西文学关系"（1966）等课程；台湾大学外文系主编出版之《中外文学》月刊、淡江大学出版之《淡江评论》季刊等比较文学研究专刊；后又有台湾比较文学学会（1973 年）、香港比较文学学会（1978）的成立。在这一系列的学术环境构建下，学者前贤以"中国学派"为中国比较文学话语核心在国际比较文学学科理论、方法论中持续探讨，率先启声。例如李达三在 1980 年香港举办的东西方比较文学学术研讨会成果中选取了七篇代表性文章，以 *Chinese-Western Comparative Literature: Theory and Strategy* 为题集结出版，[19]并在其结语中附上那篇"中国学派"宣言文章以申明中国比较文学建立之必要。

学科开山之际，艰难险阻之巨难以想象，但从国际学者相关言论中可见西方对于中国比较文学学科的发展抱有的希望渺小。厄尔·迈纳（Earl Miner）

---

18 曹顺庆主编《比较文学概论》，高等教育出版社 2015 年版。
19 *Chinese-Western Comparative Literature：Theory & Strategy*, Chinese Univ Pr.1980-6

在 1987 年发表的 *Some Theoretical and Methodological Topics for Comparative Literature* 一文中谈到当时西方的比较文学鲜有学者试图将非西方材料纳入西方的比较文学研究中。(until recently there has been little effort to incorporate non-Western evidence into Western com- parative study.) 1992 年，斯坦福大学教授 David Palumbo-Liu 直接以《话语的乌托邦：论中国比较文学的不可能性》为题 (*The Utopias of Discourse: On the Impossibility of Chinese Comparative Literature*) 直言中国比较文学本质上是一项"乌托邦"工程。(My main goal will be to show how and why the task of Chinese comparative literature, particularly of pre-modern literature, is essentially a *utopian* project.) 这些对于中国比较文学的诘难与质疑，今美国加州大学圣地亚哥分校文学系主任张英进教授在其 1998 编著的 *China in a polycentric world: essays in Chinese comparative literature* 前言中也不得不承认中国比较文学研究在国际学术界中仍然处丁边缘地位 (The fact is, however, that Chinese comparative literature remained marginal in academia, even though it has developed closely with the rest of literary studies in the United Stated and even though China has gained increasing importance in the geopolitical world order over the past decades.)。[20] 但张英进教授也展望了下一个千年中国比较文学研究的蓝景。

新的千年新的气象，"世界文学""全球化"等概念的冲击下，让西方学者开始注意到东方，注意到中国。如普渡大学教授斯蒂文·托托西 (Tötösy de Zepetnek, Steven) 1999 年发长文 *From Comparative Literature Today Toward Comparative Cultural Studies* 阐明比较文学研究更应该注重文化的全球性、多元性、平等性而杜绝等级划分的参与。托托西教授注意到了在法德美所谓传统的比较文学研究重镇之外，例如中国、日本、巴西、阿根廷、墨西哥、西班牙、葡萄牙、意大利、希腊等地区，比较文学学科得到了出乎意料的发展 (emerging and developing strongly)。在这篇文章中，托托西教授列举了世界各地比较文学研究成果的著作，其中中国地区便是北京大学乐黛云先生出版的代表作品。托托西教授精通多国语言，研究视野也常具跨越性，新世纪以来也致力于以跨越性的视野关注世界各地比较文学研究的动向。[21]

---

20 Moran T . Yingjin Zhang, Ed. China in a Polycentric World: Essays in Chinese Comparative Literature[J].现代中文文学学报,2000,4(1):161-165.

21 Tötösy de Zepetnek, Steven. "From Comparative Literature Today Toward Comparative Cultural Studies." CLCWeb: Comparative Literature and Culture 1.3 (1999):

　　以上这些国际上不同学者的声音一则质疑中国比较文学建设的可能性，一则观望着这一学科在非西方国家的复兴样态。争议的声音不仅在国际学界，国内学界对于这一新兴学科的全局框架中涉及的理论、方法以及学科本身的立足点，例如前文所说的比较文学的定义，中国学派等等都处于持久论辩的漩涡。我们也通晓如果一直处于争议的漩涡中，便会被漩涡所吞噬，只有将论辩化为成果，才能转漩涡为涟漪，一圈一圈向外辐射，国际学人也在等待中国学者自己的声音。

　　上海交通大学王宁教授作为中国比较文学学者的国际发声者自 20 世纪末至今已撰文百余篇，他直言，全球化给西方学者带来了学科死亡论，但是中国比较文学必将在这全球化语境中更为兴盛，中国的比较文学学者一定会对国际文学研究做出更大的贡献。新世纪以来中国学者也不断地将自身的学科思考成果呈现在世界之前。2000 年，北京大学周小仪教授发文（*Comparative Literature in China*）[22]率先从学科史角度构建了中国比较文学在两个时期（20世纪 20 年代至 50 年代，70 年代至 90 年代）的发展概貌，此文关于中国比较文学的复兴崛起是源自中国文学现代性的产生这一观点对美国芝加哥大学教授苏源熙（Haun Saussy）影响较深。苏源熙在 2006 年的专著 *Comparative Literature in an Age of Globalization* 中对于中国比较文学的讨论篇幅极少，其中心便是重申比较文学与中国文学现代性的联系。这篇文章也被哈佛大学教授大卫·达姆罗什（David Damrosch）收录于《普林斯顿比较文学资料手册》（*The Princeton Sourcebook in Comparative Literature*，2009[23]）。类似的学科史介绍在英语世界与法语世界都接续出现，以上大致反映了中国学者对于中国比较文学研究的大概描述在西学界的接受情况。学科史的构架对于国际学术对中国比较文学发展脉络的把握很有必要，但是在此基础上的学科理论实践才是关系于中国比较文学学科国际性发展的根本方向。

　　我在 20 世纪 80 年代以来 40 余年间便一直思考比较文学研究的理论构建问题，从以西方理论阐释中国文学而造成的中国文艺理论"失语症"思考

22　Zhou, Xiaoyi and Q.S. Tong, "Comparative Literature in China", Comparative Literature and Comparative Cultural Studies, ed., Totosy de Zepetnek, West Lafayette, Indiana: Purdue University Press, 2003, 268-283.

23　Damrosch, David (EDT)*The Princeton Sourcebook in Comparative Literature*: Princeton University Press

属于中国比较文学自身的学科方法论，从跨异质文化中产生的"文学误读""文化过滤""文学他国化"提出"比较文学变异学"理论。历经 10 年的不断思考，2013 年，我的英文著作：*The Variation Theory of Comparative Literature*（《比较文学变异学》），由全球著名的出版社之一斯普林格（Springer）出版社出版，并在美国纽约、英国伦敦、德国海德堡出版同时发行。*The Variation Theory of Comparative Literature*（《比较文学变异学》）系统地梳理了比较文学法国学派与美国学派研究范式的特点及局限，首次以全球通用的英语语言提出了中国比较文学学科理论新话语："比较文学变异学"。这一新概念、新范畴和新表述，引导国际学术界展开了对变异学的专刊研究（如普渡大学创办刊物《比较文学与文化》2017 年 19 期）和讨论。

欧洲科学院院士、西班牙圣地亚哥联合大学让·莫内讲席教授、比较文学系教授塞萨尔·多明戈斯教授（Cesar Dominguez），及美国科学院院士、芝加哥大学比较文学教授苏源熙（Haun Saussy）等学者合著的比较文学专著（Introducing Comparative literature: New Trends and Applications[24]）高度评价了比较文学变异学。苏源熙引用了《比较文学变异学》（英文版）中的部分内容，阐明比较文学变异学是十分重要的成果。与比较文学法国学派和美国学派形成对比，曹顺庆教授倡导第三阶段理论，即，新奇的、科学的中国学派的模式，以及具有中国学派本身的研究方法的理论创新与中国学派"（《比较文学变异学》（英文版）第 43 页）。通过对"中西文化异质性的"跨文明研究"，曹顺庆教授的看法会更进一步的发展与进步（《比较文学变异学》（英文版）第 43 页），这对于中国文学理论的转化和西方文学理论的意义具有十分重要的价值。（"Another important contribution in the direction of an imparative comparative literature-at least as procedure-is Cao Shunqing's 2013 *The Variation Theory of Comparative Literature*. In contrast to the "French School" and "American School" of comparative Literature, Cao advocates a "third-phrase theory", namely, "a novel and scientific mode of the Chinese school," a "theoretical innovation and systematization of the Chinese school by relying on our *own* methods" (*Variation Theory* 43; emphasis added). From this etic beginning, his proposal moves forward emically by developing a "cross-civilizaional study on the heterogeneity between

---

24 Cesar Dominguez,Haun Saussy,Dario Villanueva Introducing Comparative literature: New Trends and Applications，Routledge,2015

Chinese and Western culture" (43), which results in both the foreignization of Chinese literary theories and the Signification of Western literary theories.)

法国索邦大学（Sorbonne University）比较文学系主任伯纳德·弗朗科（Bernard Franco）教授在他出版的专著（《比较文学：历史、范畴与方法》）*La littératurecomparée: Histoire, domaines, méthodes* 中以专节引述变异学理论，他认为曹顺庆教授提出了区别于影响研究与平行研究的"第三条路"，即"变异理论"，这对应于观点的转变，从"跨文化研究"到"跨文明研究"。变异理论基于不同文明的文学体系相互碰撞为形式的交流过程中以产生新的文学元素，曹顺庆将其定义为"研究不同国家的文学现象所经历的变化"。因此曹顺庆教授提出的变异学理论概述了一个新的方向，并展示了比较文学在不同语言和文化领域之间建立多种可能的桥梁。(Il évoque l'hypothèse d'une troisième voie, la « théorie de la variation », qui correspond à un déplacement du point de vue, de celui des « études interculturelles » vers celui des « études transcivilisationnelles . » Cao Shunqing la définit comme « l'étude des variations subies par des phénomènes littéraires issus de différents pays, avec ou sans contact factuel, en même temps que l'étude comparative de l'hétérogénéité et de la variabilité de différentes expressions littéraires dans le même domaine ».Cette hypothèse esquisse une nouvelle orientation et montre la multiplicité des passerelles possibles que la littérature comparée établit entre domaines linguistiques et culturels différents.) [25]。

美国哈佛大学（Harvard University）厄内斯特·伯恩鲍姆讲席教授、比较文学教授大卫·达姆罗什（David Damrosch）对该专著尤为关注。他认为《比较文学变异学》（英文版）以中国视角呈现了比较文学学科话语的全球传播的有益尝试。曹顺庆教授对变异的关注提供了较为适用的视角，一方面超越了亨廷顿式简单的文化冲突模式，另一方面也跨越了同质性的普遍化。[26]国际学界对于变异学理论的关注已经逐渐从其创新性价值探讨延伸至文学研究，例如斯蒂文·托托西近日在 *Cultura* 发表的（Peripheralities: "Minor" Literatures, Women's Literature, and Adrienne Orosz de Csicser's Novels）一文中便成功地将变异学理论运用于阿德里安·奥罗兹的小说研究中。

---

25 Bernard Franco La littératurecomparée: Histoire, domaines, méthodes，Armand Colin 2016.

26 David Damrosch Comparing the Literatures,Literary Studies in a Global Age,Princeton University Press,2020.

国际学界对于比较文学变异学的认可也证实了变异学作为一种普遍性理论提出的初衷，其合法性与适用性将在不同文化的学者实践中巩固、拓展与深化。它不仅仅是跨文明研究的方法，而是一种具有超越影响研究和平行研究，超越西方视角或东方视角的宏大视野、一种建立在文化异质性和变异性基础之上的融汇创生、一种追求世界文学和总体问题最终理想的哲学关怀。

以如此篇幅展现中国比较文学之况，是因为中国比较文学研究本就是在各种危机论、唱衰论的压力下，各种质疑论、概念论中艰难前行，不探源溯流难以体察今日中国比较文学研究成果之不易。文明的多样性发展离不开文明之间的交流互鉴。最具"跨文明"特征的比较文学学科更需要文明之间成果的共享、共识、共析与共赏，这是我们致力于比较文学研究领域的学术理想。

千里之行，不积跬步无以至，江海之阔，不积细流无以成！如此宏大的一套比较文学研究丛书得承花木兰总编辑杜洁祥先生之宏志，以及该公司同仁之辛劳，中国比较文学学者之鼎力相助，才可顺利集结出版，在此我要衷心向诸君表达感谢！中国比较文学研究仍有 条长远之途需跋涉，期以系列丛书 展全貌，愿读者诸君敬赐高见！

曹顺庆

二零二一年十月二十三日于成都锦丽园

目次

前 言 ………………………………………………………… 1

第 章 中国、西班牙语世界巴尔加斯·略萨
　　　研究概述 ……………………………………… 7

拉丁美洲"文学爆炸"时期（1962-1972）………… 7

文学转型及突破的探索时期（1973-1990）……… 11

政治思想的争论及多元化研究时期（1990-2010）… 15

后"诺贝尔"时期（2010-）…………………………… 19

略萨作品在中国的译介与研究 …………………… 23

第二章 西班牙语世界巴尔加斯·略萨的生平
　　　研究 …………………………………………… 31

略萨不同的人生阶段 ……………………………… 32

　一、文学启程与早期成名 ………………………… 33

　二、青年时期的人际交往 ………………………… 39

　三、共产主义理想 ………………………………… 41

略萨的重要经历研究 ……………………………… 44

　一、欧洲生活 ……………………………………… 44

　二、总统竞选 ……………………………………… 46

　三、乌楚拉卡伊屠杀事件 ………………………… 52

基于作品分析的略萨生平研究 ……………………… 54
　　一、《绿房子》 ……………………… 55
　　二、《酒吧长谈》 ……………………… 57
　　三、《城市与狗》 ……………………… 58
　　四、《潘达雷昂上尉与劳军女郎》 …………… 60
　　五、《胡丽娅姨妈和作家》 ……………… 61
略萨的家庭关系研究 ……………………… 62
　　一、外祖父家的"伊甸园" ……………… 62
　　二、与"姨妈"的婚姻 ……………… 64
　　三、"魔鬼"父亲 ……………………… 67
与国内相关研究成果的对比与反思 ………… 72
第三章　西班牙语世界巴尔加斯·略萨的作品
　　　　研究 ……………………… 77
略萨作品的主题研究 ……………………… 77
　　一、暴力、独裁、阶级、军国主义 ………… 77
　　二、女性形象的多元化发展 ……………… 82
　　三、情色与爱情 ……………………… 88
略萨的书写技巧研究 ……………………… 92
　　一、时空变幻的构造 ……………… 92
　　二、文学与艺术的互文关系 ……………… 96
　　三、"戏仿"手法的运用 ……………… 102
　　四、现实与虚构的结合 ……………… 105
略萨的文学思想研究 ……………………… 112
　　一、早期文学启蒙 ……………… 112
　　二、萨特与加缪的影响 ……………… 116
　　三、独特的文学价值观 ……………… 120
　　四、小说语言观 ……………………… 125
与国内相关研究成果的对比与反思 ………… 129
第四章　西班牙语世界巴尔加斯·略萨的政治
　　　　思想研究 ……………………… 133
由左及右的政治书写 ……………………… 134
略萨的社会发展构想研究 ……………… 141
　　一、西方现代化社会思想 ……………… 141

　　二、拉美自由主义与帝国主义怀旧情绪 …… 145
　略萨的自由主义思想研究 ……………………… 148
　　一、略萨自由主义思想的背景——左右内涵
　　　　的争议 …………………………………… 149
　　二、自由主义思想的右翼解读 ……………… 151
　　三、略萨政治思想的左翼解读 ……………… 153
　　四、对拉丁美洲社会发展的诊断及自由主义
　　　　的解救措施 ……………………………… 156
　与国内相关研究成果的对比与反思 ………… 158
第五章　巴尔加斯·略萨与拉丁美洲知识分子的
　　　　关系研究 ……………………………… 161
　略萨与秘鲁及拉丁美洲文学的关系 ………… 161
　　一、略萨对拉丁美洲文学的态度 …………… 162
　　二、略萨对秘鲁作家的评价 ………………… 166
　　二、略萨在秘鲁文学中的定位 ……………… 170
　略萨与拉丁美洲作家的比较研究 …………… 177
　　一、略萨与何塞·玛利亚·阿尔格达斯 …… 177
　　二、略萨与加夫列尔·加西业·马尔克斯 … 182
　　三、略萨与胡安·卡洛斯·奥内蒂 ………… 188
　　四、略萨与奥克塔维奥·帕斯 ……………… 191
　略萨与拉丁美洲知识分子的纷争 …………… 195
　　一、略萨对拉丁美洲知识分子的蔑视 ……… 195
　　二、略萨与贝内德蒂的论战 ………………… 201
　　三、拉丁美洲文学界对略萨作品及思想的
　　　　评价 ……………………………………… 208
结　语 …………………………………………… 217
参考文献 ………………………………………… 221
附　录 …………………………………………… 253
　附录一：巴尔加斯·略萨作品（西班牙语）及
　　　　　中译本列表 ………………………… 255
　附录二：巴尔加斯·略萨与贝内德蒂论战原文 … 261

前　言

　　马里奥·巴尔加斯·略萨（Mario Vargas Llosa，1936-）[1]是 20 世纪至 21 世纪最重要的拉丁美洲作家及公共知识分子之一，也是"文学爆炸"代表人物。不仅如此，已进入耄耋之年的巴尔加斯·略萨至今仍在积极创作，2010 年获诺奖之后，他又分别出版了四部小说：《凯尔特人之梦》（*El sueño del celta*）、《卑微的英雄》（*El héroe discreto*）、《五个街角》（*Cinco esquinas*）和《艰难岁月》（*Los tiempos recios*），七部散文集：《做戏的文明》（*La civilización del espectáculo*）、《与公牛'航行者'对话》（*Diálogo con Navegante*）、《文学是我的复仇》（*La literatura es mi venganza*）、《赞美教育》（*Elogio de la educación*）、《普林斯顿文学课》（*Conversación en Princeton*）、《部落的召唤》（*La llamada de la tribu*）、《与博尔赫斯的半个世纪》（*Medio siglo con Borges*）以及一部戏剧《瘟疫故事》（*Los cuentos de la peste*）和童话《儿童船》（*El barco de los niños*）。在整个西班牙语文坛，巴尔加斯·略萨可以说是著述最多、读者最多，也是争议最多的作家之一。

　　2010 年巴尔加斯·略萨获得诺贝尔文学奖以后，我国文学界及大众读者对他的关注度达到了高潮。巴尔加斯·略萨旅居欧洲、参选总统的经历、诡丽的文学创作风格、充满争议的性格以及前后矛盾的政治思想，一直吸引着文学批评界的目光。西班牙语世界的相关研究始于 20 世纪 60 年代略萨的短

1　Mario（马里奥）是名，Vargas（巴尔加斯）是父姓，Llosa（略萨）是母姓。西班牙语中常常称呼他为"马里奥·巴尔加斯"或"巴尔加斯·略萨"，中国读者习惯称他"略萨"。

篇故事《挑战》，并随着其文学创作风格和思想变化不断发展，前后经历了起伏连绵的四个阶段：20 世纪 70 年代在欧洲成名反射回拉丁美洲造成的巨大轰动，评论界主要关注略萨小说的结构特点和叙事技巧；80 年代初与古巴的决裂及此后与左翼知识分子的论战让学界又开始关注他的社会思想根源；80-90 年代的小说摆脱了授命文学风格（literatura comprometida），转向大众文学尝试多样化主题的书写又将批评界带回对文学创作本质的探讨。90 年代末参选总统和一系列批评、政论著作的出版，让各派知识分子对其行径争论不休。21 世纪以后他不再以激进的态度表达观点，评论家们也逐渐接纳了他思想的流动性和文学的多元性，并最终形成了西班牙语世界突出民族地域文化和跨学科互动特点的略萨研究模态。

国内文学界对拉丁美洲作家的关注更多围绕学习、借鉴和影响而展开，"文学爆炸"在世界范围的成功让中国当代作家更努力地探索"走出去"的道路。寻根文学与魔幻现实主义的相似性类比，让许多作家匆忙地寻求传统文化的（异域）表达，忽略了拉丁美洲文学的现实介入意图和本质—创作艺术的革新都是为了再现历史与现实，而最终仅剩下在文本层面上的技巧移植[2]。如今，不仅莫言、阎连科等已走出国门的作家常提及 80 年代在拉丁美洲文学中所汲取的营养，学者们也对两个地区作家间的影响关系研究非常感兴趣[3]。西班牙语文学专家赵德明教授在 20 世纪末就曾指出，马尔克斯与略萨在 90 年代的首次中国之行不仅仅只关注社会、经济及政治问题，博尔赫斯除了文学也是博古通今的杂家，所以中国作家要学的"不单单是个文学技巧的问题，它更关乎文学的使命、端正学风等大问题"[4]。2011 年，陈众议等几位

2　滕威《从政治书写到形式先锋的移译——拉美"魔幻现实主义"与中国当代文学》，载《文艺争鸣》2006 年第 4 期，第 104 页。

3　参见高红梅《魔幻现实主义与国家话语的重构——魔幻现实主义与新时期中国文学》，载《社会科学家》2015 年第 9 期，第 124-128 页；陈晓燕《两个"魔盒"，不同风景——莫言〈酒国〉与略萨〈胡利娅姨妈与作家〉比较》，载《中国比较文学》2018 年第 1 期，第 172-184 页；方志红《论巴尔加斯·略萨对阎连科小说创作的影响》，载《中国文学研究》2018 年第 2 期，第 175-180 页；齐金花《魔幻现实主义与幻觉现实主义文学生产肌理的比较——以马尔克斯与莫言为例》，载《中国比较文学》2020 年第 1 期，第 142-156 页；廖高会《论阎连科小说的魔幻诗学》，载《宁夏大学学报(人文社会科学版)》2021 年第 3 期，第 75-81 页。

4　韩小蕙《中国作家向世界文坛学什么》，载《北京文学》1998 年第 1 期，第 117 页。

学者、批评家在一次座谈会上也指出了略萨、马尔克斯等拉丁美洲知名作家身上的特点不只是地方传统文化与西方技巧的结合，他们对现实复杂性表现的追求，对界限的突破与探索，对文化、政治介入的坚持都是在我国作家身上少有的特色。著名文学评论家白烨特别强调了略萨丰富全面的文学文化造诣，"他是一个学者型的作家，这一点对我们作家是很有启发的，我们跟他一比都显得比较单薄或者说比较单一"[5]。综上，要想全面、深入了解拉丁美洲作家，只阅读其作品（或只读其小说）是无法实现的。现实、经历以及对生命和社会的反思是拉丁美洲作家创作的思想源泉和重要主题，就略萨而言，其散文、时事评论文、参政生平经历及西班牙语学者对其的评价都是了解其人其作品及思想的综合考量因素。

21 世纪以后，中国和拉丁美洲国家的关系迅速发展。两个地区致力于构建中拉命运共同体和以"人文互学互鉴"为中心的中拉关系五位一体新格局[6]，在承认文明多样性、尊重差异性的基础上开辟了中拉文明对话的新路径。文学的传播与接受研究也是文化交流与互鉴的核心构成。目前中拉文化关系远远滞后于政治、经济关系的发展速度，新中国成立以来的拉美文学作品汉译在经历了不同历史阶段后虽逐渐呈现出规范化、多元化的蓬勃发展事态，但与英美文学相比，翻译和出版任务仍任重道远[7]，就略萨作品而言，涉及小说、散文、戏剧、童话、诗歌等多种类型，其中只有小说（二十余部）在我国几乎全部有译本出版，相对数量更多的散文（评论）文集（四十余部）及其他文本的译介数量却寥寥无几[8]。也就是说，国内对拉丁美洲文学及作家的研究还处于缺乏材料的阶段，解决这一问题的有效途径除了加大汉译力度，就是借"他山之石"助力本文化视域的学术研究。

本书将聚焦于五章进行中西略萨研究的评述与比较。

第一章"中国、西班牙语世界略萨研究概述"。系统梳理、对比了略萨

5　陈众议、格非、白烨、李敬泽《中国文学或需略萨这杯酒？》，载《北京日报》2011 年 6 月 23 日。

6　赵晖、党琦《特稿：同舟共济扬帆起　乘风破浪万里航——写在习近平主席提出中拉命运共同体理念七周年之际》，载《新华网》2021 年 7 月 16 日。http://www.xinhuanet.com/2021-07/16/c_1127662509.htm

7　楼宇《中拉文化交流 70 年：以拉美文学作品汉译为例》，载《西南科技大学学报》2020 年第 4 期，第 9-14 页。

8　详见附录一。

研究在西班牙语世界和中国的发展历程，总结了西班牙语世界研究的四个主要阶段和国内学界对略萨作品，尤其是小说的翻译和批评研究历史及其特点。

第二章"西班牙语世界的略萨生平研究"。作家的生平与其价值观和作品风格的变化紧密关联，略萨丰富的文学创造力和活跃的政治参与，使他的生平研究对于准确把握其思想走向具有重要意义。国内的略萨生平材料相对匮乏，以《水中鱼》为参考的简述概要居多。相比之下，西班牙语世界的研究材料和视野均非常丰富——或以不同视角划分其人生的阶段，或呈现与其人生转折相关的重要事件。总体而言，西班牙语世界的略萨生平研究有的与自传形成呼应，有的反驳自传的内容，这一辨证特点也是与国内学界生平研究的有效对照。

第三章"西班牙语世界的略萨作品研究"主要从三个方面梳理西班牙语世界对略萨的文学关注：第一、主题分析，既有代表拉丁美洲"文学爆炸"特点的社会问题揭露，也有新世纪以来文学批评的前沿研究；第二、叙事技巧，涉及时空布局、想象世界和戏仿手法；第三、文学思想溯源，包括欧美知识分子对略萨的影响、文学批评实践和文学创作观点。

第四章"西班牙语世界略萨的政治思想研究"以从左至右的政治思想转变、对拉丁美洲社会发展的构想和自由主义思想解读三个层次入手，梳理西班牙语世界对略萨的本土文化、社会及政治思想观念的研究。不管作为授命主义作家、自由主义知识分子还是总统候选人，略萨始终需要面对秘鲁的土著族群问题，这也是西班牙语世界略萨批评研究的重点之一。

第五章"西班牙语世界略萨与拉丁美洲知识分子的关系研究"审视秘鲁及拉丁美洲文学史中的略萨角色，深入略萨与拉丁美洲本土作家群的关系。分别关注了略萨对秘鲁及拉丁美洲文学、作家的态度，拉丁美洲本土文学界对略萨的定位、略萨与秘鲁及拉丁美洲作家之间的论战纷争以及比较研究。尽力呈现一个在国内学界相关研究中少有的多方位、多维度视角下的略萨形象。

本书中西班牙语世界的相关研究体现了后现代与后殖民的批评特征，主要表现为：生平研究和作品研究中对略萨权威性与主体性的消解；解构拉丁美洲"文学爆炸"作家的传统研究范式，打破学科边界而进行跨学科研究；围绕略萨欧洲中心主义的批评研究；基于话语、权力较量关系上的对略萨与拉丁美洲知识分子的争论、比较研究。总之，以跨文明异质性阐释的视角推进不同文化语境中略萨理论体系的互鉴，对国内学界建立更成熟、多元的研究范式有一定的补益作用。

第一章 中国、西班牙语世界巴尔加斯·略萨研究概述

秘鲁文学批评家何塞·米格尔·奥维耶多（José Miguel Oviedo）于 1970 年出版的《马里奥·巴尔加斯·略萨：一种现实的创造》（*Mario Vargas Llosa: La invención de una realidad*，1970）是第一部针对略萨文学作品的批评著作，此后，西班牙语世界的略萨评论研究逐渐增多，对其作品进行了极为广泛的研究，从文本、政治、女性甚至心理学角度剖析略萨的文学及思想。总体来说，西班牙语世界的略萨研究是伴随拉丁美洲整体的文化历史和略萨文学、政治思想的走向而发展的，大致可分为四个阶段：第一阶段，拉美"文学爆炸"时期；第二阶段，文学转型及突破的探索时期；第三阶段，政治思想的争论及多元化研究时期；第四阶段，后"诺贝尔"时期。

拉丁美洲"文学爆炸"时期（1962-1972）

智利作家何塞·多诺索（José Donoso）认为，拉丁美洲的"文学爆炸"（Boom）始于 1962 年康赛普西翁大学（La Universidad de Concepción）举行的世界知识分子代表大会，大批拉丁美洲著名作家聚集在此，支持古巴革命、反对对美帝国主义，他们一致认为拉美文学需要打破国界、团结一致推动民族解放，克服从前文学孤立的局面。但与其他文学流派不同，"文学爆炸"并没有纲领宣言，也没有固定刊物和活动舞台，而且历时较长，涵盖地域广、作家风格也各异，所以到底哪些作家属于"文学爆炸"一直没有一

致的结论[1]。有些拉丁美洲作家以为小说得奖就算跻身"文学爆炸"作家之列，也有些拉美大作家反对"爆炸"一说，认为它纯粹是营销、广告的产物，并不能代表拉丁美洲文学的最高水平。不过，西班牙语世界一直公认的"文学爆炸"四把固定的交椅是：阿根廷作家胡里奥·科塔萨尔（Julio Cortázar）、哥伦比亚作家加夫列尔·加西亚·马尔克斯（Gabriel García Márquez）、秘鲁作家马里奥·巴尔加斯·略萨（Mario Vargas Llosa）和墨西哥作家卡洛斯·富恩特斯（Carlos Fuentes）。从这几位代表作家的作品中可以清晰看到"文学爆炸"的三大特点：第一、大批杰出拉美小说的同时出版，如富恩特斯的《阿尔特米奥·克鲁斯之死》（*La muerte de Altamio Cruz*，1962）、科塔萨尔的《跳房子》（*Rayuelo*，1963）、略萨的《城市与狗》（*La ciudad y los perros*，1963）、《绿房子》（*La casa verde*，1967）和《酒吧长谈》（*Conversación en La Catedral*，1969）、马尔克斯的《百年孤独》（*Cien años de soledad*，1967）；第二、小说取代了拉美文学的经典形式——诗歌；第三、绝大部分作家对卡斯特罗及古巴革命持支持态度。

在"文学爆炸"之前，略萨出版了两部短篇小说，分别是获得了《法国杂志》奖的《挑战》（*El desafio*，1957）和获得西班牙莱奥波尔多·阿拉斯奖的《首领们》（*Los jefes*，1959）。这时的他在西班牙文学圈已小有名气，随后在"文学爆炸"期间出版了三部长篇小说：《城市与狗》《绿房子》《酒吧长谈》和一部短篇小说：《崽儿们》（*Los cachorros*，1967）。这些作品先后在西班牙及拉丁美洲多次获得大奖，略萨一时成为与马尔克斯齐名的青年大作家。爆发式的著作出版以及略萨的一夜成名，西班牙语世界的学者也蜂拥而来开始介绍、研究略萨的小说。

首先是对几部小说的书评数量较多，因为"文学爆炸"以前拉丁美洲各国文学界间沟通较少，相对孤立，所以各国评论家们发表了许多书评文章。据本书作者不完全统计，"文学爆炸"期间大致有近百篇针对这四部小说的书评。其中《城市与狗》和《绿房子》两部小说在欧洲大获好评，也相继传回拉丁美洲，受到学者的关注，不仅书评最多，评论中也多会提及它们在西班牙文学出版界获得的成功。比如智利作家何塞·多诺索的《〈城市与狗〉，取得世界成功的小说》（*La ciudad y los perros*. Novela que triunfa en el mundo），

---

1 （智利）何塞·多诺索《"文学爆炸"亲历记》，段若川译，昆明：云南人民出版社，1993 年，第 3 页。

评论家何塞·米格尔·奥维耶多的《巴尔加斯·略萨〈绿房子〉——现实与虚构的奢华邂逅》（*La Casa Verde de M. Vargas Llosa. El fastuoso encuentro de la realidad con la fabulación*），还有诸如安赫尔·拉玛（Ángel Rama）[2]、让·弗兰科（Jean Franco）[3]的书评也都比较突出。

　　其次是对包括略萨在内的拉丁美洲作家分类梳理以及对拉丁美洲文学发展的回顾和现状分析，如赫克托·卡托利卡（Héctor Cattolica）的论文《巴尔加斯·略萨：欧洲与拉丁美洲作家》（*Vargas Llosa: Europa y el escritor latinoamericano*）、巴尔塔萨·波尔赛（Baltasar Porcel）的论文《巴尔加斯·略萨与拉丁美洲小说爆发》（*Mario Vargas Llosa y la erupción novelística latinoamericana*）。此间也出现了将一些先锋作家归于"文学爆炸"或之前时代的差异，比如卡洛斯·德尔加多·涅托（Carlos Delgado Nieto）的文章《面对三部伟大小说》（*Confrontación de tres grandes novelas*）就把阿根廷作家埃内斯托·萨巴托（Ernesto Sábato）也列入了"文学爆炸"作家中。由于拉丁美洲"文学爆炸"与出现于古巴革命胜利（1959）到智利人民团结政府失败（1973）期间出现的"新小说"潮流在时间、代表作家、特点上都有所重合，所以许多知名作家，包括"爆炸"作家也都积极参与了关于拉丁美洲文学（小说）转型问题的讨论。比如基于略萨与马尔克斯谈话出版的《拉丁美洲小说：马尔克斯与略萨对谈》（*La novela en América Latina: diálogo entre Gabriel García Márquez y Mario Vargas Llosa*）以及卡洛斯·富恩特斯的《拉丁美洲新小说》（*La nueva novela latinoamericana*，1969）等。

　　在略萨之前，少有秘鲁作家走出国门取得国际知名度，略萨在欧美的成功让众多学者也开始关注秘鲁文学的状况。其中最为著名的是阿根廷文学批评家罗莎·博尔多里（Rosa Boldori）的著作《马里奥·巴尔加斯·略萨与当今秘鲁的文学》（*Mario Vargas Llosa y la literatura en el Perú de hoy*，1969），该书着重梳理了 20 世纪初到中叶的秘鲁文类、作家作品并分析了略萨在秘鲁文学中的定位。同期出版的秘鲁当代文学史著作还有秘鲁学者斯图尔特·努涅斯（Estuardo Núñez）的《二十世纪的秘鲁文学（1900-1965）》（*La literatura peruana en el siglo XX (1900-1965)*，1965）、马里奥·卡斯特罗·阿里纳斯

2　Ángel Rama, "Reseña de *La ciudad y los perros*". *LyS*, Vol.I, No.1, 1965. pp. 117-121.
3　Jean Franco, "Lectura de *Conversación en La Catedral*". *Revista Iberoamericana*, Vol.37, No.5, 1971. pp.763-768.

（Mario Castro Arenas）的《秘鲁小说及其社会演变》（*La novela peruana y su evolución social*，1966）以及何塞·米格尔·奥维耶多（José Miguel Oviedo）的《秘鲁小说家（选集）》（*Narradores peruanos (antología)*，1968）等，也有分析比较略萨与其他秘鲁作家间的关联及影响的研究，如沃尔夫冈·卢金（Wolfgang A. Luchting）的论文《平行批评：巴尔加斯·略萨和里贝罗》（*Crítica paralela: Vargas Llosa y Ribeyro*）。

此外，略萨 1967 年在罗慕·加列戈斯文学奖的演讲《文学是火》（*La literatura es fuego*）对拉丁美洲作家职业的深刻思考引起了轰动，再加"文学爆炸"期间出版的探讨文学思想和小说技巧的散文集，如《文学中的革命与革命中的文学》（*Literatura en la revolución y revolución en la literatura*，1970）、《小说秘史》（*Historia secreta de una novela*，1971）以及文学评论《加西亚·马尔克斯：一个弑神者的故事》（*García Márquez: historia de un deicidio*）、《想象中的战斗：乔诺特·马托雷尔的下战书》（*El combate imaginario: las cartas de batalla de Joanot Martorell*）等，诸多学者也开始研究略萨的文学及创作思想。如卡洛斯·富恩特斯与西班牙文学批评家拉斐尔·孔蒂（Rafael Conte）分析了略萨表现社会各阶层面貌的总体小说（novela total）创作手法[4]。智利批评家纳尔逊·奥索里奥·特哈达（Nelson Osorio Tejada）与路易斯·哈斯（Luis Harss）则着重于略萨的小说叙事技巧，如对不同层面现实的表现、用于时空拼凑连接的"连通器"手法等[5]。乌拉圭作家马里奥·贝内德蒂（Mario Benedetti）在散文集《混血大陆的文学》（*Letras del continente mestizo*）中不仅介绍了略萨及其作品，还分析了《城市与狗》的结构层次、手法及其对社会问题的揭露意义[6]。罗莎·博尔多里的论文《巴尔加斯·略萨：新秘鲁文学中的痛苦、反叛和承诺》（Mario Vargas Llosa: angustia，rebelión y compromiso en la nueva literatura peruana）和秘鲁学者格拉齐·桑吉内蒂（Grazi Sanguinetti de Ferrero）的论文

---

4 参见 Carlos Fuentes, "El afán totalizante de Vargas Llosa". *La nueva novela hispanoamericana*. México: Cuadernos de Joaquín Mortiz, 1969. p.35-48. Rafael Conte, "Vargas Llosa y la novela total". *Inform*, No.80, 15 de enero de 1970. p.1, 3.

5 参见 Nelson Osorio Tejada. "La expresión de los niveles de realidad en la narrativa de Vargas Llosa". Juan Loveluck (ed.), *Novelistas hispanoamericanos de hoy*. Madrid: Taurus,1972. pp.237-248. Luis Harss, "Mario Vargas Llosa, o los vasos comunicantes". *Los nuestros.* Buenos Aires: Sudamericana, 1966. pp. 420-462.

6 Mario Benedetti. "Vargas Llosa y su fértil escándalo". *Letras del continente mestizo*. Montevideo: Arca, 1967. pp.237-258.

《现实、承诺和文学》（Realidad，compromiso y literatura）则分析讨论了略萨文学中的"授命主义"（介入文学）思想及表现。总之，这一阶段的研究以作家生平、获奖经历及作品介绍为基础，着重探讨了略萨在秘鲁及拉丁美洲文学中的位置，整体回顾、思考（秘鲁）拉丁美洲小说及文学的发展历程，并分析了几部获奖小说的叙事结构、风格、技巧以及作者略萨表现的文学观。

文学转型及突破的探索时期（1973-1990）

首先，有必要提及这一阶段对众多作家、学者产生影响的拉丁美洲历史背景——1971 年的古巴"帕迪亚"事件。诗人埃贝托·帕迪亚（Heberto Padilla）因诗集《退出游戏》（Fuera del juego）被指批评卡斯特罗政府，故以反革命罪被捕。略萨带头给卡斯特罗写了一封公开信，还附上一众左翼知识分子的集体签名（包括卡洛斯·富恩特斯、伊塔洛·卡尔维诺、西蒙娜·德·波伏娃、玛格丽特·杜拉斯、卡洛斯·弗兰基、皮埃尔·保罗·帕索里尼、豪尔·森普伦、苏珊·桑塔格、让-保罗·萨特等），要求释放帕迪亚。卡斯特罗在释放帕迪亚前，让他当众发表自我检讨，承认作品的反动态度并谴责要求释放他的知识分子。于是又引发了更激烈的抗议，略萨和签名的学者表明，他们仍将继续拥护社会主义，但不放弃批评卡斯特罗政府的这一行为。从 1959 年古巴革命胜利到 1971 年"帕迪亚"事件，略萨与古巴的关系经历了从高潮到冰点的极速转折。略萨曾接受古巴《美洲之家》（Casa de las Américas）杂志编委一职，也在 1967 年的罗慕·加列戈斯领奖台上大赞古巴革命的胜利，与众多知识分子一同视其为拉丁美洲民主解放的典范。但"帕迪亚"事件成为了略萨对卡斯特罗政府系列行为不满的终点，是他放弃左派思想的导火索，也是世界范围知识分子古巴革命情愫的重要转折点。

古巴事件之后，略萨在文学创作上改变了此前总休小说、授命主义的书写风格，出版了小说《潘达雷昂上尉与劳军女郎》（Pantaleón y las visitadoras，1973）与《胡丽娅姨妈与作家》（La tía Julia y el escribidor，1977）。萨拉·卡斯特罗-克拉伦（Sara Castro-Klarén）注意到两部小说中共同的"戏仿"（parodía）、"俗言语"（huachafo）[7]成分的加入，还有广播剧这一通俗文

---

7 "huachafo"、"huachafería"源于秘鲁俚语，主要指文化低、俗气、低级趣味（品味）的人或物。

化的融入也是两部小说的共通点之一[8]。相比之下，《潘达雷昂上尉与劳军女郎》还是沿用了之前小说的题材：军队、妓院及亚马逊雨林，华金·罗伊（Joaquín Roy）就指出这部小说既有继承也有创新[9]。虽然出版社和读者都热烈追捧这部新作品，但从创作开始（1970-1973），略萨的小说表现出脱离授命文学、无产阶级，以不突出任何意识形态的折中话语和夸张的情节叙事为特点。这一时期也是拉丁美洲多国探索各种社会政治制度的时期，如阿根廷的民众主义、秘鲁的经济民族主义、智利的"走向社会主义道路"以及古巴模式等。在安第斯地区国家团结一致、寻求摆脱外部经济依赖的努力下，1970 年阿连德成功选举智利总统，秘鲁的军事政府也开启了国家现代化社会改革、外资企业国有化等建设，改变了军政府在大众心中的传统印象。作家的生存环境也得到改善：版权报酬提高、译作流通、读者数量增长，访问或旅居欧洲（巴黎、巴塞罗那）成为常态。大量的采访、电视节目、文学颁奖典礼、大学讲座邀请等工作使小说家们被迫转换身份，成为政治、文化发言人以及公共领域和文学批评专家。略萨也开始发表文学批评、社会评论文章及著作。这时的拉丁美洲小说家们不仅收获了艺术认可和物质财富，也需要面对文学发展带来的持续挑战，其公共态度和艺术创作必然受到青年作家、大学生和批评家的质疑。

  《胡丽娅姨妈与作家》的自传成分和戏仿结构让评论家们看到了大众文学的风格转向，如安德烈·詹森（André Jansen）的《〈胡丽娅姨妈与作家〉巴尔加斯·略萨小说的新方向》（*La tía Julia y el escribidor*, nuevo rumbo de la novelística de Mario Vargas Llosa）、奥维耶多（José Miguel Oviedo）的《〈胡丽娅姨妈与作家〉还是自传》（*La tía Julia y el escribidor*, o el autorretrato en clave）、乔纳森·蒂特勒（Jonathan Tittler）《〈胡丽娅姨妈与作家〉：一段讽刺的关系》（*La tía Julia y el escribidor*: Un affair con la ironía）等。学界对这部小说的研究主题除了叙事手法以外，也出现了心理学和意识形态相关的探究，如赫琳达·詹姆斯（Herlinda R. James）的《〈胡丽娅姨妈与作家〉的叙事核心-俄狄浦斯情结》（El complejo edípico como núcleo narrativo en *La tía Julia y el escribidor*）、雅克·苏贝鲁（Jacques Soubeyroux）的《巴尔加斯·

---

8 Sara Castro-Klarén, *Mario Vargas Llosa: Análisis introductorio*, Lima: Latinoamericana, 1988.

9 Joaquín Roy, "Reiteración y novedad de la narrativa de Vargas Llosa en *Pantaleón y las visitadoras*". José Miguel Oviedo (ed.), *Mario Vargas Llosa*. Madrid: Taurus, 1982. pp.2

略萨〈胡丽娅姨妈与作家〉中"置入文本"的意识形态》(Ideología de la "puesta en texto" en *La tía Julia y el escribidor* de Mario Vargas Llosa)等。

进入 90 年代后略萨又转回了早期的小说书写传统,《世界末日之战》(*La guerra del fin del mundo*,1981)与《狂人玛依塔》(*Historia de Mayta*,1985)两部革命主题小说的出版,特别是《世界末日之战》获得法国海明威文学奖,让评论界再次哗然。安赫尔·拉玛、安德烈·詹森、卡斯特罗-克拉伦等学者纷纷讨论起《末日之战》中的狂热主义[10],奥维耶多、爱德华多·贝尔塔雷利(Eduardo Urdanivia Bertarelli)则研究了《狂人玛依塔》中作者的政治观点[11]。还有一些学者分析了两部小说的相似点:革命、历史与虚构结合等。之后略萨连续呈现了三部完全不同风格的小说:侦探小说《谁是杀人犯?》(*¿Quién mató a Palomino Molero?* 1986)、土著丛林小说《叙事人》(*El hablador*,1987)和情色小说《继母颂》(*Elogio de la madrastra*,1988)。小说风格的迥异让评论家们看到了他在文学上不断突破自我的精神。西班牙学者何塞·恩古塔·乌特里利亚(José María Enguita Utrilla)从词汇学角度分析了《谁是杀人犯?》中反映出的拉丁美洲新小说特点[12]。批评家何塞·安德烈斯·里瓦斯(José Andrés Rivas)和计·奥布莱恩(Jean O'Bryan)从《叙事人》中读到了秘鲁文化身份迷失、认同的问题[13]。

10 参见 Ángel Rama, "*La guerra del fin del mundo*. Una obra maestra del fanatismo artístico". *La crítica de la cultura en América Latina*. Caracas: Biblioteca Ayacucho, 1985. pp. 335-363. André Jansen, "Al denunciar el fanatismo y la injusticia social, *La guerra del fin del mundo* propone el escepticismo y la condena de la violencia". *Actas del VIII* Congreso de la Asociación Internacional de Hispanistas. 1983. Sara Castro-Klarén, "Locura y dolor. La elaboración de la historia en *Os Sertões* y *La guerra del fin del mundo*". *Revista de crítica literaria latinoamericana*. Vol.10, No.20, 1984. pp.207-231.

11 参见 José Miguel Oviedo, "*Historia de Mayta*: una reflexión política en forma de novela". *Antípodas. Journal of Hispanic Studies at the University of Auckland*. No.1, 1988. pp.142-159. Eduardo Urdanivia Bertarelli, "Realismo y consecuencias políticas en *Historia de Mayta*". *Revista de crítica literaria latinoamericana*. Vol.12, No.23, 1986. pp.135-140.

12 José María Enguita Utrilla, "Peculiaridades léxicas en la novela hispanoamericana actual (A propósito de *¿Quién mató a Palomino Molero?* de M. Vargas Llosa". Manuel Ariza; Antonio Salvador; Antonio Viudas (eds.), *Actas del I Congreso Internacional del Historia de la Lengua Española*. Madrid:Arco/Libros, 1987. pp.785-806.

13 参见 José Andrés Rivas, "*El hablador*: Metáfora de una autobiografía nostálgica". *Antípodas*. No.1, 1989. pp.190-200. Jean O'Bryan, "El escritor y el hablador: en busqueda de una identidad peruana". *Lexis*, Vol.14, No.1, 1990. pp.81-96.

　　除了小说以外，这一阶段略萨还出版了多部文集和论著，有涉及福楼拜、萨特、加缪文学思想观及政治观的论著《无休止的纵欲》（*La orgía perpetua: Flaubert y Madame Bovary*，1975）和《萨特与加缪之间》（*Entre Sartre y Camus*，1981），有收录其散文、政论、杂文的文集《顶风破浪》（*Contra viento y marea*，1983/1990），有评述现代小说及散文的论著《谎言中的真实》（*La verdad de las mentiras*，1990）。还有三部戏剧：《达克纳小姐》（*La señorita de Tacna*，1981）、《凯西与河马》（*Kathie y el hipopótamo*，1983）、《琼卡》（*La Chunga*，1986）。因此评论界同时了也介绍了略萨戏剧作品及其生平现实与文学创作关系的解读，如哈里·罗瑟（Harry L. Rosser）的论文《〈达克纳小姐〉：一个故事中的故事》（Vargas Llosa y *La señorita de Tacna*: Historia de una historia）、普莉希拉·梅伦德斯（Priscilla Meléndez）的论文《转录与越界:〈凯西与河马〉中的讽刺与虚构》（Transcripción y transgresión: ironía y ficción en *Kathie y el hipopótamo*, de Vargas Llosa）。同时，由于略萨发表了一篇针对秘鲁土著主义作家何塞·玛利亚·阿尔格达斯（José María Arguedas）的文章《阿尔格达斯：在蟾蜍和鹰之间》（*José María Arguedas, entre sapos y halcones*，1978），引发了学者们对两位作家的对比以及略萨笔下传统民俗文化的关注。彼得·埃尔莫尔（Peter Elmore）比较了两位作家代表作《酒吧长谈》与《上面的狐狸和下面的狐狸》中现代性问题的表现[14]，沃尔特·布鲁诺·伯格（Walter Bruno Berg）分析了两位作家小说创作中（神话）与现实融合关系的表现方式[15]，波多黎各学者阿里戈蒂亚（Luis de Arrigoitia）则通过略萨对民俗的处理透析其中的大男子主义精神[16]。一些学者也开始将略萨与其他著名作家进行比较，如福克纳、福楼拜、富恩特斯以及马尔克斯。对于略萨从作家到评论家、编剧身份的转型，批评界也注意到其文学思想到意识形态的变化：阿曼多·佩雷拉（Armando Pereira）出版了专著《巴尔加斯·略萨的文学构想》（*La concepción literaria de Mario Vargas Llosa*，1981），贝伦·卡斯塔涅达（Belén Castañeda）分析了略萨文学中的

14 Peter Elmore, "Imágenes literarias de la modernidad, entre *Conversación en La Catedral* de Vargas Llosa y *El Zorro de Arriba y El Zorro de Abajo* de Arguedas". *Revista Márgenes*, octubre de 1987. pp.23-42.

15 Walter Bruno Berg, "Entre zorros y radioteatros: Mito y realidad en la novelística de Arguedas y Vargas Llosa". *Inti*, No. 29-30,1989. pp.119-132.

16 Luis de Arrigoitia, "Machismo: folklore y creación en Vargas Llosa". *Sin Nombre*, Vol. 13, No. 4, 1983. pp.7-24.

社会功能和 80 年代的自由主义政治思想[17]，詹姆斯·布朗（James W. Brown）
则关注旅居国外拉美作家的种族主义思想[18]。

　　总体来说，这一阶段的略萨研究在深入小说、戏剧文本研究的基础上，
开始关注略萨的整体文学思想和社会政治意识，在研究视角和方法方面较早
期有所拓展，作家作品间的比较分析，叙事学到语言学、心理学角度的研究
也逐渐发展起来。

政治思想的争论及多元化研究时期（1990-2010）

　　1987 年到 1990 年，略萨参加了秘鲁的总统选举，最终输给了日裔候选
人阿尔贝托·藤森，之后他入籍西班牙，出版"选战"回忆录《水中鱼》（*El
pez en el agua*，1993）和安第斯山题材小说《利图马在安第斯山》（*Lituma en
los Andes*，1993）。略萨的参选既是偶然，也是他多年旅居欧洲关注秘鲁及拉
美社会发展、远离左翼思想之后探索民族发展解放的实践结果。在 2010 年诺
贝尔文学奖颁奖典礼上他谈到了自己的思想变化历程，称自己从一名马克思
主义者到放弃集体主义思想，最终选择自由主义是一个长期的过程，并提到
了几位如赛亚·柏林、卡尔·波普尔等西方思想家的影响[19]。除了这次重要的
参政经历，略萨陆续出版了多部涉及其政治观点的论著和文集：《自由的挑
战》（*Desafíos a la libertad*，1994）、《返古乌托邦：阿尔格达斯与土著主义
小说》（*La utopía arcaica: José María Arguedas y las ficciones del indigenismo*，
1996）、《激情的语言》（*El lenguaje de la pasión*，2000）、《文学与政治》
（*Literatura y política*，2001）、《政治和道德著作（秘鲁 1954-1965）》（*Escritos
políticos y morales (Perú: 1954-1965)*，2003）以及《军刀与乌托邦》（*Sables y
utopías*，2009）和《拉丁美洲的梦想与现实》（*Sueño y realidad de América
Latina*，2010）。

---

17 参见 Belén S. Castañeda, "El liberal imaginario-Vargas Llosa político de los años 80".
El sitio de la literatura. Mirko Lauer (ed.) , *Escritores y política en el Perú del siglo
XX.* Lima: Mosca Azul, 1989. pp.21-34. "Mario Vargas Llosa y la función social de la
literatura". B. Ciplijauskaisté y C. Maruer (eds.), *La voluntad del humanismo.*
Barcelona: Anthropos, 1990. pp.249-260.
18 Brown, James W., "El síndrome del expatriado: Mario Vargas Llosa y el racismo
peruano". José Miguel Oviedo (ed.), *Mario Vargas Llosa.* Madrid: Taurus, 1981. pp.15-
24.
19 Mario Vargas Llosa, *Discurso Nobel,* Estocolmo, Fundación Nobel, 2010, p. 4.

　　这一阶段的略萨研究更多围绕其政治思想的讨论，尤其是结合文学作品中的意识形态、文学与政治活动的关联等相关研究更加突出。比如，费尔南多·岩崎·考蒂（Fernando Iwasaki Cauti）的专著《巴尔加斯·略萨，自由与地狱之间》（*Mario Vargas Llosa, entre la libertad y el infierno*，1992）、阿道夫·哈维尔·西斯内罗斯（Adolfo Javier Cisneros）的专著《巴尔加斯·略萨的秘鲁历史观》（*Mario Vargas Llosa, una visión histórica del Perú*，1993）、罗兰·福格斯（Roland Forgues）的专著《巴尔加斯·略萨的道德与创作》（*Mario Vargas Llosa. Ética y creación*，2006）以及由墨西哥蒙特雷科技学院与经济文化基金会联合出版的文集《巴尔加斯·略萨的文学与政治》（*Mario Vargas Llosa. Literatura y política*，2003）等。

　　这一阶段关于略萨政治思想的研究大致分为三类：第一、对知识分子定位及作用的思考，如拉美知识分子的授命主义思想、略萨眼中的知识分子准则等；第二、对略萨的自由思想解读以及对秘鲁、拉丁美洲国家的社会构想研究，如论文：《巴尔加斯·略萨的自由言论（1987-1991》（Mario Vargas Llosa y el discurso de la libertad (1987-1991)）、《巴尔加斯·略萨的自由主义乌托邦》（La utopía liberal de Vargas Llosa）、《巴尔加斯·略萨：自由行动》（Mario Vargas Llosa: libertad en movimiento）、《巴尔加斯·略萨：美学、自由和政治》（Vargas Llosa: estética, libertad y política）、《巴尔加斯·略萨眼中的秘鲁和秘鲁眼中的略萨》（Mario Vargas Llosa leyendo al Perú – el Perú leyendo a Mario Vargas Llosa）；第三、结合小说透析略萨的意识形态、欧化思想和西方视角，涉及最多的小说是两部与土著相关的《叙事人》和《利图马在安第斯山》，如《辩证西方化——〈叙事人〉中的暴力》（Dialéctica occidentalización-violencia en *El hablador*）、《〈利图马在安第斯山〉中的文明与野蛮》（Civilización y barbarie en *Lituma en los Andes*），还有《巴尔加斯·略萨〈叙事人〉的口语、书写、欧洲中心主义和反殖民主义》（Oralidad, Escritura, eurocentrismo y anti-colonialismo en *El hablador* de Mario Vargas Llosa）等。此外还有对略萨较期小说，如《城市与狗》《酒吧长谈》《胡丽娅姨妈与作家》中的意识形态解读[20]，等等。

20　参见 Julio González Ruiz. *Interferencia de voces, historia e ideología en Conversacion en la catedral de Mario Vargas Llosa*. Universidad de Ottawa, 1996. Roland Forgues, "Escritura e ideología en La tía Julia y el escribidor de Mario Vargas Llosa". Néstor Tenorio Requejo (ed.), *Mario Vargas Llosa: El fuego de la literatura*. Lima: Arteidea

另外，略萨于 1996 年出版的评论著作《返古乌托邦：阿尔格达斯与土著主义小说》因对阿尔格达斯文学水平和意识形态的双重否定引起了拉丁美洲左翼知识分子及土著主义学者的不满，在此期间涌现出大量研究略萨土著观的相关著作。如埃米尔·沃莱克（Emil Volek）对《叙事人》的后现代视角解读[21]，也有丽塔·格努茨曼（Rita Gnutzmann）、戴安娜·塞勒姆（Diana Beatriz Salem）、基特·布朗（Kit Brown）、安娜·塞维利亚诺（Ana Belén Martín Sevillano）、玛丽亚·杜伦·洛佩斯（María de los Angeles Durán López）等学者对神话、传说、仪式等土著传统文化及其与社会现实（现代化）关系的分析；还有关联略萨早期小说如《绿房子》，统观略萨丛林小说特点及其对亚马逊土著态度的研究，如乌拉圭评论家费尔南多·艾因萨（Fernando Aínsa）的文章《地域前奏的世外桃源：巴尔加斯·略萨作品中亚马逊丛林成分的由来》（La Arcadia como antesala del infierno: El motivo de la selva amazónica en la obra de Vargas Llosa）、秘鲁作家豪尔赫·贝纳维德斯（Jorge Eduardo Benavides）的文章《巴尔加斯·略萨：丛林旅行带来的三部小说（〈绿房子〉到〈叙事人〉）》（Mario Vargas Llosa: un viaje a la selva y tres novelas --de *La casa verde* a *El hablador*）；还有因《返古乌托邦：阿尔格达斯与土著主义小说》延伸的文章，它们多以抨击略萨针对土著族群的西方化视角和民族主义思想为主，比如：《巴尔加斯·略萨的西方安第斯眼光》（Vargas Llosa y la mirada de Occidente andina）、《巴尔加斯·略萨外部视角下的安第斯》（Vargas Llosa: los Andes desde fuera）、《巴尔加斯·略萨对安第斯世界的西方否定》（Mario Vargas Llosa y la negación occidental del mundo andino）、《返古乌托邦与作家的种族主义》（La utopía arcaica y el racismo del escribidor）[22]，等等。

Editores, 2001. pp.211-226. Mar Estela Ortega González-Rubio, "La relación biografía/ideología en *La ciudad y los perros* de Mario Vargas Llosa". *Espéculo: Revista de Estudios Literarios*, No.29, 2005.

21 Emil Volek, "*El hablador* de Vargas Llosa: Del realismo mágico a la postmodernidad". *Cuadernos hispanoamericanos*, No.509,1992. pp.95-102. "Utopías y distopías posmodernas: *El hablador* de Mario Vargas Llosa". Anna Housková y Marin Procházka (eds.), *Utopías del Nuevo Mundo*. Prague: Czech Academy of Sciences, 1993. pp.219-226.

22 参见 Ricardo González Vigil, "Vargas Llosa: los Andes desde fuera". *El Dominical*. Lima, 19 de diciembre de 1993. Luis Millones, "Vargas Llosa y la mirada de Occidente andina". *El Peruano*. Lima,12 de enero de 1994. R. Mujica Pinilla, "Mario Vargas Llosa y la negación occidental del mundo andino". *Revista Debate,* Vol. XIX, mayo-junio.1997. Fabiola Escárzaga, "La utopía arcaica y el racismo del escribidor". *El*

继奥维耶多的《马里奥·巴尔加斯·略萨：一种现实的创造》（*Mario Vargas Llosa：La Invención de una Realidad*，1970）和卡斯特罗-克拉伦的《巴尔加斯·略萨——介绍性分析》（*Mario Vargas Llosa. Analisis Introductorio*，1988）之后，全面解读略萨小说、文学创作技巧和思路的批评论著在跨世纪的新阶段逐渐增多，比如西班牙学者丽塔·格努茨曼（Rita Gnutzmann）的批评专著《如何阅读巴尔加斯·略萨》（*Cómo leer a Mario Vargas Llosa*，1992）、埃斯塔布利埃·佩雷斯（Helena Establier Pérez）的专著《巴尔加斯·略萨和小说创作的新艺术》（*Mario Vargas Llosa y el nuevo arte de hacer novelas*，1998）、雷蒙德·威廉姆斯（Raymond L.Williams）的专著《巴尔加斯·略萨：另一个弑神者的故事》（*Vargas Llosa: otra historia de un deicidio*，2001）、比尔格·安格维克（Birger Angvik）的专著《驱魔般的叙事-巴尔加斯·略萨（1963-2003）》（*La narración como exorcismo Mario Vargas Llosa, obras (1963-2003)*，2004）、胡里奥·费尔南德斯（Julio César Fernández Carmona）的专著《谎言家与书写者-巴尔加斯·略萨的文学理论和实践》（*El mentiroso y el escribidor. Teoría y práctica literarias de Mario Vargas Llosa*，2007）[23]等。此外，在跨学科解读方面，从心理学、语言学、文化研究的深化，到艺术学（如视觉效果、绘画、影像）、戏剧以及翻译（略萨作品的英、法、瑞典语翻译分析）的延伸研究，其中大众文化、女性形象（主义）则是这一时期出现的小说研究新视角。

值得关注的是，由于回忆录《水中鱼》的出版，略萨的生平研究和心理学视角研究在这一阶段涌现了好几部专著，成果丰硕。如赫伯特·莫罗特（Herbert Morote）的《巴尔加斯·略萨，原本模样》（*Vargas Llosa, Tal Cual*，1997）、赞恩·索里亚（Zein Zorrilla）的《巴尔加斯·略萨的父亲阴影》（*Vargas Llosa y la sombra del padre*，2000）、阿隆索·奎托（Alonso Cueto）的《巴尔加斯·略萨：动态人生》（*Vargas Llosa: La vida en movimiento*，2003）、胡安·加古列维奇（Juan Gargurevich）的《十五岁的记者》（*Reportero a los quince años*，2005）以及心理学家席尔瓦·图埃斯塔（Max Silva Tuesta）的《塞萨尔·巴列霍和巴尔加斯·略萨，精神分析及其他视角》（*César Vallejo y Vargas Llosa.*

---

debate latinoamericano. Vol.5, *Tradición y emenacipación cultural en América Latina*. México: Siglo XXI, 2005. pp.148-174.

23 Julio César Fernández Carmona. *El mentiroso y el escribidor. Teoría y práctica literarias de Mario Vargas Llosa*. Lima: Fondo Editorial del pedagógico San Marcos. 2007.

Un enfoque psicoanalítico y otras perspectivas，2001）和杜吉·马丁内斯（María del Pilar Dughi Martínez）的论文《巴尔加斯·略萨的文学创作过程-〈水中鱼〉的心理学批评研究》（*Mario Vargas Llosa y el proceso de creación literaria. Un estudio psicocrítico de El pez en el agua*，2004），还有博士论文《巴尔加斯·略萨的三步阅读：对小说作品的精神分析解读》（*Tres lecturas de las novelas de Mario Vargas Llosa: interpretación psicoanalítica de la producción novelesca de un autor*，2009）。

还有博士论文，如《巴尔加斯·略萨叙事中的戏仿：〈胡丽娅姨妈与作家〉与〈叙事人〉》（*La parodia en la narrativa de Mario Vargas Llosa: La tía Julia y el escribidor y El hablador*，2010）系统梳理了略萨的文学创作并详细分析了两部作品中的戏仿结构；《次世界创造：巴尔加斯·略萨叙事中的视觉效果》（*La creación de submundos: Lo visual en la narrativa de Mario Vargas Llosa*，2007）首次从视觉艺术的视角解读了略萨的小说；《试金石：巴尔加斯·略萨的新闻诗学》（*Piedra de Toque*: Poética Periodística de Mario Vargas Llosa，2007）则研究分析了略萨在《国家报》专栏《试金石》上的非虚构评论文章。

总之，处于跨世纪第三阶段的略萨研究一方面围绕他非虚构论著、文集的观点，批判略萨有关拉丁美洲土著族群、知识分子和社会发展问题的民族中心主义、欧洲视角和西方资产阶级的意识思想；另一方面继续深化跨学科、跨文化的多视野研究思路，形成了以艺术学、人类学、语言学、心理学为特点的多元研究模态，作家、作品间的比较研究也初具规模，暴力、情色、女性、戏剧等主题性的研究并开始萌芽，研究成果可谓丰硕。

后"诺贝尔"时期（2010-）

2010 年 10 月，瑞典皇家学院宣布将文学奖授予秘鲁作家巴尔加斯·略萨，表彰他"对权力结构的制图般的描绘和对个人反抗的精致描写"[24]。略萨成为了秘鲁文学史上第一位获得诺贝尔奖的作家。1982 年的诺贝尔文学奖得主、略萨旧友、哥伦比亚作家加西亚·马尔克斯在推特上表示祝贺："我们扯平了。"[25]还在普林斯顿大学讲学的略萨于名单公布当日在纽约塞万提斯学院

---

24 From: https://www.nobelprize.org/prizes/literature/2010/vargas_llosa/facts/
25 原文："Cuentas iguales"。

召开了记者见面会，表达激动心情之余他也说道："我是秘鲁人。秘鲁也是我，尽管有些人不喜欢……我所写的就是秘鲁。"[26]

2011 至 2012 年也是西班牙语世界略萨研究的整体爆发期，新小说《凯尔特人之梦》在诺贝尔奖公布后的一个月出版。这一期间，除了对新小说的书评，批评界基本延续了上一阶段的研究路径和方法。2013 年以后，研究成果数量逐渐下降。总体来说，诺贝尔奖之后的略萨研究大致分为：政治思想解读、文学作品分析、作家作品的比较研究三大类。

政治思想的解读方面，除了分析略萨自由主义思想的来源及形成过程的文章以外，出现了四部针对性的研究专著，分别来自拉美右翼学者毛里西奥·罗哈斯（Mauricio Rojas Mullor）的《自由的热情：巴尔加斯·略萨的整体自由主义》（*Pasión por la libertad. El liberalismo integral de Mario Vargas Llosa*，2011）和威尔弗里多·科拉尔（Wilfrido Corral）的《巴尔加斯·略萨：思想的战役》（*Vargas Llosa. La batalla en las ideas*，2012），秘鲁艾玛拉（aymara）土著作家何塞·路易斯·阿亚拉（José Luis Ayala）的《马里奥·巴尔加斯·略萨的深渊》（*Los abismos de Mario Vargas Llosa*，2017）[27]和阿根廷著名马克思主义学者阿提里奥·博隆（Atilio Borón）的《部落巫师-巴尔加斯·略萨与拉丁美洲自由主义》（*El hechicero de la tribu. Vargas Llosa y el liberalismo en América Latina*，2019）[28]。前二者对略萨自由思想的支持态度贯穿于全文，毛里西奥·罗哈斯甚至请到了西班牙右翼人民党重要成员、前马德里市长埃斯佩兰萨·阿吉雷（Esperanza Aguirre）为书作序，略萨本人也亲临新书发布会现场支持。路易斯·阿亚拉以略萨的生平回顾为背景，将其从左至右的政治思想转变与个人生活经历链接，重点围绕略萨思想的转型展开叙述。阿提里奥·博隆则针对略萨 2018 年的思想著作《部落的召唤》（*La llamada del tribu*）进行批判，维护拉丁美洲左翼思想的发展。另外，智利历史学家安赫尔·索托（Ángel Soto）2015 年出版的著作《博尔赫斯、帕斯、巴尔加斯·略萨：拉丁美洲的文学与自由》

---

26 原文："Yo soy peruano. El Perú soy yo aunque a algunos no les guste (...) Lo que yo escribo es el Perú también"。

27 José Luis Ayala, *Los abismos de Mario Vargas Llosa*, Lima, Fondo Editorial Cultura Peruana, 2017

28 Atilio Borón, *El hechicero de la tribu. Vargas Llosa y el liberalismo en América Latina*. México: Akal, 2019.

（*Borges, Paz, Vargas Llosa. Literatura y libertad en Latinoamérica*）[29] 选择了从拉丁美洲文学的整体视角，在比较的基础上探讨文学与自由主义思想的关系。

对文学作品、思想的整体回顾及综合分析也正是"后"诺贝尔时期的略萨研究的特点之一。墨西哥学者路易斯·金塔纳·特耶拉（Luis Quintana Tejera）对新世纪的三部小说《天堂在另外那个街角》、《坏女孩的恶作剧》和《凯尔特人之梦》的文学评论情况整体进行了梳理，再逐个分析每一部小说中的人物及叙事特点[30]。博士论文《巴尔加斯·略萨的书写-先锋的继承》（*La escritura de Mario Vargas Llosa, heredera de las vanguardias*，2014）把略萨一系列小说与先锋主义的重要元素、模板以及其他如阿斯图里亚斯、卡彭铁尔、鲁尔福、马尔克斯、斯科扎、博尔赫斯的创作关联，探讨略萨作品与先锋书写的关系。《叙述者的丛林-西班牙语美洲丛林小说、故事中的政治生态学（1905-2015）》（La selva contada por los narradores. Ecología política en novelas y cuentos hispanoamericanos de la selva）则是纵观拉美整体当代小说中业马逊丛林元素的一部研究[31]。秘鲁圣马可大学教授哈维尔·莫拉莱斯·梅纳（Javier Morales Mena）的专著《马里奥·巴尔加斯·略萨散文中的文学呈现》（*La representación de la literatura en la ensayística de Mario Vargas Llosa*，2019）是对略萨 1967 年到 2010 年非虚构作品（散文、评论文）的集中研究，总结了拉丁美洲评论界略萨接受的特点，分析他散文书写中的文学观，试图重建对略萨的批评接受。此外，西班牙资深记者哈维·阿延（Xavi Ayén）于 2014 年出版的《"文学爆炸"那些年》（*Aquellos años del Boom. García Márquez, Vargas Llosa y el grupo de amigos que lo cambiaron todo*）和学者安赫尔·埃斯特万所著的《从马尔克斯到略萨-回溯"文学爆炸"》（*Del Gabo a Mario. La estirpe del boom*，2015）则是通过搜集各类新材料：信件、陈词、文献以及采访资料等各类手段从不同角度梳理和重现"文学爆炸"那段历史。

前期研究中，将略萨与秘鲁"新土著主义"小说家何塞·玛丽亚·阿尔

29　Ángel Soto, Carlos Alberto Montaner, Héctor Ñaupari, Martín Krause, Carlos Sabino. *Borges, Paz, Vargas Llosa. Literatura y libertad en Latinoamérica.* Madrid:Unión Editorial, 2015.

30　Luis Quintana Tejera. *Las novelas del siglo XXI de Mario Vargas Llosa.* México: Ediciones Eón, 2011.

31　Leonardo Ordóñez Díaz, *La selva contada por los narradores. Ecología política en novelas y cuentos hispanoamericanos de la selva.* Université de Montréal, 2016.

格达斯进行比较研究非常广泛，呈现出一个小高潮。而在略萨获诺奖之后，著名文化研究学者玛贝尔·莫拉娜于 2013 年出版的专著《阿尔格达斯与巴尔加斯·略萨：双重束缚与困境修复》（*Arguedas/Vargas Llosa: Dilemas y Ensamblajes*）则以后殖民主义文化学者的观点为支撑，从多个视角比较分析两位作家的不同，极力为阿尔格达斯在文学、文化、教育方面的贡献而正名，可谓略萨比较研究的重量级著作。

西班牙语世界在略萨研究的新阶段还出现了以电影（戏剧）为主题和人文地理视角的成果。这与新世纪以来略萨的戏剧创作登上舞台、出版戏剧作品合集、小说改编的电影发行不无关系。其中西班牙戏剧研究学者埃琳娜·吉科特·穆尼奥斯（Elena Guichot Muñoz）出版了两部以略萨戏剧作品为主题的研究著作《巴尔加斯·略萨的戏剧：反抗 80 年代的暴力以及舞台想象力》（*La dramaturgia de Mario Vargas Llosa: Contra la violencia de los años ochenta, la imaginación a escena*，2011）、《舞台上的巴尔加斯·略萨—虚构教学中的戏剧》（*Vargas Llosa en escena. El teatro en la didáctica de la ficción*，2016）——2011 年的专著详细梳理、评论了略萨的所有戏剧作品，并综合分析了略萨的戏剧创作观点；而 2016 年的专著则侧重于略萨的现实活动、小说创作（文学思想）与戏剧作品的关系。

此外，在地理环境相关的文化影响研究上，相对于早前集中于亚马逊丛林和安第斯山区文化的探讨，新阶段的研究转向了城市及大都市，比如利马、皮乌拉、法国巴黎、伦敦以及秘鲁的城市建筑等[32]。

在这一阶段，西班牙语世界的略萨研究在主题和视角上得到了全面发展。此外，学者们也着重探讨了几部明显脱离社会批判和总体文学的小说，比如《胡丽娅姨妈与作家》中的大众文化元素与特点（秘鲁俗言语、广播剧及情景剧）[33]、《继母颂》和《情爱笔记》的情色描写、情景呈现、绘画艺术的融

---

32 参见 Eva Jersonsky, "Las ciudades fuera de lugar: la Lima de Sebastián Salazar Bondy y Mario Vargas Llosa". *Extravío. Revista electrónica de literatura comparada*, No.8, 2015. pp.72-85. Fernández-López, Claudia Saraí, "Cronotopo de las ciudades en *Travesuras de la niña mala*, de Mario Vargas Llosa". *La Colmena*, No.89, 2016. pp.45-54. Marco Martos, "Piura en la obra narrativa de Mario Vargas Llosa". *Revista Letral*, No.21, 2019. pp.204-223.

33 参见 Ellen Spielmann, "Los costos de una huachafería limeña: Boucher, Tiziano y Bacon en manos de Vargas Llosa". *Revista de Crítica Literaria Latinoamericana*, Vol.28, No.56, 2002. pp.53-67. Jeria Conus, Jorge Alfredo. *Cultura*

合[34]等。心理分析、女性形象、男权（男性特征）、暴力表现等也成为回顾早前作品或整体分析略萨虚构与现实关系的研究主题。

略萨作品在中国的译介与研究

中国对略萨作品的译介始于 20 世纪 80-90 年代，在新世纪前后其作品在国内的翻译出版达到了小高潮。关于略萨作品的介绍研究，新世纪以前基本上仅限于新作、获奖信息的介绍、国外访谈、评论的翻译等，文学批评在新世纪步入正轨，并在 2010 年以后形成了一定规模。所以，略萨作品在中国的译介与批评研究之间存在二三十年的差距，译介数量大于评论数量——这也是中国拉美文学及西班牙语文学研究普遍存在的一个现象。

略萨作品在中国的译介大致可以分为三个发展阶段：20 世纪 80-90 年代的早期阶段；90 年代以后全面发展阶段；新世纪以来的重译、再版的升级阶段。

首先，20 世纪 80-90 年代，北京大学赵德明教授于 1979 年以笔名"绍天"在上海《外国文艺》杂志上发表《秘鲁作家略萨及其作品》[35]，成为了中国介绍略萨的第一人。"马里奥·巴尔加斯·略萨"（Mario Vargas Llosa）之名不同于中国台湾翻译的"尤萨"，也是由赵德明教授翻译而来。之后，外国文学出版社、外国文学出版社、云南人民出版社、江苏人民出版社、北京十月文艺出版社纷纷加入了略萨早期小说出版的行列，这一时期的翻译、出版信息如下表：

de masas en *La tía Julia y El escribidor de Mario Vargas Llosa*. Universidad de Chile, 2005. Anke Birkenmaier, "Transparencia del subconsciente: escritura automática, melodrama y radio en *La tía Julia y el escribidor*". *Revista iberoamericana*, No.224, 2008. pp.685-701.

34 参见 Guadalupe Marti-Peña, "Egon Schiele y Los cuadernos de don Rigoberto de Mario Vargas Llosa: Iconotextualidad e intermedialidad". *Revista Iberoamericana*, No. 66, 2000. pp.93-111. Hedy Habra, "El arte como espejo: Función y trascendencia de la creación artística en Los cuadernos de don Rigoberto". *Confluencia*, No.18, 2003. pp.160-170. Carlos Alcalde Martín, "Elogio de la madrastra, erotismo y tragedia". María Guadalupe Fernández Ariza (ed.), *Homo Ludens: Homenaje a Vargas Llosa*, Málaga (España): Ayuntamiento de Málaga, 2007. pp.85-102. Euisuk Kim, "Deseo, fantasía y masoquismo en *Los cuadernos de don Rigoberto* de Mario Vargas Llosa". *Confluencia*, Vol.26, No.2, 2011. pp.13-20.

35 绍天《秘鲁作家略萨及其作品》，载《外国文艺》1979 年第 6 期。

原　著	中文译名	译　者	出版社	出版年份
La ciudad y los perros	《城市与狗》	赵德明	北京：外国文学出版社	1981
La tía Julia y el escribidor	《胡丽娅姨妈与作家》	赵德明	北京：人民文学出版社	1982
			昆明：云南人民出版社	1986
La casa verde	《青楼》	韦平、韦拓	昆明：云南人民出版社	1982
	《绿房子》	孙家孟、马林春	北京：外国文学出版社	1983
La guerra del fin del mundo	《世界末日之战》	赵德明、段玉然、赵振江	南京：江苏人民出版社	1983
Pantaleón y las visitadoras	《潘上尉与劳军女郎》	孙家孟	北京：北京十月文艺出版社	1986
Historia de Mayta	《狂人玛伊塔》	孟宪成、王成家译	昆明：云南人民出版社	1988

此外，1982 年由朱景冬、沈根发选编，长江文艺出版社出版的《拉丁美洲名作家短篇小说选》也收录了略萨的短篇小说集《首领们》（*Los jefes*）中的《来客》一篇[36]。以上以赵德明、孙家孟为首的译者也成为了日后国内略萨作品译介的主力军。这一时期，中国台湾地区于 1987 年出版了短篇小说《寻衅》（陈长房译）和《幼弟》（张清柏译）[37]。

其次，20 世纪 90 年代以后，略萨作品的翻译出版不再限于几部代表小说，译本选择范围逐渐扩展。许多出版社推出囊括略萨作品的系列丛书，比如云南人民出版社始于 1987 年的"拉丁美洲文学丛书"，略萨有 5 部作品入选，分别是小说《绿房子》《酒吧长谈》《狂人玛依塔》和《胡丽娅姨妈与作家》以及首部文学评论文集译本《谎言中的真实》（1997）[38]。1996 年开始，

---

36 朱景冬、沈根发选编，《拉丁美洲名作家短篇小说选》，武汉：长江文艺出版社，1982 年。

37 张琼、黄德志《巴尔加斯·略萨在中国的译介及研究述评》，载《南京晓庄学院学报》2013 年 11 月第 6 期，第 33 页。

38 （秘鲁）巴尔加斯·略萨《谎言中的真实：巴尔加斯·略萨谈创作》，赵德明译，昆明：云南人民出版社，1997 年。

时代文艺出版社推出了"巴尔加斯·略萨全集"，包括小说、自传以及政论、散文等，以期系统地向国内读者介绍略萨不同时期的创作。该全集成为中国略萨译介的重磅材料，分为上、下两个系列，收录情况如下表所示：

巴尔加斯·略萨全集（上）	巴尔加斯·略萨全集（下）
1.《城市与狗》	1.《继母颂／首领们》
2.《潘上尉与劳军女郎》	2.《无休止的纵欲》
3.《酒吧长谈》	3.《利图马在安第斯山》
4.《胡丽娅姨妈与作家》	4.《谎言中的真实》
5.《绿房子》	5.《幼崽》
6.《世界末日之战》	6.《达克纳小姐／琼卡》
7.《水中鱼》	7.《顶风破浪》（1）
8.《谁是杀人犯？／叙事人》	8.《顶风破浪》（2）
9.《狂人玛依塔》	9.《给白脸蒂朗下战书》

比较遗憾的是，1996 年发行的巴尔加斯·略萨全集（上）部系列作品的销量并不理想，于是时代文艺出版社压缩了印刷量，还将文集《顶风破浪》两部合出，推迟到 2000 年才出版发行。这也是为什么如今"巴尔加斯·略萨全集"（下）部系列诸多作品已经成为了市面上绝版书的原因。此外，时代文艺出版社还曾将《潘上尉与劳军女郎》与《酒吧长谈》收录进"世界性爱禁毁小说经典"（1996）系列丛书中，2000 年"世界禁书文库"收录了《城市与狗》《潘上尉与劳军女郎》以及《情爱笔记》，2001 年"世界十大禁书"系列再次收录《潘上尉与劳军女郎》。

新世纪的前十年，出于经济收益的考虑，出版社对略萨新书的翻译出版失去了兴趣，尽管这期间略萨的创作不断，但中国的译介却总体处于停滞不前的状态。百花文艺出版社于千禧年出版了由赵德明教授翻译的《中国套盒：致一位青年小说家》，2004 年由上海译文出版社再版更名为《给青年小说家的信》。一直到 2009 年，《公羊的节日》和《天堂在另外那个街角》由上海译文出版社同时出版。人民文学出版社于同年也陆续重版了《绿房子》《胡丽娅姨妈与作家》《潘达雷昂上尉与劳军女郎》《酒吧长谈》《坏女孩的恶作剧》《城市与狗》与《天堂在另外那个街角》并全部纳于"略萨经典文库"系列中。目前市面上略萨的经典小说都有好几个版本，几乎所有的小说亦都有中文译本（19 / 20 部译本，2019 年最新著作《艰难岁月》（*Tiempos recios*）尚无译本）。由于孙家孟先生于 2013 年去世，赵德明等老一辈译者的年事已高，除小说之外，略萨的非虚构散文、评论文及政论著作约四十余部，以及戏剧、童话等作品至今国内的译本只有寥寥几部[39]，虽然许多译本的代译序或简介能帮助读者更好地解读文本，但对于全面掌握略萨的作品及思想，译著的缺乏仍然是一个很大的问题。

中国学界对略萨的文学批评研究始于香港作家、文学家西西（本名张彦），她于 20 世纪 80 年代开始研究略萨的小说《潘达雷昂上尉和劳军女郎》，后又继续研读了《胡丽娅姨妈与剧作家》《世界末日之战》以及《中国套盒》，指出略萨现代电影式的"时空浓缩"[40]叙事手法。其研究成果分别收入文集《传声筒》（1995）、《想我这样一个读者》和香港《素叶文学》（1984）杂志中。同一时期在内地的评论界，有关略萨身份、获奖信息及活动、推出新作的介绍性文章则占据绝对主体，如《秘鲁作家巴尔加斯·略萨获法国最佳外国作品奖》[41]或《略萨的第一个剧本在马德里受到欢迎》[42]。

1982 年，陈光孚从结构现实主义解读的角度对略萨的小说《潘达雷昂上尉与劳军女郎》《绿房子》进行了分析，指出前者中"多角度、多镜头"的并行叙述手法和借鉴绘画艺术的透视法，后者使用的"连通管法"[43]。1987 年孙家孟发表于《世界文学》的评论文章《结构革命的先锋——论巴尔加斯·略萨及其作品〈酒吧长谈〉》[44]则被认为是国内真正意义上的略萨文学批评研究。

新世纪之初，在延续早期结构主义评述成果的基础上，国内学者将目光

39 参见附录一。

40 凌逾《小说空间叙述创意——以西西与略萨的跨媒介思维为例》，载《江西社会科学》2008 年第 4 期，第 35-40 页。

41 （西）鲍斯盖《秘鲁作家巴尔加斯·略萨获法国最佳外国作品奖》，载《世界文学》1981 年第 3 期，第 313-314 页。

42 晓牧《略萨的第一个剧本在马德里受到欢迎》，载《译林》1983 年第 2 期，第 273 页。

43 陈光孚《"结构现实主义"述评》，载《文艺研究》1982 年第 1 期，第 84-91 页。

44 孙家孟《结构革命的先锋——论巴尔加斯·略萨及其作品〈酒吧长谈〉》，载《世界文学》1987 年第 1 期，第 220-238 页。

转向了文本结构分析，略萨作品中的时空变异、多角度叙事、多线索并行、碎片拼接等手法，都成为了对其小说文本分析的中心主题。比如孟宪臣的《谈〈玛伊塔的故事〉的现实意义及艺术特色》[45]、龚翰熊的《略萨〈酒吧长谈〉的结构形态》[46]等。在各类期刊、杂志上陆续出现的小说结构艺术分析，伴随着小说、散文作品的节选或译文以及作家相关信息的介绍，一直到听觉语言、视觉语言和对白语言的研究，略萨创作每部小说的手法与技巧之丰富、之新奇令人惊叹不已[47]。

在主题、方法和视角上，除了延续对不同小说作品的结构分析以外，对人物、女性形象的分析，性爱、弑父情结的主题讨论，叙事学视角的研究，如对话艺术、"叙述场"、双重文化视角的挖掘、与马尔克斯的比较等都是这一时期略萨研究的新成果，如张艳的《时代悲剧的体现者—浅析巴尔加斯·略萨〈绿房子〉中的主人公形象》、张金玲《〈绿房子〉中的女人们》、梁丽英的《性爱·人性·个体性——对〈情爱笔记〉的深度审视》、吉平的《弑父的循环——从文化人类学角度解读〈胡利娅姨妈与作家〉的弑父主题》、李森的《绦虫寓言——巴尔加斯·略萨的〈情爱笔记〉》、宋玥的《论略萨小说〈叙事人〉的双文化视角》、凌逾的《小说空间叙述创意——以西西与略萨的跨媒介思维为例》等。这一时期的批评研究表现出两个问题，即老一辈的西语文学学者仍大多致力于翻译、文学动态和感想散文的发表（除了赵德明先生在 2005 年出版了专著《略萨传》）。新一代的文学批评学者许多并不懂西班牙语，比如成果数量较多的梁丽英、张金玲参考的都是英语文献，这也说明了西班牙语及西语文学学者在新世纪的略萨研究上出现了青黄不接的断层现象。

2010 年的诺贝尔文学奖在中国读者中掀起了一股"略萨热"。《世界文学》在 2011 年陆续发表了略萨的获奖辞《阅读与小说礼赞》（Elogio de la lectura y la ficción）以及同年受邀来访北京、上海时的演讲译文，《书城》也发表了另一位译者姚云青的译文《赞颂阅读与虚构》。众多期刊杂志为略萨研究设置专号，发表演讲、散文或论文的节选或全文译文。比如《外国文艺》

---

45 孟宪臣《谈〈玛伊塔的故事〉的现实意义及艺术特色》，载《外国文学》1988 年第 21 期，第 85-87 页。

46 龚翰熊《略萨〈酒吧长谈〉的结构形态》，载《外国文学评论》1995 年第 4 期，第 39-45 页。

47 张琼、黄德志《巴尔加斯·略萨在中国的译介及研究述评》，载《南京晓庄学院学报》2013 年第 29 期，第 34 页。

就刊登了略萨早年获罗慕·加列戈斯（Rómulo Gallegos）文学奖的著名演讲《文学是火》（La literatura es fuego）[48]。赵德明教授也在 2011 年修订并重版了《略萨传》。当然，伴随略萨代表作新版面世的还有文学批评界对略萨研究的多元化蓬勃发展。

与新世纪的前十年相比，知网的略萨研究成果数量翻了五倍，诺贝尔奖后，评论界开始以文学为中心，构建略萨思想理论体系的探索。其"西化的政治主张适合秘鲁与否和总统竞选的成败与否对于中国的评论界都不重要，但这却造就了新一轮的略萨接受与传播热潮——作家对政治斗争方式、中心主义和文学创作意义等内容更为成熟、深刻的反思在 2010 年以后受到关注并不断地被加以阐释，其作品中意义的丰富性和多元性开始受到重视"[49]。对略萨经典旧作的重读，增加对暴力、女性及性描写、伦理的探讨、对作家等知识分子的人文关怀，还有社会弊病的讽刺以及对圣经的阐释等，研究深度和广度都大大超过从前。如吴秋懿的《混乱社会中的人文关怀—解读略萨的〈绿房子〉》、张琼、黄德志的《反抗文明中的野蛮——对略萨〈绿房子〉的后殖民解读》、王红的《本体与征象：略萨文学创作理论及〈城市与狗〉的伦理学批评》、侯健的《巴尔加斯·略萨作品中性的作用—以〈城市与狗〉为例》、马慈祥的《外庄内谐 针砭时弊——评巴尔加斯·略萨小说〈潘达雷昂上尉与劳军女郎〉中的讽刺表现手法》以及阳幕华的《"英雄"的罪恶与拯救——论略萨〈城市与狗〉对圣经的现代阐释》等等。

此后，从《小说？音乐？绘画？——马里奥·巴尔加斯·略萨小说的艺术气质》[50]到毛频的《潜于文本之下的"戏剧性"探索——评巴尔加斯·略萨的戏剧创作》、张伟劼的《论略萨〈继母颂〉的视觉叙事》，明显看到艺术学角度的元素与叙事解读逐渐发展，音乐、绘画、戏剧、视觉效果等都成为了略萨研究艺术学方向的新主题。张琼的《试析〈坏女孩的恶作剧〉中的心理学因素》也是首次从心理学视角的研究尝试[51]。此外，一些研究把略萨纳入后

---

48 Hou Jian, *Buitre o fénix: la traducción y la recepción de la obra de Mario Vargas Llosa en China.* Universidad de Huelva, 2017. p.245.

49 张琼、黄德志《巴尔加斯·略萨在中国的译介及研究述评》，载《南京晓庄学院学报》2013 年第 6 期，第 35 页。

50 林莹、习颖娣、彭娟《小说？音乐？绘画？——马里奥·巴尔加斯·略萨小说的艺术气质》，载《名作欣赏》2011 年第 33 期，第 94-95 页。

51 张琼《试析〈坏女孩的恶作剧〉中的心理学因素》，载《文学界（理论版）》2011 年第 2 期，第 203-204 页。

殖民主义、反中心主义以及后现代视域，对其身份、视角和思想不断阐释，如周明燕的《从略萨看后殖民作家与本土的分离》以及张琼、黄德志的《巴尔加斯·略萨的反传记书写：解构真实》，都是其作品丰富多元性得到重视的体现，也说明国内学界在近几年的略萨接受中已由赏析式的阅读过渡到多维度评述的研究发展阶段。

越来越多的学者也逐渐关注略萨与当代作家的影响、关系研究，如作品的译介出版统计、叙事技巧的关联性[52]等从不同侧面、不同维度的分析，构建起具有跨文明比较意识的中国研究特色。这类研究比较集中的出现于最近几年，这也是国内学界摆脱对拉丁美洲文学逢迎意识形态的需要，真正全面接受略萨多元言说的新时代。可以说本土的略萨研究成果与国际文学评论界的相关研究正在接轨，但我们也注意到其中的一些问题：其一，针对略萨经典小说的单一化、重复化阐释，对其结构、现实主义的分析仍在大量出现。其二，大部分学者借鉴英美学界的参考文献，对秘鲁、拉丁美洲的本土文化和历史语境没理解不够深入。其三，由于早前国内对拉丁美洲文学的译介接受与意识形态紧密挂钩，对略萨思想的研究和国外研究状况、变化把握不及时。事实上，拉丁美洲本土（西班牙语世界）对略萨的批评研究始于 20 世纪 70年代，后由于略萨与古巴革命政府的高调决裂又转向了政治思想为主的批评研究。我国学界对略萨文学文本的研究从 20 世纪 90 年代后期才开始，不仅在译著、思想研究方面有所缺位，整体上也与国外研究相比"慢半拍"的阶段错位。

---

52 参见李蕾《论略萨作品在中国的译介出版及对中国作家的影响》，载《出版广角》2017 年第 16 期，第 80-82 页。陈晓燕《两个"魔盒"，不同风景——莫言〈酒国〉与略萨〈胡利娅姨妈与作家〉比较》，载《中国比较文学》2018 年第 1 期，第 172-184 页。方志红《论巴尔加斯·略萨对阎连科小说创作的影响》，载《中国文学研究》2018 年第 2 期，第 175-180 页。杨文臣《墨白与略萨的比较研究——以〈欲望〉与〈绿房子〉、〈潘达雷昂上尉与劳军女郎〉为例》，载《躬耕》2018 年第 7 期，第 61-64 页。杨文臣《对小说叙事的探索与革新——墨白与略萨、胡安·鲁尔福、马尔克斯等拉美作家小说文本的比较研究》，载《南腔北调》2018 年第 10 期，第 38-53 页。

第二章　西班牙语世界巴尔加斯·略萨的生平研究

　　马里奥·巴尔加斯·略萨 1936 年出生于秘鲁阿雷基帕（Arequipa）的一个中产阶级家庭，童年跟随外祖父一家辗转玻利维亚和秘鲁北方的皮乌拉（Piura）。1947 年随父母迁居首都利马，后入读莱昂西奥·普拉多军校、皮乌拉中学，最后进入利马圣马可大学（Universidad de San Marcos）相继学习法律、历史、语言文学。1957 年，短篇小说《挑战》获得《法国杂志》奖励两周巴黎旅行。1959 年前往西班牙马德里大学攻读文学博士，1963 年《城市与狗》获得西班牙“简明从书”奖和文学评论奖，1966 年，长篇小说《绿房子》获得文学评论奖和罗慕·加列戈斯国际文学奖。1979 年被推选为国际笔会主席，1994 年获得西班牙塞万提斯文学奖，并当选西班牙皇家语言学院院士。1995 年获得以色列耶路撒冷文学奖。从 1957 年发表《挑战》至今，60 余年间略萨出版了小说、评论文集、戏剧、童话、诗歌等近百部文学作品，并持续在西班牙及拉丁美洲国家的期刊、报纸上发表社论。略萨的一生还做过很多不同的工作，中学时期就开始在报社做兼职，大学时期除了给教授做助理，因为早婚曾同时做过七份兼职，也陪同欧洲人类学家考察过亚马逊丛林，他的人生经历是其早期创作的重要灵感来源。此外，他还积极参与政治，最瞩目的活动莫过于 1990 年前后参选秘鲁总统。早前在拉丁美洲反侵略求发展的历史中，略萨也曾加入秘鲁共产党外围组织、支持古巴革命等。略萨的批评领域涉猎广泛，包括文学研究、文化研究、社会和政治研究。在半个多世纪的批评和创作生涯中，略萨的人生经历、思想变化与文学及文学以外的社会历史发展之间有着紧密的联系。

斯坦福大学比较文学教授约瑟夫·萨默斯（Joseph Sommers）在研究略萨的文学与意识关系的论文中指出："任何文学文本都是在特定的背景和历史时刻创作的，作者的个人经历都或多或少、直接或间接地转化到文学话语中，而个人经历必须放置于某一社会历史场景下才能被更好地理解。"[1]

国内对于略萨的生平经历大多借鉴国外文献，介绍其生平好和作品，内容上缺乏更深入的分析。在西班牙语特别是拉丁美洲学界，对于略萨的生平研究从材料数量和研究角度上都非常丰富，许多略萨在秘鲁的故人，如同学、朋友以及前妻，或接受采访，或出版著作讲述与略萨的过往点滴。这些都成为了西班牙语世界研究略萨生平的一手材料。20世纪六、七十年代的略萨作品研究，由于其故事背景与秘鲁社会有着非常明显的隐射关系，大多数研究都会联系略萨的生平经历进行综合讨论。对略萨生平经历相对深入的分析集中于何塞·米格尔·奥维耶多（José Miguel Oviedo）、马克斯·席尔瓦·图埃斯塔（Max Silva Tuesta）、赫伯特·莫罗特（Herbert Morote）、萨拉·卡斯特罗-克拉伦（Sara Castro-Klarén）以及阿隆索·奎托（Alonso Cueto）的研究著作中，包括对略萨人生阶段的划分、重要经历的详细分解、以及从心理学角度对其童年回忆和家庭关系的分析。

略萨不同的人生阶段

在西班牙语世界的略萨研究中，不管是从生平还是创作经历的角度，许多学者都对略萨的人生进行不同阶段的划分，最普遍的是将其人生经历的每十年划作一个阶段：最早的十年是与外祖父母一家生活的时光；然后是与亲生父亲生活的十年，同时也是文学创作素材、灵感的积累阶段；第三个十年期间早期成名的三部小说相继出版（1959年《城市与狗》、1966年《绿房子》、1969年《酒吧长谈》）；1971年到1981年，博士论文《加西亚·马尔克斯：一个弑神者的故事》（*García Márquez: historia de un deicidio*）和《世界末日之战》分别出版；1990年到2000年，参加秘鲁总统大选失利后回归文学创

1　Joseph Sommers, "Literatura e ideología: el militarismo en la novelas de Vargas Llosa". *Revista de Crítica Literaria Latinoamericana*, Vol.1, No.2, 1975. p.88.

作，2000 年出版《公羊的节日》；最后，2010 年《凯尔特人之梦》出版并获得诺贝尔文学奖。这一划分虽然看似有些牵强，倒也不乏趣味，从中我们可以看到略萨的成名之早，文学创作的周期之长，而且文学文化活动已然成为其生命的一部分。即使获得诺奖之后，他也坚持创作，不断推出新作且社会生活活跃，似乎完全没有退休的打算。总体来讲，略萨的人生经历与其文学创作、意识思想的变化密不可分，因其成名早、作品多，学界更专注于他童年及青少年阶段的生平研究。

一、文学启程与早期成名

著名文学批评家何塞·米格尔·奥维耶多（José Miguel Oviedo），曾是略萨同桌，也是最早对略萨的文学作品进行批评研究的学者。1970 年出版的著作《马里奥·巴尔加斯·略萨：一种现实的创造》（*Mario Vargas Llosa: La invención de una realidad*），将略萨的人生（1970 年前）划分为了与文学相关的三个阶段：艰难开始；找寻自我；早期神化。

第一阶段：艰难开始——文学试探

出生于 1936 年的略萨，由于父母离异，一岁以前与母亲及外祖父母一家生活在秘鲁第二大城市阿雷基帕（Arequipa）。奥维耶多将它描述为一个既繁荣、现代化，又由于地理位置和海拔高度具有山区特性的城市，还是一个比首都利马（Lima）更信奉天主教和教皇极权的城市，也是秘鲁华丽浪漫主义诗人的摇篮。"感性、地方主义"[2]，"朴素、高贵、内向"[3]是阿雷基帕人的特点。奥维耶多认为略萨作为阿雷基帕人的后代，即便在成年后取得了非凡的成就，也总是带有一种神秘外乡人气质，无法融入大都市，似乎也可以在此找到原因。

一岁时，他随家人搬到玻利维亚的科恰班巴（Cochabamba），在那里度过了八年的快乐时光。与外祖父母一家生活的小略萨备受宠爱，无忧无虑。他在一次采访中如此形容幼时的纯真："生活中最重要的事情也许就是嘉年华会，以为可以利用这个机会向人们投掷灌水气球。我那时候以为圣诞节床脚下的玩具就是上帝带来的，而白鹳则从巴黎将小孩子们带到这个世界上来。

---

2 Mario Vargas Llosa, *La casa verde*. Barcelona: Seix Barral, 1966. p. 127.
3 José Miguel Oviedo, *Mario Vargas Llosa: La invención de una realidad*. Barcelona: Barral editores, 1970. p. 18.

我甚至从来没想过死亡。"同时他也提到了文学，"幸福，如您所知，就是文字上的毫无产出，这段童年时光在我身上发生的所有事情都没有对我起到任何一种文学上的刺激。"[4] 1945 年略萨跟随外祖父母一家迁回秘鲁皮乌拉，至此略萨结束了快乐的童年时光和人生的黄金时代。

在皮乌拉，略萨因为年纪小无法融入同学，第一次感受到了生活的不适应，度过了"可怕的一年"[5]。没过多久，其父母关系复合并将他带到首都利马生活。几年后他进入了利马的莱昂西奥·普拉多（Leoncio Prado）军校。奥维耶多形容这是一所针对难管教孩子的万能学校，是中学，是管教所，也是军校。与略萨以前就读的典型的中产阶级学校或教会学校不同，莱昂西奥·普拉多军校接受来自社会各个阶层的学生。略萨在这里被迫走出了人生的舒适区，认识了痛苦、暴力等生活中的黑暗面，这段经历对略萨的影响至深，几乎给他的人生印上了永久的烙印。

多年后，《城市与狗》的出版不仅引发了莱昂西奥·普拉多花园内焚烧上千册小说的风波，军校的领导、甚至还有些同学拿出了许多略萨在校期间表现极差的证据以证明他对学校形象的描述完全是虚假的，还是反爱国主义的。抛开证据的真实性，奥维耶多认为这恰恰体现的是略萨作为作家的另外一面，成绩差和逃课并不能等同于写作水平差，相反它可能反映了略萨在这所学校里的不适应和不安，并最终成为一名反叛者或者作家，因为这一时期略萨已经开始对文学感兴趣并大量阅读雨果和大仲马的作品。恰巧军校里的所见所闻冲击了他青年时期以前的认知，这里的压迫暴力体系和学员的温顺、狡诈、虚伪使他感受到了一种近似于冒险的强烈反叛需求。军校使他害怕，同时又吸引着他，似乎已经注定成为他文学经历中第一个重要写作对象。

那个年代，文学在秘鲁是一种受到政府严格审查和大众嘲笑的事物，文学爱好使略萨与父亲的关系也越来越紧张。写作对于略萨更像是一种禁忌的诱惑，一种报复行为："文学抱负确定之后偷偷地成长起来，我对莱昂西奥·普拉多的反叛情绪使我一点点地转向文学。那时候文学已经成为我生活中非常重要的一部分，但又是秘密的，因为学校的生活使我必须隐藏它。"[6] 通过略萨在一次纪念秘鲁"50 一代"作家塞巴斯蒂安·萨拉萨尔·邦迪（Sebastián

---

4　Alfonso Calderón, "El hombre y sus demonios(reportaje)". *Ercilla*, No.1769, mayo de 1969. p.52.

5　Luis Harss, *Los nuestros*. Madrid: Alfaguara, 1966. p. 433.

6　Luis Harss, *Los nuestros*. Madrid: Alfaguara, 1966. p.434.

Salazar Bondy）活动上的演讲《塞巴斯蒂安·萨拉萨尔·邦迪与秘鲁作家的文学抱负》（Sebastián Salazar Bondy y la vocación del escritor en Perú），可以再次清晰了解 20 世纪五六十年代秘鲁文学、作家及文字工作者地位的卑微和大环境的冷落[7]。

　　十五岁的略萨利用假期在《新闻报道》（La Crónica）报社做了三个月兼职，后转学至外祖父母所在的皮乌拉完成最后一年的中学学习。这一年中他组织了罢课活动，奥维耶多将此看作是军校传统的继承，也是其短篇故事《首领们》（Los jefes）的故事主题原型。他还在皮乌拉《工业报》（La Industria）做专栏作家，并创作了自己的第一部作品——戏剧《印加的逃亡》（La huida del Inca），还将其搬上利马的城市庆祝活动舞台，大获好评。之后他并未继续创作戏剧，而是尝试诗歌创作。

　　中学毕业后略萨回到利马就读于圣马可大学，源于爱好和热门程度选了文学和法律专业。大学时期的略萨为了维持生活和学习疯狂打工，最多时同时做过七份兼职，如电台新闻撰稿人、报社杂志记者以及墓地登记员等。与远方亲戚"胡丽娅姨妈"（Julia Urquidi）的恋爱让他与家人几乎断绝来往，也使他生活更窘迫，只能靠朋友的帮助找更多的工作养家糊口，他做过大学教授、参议员劳尔·波拉斯·巴雷内切亚（Raúl Porras Barrenechea）的助理、图书管理员以及参议院里的文职。他也开始频繁为文学类报刊杂志撰稿，《秘鲁文化与旅游》（Cultura Peruana y Turismo）、《秘鲁水星》（Mecurio Peruano）、《贸易报（周日增刊）》（El Comercio），虽然在这些文章中出现了日后文学作品的前身，比如《首领们》《祖父》，但生活和工作的负担使略萨没有时间静下来进行文学创作。他还尝试参与了一些文化工作，如文集和杂志的编辑等。

　　直到 1958 年，22 岁的略萨参加了《法国杂志》（Revue Française）组织的故事征文比赛，他凭借《挑战》（El desafio）获得了一次法国短期旅行的奖励。这次一个月的旅程使他认定了自己必须要再回欧洲去学习并认真写作。同年他获得了去西班牙马德里大学攻读博士学位的奖学金，这离他的巴黎梦想又近了一步。第二年略萨又申请了法国的奖学金，并用原本回国的路费去了巴黎。由于手续问题，他在巴黎苦等了两个月后发现奖学金名单上没有自

7　Mario Vargas Llosa, "Sebastián Salazar Bondy y la vocación del escritor en Perú". *Casa de las Américas*, No.45, 1966. pp.16-17.

己的名字——与自己理想的巴黎生活状态完全不同，略萨不得不赶紧找工作以维持生计。

第二阶段：找寻自我

1959 年，略萨的《首领们》获得了西班牙雷奥波德·阿拉斯文学奖（Leopoldo Alas）并出版。作为略萨文学青涩时期的作品，他表示在《首领们》出版时，立马就不喜欢这本书了[8]。这也许说明当时的他意识到文学需要更深层次的东西才能更好地发展下去。

略萨在巴黎的文学创作环境，尤其是生活境遇异常艰辛。住廉价旅馆的阁楼、打零工维持了几个月后，他终于找到了一份贝利茨（Berlitz）语言学校外语教师的稳定工作勉强生活，之后他进入了法新社西语部（AFP），再之后任职于法国电视广播台（Radio-Televisión Francesa）。生活稳定以后，略萨才开始投入写作，这时候他已在着手修改与军校生活有关的第一部小说《城市与狗》。西班牙巴拉尔出版社（Seix Barral）的编辑卡洛斯（Carlos Barral）曾经说过，略萨过着极为朴素自律的生活，即使一起去海边度假，他也不下海、不喝酒、每天固定时间阅读。在其他场合略萨也多次表示，在他的认知里，整日喝咖啡的不羁生活是作家低产低效的罪魁祸首。而他自己在巴黎的生活从一开始就"非常的简朴，有时候甚至显得寒酸苦涩，但内心却无比富足。"[9]

这一时期他疯狂阅读以弥补之前的文学空白，努力提升文学修养。从文学的角度上看，阿雷基帕、科恰班巴或是利马，将他驱赶出本身所属的世界，让他最终在另一个陌生的环境里找到自我。而旧时的生活经历又成为了其写作的素材和灵感来源，《城市与狗》初稿完成于他在马德里的博士学习期间，后来在巴黎几经修改。他当时对这部作品并不抱什么希望，因为那时的他就是一个名不见经传的秘鲁青年作家，在自己的国家都没有任何资源，更别提期望异国他乡来帮他抵抗军校的权威了。他继续写作似乎只是为了满足内心的一种需求。1962 年他回了一趟秘鲁，带回了《城市与狗》的初稿，"50 一代"代表作家塞巴斯蒂安·萨拉扎·邦迪（Sebastián Salazar Bondy）把书推荐给了一位阿根廷的编辑，却没有收到回音。

---

8 Emir Rodríguez Monegal, "Madurez de Vargas llosa". *Mundo Nuevo*, No.3, 1967. p. 64.
9 José Miguel Oviedo, *Mario Vargas Llosa: La invención de una realidad*. Barcelona: Barral editores, 1970. p. 27.

也许是命运的安排，略萨回到巴黎后认识了编辑卡洛斯·巴拉尔（Carlos Barral），卡洛斯读过手稿以后非常喜爱，并建议略萨用这本小说参加巴拉尔出版社举办的第五届简明图书奖（Premio Biblioteca Breve）评选。最终略萨在81位选手中脱颖而出，成为了五届冠军中唯一的拉丁美洲作家。从参赛到获奖，小说名字从《冒名者》（Los impostores）更名为《英雄之地》（La morada del héroe），在1963年首次出版时才最终定为《城市与狗》。出版后的大受欢迎，《城市与狗》又入围了著名的法国福明托文学奖（Prix Formentor）并最终获奖，随即又获得1963年的西班牙文学评论奖（Premio de la Crítica Española）。

第一部小说的顺利出版，又获得众多西方重量级奖项的加持，让拉丁美洲作家略萨迅速跻身于知名作家行列。这一切发生得非常偶然，但奥维耶多认为略萨与同时期的其他拉丁美洲作家恰好代表了拉丁美洲小说的黄金时代。这一时期的拉丁美洲优秀小说有：1961年阿根廷作家埃内斯托·萨巴托（Ernesto Sábado）的《英雄与坟墓》（Sobre héroes y tumbas）和乌拉圭作家胡安·卡洛斯·奥内蒂（Juan Carlos Onetti）的《造船厂》（El astillero），1962年古巴作家阿莱霍·卡彭铁尔（Alejo Carpentier）的《光明世纪》（El Siglo de las Luces）和墨西哥作家卡洛斯·富恩特斯（Carlos Fuentes）的《阿尔特米奥·克罗斯之死》（La muerte de Artemio Cruz），1963年阿根廷作家胡里奥·科塔萨尔（Julio Cortázar）的《跳房子》（Rayuela）。

略萨在欧洲，从生活在黑暗的无名小卒，几年之内一跃至国际著名作家之列。拉丁美洲的大作家们纷纷向他表示祝贺，他也接受了越来越多的采访，围绕其作品的评论文章也相应增多，拉丁美洲本土也开始关注他的小说，连秘鲁也表达了为他而生的自豪感。但略萨在巴黎的生活除了没那么寒酸以外，并未有太大的改变。他成为简明图书奖（Premio Biblioteca Breve）文学奖评委，时不时去一趟巴塞罗那，认识了些新的朋友，仍然全身心地投入于文学创作之中。

第三阶段：早期神话

《城市与狗》完成之后，略萨开始撰写以亚马逊丛林为背景的新小说《绿房子》，基于他曾于1958年陪同墨西哥人类学家进入秘鲁亚马逊区域深度考察后受到的震撼所激发的创作灵感。《绿房子》的创作比《城市与狗》要艰难，不仅仅在于篇幅的加大和结构的复杂化，《城市与狗》处理的是略萨个人经历和回忆，《绿房子》涉及的却是已经在秘鲁各类民俗文学和小说中被书写、描绘了无数次的亚马逊地区。"任何一个读者，只要带上此类书籍，就可以游历亚马逊了。"[10]略萨很清楚自己的劣势，他也不想在新书中出现对秘鲁丛林描述的任何不准确。他下了狠功夫，阅读了秘鲁当时所有的有关亚马逊的文学作品，学到了许多丛林事物的命名法；然后他回到亚马逊进行了一次探索旅行搜集相关资料，一切准备妥当之后，才正式开始创作。1965 年，经过三次修改，最终成稿。同年在巴萨罗那出版，再次引起轰动。两年前刚刚在文坛出头的青年作家成为了青年文学大师。

　　随着名气的攀升，略萨开始与许多杂志、报刊合作，如古巴《美洲之家》（*Casa de las Américas*）、阿根廷《第一平台》（*Primera Plana*）、乌拉圭《行进》（*Marcha*）、秘鲁《快车》（*Expreso*）等，他还受邀参加世界笔友俱乐部（Pen Club）大会，与欧美顶级文学家共聚一堂。名气也给略萨带来了许多的问题和烦恼。他无法安静、持续地写作，在巴黎卢森堡花园背后的小公寓完全暴露于公众视野，毫无隐私可言。对法国电视广播台的工作略萨也感到疲倦，想离开巴黎。1966 年他带着家人去了伦敦，远离喧嚣。他任教于玛丽皇后学院（Queen Mary College），教授西班牙语美洲文学。在伦敦期间他创作了短篇小说《崽儿们》（*Los cachorros*），1967 年在巴塞罗那出版。与前两部长篇小说不同，《崽儿们》是一部充满"叙述艺术"、"语言、节奏和社会象征完美融合"、"干净、紧凑，带着他内心漩涡印记"[11]的作品。

　　略萨在诺贝尔文学奖之前文学生涯中真正的高光时刻是在 1967 年的委内瑞拉——为纪念伟大作家罗慕·加列戈斯（Rómulo Gallegos）诞辰 80 周年和加拉加斯（Caracas）建成 400 周年，委内瑞拉国家文化艺术中心创立了首届罗慕·加列戈斯国际小说奖（Premio internacional de novela Rómulo Gallegos），授予"近五年内用西班牙语写作的最好的拉丁美洲小说"，毫无疑问，热门的略萨以《绿房子》获此殊荣。在此之前他凭借《绿房子》已经第二次获得了西班牙文学批评奖（Premio de la Crítica Española）和秘鲁的国家小说奖（Premio Nacional de Novela）。

　　加拉加斯的罗慕·加列戈斯奖将略萨推向了一个新高度，报纸头版、杂

---

10 José Miguel Oviedo, *Mario Vargas Llosa: La invención de una realidad*. Barcelona: Barral editores, 1970. p. 33.

11 José Miguel Oviedo, *Mario Vargas Llosa: La invención de una realidad*. Barcelona: Barral editores, 1970. p. 37.

志封面、广播和电视上都是其获奖的消息。这位 31 岁的青年作家到委内瑞拉领奖时，受到了电影明星般的追捧，不管有没有读过他的作品，所有人都对他大加赞赏。奥维耶多认为，这种热情不仅仅针对略萨及其作品，更多表现了一种拉丁美洲文学和作家与公众关系的新局面，同年马尔克斯刚出版了《百年孤独》并受邀参加此次颁奖，他受到的欢迎程度与略萨不相上下。略萨的小说更像是开启这种拉丁美洲文学新局面的钥匙，恰好处于拉丁美洲文学新潮的漩涡中心这一事实也是将略萨推向另一层成功的重要因素之一。

　　在颁奖典礼上，加拉加斯观众期待着来自略萨的非常规致谢词。略萨也确实没有让人失望，他从加列戈斯手中接过奖状，发表了著名的《文学是火》（*La literature es fuego*）演讲。他通过引用一位毫不知名的秘鲁本土作家形象——诗人卡洛斯·奥昆多·阿马特（Carlos Oquendo de Amat）启发公众对作家普遍的流亡命运的思考。此文很快传遍了大街小巷，不仅刊登于各大期刊杂志，也被翻译到西方世界，引起文学界的广泛关注和讨论。这篇演讲文"因其异常清晰和精确的表达，成为了理解略萨对作家职业意义和意识形态关联的重要代表作品之一。也记录了拉丁美洲作家对事业的担忧：文学的专业性、道德和社会影响"。[12]

　　略萨此后的文学创作主题选择总是围绕着世界各地的文化、社会事件。秘鲁 1948-1956 年期间的奥德利亚（Manuel Odría）军政独裁统治以其对民众的欺诈出名。略萨深感自己应该像巴尔扎克和狄更斯一样书写深刻反映社会、政治和历史的伟大小说。《酒吧长谈》（*Conversación en La Catedral*）的构思和创作冲动就像扎在略萨脑海里的一根刺，使之彻夜难眠。小说中酒吧的名字"大教堂"（La Catedral）恰好隐射的就是略萨大学时去过的一个利马街头破旧酒吧的名字。大半年以后的 1968 年，略萨就已经写出了上千页的篇幅，使出版商非常头疼。之后，在他被邀请去美国华盛顿州立大学作常驻作家期间，开始对原稿进行修改和缩减，直到 1969 年由西班牙巴拉尔出版社出版。

二、青年时期的人际交往

　　同样有欧美旅居经历的秘鲁作家赫伯特·莫罗特（Hebert Morote）于 1997 年出版了名为《巴尔加斯·略萨，原本模样》（*Vargas Llosa，tal cual*）的专

---

12 José Miguel Oviedo, *Mario Vargas Llosa: La invención de una realidad*. Barcelona: Barral editores, 1970. p. 40.

著，该书以《水中鱼》的结构为基础，解读了略萨人生"最有趣"的两个阶段：从出生到第一次去欧洲之前的生活经历（1936-1958）；参加总统竞选的三年时光（1987-1990）。试图揭露略萨写作回忆录的真实意图，结合作者了解的秘鲁社会历史情况，分析了略萨回忆录中主观、片面的特征以"撕开"略萨的人生伪装。

其中莫罗特对青年时期略萨的早熟表现进行了解读。首先他分析了略萨早熟的成因：较早接触社会，15 岁开始在新闻业兼职，尤其是为侦探故事版面写稿时期时常出入警察局、酒馆、妓院等地方，接触了各式各样的社会边缘人物。同时，长期熬夜和饮酒让略萨意识到这种不羁的生活对写作造成的影响，并且一位记者朋友就因混乱生活和酗酒而磨灭了文学天赋。所以略萨认为"我有很多事情要做，包括上课、报社的工作、阅读和我想写的东西，我可以在咖啡馆或酒吧里呆上几个小时聊个不停，而我身边的人却开始喝醉，这让我觉得无聊又恼火。"[13]

另外，大学期间的略萨热衷于与重要人物交往，这也让他远离了年轻人的世界。莫洛特分析略萨的人脉意识源自对生存和文学创作的需求，早前的家庭依靠——外祖父家在他大学时期逐渐衰落，父亲生意失败，最爱的卢乔舅舅也失去了皮乌拉的庄园。而在文学上，略萨很早就意识到，要实现自己知识分子的志向需要跳板，一种"杠杆"、"关系"资源。波拉斯教授和他家里的知识分子沙龙以及总统候选人埃尔南多·德·拉瓦耶（Hernando de Lavalle）就是满足略萨文学精英需求的有效途径。因此，游戏、运动、海滩、聚会很快就从略萨的生活中消失。从 18 岁开始，略萨十分注意言行举止，也常常为了让人认识、记住他而说一些与自身身份不符的话。19 岁时结婚更加速了略萨的成熟。为了养家糊口，他不得不接受各种工作，甚至包括荒诞的墓地里清点员。因为有明确的目标和责任，略萨还来不及感到遗憾，就迈开了自己的青年时代。

人脉资源对略萨文学之路的另一帮助，就是 1957 年《法国文学》杂志举办的短篇小说比赛。评委会主席由波拉斯的密友——文学家、历史学家豪尔赫·巴萨德雷（Jorge Basadre）担任，评委会成员中也有略萨的朋友[14]。《挑

---

13 Mario Vargas Llosa, *El pez en el agua*. Madrid: Alfaguara, 2000. p.196.
14 曾与略萨一起在基督教民主党《民主》杂志共事的语言学家路易斯·海耶姆·西斯内罗斯（Luis Jaime Cisneros）。

战》（El desafio）一文得奖后，评委之一的著名作家塞巴斯蒂安·萨拉萨尔·邦迪对他说："世界上所有的好事都被你赶上了，去巴黎吧！"[15] 还为他准备了一份巴黎必做事项清单。国宝级作家巴列霍（César Vallejo）的遗孀、波拉斯的朋友乔其蒂（Georgette）校改、润色[16]了这篇文章，后由同样是略萨朋友的评委——研究、翻译秘鲁文学的法国作家安德烈·科伊内（André Coyné）翻译了这个故事。略萨获得了十五天法国之旅的奖励，也确立了成为作家并在巴黎学习、写作的想法。他申请哈维尔·普拉多（Javier Prado）奖学金先去西班牙，之后"看看如何到法国去，然后我要在那里定居"。[17] 奖学金创立者的兄弟曼努埃尔·普拉多（Manuel Prado）是当时的秘鲁总统，其任命的外交部长波拉斯则帮助略萨顺利拿到了奖学金。

略萨早期的成功主要源于天分和努力，但人际关系同样起到了很大的作用。莫罗特指出，与略萨同时代的秘鲁作家，如塞萨尔·巴列霍、布莱斯·埃切尼克、拉蒙·里贝罗等，不管遇到什么困难甚至流离失所无家可归，都从不像略萨一样在众人帮助下申请任何形式的资助[18]。

三、共产主义理想

《巴尔加斯·略萨，原本模样》中同样也对略萨早期的共产主义思想进行了解读。莫罗特认为，略萨与共产主义（社会主义）思想的碰撞就是一场误会，全都起因于大学时喜欢的女孩莉亚·巴尔巴（Lea Barba），另一位同学费利克斯·阿里亚斯·施莱伯（Felix Arias Schreiber）同样被莉亚吸引，三个人常常形影不离。而从略萨在《水中鱼》中对莉亚"无性"的描述，就可以看出她与注重外在形象的女孩不同。他还说莉亚"聪明又有个性，温柔又可以很甜美"[19]，她接受教育并不是像米拉弗洛莱斯区（Miraflores）的女孩一样以结婚为目的。当然，莉亚也坦诚地表达了自己想加入共产党的想法。

莫罗特将三个人分别描述为："莉亚，延迟爆发[20]；费利克斯，正统马克

---

15 Herbert Morote, *Vargas Llosa, tal cual*. Lima: Jaime Campodónico Editor, 1997. p. 116.

16 马里奥·巴尔加斯·略萨《水中鱼》，赵德明译，上海：华东师范大学出版社，2016 年，第 379 页。

17 马里奥·巴尔加斯·略萨《水中鱼》，赵德明译，上海：华东师范大学出版社，2016 年，第 391 页。

18 Herbert Morote, *Vargas Llosa, tal cual*. Lima: Jaime Campodónico Editor, 1997. p. 118.

19 Mario Vargas Llosa, *El pez en el agua*. Madrid: Alfaguara, 2000. p.232.

20 原文："la explosión retardada"

思主义者；马里奥，嫌疑分子"。三人都加入了共产党卡维德（Cahuide）支部，莉亚是正式成员，费利克斯和马里奥作为积极分子，费利克斯很快也正式加入，而略萨仍然只是积极分子。卡维德支部的同志花了很多时间讨论政府的荒谬，而不是学习马克思主义，这让嫌疑分子略萨来说很不愉快，同志们会针对其资产阶级的态度话中有话，或者略带挖苦的评述。最后费利克斯和莉亚恋爱，而同志们自然也将嫌疑分子排除在组织活动之外。略萨的"共产主义"生涯也就此结束。

巴尔加斯·略萨从遇到莉亚到莉亚宣布与费利克斯在一起，大约有"六个月到八个月"的时间。所以对于他曾是"共产主义者"的认定就是一种误解。更何况略萨从未放弃米拉弗洛雷斯的生活，也不打算消灭"保守的当权派"，更不用说抛弃周遭的朋友了。这种"双重生活"反映了略萨在政治向往和对美好生活需求之间进行了短暂的斗争。在共产党支部活动期间，也为同街区新来的女孩筹办派对，拒绝成为工作单位的工会代表，加入"法语联盟"，为资产阶级贵族的《旅游》杂志撰稿，丰富的生活才是略萨向往的，略萨从来不对任何人持有"永远的热情和专一"，"他的共产主义尝试是只一段沮丧的爱情故事，而不是单纯地追求政治理想"[21]。

1954 年 2 月，远离莉亚和共产主义后不久，略萨开始为波拉斯·巴雷内切亚（Raúl Porras Barrenechea）工作。莫罗特推断他很快就加入了右翼党派基督教民主党（Partido Demócrata Cristiano），后来为秘鲁总统候选人撰写演讲稿，一边拿着高工资，一边还结识了许多权贵精英。二十岁出头的略萨在不同的工作成长，新闻工作打磨了他的书写、表达能力；大学助教赋予了他良好的名声；为波拉斯当助手及其他相关工作为他积攒了人脉资源。那时候的略萨已经接触到了许多文学界和政治界的精英，让他在利马有了些知名度。

大学时期的工作经历开启了略萨的早期社交和对秘鲁整体文学环境的认识。他曾经为历史系教授、外交家波拉斯·巴雷内切亚（Porras Barrenechea）做助教，当时的波拉斯与如著名历史学家巴萨德雷（Jorge Basadre）等诸多秘鲁社会上层"西班牙主义"[22]人士交往密切，在波拉斯家的文化沙龙上，略萨聆听了西班牙文化历史学家佩德罗·莱恩·恩特拉戈（Pedro Laín

---

21 Herbert Morote, *Vargas Llosa, tal cual*. Lima: Jaime Campodónico Editor, 1997. p. 40.
22 20 世纪中叶秘鲁社会中反对左翼土著主义的右翼代表思想。

Entralgo)、秘鲁思想家维克多·安德烈斯·贝朗德（Víctor Andrés Belaúnde）等重要人物的讲话。此外，他还结交了许多受波拉斯照拂的同门和前辈。而就在那个政治、文化八卦的氛围中，略萨发现了帮助友人成功和让敌人失败的方法，同样也意识到，文学工作者要想在市场经济中成功必须积累人脉资源[23]。

总体来说，《巴尔加斯·略萨，原本模样》是对《水中鱼》叙述内容的质疑。这本回忆录从略萨到欧洲留学再到他参加总统竞选，中间有近三十年的内容空缺，又出版于略萨总统竞选失败后两年（1993 年），说明竞选一结束略萨就着手撰写，难免让人怀疑他的情绪是否稳定、心态是否健康。据莫罗特，略萨原计划只讲述总统竞选过程中的故事，但出版商出于对销量的考虑，又加上了童年、少年生活的部分。因此，从内容缺陷到撰写的时间，都容易让读者以为它就是略萨对竞选失利的一种辩解或报复行为，童年故事也只是对这一意图的佐证和铺垫。莫罗特表示，回忆录与自传理论上应不同，自传更偏向作家自身对事物的观察、理解和认识，而回忆录则客观记述作家亲身经历或亲眼见证的历史事件。但作为回忆录的《水中鱼》却更像一部自传，不仅加入了许多主观元素，莫罗特甚至指出，略萨利用高超的写作技巧，或隐藏、夸大了许多现实细节，偏离事实却能使读者对其叙述的经历深信不疑，感同身受。其背后的主要目的就是为竞选失利后的心理需求找到一个出口，同时维护自己在西方文学文化界的公众人物形象。

其次，该书对回忆录中的内容：略萨与父母的关系、自由思想的形成、总统竞选过程以及略萨的自我剖析都一一进行了解读。莫罗特认为，略萨在回忆录中对父亲形象的描述是一种刻意的贬低，除了源于父亲留下的阴影，也与竞选失利后的报复情绪有关。略萨解读的父母关系是由于家庭背景和社会阶层的不对等，是控制欲极强的父亲感到自卑、不适的复杂心理所导致。作为西班牙人后裔的母亲，不仅来自中上层资产阶级家庭，还是时任总统何塞·路易斯·布斯塔曼特（José Luis Bustamente y Rivero）的远方亲戚；父亲来自贫穷的无产阶级家庭，略萨还用"乔洛"（cholo），即白人与土著混血来标注父亲，并说明种族偏见同样存在由下而上的情况，即混血歧视白人。莫罗特分析，这是一种将父亲与秘鲁千千万万社会底层人等同，又将父亲的虐待与秘鲁选民的抛弃所等同的表现手法。

---

23 Herbert Morote, *Vargas Llosa, tal cual*. Lima: Jaime Campodónico Editor, 1997. p. 97.

略萨的重要经历研究

许多学者也从略萨人生经历的不同阶段中提取、梳理"重点"经历，比如跟随人类学家深入亚马逊丛林，与姨妈相爱相处的故事，还有在莱昂西奥·普拉多军校的学习生活。秘鲁记者塞尔吉奥·维莱拉（Sergio Vilela）的专著《士官生巴尔加斯·略萨》（*El cadete Vargas Llosa*）[24]就是对略萨军校时期生活及同学的调查所写的文学性生平报道。此外，欧洲生活、总统竞选和乌楚拉卡伊记者谋杀案的调查，也是除家庭和感情生活之外，西班牙语世界讨论最多的有关略萨文学创作、从政动机和政治思想的生平经历。

一、欧洲生活

略萨在巴黎接受法籍墨西哥作家埃琳娜·波尼亚托夫斯卡（Elena Poniatowska）采访时讲述了远赴欧洲的原因：在秘鲁的那段时间，

> 我做很多份的工作，但报酬都很低。为了生活得稍微体面一些，我每天必须要工作很多个小时，以至于最后我差不多同时做了七份工作，而且还都是不同类型的。我在电台新闻部工作过，在国家俱乐部图书馆（Biblioteca del Club Nacional）工作过，做过一名历史老师的助手，还给杂志和报纸写文章，也给一名大学教授做助理。甚至有段时间我还有一份不幸的工作，在陵园（El Cementerio Museo General Presbítero Maestro）登记逝者信息。殖民时期的逝者由于没有登记信息，我就要带着笔和本子去陵园里，简单清理下墓碑，然后把逝者名字记录下来。这个工作简直变态，对于我来说最重要的明明是文学，那时却变成了周末的兴趣爱好。当我每天晚上 10 点多回到家，已经没有足够的精力和劲头去写作了。我就只能草草写个半小时或一小时。这对于一个作家来说实际是非常痛苦的。如果一个人选择了文学之路，那文学就应该是最重要的。而一个欠发达地区，或者说拉丁美洲作家的悲剧就在这，最重要的事并不是他正在做的事，或者断断续续、短暂做的事。这也是为什么我们没有厚实丰富的文学的原因之一，在秘鲁这样国家的作家们，什么都要做，然后才是文学。这也是我目前在法国的原因之一。[25]

---

24 Sergio Vilela, *El cadete Vargas Llosa*. Santiago de Chile: Planeta, 2003.
25 Elena Poniatowska, "Al fin, un escritor que le apasiona escribir, no lo que se diga de

可以说，略萨的文学之路正式起步于欧洲，从 1958 年第一次参加征文比赛获得法国旅行的奖励，第二年（1959）申请到马德里的博士奖学金，又凭借短篇小说集《首领们》（*Los jefes*）获得人生的第一个文学奖：西班牙雷奥波德·阿拉斯奖（Leopoldo Alas）。这一切都发生在距离秘鲁和拉美遥远的欧洲大陆，雷奥波德·阿拉斯文学奖在西班牙外的国家知名度并不高，所以当时的秘鲁文学史都没有将《首领们》列入其中。

略萨喜欢骑士小说，并有着撰写总体小说（novela total）这类鸿篇巨制的雄心。在巴黎的时光，他倾倒于萨特、福楼拜的文学思想和写作手法。他也读了法国 18 世纪的象征派诗歌，还有美国学派、俄国小说。这一时期的阅读塑造了略萨文化知识的多元性和美学观念的渗透性。

当然，欧洲生活也让略萨遇到了时空距离带来的写作困境：在《城市与狗》和《崽儿们》之中分别出现了秘鲁西班牙语的错别字。面对这段欧洲"流亡"经历和写作困境，略萨也曾作出说明和表态：

> 距离确实给予了现实一个更广阔的视角，但也可以消除或扭曲这种视角。而且我认为最危险的是，它还可以使作家失去与街头流行语言的联系，这也正是我所遇到的问题，我很清楚。即使这样，我仍然认为远离自己的国家进行写作，从心理上和资源上来说，还是更容易。这种远离仅限于空间和距离，因为我只写秘鲁，我也只对书写秘鲁感兴趣……我一直尝试回到我自己的国家，并与其保持多多少少的、生动的联系。我相信未来我也会继续这么做。现在遇到的这些问题并不是最紧迫的，我也没觉得这影响到了我作为作家的作品。如果真的影响了，那我应该会回到我的国家，但目前我更倾向于待在国外。[26]

在巴黎生活期间，除了工作、阅读和写作，略萨也认识了许多文学界的新朋友。欧洲的生活经历让他重新认识了拉丁美洲，在法国电视广播台的工作使略萨有机会采访许多拉美作家，如科塔萨尔、卡彭铁尔、阿斯图里亚斯、博尔赫斯、富恩特斯等等。与这些大作家们的交流对略萨的写作也产生了影响，尤其是科塔萨尔，略萨不仅喜爱他的作品，更在他身上看到了知识分子

sus libros: Mario Vargas Llosa". *Suplemento de Siempre*, No.117, México, 7 de julio de 1965.

26 M.F., "Conversación con Vargas Llosa". *Suplemento de Imagen*, No.6, agosto de 1967. p. 5.

行为准则和文学自我要求的最高标准。他们之间有许多相似之处：欧洲的拉美作家，优秀勤恳的小说家，反对放荡不羁的生活，对自我有着规律和严苛的要求。

欧洲，尤其是巴黎，对略萨意义重大，他在这儿得到了最初的肯定，也在这儿开启了文学道路。欧洲生活初期，除了稳定工作和简单生活以外，略萨大部分时间都在阅读。从 1958 年获奖到巴黎旅行起，略萨前后在欧洲度过了 12 年，直到 1971 年才正式回秘鲁长期生活。巴黎、伦敦、巴塞罗那是他的主要定居点。欧洲的氛围让略萨能够毫无顾忌地写作，并"不受秘鲁本国惯常的、好诽谤的、悠闲的文学阶层干扰和曲解"[27]。略萨似乎可以居无定所又四处为家，只要能够好好写作、思考、阅读和讨论，因为"至少这是一件看起来严肃而不是奇怪或让人怀疑的事"[28]。

欧洲的写作环境以及对略萨的各类嘉奖满足了略萨的需求，也满足了他对作家职业的幻想。欧洲自然成为了略萨竞选总统失利后的温暖港湾，他回到欧洲撰写回忆录，接受了西班牙国籍。回忆录中"揭露了许多虚伪背叛者的大名"，"摈弃了抽象的道德主义"，并且"展示了秘鲁政治现状中的落后机制"[29]，在欧洲大获好评。略萨的许多著作都首发于欧洲，也成名于欧洲，即便在秘鲁反响不佳甚至引起诸多对拉美现实的非真实性描写指责也不影响他的文学地位。莫罗特认为，或许略萨深知这一点，尽管秘鲁对于他来说无可替代，但他与欧洲的关系从现实意义上讲更加紧密，他的国际化也可以等同于欧洲的同化和去拉美化。当他关注拉美时，他不再能完全从拉美视角出发，与拉美的疏离也不再是纯粹的地理距离，这也许是秘鲁人不选择他当领导人的原因之一。略萨的竞选失利让他感受到来自同胞的抛弃，高傲又使他立即转头拥抱欧洲。

二、总统竞选

《水中鱼》中一半的篇幅用于讲述 1990 年的秘鲁总统竞选。但如略萨其他文学作品一样，叙述的客观性备受争议。玛贝尔·莫拉娜（Mabel Moraña）

27 José Miguel Oviedo, *Mario Vargas Llosa: La invención de una realidad*. Barcelona: Barral editores. 1970. p. 28.

28 Mario Vargas Llosa, "Sebastián Salazar Bondy y la vocación del escritor en Perú". *Casa de las Américas*, No.45, 1966. p.19.

29 Miguel García-posada, "Hablando de sí mismo, Autobiografía y testimonio político de Vargas Llosa". *El País*, 27 de mayo de 1993.

曾表示，明明是竞选的落败者，却在第二年就出书，还以一种胜利者的叙述姿态面向大众。而经济学家出身的莫罗特（Herbert Morote）则针对自传中竞选部分内容进行了详细的分析和反驳。

莫罗特首先厘清了略萨竞选前后的秘鲁政治背景。从 19 世纪末到 1963 年，作为农业出口大国秘鲁一直被寡头政权所统治，新世纪后政权希望在金融及工业领域寻求同盟，选举也成为经济团体之间的竞争，或在一些政客之间轮流展开。奥古斯托·莱基亚（Augusto Leguía），独裁 11 年（1919-1930），"一直为一己私利和美国公司的利益而服务"[30]。20 世纪三十年代兴起的社会反抗运动遭到独裁政府的军事镇压，那时"秘鲁就像一个私人的围猎场"[31]，唯一形成的重要政治力量是三十年代建立的左翼党派秘鲁人民党，即美洲革命人民联盟（Alianza Popular Revolucionaria Americana），其成员同样受到军队的迫害、谋杀和流放，却日益壮大，开始在选举中持续露脸。美洲革命人民联盟被让新兴的社会中产阶级忌惮，因为他们倾向于稳定的社会秩序而非革命。

20 世纪五十年代，利马的中产阶级逐渐抬头，人民行动党（Acción Popular）领袖、律筑师费尔南多·贝朗德（Fernando Belaúnde）在 1963 年当选总统。他成为了资产阶级和广大秘鲁民众的希望，公民的权益有所提高，但社会结构性改革却失败了，腐败问题也日益严重。与美国国际石油公司（International Petroleum Company）近乎剥削性质的合作协议在贝朗德任期内得更新延长，当国会要求其作出解释时，最重要的一页协议资料却神秘消失。推翻贝朗德的军事独裁政府以马克思主义为理论支撑实行了一系列民族主义重大改革，颁布土改法、工业法等，实行企业国有化、没收美资国际石油公司以及一些工厂和种植园，成立合作社。国家控制大部分外贸、金融、铁路和电信等重要领域。前期经济发展良好，后受资本主义世界经济危机冲击，经济发展停滞，社会矛盾尖锐，导致了一系列的连锁反应：资本外流、国家经济下行、权力者变富、民众抗议爆发。

1980 年，贝朗德第二次当选总统，但却没有做出成绩。左翼反政府游击组织"光辉道路"（Sendero Luminoso）出现，对社会和群众造成了严重的打击，整个秘鲁站在了"深渊的边缘"[32]。1985 年的选举中，美洲革命人民联

30 Herbert Morote, *Vargas Llosa, tal cual.* Lima: Jaime Campodónico Editor, 1997. p. 46.
31 Herbert Morote, *Vargas Llosa, tal cual.* Lima: Jaime Campodónico Editor, 1997. p. 45.
32 Herbert Morote, *Vargas Llosa, tal cual.* Lima: Jaime Campodónico Editor, 1997. p. 46.

盟的候选人阿兰·加西亚（Alan García）当选，他代表了秘鲁穷苦、愤怒的阶级，也是对抗当时起义暴动和犯罪的唯一选择。但是"第二代的革命党人似乎忘记了先驱创立的价值观，无情地掠夺这国家的公共资源"，[33] 恐怖组织光辉道路蔓延并控制了秘鲁三分之一的领土，贩毒集团贿赂军队、警察和司法机构。从贝朗德时期遗留的和革命党统治时期新增的国际债务达到了超乎想象的极限。总统加西亚拒绝支付承诺的国际信贷费用，导致秘鲁国际信贷停止。于是加西亚政府又准备将银行、保险公司及货币兑换公司等金融机构国有化，秘鲁再次陷入危机。

（一）参选被利用

略萨参选总统既不是一时兴起，也不是筹谋已久的决定。虽然不乏作为作家体验生活的精神需求，但按略萨自己的话说，一切源于带头组织了抗议阿兰·加西亚政府将银行等金融机构国有化的运动，在社会上引起了超乎预料的反响和轰动，总统候选人的位置自然而然地摆在了他面前。但莫罗特认为，这背后肯定也有相关利益群体期望利用略萨来维护自己不受传统右翼政党保护的利益的因素。略萨一个文化人、知识分子，怎么可能完全摆脱各方势力，按照自己的"道德意愿"参与政治活动？这也恰好说明了略萨未在回忆录中提及与外资企业或美国国务院代表谈话内容的原因。莫罗特确信其中肯定少不了美国当局的插手，因为"略萨与华盛顿的关系久远得就像他与'赛尔瓦·罗斯福（Selwa Roosevelt），一位老朋友，白宫礼宾司司长'的关系一样，邀请略萨去晚宴，并在那认识了里根"。[34]不仅如此，略萨还认识当时美国国会负责拉丁美洲事物的副秘书长，甚至还与"交换过有关拉丁美洲问题的意见"[35]。莫罗特推断，略萨发表的针对尼加拉瓜和古巴的文章，引起了美国当局的关注。因为那时的第三世界国家中仍然盛行共产主义思想潮流，所有推动、维护或攻击当局的，或接近美国立场观点的文章，应该都受到了美国的关注。参选的知识分子略萨实际上被美国当成了"有用的笨蛋"[36]。

其次，莫罗特认为，秘鲁的右翼团体、金融机构甚至天主教会都利用了

---

33 Herbert Morote, *Vargas Llosa, tal cual.* Lima: Jaime Campodónico Editor, 1997. p. 46.

34 Herbert Morote, *Vargas Llosa, tal cual.* Lima: Jaime Campodónico Editor, 1997. p. 44.

35 Mario Vargas Llosa, *El pez en el agua.* Madrid: Alfaguara, 2000. p. 514.

36 Herbert Morote, *Vargas Llosa, tal cual.* Lima: Jaime Campodónico Editor, 1997. p. 44.

略萨的参选。自由运动领导层中有两位前总统贝朗德的亲戚，分别是侄子米格尔·克鲁查加（Miguel Cruchaga）和弟弟弗朗西斯科·贝朗德（Francisco Belaúnde），他们都与天主教会有着密切联系，而且自由运动政治委员会"与上级或某些教会机构关系非常密切"，"我曾经建议……我们的政治委员会由圣神主持"[37]。所以，秘鲁的天主教会与底层人民渐行渐远，"自征服以来，他们毫无保留地支持人民所遭受的一切虐待和暴行"[38]，这也证实了自由运动党缺乏群众基础，而且略萨的执政纲领中并没有包括第三世界国家高度重视的问题，如控制生育和堕胎合法化等，也是源于教会长久以来形成的巨大影响力。为了支持巴尔加斯·略萨，在五月的查皮圣母（la Virgen de Chapi）节庆中，教会甚至将十月游神节中的奇迹之神（Señor de los Milagros）也拉出来一起游行。"这就好像将十月马德里圣伊西德罗节（San Isidro）和塞维利亚四月的复活节一起庆祝一样，恐怕就连佛朗哥的追随者们都不敢这么做"[39]。利马大主教在接受电视采访时说，一个如巴尔加斯·略萨的不可知论者"不是一个没有上帝的人，而是一个追求上帝、不信但愿意相信的人。一个承受着乌纳穆诺式（Unamuno）痛苦探索折磨的人，在最后或许会寻到对信仰的回归"[40]，可见天主教在对略萨极力支持的正当性上如何牵强地面对公众舆论。

（二）参选失利的原因分析

对于秘鲁这个经济、文化不平等，种族、阶层多样的国家来说，略萨与中产阶级以上的知识分子朋友创建的"自由运动"组织（Movimiento Libertad）为了扩大成为全国性的政党，给不同社会阶层留出空间，让其享有权利至关重要。

由于"自由运动"的领导层中没有边缘化群体代表，所以很难摆脱精英主义视角，"不接地气"也是他们最终竞选失败的重要因素之一。对于"自由运动"领导层和候选人中没有土著、黑人或乔洛人的批评，略萨则认定是一种反向种族主义。在美国，黑人、犹太人、西班牙裔以及亚裔都出现在政府管理层中，少数群体领袖代表了其群体的声音以丰富政府的决策。秘鲁也有数以千计的非白种人面貌人才，他们才是社会底层人民的代表，但略萨似乎

---

37 Mario Vargas Llosa, *El pez en el agua*. Madrid: Alfaguara, 2000. p. 129.

38 Herbert Morote, *Vargas Llosa, tal cual*. Lima: Jaime Campodónico Editor, 1997. p. 49.

39 Herbert Morote, *Vargas Llosa, tal cual*. Lima: Jaime Campodónico Editor, 1997. p. 77.

40 Mario Vargas Llosa, *El pez en el agua*. Madrid: Alfaguara, 2000. p. 495.

要将多民族国家中传统种族和社会多数群体代表从政府中边缘化。

此外，"自由运动"与传统右翼政党——贝朗德领导的人民行动党（Acción Popular）和路易斯·贝多亚（Luis Bedoya）领导的基督教人民党（Partido Popular Cristiano）——组成的民主阵线联盟（Frente Democrático）也存在极其微妙的虚伪性。莫罗特分析，两大传统政党与"自由运动"的联合，更多是利用略萨为各自谋利。贝朗德执政的两届政府都未使国家的经济和社会问题得到改善，他曾邀请略萨担任右翼联盟党派的候选人，因为他认为右翼两大党都没有机会获胜，1985 年竞选时人民行动党的"得票率只有百分之六点多"[41]也证实了这一点。作为没落右派的代表，他们需要略萨和自由运动这股新鲜血液的注入。

这一联盟会将民众的反感情绪转移到自由运动上，略萨的顾问和同伴都不建议参与联盟，但略萨却坚持执行。莫罗特认为，人民行动党和基督教人民党对秘鲁的中上层社会阶级影响较深，人员背景结构也与自由运动相似，天主教会、银行家和议会等势力希望组件这一联盟也是有道理的，因为如此产生的总统候选人几乎没有对手，完全可以不考虑群众的呼声。

在联盟的三年里，领导人的会议几乎"从未谈论过政府中的战线、思想、改革、倡议……"，"我们讨论政治八卦，以及阿兰·加西亚的新机会是什么"[42]。也就是说，略萨在演讲中的政府计划，纯粹是一纸空谈，根本没有实现的可能。三人都清楚关于政府计划各自有不同的看法，所以从不探讨。联盟背后的这场闹剧，按莫罗特的解读，即便略萨当选总统，也无法掌握议会成员，更不可能实施任何改革。略萨典型的中产阶级作风——时刻注意绅士风度和如何说话，使他无法在与同等地位的人交谈时自然随性。这样形式主义：不着边际的谈话，隐含的内容，礼貌的态度，是广大民众永远无法理解的。

略萨与"自由运动"的精英化还体现在很多方面，比如不给注册成员发放身份证明，以防其滥用身份。这一逻辑建立在对"自由运动"组织的特权阶层定义上，领导人或许感谢追随者，却并不欢迎他们真正加入。民众的真正参与，在竞选的大部分时间里被精英们忽视了。他们只需要获得富人和中产阶级的支持，工程师、建筑师、律师、医生、商人、经济学家团体加入了政

41 Herbert Morote, *Vargas Llosa, tal cual*. Lima: Jaime Campodónico Editor, 1997. p. 52.
42 Mario Vargas Llosa, *El pez en el agua*. Madrid: Alfaguara, 2000. p. 89.

府计划的委员会。精英们能够在利马、阿雷基帕等重要城市建立组织，却忽视了占据秘鲁大部分选民的其他省份。因为略萨与其组织认定，秘鲁人没有其他选择，略萨的参选是摆脱危机的唯一希望。

针对略萨的资本主义和自由主义治国理念，经济学家出身的莫罗特认为非常可笑。因为秘鲁是一个发展极度落后的国家，略萨却希望在此建立新自由主义政府，他认为资本主义"比社会主义更有效率、更公正，是唯一能够维护自由的制度"[43]，还将资本主义与社会主义完全对立。略萨的设想源于他对新加坡、日本和韩国等几个国家的考察，莫罗特指出其中的问题在于：首先，考察代表团没有工人阶级和知识分子代表；其次这些国家与秘鲁的情况完全不同，不能作为参考。比如新加坡的历史不长，日、韩两国拥有"同质的社会构成、共同的传统和巩固的民族精神"[44]，且保持了稳定的政治制度。而秘鲁不仅是一个多民族的国家，还由不支持民族融合的少数派统治。忽视秘鲁社会的特殊性，分毫不差地植入资本主义经济制度，除非使用武力或牺牲民众，否则很难将这种治国理念移植到秘鲁现实中。略萨的这一认知，说明他选择的是另一种金钱暴政，极端的资本主义，或者说极端自由主义，必然很难在社会解体危机中的秘鲁建立。

在具体的改革措施上，略萨提出了一个引起广泛争议的教育改革计划——从中学三年级开始取消免费教育，取而代之的是奖学金和助学贷款。许多人批评这一措施表现了略萨对秘鲁国家现实的无知。秘鲁的地理形态、通讯不稳定、行政集中制和地方腐败，会让任何一个印第安人、混血或贫民被剥夺继续受教育的权利。而这一理念的背后是古老的精英主义。莫罗特指出，发达国家的精英主义受到排斥的原因之一就是它削弱了国家科学、技术和文化上的总体竞争力。而在不发达国家，精英主义却仍然盛行。在选举的中后期"自由运动"创建了两个慈善组织："团结行动"（Acción Solidaria）由善良的女士组成，关怀需要帮助的人群；"社会行动计划"（Programa de Acción Social）则为利马郊区的建筑工程提供资金。即便如此，它仍然被看作精英主义的表现。因为它们完全依托于竞选，竞选失败保障自然也会消失。而且，"在贫民窟的努力无助于马里奥征服他们。这些穿着巴黎、米兰时装的女士

43 Mario Vargas Llosa, *El pez en el agua*. Madrid: Alfaguara, 2000. p. 160.
44 Herbert Morote, *Vargas Llosa, tal cual*. Lima: Jaime Campodónico Editor, 1997. p. 64.

成为了'富豪'候选人略萨代理。"[45]。

种族主义观念也是略萨竞选失利的因素之一。莫罗特指出，在秘鲁，竞选人皮肤的颜色并不重要，其态度、着装、表达和行为方式才具有决定性作用。一个披着斗篷、戴着帽子、爬上拖拉机深入社区和城镇的日裔黄种人（略萨的竞争对手藤森），比成功人士形象的混血略萨更能俘获印第安人的心。在偏远的土著部落时，略萨总是"强颜欢笑，身穿深蓝色双排扣西装，有袖扣的白衬衫的袖口从中露出……，他看起来更像是曼哈顿第五大道游行中的美国胜利者，而不是来自一个营养不良、衣衫褴褛、教育水平较低、但渴望正义与进步的国家的总统候选人"[46]。而略萨的手势、表情和反应流露出一种"对同胞不合时宜的种族傲慢"[47]，让人很难信服。同时，这也反映了秘鲁种族问题的复杂性，被土著视为同胞的日本人，因为肤色被上层阶级拒绝；上层阶级支持的印欧混血又被下层阶级拒绝，却不是因为肤色，而是因为他代表了传统右翼势力的奴役和剥削。

三、乌楚拉卡伊屠杀事件[48]

乌楚拉卡伊（Uchuraccay）是一个位于秘鲁中南部高原山区的土著社区（镇）。由于其高海拔（4000 米）及靠近拉祖韦尔卡雪山（Razuhuillca）的地理优势，一度成为"光辉之路"游击恐怖组织的战略地带。

整个事件起源于 1981 年。一群外地人来到乌楚拉卡伊，想要跟当地居民交换土豆粉和块茎酢浆草（oca），之后他们以贸易为由开始频繁进出这里。一段时间后，他们与一些家庭建立了良好的友情关系，便开始对跟他们讲共产主义，以及武装起义反对国家的必要性，试图说服社区成员加入他们的"人民战争"。不是所有人都受到他们影响，有些人对这群外来人产生了怀疑，他们激励劝阻被外来人说服的家人和朋友，就此跟这些"光辉之路"分子形成了矛盾。"光辉之路"一直被秘鲁和国际社会视为恐怖组织，当他们发现自己的身份暴露，就在广场上向社区主席头部开枪，公开处决。他们还威胁所有反对或不支持共产党行动的人，宣称后者将得到社区主席同样的下场。

45 Alma Guillermo Prieto, "The Bitter Education of Vargas Llosa", *The New York Review of Books.* Vol.41, No.10, 1994. pp. 19-24.

46 Herbert Morote, *Vargas Llosa, tal cual.* Lima: Jaime Campodónico Editor, 1997. p. 77.

47 Mario Vargas Llosa, *El pez en el agua.* Madrid: Alfaguara, 2000. p. 493.

48 事件梗概取自：https://rinconperuano.com/historia/masacre-de-uchuraccay

但乌楚拉卡伊的居民并不畏惧，他们秘密组织起来有选择地消灭"光辉道路"激进分子。他们的行动得到了其他社区的支持，最终他们消灭了于乌楚拉卡伊、哇伊察奥（Huaychao）和玛咖班巴（Marcabamba）社区的共 12 名"光辉道路"恐怖分子。

这一消息很快在媒体上曝光引起了民众的关注，总统费尔南多·贝朗德（Fernando Belaúnde）大赞当地人民的英勇和爱国主义精神。知道"光辉道路"一定会报复，当地人非常害怕。政府派去了警察和军队加以保护，专业从事反颠覆战斗的 15 名士兵坐直升飞机来到乌楚拉卡伊，他们建议居民继续采取极端的应对措施，即消灭所有从陆地上进入社区的人。原因是法制及官方人员一定会乘直升机来，而只有敌人才会通过陆地到达。

来自首都利马和阿亚库乔城（Ayacucho）的 8 名新闻记者出于对官方报道的质疑，前往乌楚拉卡伊调查与恐怖组织冲突相关的事实真相。他们在阿亚库乔城集合，后于 1983 年 1 月 26 日上午前往乌楚拉卡伊高原。他们租用汽车行驶了两个小时，由于道路无法通车他们步行进入乌楚拉卡伊。其中一名来自阿亚库乔的记者奥克塔维奥·因方特（Octavio Infante），拜托居住在途经小镇上的兄弟胡安·阿尔古梅多（Juan Argumedo）为他们带路，下午 4 点他们到达了乌楚拉卡伊，胡安在入口处与他们道别自行返回。之后记者们被大约四十多名村民围住，记者们被认定是意图进入村落的恐怖分子，即便在审问中也没办法使村民相信其真实的身份，社区领导下令用私刑处决了 8 名外来人员，村民们用石头、棍棒、斧头、拳脚等将记者们生生杀害。并在社区外 5 公里处抓到了独自返回的胡安·阿尔古梅多并将其杀害。

在接下来的几个月中，"光辉之路"多次武装入侵了乌楚拉卡伊，杀害了几十名居民。除 8 名新闻记者和他们的向导以外，在 1983 年和 1984 年期间，至少有 135 名社区居民死亡。在 1984 年中后期，严峻的形势导致少数的幸存居民选择离开故土生活。

略萨跟这件事的关系是什么？在 1983 年 1 月几名记者被杀后，总统贝朗德成立了一个事件调查委员会，由一名律师、一名新闻学院院长，还有巴尔加斯·略萨组成（享有最大自主性的略萨担任负责人）。该委员会还备有顾问：三位人类学家、两位语言学家、一位精神分析学家和其他享有公认声望和自主性的专业人士。然而报告的结论很简单，土著人杀害了那些他们认为是"光辉道路"恐怖分子的记者。左派及许多专业人士根本不买账，极左派希望政府的武装部队受到指控，但委员会没有找到任何相关证据。

莫罗特为略萨的调查组辩护——调查条件非常特殊，军方在安第斯山区建立了对人员流动的严格控制，指挥也以最机密的方式进行。据军方说法，这是防止游击队了解他们行动的唯一办法。因此，对武装部队内部进行调查几乎是不可能的。但这一调查的限制并没有被批评人士所认识，调查报告也没有留下让法官继续调查委员会不能调查之事的可能性。基于后来发生的扰乱公众舆论的其他事件，包括：所有证人的失踪或被谋杀；对这些失踪和犯罪缺乏调查；著名人类学家的报告与委员会认定乌楚拉卡伊土著社区无知、智力不稳定的结论报告相矛盾。关于此，人类学家梅耶尔（Ernesto Mayer）的文章《秘鲁深陷困境：重审马里奥·巴尔加斯·略萨〈安第斯审讯〉》中写道："大多数反对意见集中在人类学问题上，批评者惊呼：社区村民根本不是这样的！"而"委员会的调查报告却将暴力、无知和天真指向了土著社区成员。"[49]即使略萨始终为自己辩解，人民也对他产生怀疑。这场混乱中一个无法挽回的事实是，安第斯山区的印第安人成为了"光辉道路"的受害者和政府武装部队的牺牲品。

在秘鲁，民众对这次乌楚拉卡伊调查报告的结果不满，认为略萨为军方打掩护，帮助掩盖了军队在与"光辉道路"战斗中的罪行。在其总统竞选期间，略萨还得到了军方重要将领的大力支持，而这些都说明了略萨与秘鲁军队的盟友关系。尽管巴尔加斯·略萨出版的《城市与狗》揭露了军队的腐败问题，试图通过小说创造一种反军国主义的神话，但这部所谓的"反军国主义"的文学作品在秘鲁文学界被一致看作是写给不了解情况的外国读者看的[50]。

基于作品分析的略萨生平研究

里卡多·赛迪（Ricardo A. Setti）曾指出："作家最真实的自传就是他的

---

49 Ernesto Mayer, "Perú in Deep Trouble: Mario Vargas Llosa's 'Inquest in the Andes' reexamined". Cultural Anthropology, Vol.6, No.4, 1991. pp. 466-504.
50 Herbert Morote, Vargas Llosa, tal cual. Lima: Jaime Campodónico Editor, 1997. p. 34.

小说"[51]，西班牙语评论界对略萨的生平研究贯穿于他的创作生涯，早期作品如《绿房子》《城市与狗》和《胡丽娅姨妈和作家》等也是普遍被认为是自传成分最多、最突出的小说。

萨拉·卡斯特罗-克拉伦（Sara Castro-Klarén）1988 年出版的《马里奥·巴尔加斯·略萨：介绍性分析》（*Mario Vargas Llosa: Análisis Introductorio*）[52]以历史与小说的关系为主题，挖掘略萨文学作品中的深层关系和作品构建的基础。克拉伦不仅从作家的身份去看待略萨的全部作品，更将对略萨的批评研究建立在其价值观变化的接受基础上，以此建立作品间的连续性[53]。她肯定了略萨文学内在因素（如创作技巧）的优越性，也肯定了略萨对历史与小说关系的观点。此书详细分析了略萨的八部作品，加入了作品背后的创作背景及轶事。

一、《绿房子》

《绿房子》故事发生的地点在一个远离尘世、未被西方体系统治的丛林地区和另一个最早被西班牙殖民的秘鲁北部沿海城市皮乌拉（Piura）。如同军校经历给略萨留下了不可磨灭的记忆和早期的文学资本，改变略萨世界观和小说意识的还有他在亚马逊森林的短暂经历。略萨曾在《小说秘史》（*Historia secreta de una novela*，1971）中提到，当初创作《绿房子》只是想讲述自己对皮乌拉郊外一所传奇妓院的记忆，过程中他曾经听说的秘鲁丛林中日本黑帮的故事又随着想象力冒出来打断了对妓院的叙述。于是他决定同时写两个故事，一个位于皮乌拉，基于对自身经历的记忆，另一个位于圣玛利亚德涅维（Santa María de Nieve），基于传教士留下的素材[54]。

略萨在皮乌拉住过两次，一次是在他 9 岁的时候，一次是在他 16 岁的时候。除了象征神秘色彩的妓院，还有代表街区曼加谢里亚（Mangachería），都给略萨留下了深刻的印象。关于皮乌拉妓院的记忆，略萨曾写道：

51 Ricardo A. Setti, *Diálogo con Vargas Llosa…Sobre la vida y la política*. México: Kosmos editorial, 1988.

52 Sara Castro-Klarén, *Mario Vargas Llosa: Análisis Introductorio*. Lima: Latinoamericana, 1988.

53 Miguel Angel Huamán, "Rescña-*Mario Vargas Llosa: Análisis Introductorio* ". *Revista de Crítica Literaria Latinoamericana*, Vol.15, No.29, 1989. pp. 337-339.

54 Mario Vargas Llosa, *Historia secreta de una novela*. Barcelona: Tusquets, 1971. pp. 50-51.

　　这是皮乌拉的妓院的故事，我小学五年级的时候就记得很清楚了。那是在城郊的沙地中，在沙漠中，在河的另一边，是一座青楼，一座小屋。对于我们这些孩子来说是有吸引力的。当然，我从来没有去过那里。但有一件事让我印象深刻。当我大约六年后回到皮乌拉时，它仍然存在，所以我去了那里……那是一家很特别的妓院，一家不发达的城市妓院。那儿只有一个大房间，女人们都在那里，还有一个由三人乐队，一个弹竖琴的老瞎子，一个被称为"年轻人"的吉他手，还有一个人打钹和鼓，他很强壮，看起来像摔跤手或卡车司机，叫波拉斯。由于他们对我来说是有些神话色彩的人物，所以我在小说中保留了他们的名字。顾客们进进出出，在沙滩上、星空下做爱。这是我一直无法忘记的事情。[55]

　　圣玛利亚德涅瓦的故事则源于一次亚马逊的探险记忆，略萨在那发现了不为人知的秘鲁现实。他了解的生活方式——暴力和不公，在记忆中依然鲜活，给他留下最深印象三件事都出现在《绿房子》中：修女的使命是让女孩们憎恨自己的出身，军队对一个提议建立合作社的人实施暴力，一个名为伏屋的日本人在丛林中定居，组建了一支在当地人中播撒恐惧的掠夺者军队。另外，在处理《绿房子》中妓院及神话故事人物的性格特点时，略萨也曾表示他结合借鉴了法国作家大仲马的作品《三个火枪手》以及1940年代的英雄动画《魔术师曼德雷》（Mandrake the Magician）中的人物特征。

　　两个故事之间出现了交叉融合的情况，并且略萨越发意识到自己对亚马逊丛林的认识非常肤浅，于是他决定将两个独立的故事直接混在一个叙事文本中。由于记忆与丛林考察的故事内容不对等，以及拉丁美洲文学中撰写亚马逊主题的悠久传统，让略萨倍感压力，他花了一整年读遍了巴黎能找到的所有与亚马逊相关的著作以加强对环境的认知。"事实上，有关亚马逊丛林的阅读大大弥补了我描写上的缺陷，尽管最后我只在书里详细描述了一种在巴黎看不到的树种。"[56]文献研究的准备工作也成为了略萨后来小说创作的习惯和特点。

55 Mario Vargas Llosa, *Ensayos literarios*. Barcelona: Galaxia Gutenberg, 2001. p.749.
56 Mario Vargas Llosa, *Historia secreta de una novela*. Barcelona: Tusquets, 1971. p. 62.

二、《酒吧长谈》

　　前几部小说的故事情节在多个主人物内部及其与周围事物的复杂关系间展开，《酒吧长谈》里基本只设计了一位主人公，以他为中心解锁在腐败社会中自我发现和探索过程。克拉伦认为，小说的事件在不可挽回的社会和政治制度中，从一个极端蔓延到另一个极端，并且与无形滑向色情、虐待倾向的性行为紧密相连，所以"这部小说是略萨最为接近法国作家乔治·巴塔耶（George Bataille）的和萨德侯爵（Marqués de Sade）情色书写的一部作品" [57]。

　　这一书写兴趣源于略萨大学时的兼职。那时刚早婚的他经济十分困难，波拉斯·巴雷内切亚教授（Raúl Porras Barrenechea）推荐他到"象征着秘鲁的贵族和寡头政治"的国家俱乐部图书馆（Biblioteca Club Nacional）工作。略萨每天只需一两个小时就能完成工作，其余时间全用来阅读，由于那里堆满了各式各样的法国情色小说，于是他读了大量萨德侯爵的作品。这些阅读的启蒙非常重要，略萨表示："在很长一段时间里，我以为情色（erotismo）是社会和艺术领域反叛和自由的代名词，也是创作的美好源泉。" [58] 随着时代发展，他改变了想法，认为在日益开放的工业化现代社会，情色内容和意义也在发生改变，成为了一种商业的、时髦的、常规的产品，缺乏艺术性。莫罗特却表示，对略萨来说，色情和情色在如今意味着同样的事情让人很难相信，因为略萨自己于 1988 年在情色合集《语言的微笑》（*La sonrisa vertical*）中出版的小说《继母颂》（*Elogio de la madrastra*），以及于 1997 年出版的《情爱笔记》（*Los cuadernos de don Rigoberto*），都不可能与色情画上等号。

　　图书馆兼职期间阅读的法国情色著作，为后来《酒吧长谈》中类似巴塔耶和萨德的书写风格奠定了基础，不过，于法国情色书写的关联性被评论家们所忽视，胡里奥·奥尔特加（Julio Ortega）却看到了这一点，他在《恶语》（Mario Vargas Llosa: el habla del mal）一文中指出：

　　　　从略萨对于巴塔耶的评论中我们可以看到，他如何直接表明文学来源于对恶的接受，以及他如何试图从总体小说的视角进一步阐

---

57 Sara Castro-Klarén, *Mario Vargas Llosa: Analisis Introductorio*. Lima: Latinoamericana, 1988. p. 68.

58 Mario Vargas Llosa, *El pez en el agua*. Madrid: Alfaguara, 2000. p. 336.

明这一观点。诚然，对此观点解释的合理化后于小说的撰写，而且还突出了作家对自己作品的态度。因为事实上，这个由作家所操控的解构、混乱的世界应该被更加融合和包容的视角所对待。或者存在另一种可能性，臣服于这个所创世界的观点和召唤，直接变成一个"黑人"小说家。这一可能性就像被另一个极端（正价）所激化的压力一样，以内化的方式运行。但如果这个正价极化的是一个着魔世界的压力，那这个世界在详细论证之后作为形象体系形成之时，便会强加自己的构想。[59]

三、《城市与狗》

了解略萨生平经历的读者都能在《城市与狗》中明显感受到其中作者青少年时期的军校生活经历。如果再结合《水中鱼》回忆录的叙述，则更容易将小说与略萨本人的成长经历、家庭关系、心理发展及对社会和文学的观点关联。哥伦比亚国立教育大学的马尔·埃斯特拉·奥尔特加·冈萨雷斯-鲁比奥（Mar Estela Ortega González-Rubio）就以《城市与狗》为文本分析对象，分析了其中的传记成分与略萨思想意识的关系[60]。这部早期小说向读者展示了 20 世纪中叶秘鲁社会破裂的生活背景，冈萨雷斯-鲁比奥提出从美学而非政治视角来解读小说中传记、文学与意识形态的关系。

1945 年，9 岁的巴尔加斯·略萨第一次见到他早以为死亡的父亲。父母和好后，带着他搬到首都利马生活。父亲厌恶他被外祖父母娇惯的软弱性格，他也仇恨父亲的强权和家暴，这让本来就陌生的父子之间的关系变得紧张。1950 年略萨被父亲送进莱昂西奥·普拉多军校，父子关系降至冰点。"我父亲把我送到了那里（莱昂西奥·普拉多军校），我当时确信我父亲已经死了。我们之间已经没有了任何交流的可能，在我们共同生活的岁月里，我们相处得非常不好。我们的性格截然相反，我们之间互相不信任，就像陌生人一样"[61]。与父亲相处的不愉快，加上略萨反叛和独立的性格，使他产生了对所有教

---

59 Julio Ortega,"Mario Vargas Llosa:el habla del mal". José Miguel Oviedo(ed.), *Mario Vargas Llosa.* Madrid: Taurus,1982. pp.25-34.

60 Mar Estela Ortega González-Rubio, "La relación biografía/ideología en *La ciudad y los perros*, de Mario Vargas Llosa". *Espéculo: Revista de estudios literarios*, No.29, 2005.

61 Luis Harss y Bárbara Dohmann, *Antología mínima de Mario Vargas Llosa.* Buenos Aires: Alfaguara, 1969. p. 353.

条主义和强权及暴力的反感。

　　莱昂西奥·普拉多实际是一所军事化的教养院，传统、保守的教规在青年略萨的心里烙下了痛苦的印记，而这个地理空间也成为小说《城市与狗》的故事中心。讽刺的是，略萨正是在这个将诗人看作同性恋、娘娘腔的世界开始认真写作[62]。十年后出版的《城市与狗》原本的标题《英雄之地》（*La morada del héroe*）和《冒名者》（*Los impostores*）就可以说明这一切。

　　冈萨雷斯-鲁比奥指出，构建对社会的讽刺是《城市与狗》的基本思想前提，略萨揭露了社会体制的虚伪和时代的精神弊病。他还发现个人对暴力社会，会回应同样的暴力态度，这个闭环在小说中主要由年轻人的反叛精神来体现。此外，暴力也成为赤裸裸的武器，到处都是暴行以及大男子主义崇拜。略萨自己也说过："我认为在一个类似于我国的国家之中，暴力是所有人际关系的基础。它无处不在，存在于个人生命的所有时刻。"[63] 略萨在小说中的态度被认为是一种悲观、忧伤、宿命论而令人沮丧的哲学。他抨击军国主义、反对资产阶级、错误的大男子主义、残酷暴力以及伪装的奴隶制度。对他来说，个人使社会腐败，而社会又使个人腐败，从而形成恶性循环。小说中的"诗人"阿尔贝托、"奴隶"里卡多·阿拉纳、"美洲豹"和"博阿"，尽管他们之间存在明显的意识形态差异，也形成了一个类似成人社会的受害者与侵害者的循环。莱昂西奥·普拉多军校不仅展示了可怕的军国主义制度，也是秘鲁社会集体价值观危机的代表。问题学员代表了秘鲁社会，而他们的价值观又是家庭所赋予的，形成了一种权力螺旋。作家与其所处时代间的不和谐，是拉丁美洲现当代小说的中心，小说家所描述的世界知识直接来自于生活经历，自传因素也一直是略萨写作实验的一种动力。

　　塞尔吉奥·维莱拉（Sergio Vilela）通过实际调查采访，在《士官生巴尔加斯·略萨》（*El cadete Vargas Llosa*）一书中还原了略萨在军校时期的真实生活，联系现实人物（如已经过世的"美洲豹"，长居国外的"奴隶林奇"，法语老师塞萨尔等）、真实事件（逃学、略萨代笔情书、售卖情色故事）和地理空间重构了青年略萨的士官生涯。对于这本著作略萨在 2008 年的利马图书节活动上接受采访时说："他所作的这份新闻式的生平报道，甚至对于

62　Marcelo Camelo, "Conversación con Vargas Llosa". *Revista Diners*. No.32, Bogotá: Panamericana, 1989. p. 26.

63　Marcelo Camelo, "Conversación con Vargas Llosa". *Revista Diners*. No.32. Bogotá: Panamericana, 1989. p. 24.

我来说，也发现了自己过去人生里的新东西。"[64]尽管此书围绕军校生涯展开，但评论家认为它并不是对军校日常的乏味呈现，也也不是纯粹针对《城市与狗》的情节验证真实度的作品，而是一部源于现实又超越现实，让略萨本人也感到惊讶的生平专著[65]。此外，维莱拉曾表示，最欣慰的是撰写此书期间他不仅找到了略萨军校时期的好友维克多·弗洛雷斯·菲奥尔（Víctor Flores Fiol）和其他同窗调查访问，还成功让其与略萨在阔别 40 年后重聚。所以，此书的成就也许不在于其否属于严格意义上的生平研究，而在于对小说背后、真实的军校和曾作为士官生的青年略萨的兴趣，毕竟这一段现实经历由于略萨"深谙不能出头"的军校规矩而一直并未有翔实的披露。而维莱拉选择以小说式的形式将略萨化为主人公讲述军校及略萨在此期间的真实生活的确是一种新颖、非尖锐的聪明之举。

四、《潘达雷昂上尉与劳军女郎》

1958 年，略萨曾陪同墨西哥人类学家胡安·科马斯（Juan Comas Camps）探访秘鲁亚马逊地区的土著部落。在一次采访中，略萨表示：

> 我们一共去了 5 个人，在亚马逊跑了好几个星期。这次经历带给我的震惊，就像我踏进普拉多军校时的感受一样。就是发现这个世界并不是自己以为的那样……当我去高马拉尼昂（Alto Marañón）的时候，我发现秘鲁其实是一个更广阔、更可怕的东西，甚至比普拉多军校给我的感受还要恐怖。[66]

1964 年，略萨《城市与狗》完成之后不久便开始构思有关亚马逊丛林的新小说《绿房子》，为了核实他早前对这个地区的印象和一些具体信息，略萨从欧洲回到秘鲁，再次深入了亚马逊丛林。而《潘达雷昂上尉与劳军女郎》也几乎在《酒吧长谈》创作同时就有了基本想法，许多的故事情节和元素，如：亚马逊丛林、妓女、军队，会让读者不禁联想到略萨的个人经历。《潘达雷昂上尉与劳军女郎》与《绿房子》都涉及亚马逊丛林的故事，略萨在两部小说中都使用了自己到访秘鲁亚马逊时搜集到的原始素材，通过想象力的不

---

64 From: https://leobooks.net/producto/lib-12276/.

65 From: https://elcultural.com/El-cadete-Vargas-Llosas.

66 Elena Poniatowska, "Al fin, un escritor que le apasiona escribir, no lo que se diga de sus libros: Mario Vargas Llosa". *Suplemento de Siempre*, No.117, México, 7 de julio de 1965.

断加工，将其变换、融合到小说故事之中。在《潘达雷昂上尉与劳军女郎》出版之前，略萨在一次访谈中讲到自己对于亚马逊口头语言传统素材使用的想法，以及将其具体转接到书写话语体系的过程：

> 第一次我们去了一些村落，当我们跟村民们聊天时他们总会抱怨前线驻军的问题。到了休息日，士兵们喝酒还侮辱妇女……为了解决这个问题，曾经安排过一种服务（不知道现在是否还存在）：劳军女郎服务。一类机动小队定期从大城市出发，探访所有的驻军部队。当然，那个时候我就记下来笔记想要写这样的故事。但不是关于劳军女郎的，这太明显了。而是关于军队派遣的组织这个服务的军官的故事。想象中尉迫于无奈去做的那些事情是我感到很兴奋。这是第一个让我畅怀开心的作品。[67]

五、《胡丽娅姨妈和作家》

小说《胡丽娅姨妈和作家》（*La tía Julia y el escribidor*）因其书名、人物背景和情节发展设定与读者了解的略萨生活经历极为相似，一度被外界看作是略萨的情感自传。小说讲述了在 20 世纪 50 年代秘鲁首都利马的青年记者马里奥（Marito）的故事，在诸多学者对小说现实和真实的解析中，这个人物被直接与青年时代的略萨关联：大学学习法律、在泛美广播电台做编辑、寄居在祖父母家，以利马当地报纸的信息资源编辑电台新闻，不顾家人反对爱上舅妈的妹妹，即刚刚离异来访的胡丽娅姨妈。整个故事情节与另一个主人公佩德罗·卡马乔（Pedro Camacho）的故事交替呈现。卡马乔是一位来自玻利维亚的电台情色剧作家，创作的节目也在泛美广播台播放。

略萨以两种相互模仿的小说话语，建立了自传情节与电台故事剧之间的并列关系，书中的姨妈表示，自己和侄子之间的隐秘情话很可能成为了卡马乔创作故事中乱伦和悲惨元素之一。自传章节带有一种现实主义小说的符号，与另一个在精神错乱边缘想象杀婴、乱伦、阉割、弑父母、卖淫、恐怖等故事明显不同，这两种叙述方式又源自于同一位作家（略萨）。马里奥和佩德罗·卡马乔，渴望成为作家的记者和展现脚本叙事的电台剧作家，他俩实际上就是同一作家（略萨）的想象力产物，只是略萨更擅长在协调各类故事时一直保持理智。略萨与作家、写作者之间的差异得到了小说读者的认同，他们愿

---

67 Ricardo Cano Gaviria, *El buitre y el ave Fénix*. Barcelona: Anagrama, 1972. pp. 90-92.

为略萨的虚构进行探险从而持续阅读下去。

马里奥和卡马乔就像是一枚硬币（也就是小说《胡丽娅姨妈和作家》）的两面，马里奥的"自传"式欲望和故事以及卡马乔作品主题和痴迷想法充分体现了小说的特点。当然，略萨在这部小说中还移植、复活了之前小说的人物，如：力图马、"荒蛮黑人"安布罗西奥、辛奇等，又预见了之后小说的场景：卡奴多斯（Canudos）、门多西塔（Mendocita）斗牛场和大火灾，而这些都是略萨小说作品连续性的一种表现。

在《胡丽娅姨妈和作家》中，略萨第一次以虚构的方式处理非虚构的历史人物，从而给读者制造一种幻想，即这些以历史"真实"姓名呈现的人物并没有被小说的想象力所过滤。比如对作者略萨的家族，电台剧作家佩德罗·卡马乔以及他叙述话语中的人物等，如果他们只以虚构符号标识，也就是说在现实中找不到真实存在的对等人物，肯定不会产生如此大的反响。也正是小说中"马里奥"极其夸张的表现和仿真式的幻想激起了胡丽娅·乌尔奎迪·伊拉内斯（Julia Urquidi Illanez），即现实中的胡丽娅姨妈本人《小巴尔加斯没有说的》（*Lo que Varguitas no dijo*）一书的回应。

略萨的家庭关系研究

家庭关系尤其是与母系家族以及父亲的关系已成为略萨生平研究的重要部分。略萨与外祖父母家的亲密和与父亲之间的陌生、仇恨的扭曲感情形成对比，在很多传记作家看来也是略萨反叛心理、阶级思想的根源所在，与略萨的心理形成和文学创作之路密不可分。而与姨妈的恋爱和婚姻，更多基于小说《胡丽娅姨妈与作家》的自传性文本分析以及为满足读者的好奇心态而书写。

一、外祖父家的"伊甸园"

略萨的军校校友，心理医生马克斯·席尔瓦·图埃斯塔（Max Silva Tuesta）结合略萨的小说文本对其进行精神分析时指出，遭受到父亲抛弃的母子俩一直受到外祖父母的庇护，后又经历人生的翻转，被父亲带走，过着和小时候天壤之别的生活。略萨在作品中似乎试图"回归"或"倒退"到那个被宠坏、赞扬、完全满足的幼小阶段，也就是他称之为"伊甸园"、位于科恰班巴（Cochabamba）的外祖父家的老房子之中。比如，略萨在《酒吧长谈》（1969）

中写主角小萨瓦拉（Zavalita）在挫败仇恨中表达的：[我]"想变回小孩，想重生，想吸烟"[68]，以及近二十几年后他在回忆录中写道，面对亲生父亲的虐待，"我想变回小孩，想消失"[69]。当然就凭这一点证据，读者可以充分怀疑，也许略萨为了诋毁父亲而故意这样写。但图埃斯塔认为，略萨又不是专业的精神分析师，更不会在时隔近三十年后的回忆录中为了诋毁父亲写出与早前著作完全相同的句子，所以除了他受害者身份形成的潜意识变化，就没有其他更好的解读了。

　　由于其生父的决绝——对略萨出生的电报消息毫无反应，只回信告知要立即离婚以便洗白自己抛妻弃子的不良形象，因此当小略萨对父亲角色有清晰意识（或需求）的时候，外祖父一家出于对幼年略萨的爱护，选择用父亲已死的善意谎言安抚当时"如百合般纯洁"的小略萨。在与外祖父一家生活的十一年里，卢乔舅舅代替了其心中的父亲角色，这一时期也是略萨自认为人生中不可替代的"黄金时代"。1947年母亲突然宣告父亲的回归，并背着外祖父一家将略萨直接带离皮乌拉（Piura）到首都利马（Lima）生活，对于年幼的略萨来说，更像是一场绑架，将他从温暖的大家庭中强行剥离。图埃斯塔更引用了法国作家萨特的一段话："在那个时代，我们几乎每个人都没有父亲，这些先生们，要么死了，要么在前线，要么堕落了，他们尽力让孩子忘记他们，那就是是母亲们的王国。"（En aquellos tiempos todos éramos más o menos huérfanos de padre, esos señores, ose habían muerto, o estaban en el frente, o desvirilizados, trataban de que sus hijos los olvidasen, era el reino de las madres）[70]来形容由于种种原因而缺失父性的家庭不仅变成了母性王国，孩子们也会对父亲最终遗忘。在略萨经历中，父亲的回归更是是对母性王国（外祖父一家）对摧毁和颠覆。在略萨的眼中，一个专制、霸道的父亲突然闯入他和母亲的生活，对他们百般折磨，暴力"纠正"被外祖父家宠坏的略萨，监禁似地管束妻子。这些在年幼的略萨心理上留下了类似从天堂跌落炼狱般的阴影。再到后来生活中对略萨母子的严厉、病态的管束，噩梦般的父亲形象与从出生就在外祖父家当作小皇帝一样宠爱呵护的生活形成的强烈对比，对小略萨

---

68 Mario Vargas Llosa, *Conversación en La Catedral*. Buenos Aires: Alfaguara, 2008. p.236.

69 Mario Vargas Llosa, *El pez en el agua*. Madrid: Alfaguara, 2000. p. 53.

70 Max Silvia Tuesta, *Mario Vargas Llosa. Interpretación de una Vida*. Lima: Editorial San Marcos, E.I.R.L, 2012. p. 11.

的心理造成了极大的伤害。

不仅源起父亲将他从外祖父家的天堂绑架出来，曾作为略萨思想领航者的保罗·萨特（Jean-Paul Sartre）之命运与略萨也有相似之处——萨特的父亲在其出生不久就去世了，所以他自然而然地成为了家庭（母亲）的"小国王"。萨特与略萨一样都是外祖父家的第一个孙辈，童年都受到了祖父母的无尽关怀和宠爱。而对于母亲，萨特在自传中说道："我的母亲是属于我的，没有人能反驳／挑战这宁静的占有，我无视暴力和怨恨，并且根本不知道嫉妒是什么。"[71]这种亲密的情感还被认为接近乱伦关系，缘由是萨特自传中的另一句话："如今即使到了 1963 年，乱伦仍是唯一让我激动的家庭联系。"（el incesto es el único vínculo familiar que me emociona）[72]作者图埃斯塔认为，萨特对于略萨，近似于其意识形态上的父亲，纵使之后被加缪所取代，略萨早期仍受到了萨特非常深刻的影响。虽然第一部长篇小说《城市与狗》被公认为略萨对军校的一种报复行为，但在图埃斯塔眼里，离开军校、选择就读皮乌拉的中学，纯粹是因为略萨想要远离生父，同时与当时在皮乌拉的卢乔舅舅及外祖父一家更近一些。

许多研究略萨从政、竞选的学者也认为，略萨对秘鲁本土及拉丁美洲土著人、乔洛人的固执的种族歧视和阶级分化思想，也是受到其外祖父一家的特权阶级观念的影响。略萨自己在回忆录里也写到外祖父家与曾经的秘鲁总统的亲戚关系以及受到的特殊关照，外祖父家的家庭观念同样也在略萨身上有所体现——作为略萨幼时的天堂，童年的周末度假地，青年的投靠点等，略萨在其需要时投奔亲人，成名成功以后却对他们十分冷漠[73]。舅舅们同样也是这样对待外祖父母的——他们在青少年时期游手好闲，由外祖父帮忙解决生活问题，后来落寞、年迈的外祖父母却没有得到子女的关怀。

二、与"姨妈"的婚姻

《胡丽娅姨妈和作家》与《水中鱼》中都讲述了略萨与远方亲戚（舅妈的妹妹）之间的感情和第一次婚姻的大致经过。但一些评论家还是针对某些细节做出了批评和猜测。略萨作为叙述者，自然所有的故事都以他为中心——他对爱情的疯狂，他年纪轻轻为了结婚所付出的努力，以及面对家人反对

71 Jean Paul Sartre, *Las palabras.* Madrid: Editorial Alianza.1965. p. 21.
72 Jean Paul Sartre, *Las palabras.* Madrid: Editorial Alianza.1965. p. 48.
73 Herbert Morote, *Vargas Llosa, tal cual.* Lima: Jaime Campodónico Editor, 1997. p. 44.

仍然坚定的勇气。但事实是胡丽娅 1955 年 5 月到利马，7 月中旬就和略萨结了婚，也着实是非常疯狂的行为。那时候略萨 19 岁，姨妈 29 岁。

略萨在事后（离婚后）对此段感情经历和失败结果的回忆却显得有些不负责任。作为故事的主讲人自然可以根据自身利益的需要选择讲述故事的角度和方式。莫罗特（Morote）就表示，对于两个人的感情生活，略萨的讲述中不仅完全省略了从姨妈角度对略萨爱意的表达，还让读者下意识认为这段婚姻最终的失败就是因为年龄的差距。但事实似乎并非如此。两个月的时间，相识相爱到结婚，不是常人能够理解的行为，更别提两人间的年龄差距和亲戚关系中的乱伦意味。莫罗特却说："略萨确实做了一件疯狂的事。在此之前略萨从未经历过因爱而成的性行为，从十三四岁起，也未有过一个真正的爱人……而突然之间他遇见了远方来的迷人的姨妈，好像是一种拥有从未体验过的女人的感觉。"[74]所以两个月时间的爱情对于具有冒险精神的年轻略萨来说，更像是一种刺激的新鲜体验。一旦新鲜感消失，随着年龄增长、阅历的丰富，自然也会厌倦如此女大男小的关系。更何况 20 世纪 50 年代的秘鲁，由于社会文化对性的压抑才就出现了大量毫无经验的早婚的现象，随之也带来了诸多婚姻问题。略萨的同学们应该也都在 25 岁前就结了婚。那时候的上层社会的年轻女子为了能嫁到好人家，被父母管教得相当严厉。婚前性行为和同居也是中上层文化所不认同的，只在山区土著的文化中一直有着类似于"试婚"的大男子主义文化，名叫"赛尔维纳古依"（servinakuy）[75]，如果男方在同居一段时间后对女方不满意，可以把她退回娘家。于是上层社会的公子哥们在婚前的自由阶段大多会交往中下层的女性，或者"乔洛"女孩。在这样的背景之下，即便符合当时的主流社会文化，略萨的第一段婚姻中早婚仍然应该是其问题的主要因素。

那个时代的早婚不适应的男方居多。被生活琐碎、婚姻束缚击败，许多男性将目光投向家庭之外的两性关系。略萨非常清楚，拥有观众和掌握主动权的人才能讲故事，他的叙述引导读者将这段婚姻看作年轻的略萨被激情冲昏了头，为爱毫无畏惧，而姨妈则成为了那个对略萨有着无穷吸引力的轻熟女人。胡丽娅的情感被完全地抹灭在略萨的陈述中。事实上，从胡丽娅后来

---

74 Herbert Morote, *Vargas Llosa, tal cual.* Lima: Jaime Campodónico Editor, 1997. p. 127.
75 秘鲁土著文化，初衷是男方父母将相中的儿媳妇带回家中共同努力生活六个月以上，观察其家务劳动的能力，通过者则举办婚礼正式结婚，源自：https://www.peruchay.com/2009/06/servinacuy.html

回应的书中可以看出，她不仅来自玻利维亚的上层家庭，感情经历也并非如大众理解的如此不堪。胡丽娅从小生活在玻利维亚的科恰班巴（Cochabamba），而她所属的乌尔奎迪（Urquidi）家族也是这座城市的创建者之一，家族成员既有企业家、杂志创始人等社会精英，也有文学家、植物学家等优秀的知识分子。对于一个从小生活在热带地区的娇羞小姐，胡丽娅第一次婚后却随着丈夫去了高原生活，那是一段无法适应高原气候条件的痛苦经历。离婚后，她一个人在首都拉巴斯生活着，直到收到姐姐（即略萨舅妈）邀请去秘鲁度假。在利马她看见"爱哭的小侄子"已经长大成人，他的行为举止、穿着打扮及思维方式都异常成熟且绅士，这位看起来英俊、严肃又极为有教养的年轻男子时常不经意的送花给感情失意的女人，让她难免心动。那时的略萨有着伟大的理想，还会说些法语，做着记者的工作，似乎对所有事物都了解，对所有事物都能表达自己的观点。胡丽娅被深深地吸引了，对于略萨想要逃离自己落后国家的想法，要去巴黎闯荡的野心，即使在家里人和胡丽娅眼中像是纯粹的幻想，她却选择了理解包容，并成为第一个相信、支持略萨的人。

尽管他们的婚姻维持了九年才结束，但从其离婚后第二年就和表妹迅速结婚的节奏来看，略萨应该早就放弃这段感情了。莫罗特分析，略萨的激情在婚后的两年，也就是他获得《法国杂志》大奖去巴黎旅行期间就消失了，也许是担任他在巴黎期间向导的 18 岁女大学生使他分了神，略萨便"常常偷偷自问，如果是否当初太着急结婚了"[76]。当然略萨的解释是，一方面生活的琐碎使他无法忍受，另一方面随着时间增长，夫妻俩的年纪差异所带来的问题越来越多。女性本身就比男性更容易显老，胡丽娅年长略萨 10 岁，冷静下来的略萨也许意识到，自己到了风华正茂的中年时，妻子已经是一个真正的老太婆，这是非常可怕的。任何一个精神正常的年轻男性都不会对老年女性产生激情和欲望的，这便是其婚姻关系逐渐变得"敷衍做作"的原因。

在姨妈反驳略萨的自传书《小巴尔加斯没有说的》（Lo que Varguitas no dijo）中，她不仅讲述了婚后略萨的暴力倾向，还有帕特里西娅姐妹因为上学借住在两人法国的家中时，略萨与表妹之间的暧昧关系（房东告知看见两人接吻等），那时候的帕特里西娅还是个 15、6 岁的小女孩，略萨 25 岁。将许多事件联系在一起，胡丽娅认为略萨与表妹保持了几年的地下恋爱关系直至帕特里西娅成

---

76 Mario Vargas Llosa, *El pez en el agua*. Madrid: Alfaguara, 2000. p. 465.

年，然后略萨借故回到利马见表妹，再然后与胡丽娅远程提出离婚[77]。《小巴尔加斯没有说的》一方面是对略萨小说的回应和补充，也与《水中鱼》中的相关部分有很大出入，它似乎揭示了诺贝尔作家的隐藏之面，（读者）有时也会由于其中描述的亲密关系而震惊[78]。事实上，从时间线上来看，略萨与姨妈1955年结婚，1964年离婚后，1965年就与表妹结婚，1966年儿子出生，确实让人怀疑略萨的出轨行为。如果说胡丽娅姨妈还不算是与略萨有血缘的亲戚，那与帕特里西娅（Patricia）的婚姻则算是一种真正的乱伦关系——帕特里西娅是略萨舅舅、即胡丽娅姐姐的女儿，是略萨的表妹，也是胡丽娅的亲侄女。这一次次的亲属婚姻，不免让读者将略萨的恋爱观和精神变态联系在一起。

三、"魔鬼"父亲

略萨的父亲生长在秘鲁首都利马，母亲则来自南部的阿雷基帕（一座位于火山山麓河谷的印加古城）。根据莫罗特的解读，在秘鲁，这两座城市在文化和身份认同上的摩擦渊源已久。利马人高傲得认为他们的城市就是第二个布宜诺斯艾利斯，而阿雷基帕人由于其悠久的历史积淀和发达的工商业则自认为其文化毫不亚于首都。所以略萨的父母自然成为各自城市的文化符号，这一背景也说明略萨在回忆录里写自己的父亲因与母亲社会地位悬殊而产生自卑感的说法并不成立。

（一）父母地位悬殊

略萨对父亲的描述中，其原生家庭里祖父母关系不融洽，生活拮据，父亲从小被祖母暴打，13岁就辍学打工养家，20岁时中了彩票有一段任性风流的时光，工作普通，对略萨的管束及其严格甚至时常暴力相向，还咒骂外祖父一家，等等。而母亲来自中上层资产阶级家庭，是西班牙人后裔，还是时任总统何塞·路易斯·布斯塔曼特（José Luis Bustamente y Rivero）的远房亲戚，同时也是一名虔诚的基督教徒，即使被抛弃也仍坚持去教堂并且不理会任何追求者的传统女性。略萨对父亲形象的塑造主要包含几个方面：家庭、教育和性格。

而据莫罗特结合秘鲁社会具体情况分析，却完全颠覆了这一性格古怪、

---

77 Julia Urquidi Illanes, *Lo que varguitas no dijo*. La paz: Editorial Khana Cruz, 1983.

78 Sisifo, "Reseña de *Lo que varguitas no dijo*", *AlIbrate*, 2000. https://www.alibrate.com/libro/lo-que-varguitas-no-dijo/5bbbfd3fa0abaa0ded9734d1.

暴躁乖戾的父亲形象。

首先，埃内斯托辍学以前所就读的瓜达卢佩圣母学校（Colegio Nuestra Señora de Guadalupe）被略萨轻描淡写地一笔带过——但这不是贫穷阶级家庭能送孩子去的学校。它曾经是秘鲁全国最好的甚至是南美洲的顶级名校之一，建于 1840 年并一直秉承自由精神的瓜达卢佩历史悠久且高贵。那里的学生都带着"秘鲁骄傲"的光环，是其他学校学生羡慕崇拜的对象，埃内斯托就在这里度过了一段"荣耀的少年时代"[79]。

其次，埃内斯托曾于 20 岁去过拉丁美洲最发达的国家——阿根廷，二布宜诺斯艾利斯那时候就是"拉丁美洲的巴黎"，年轻人都向往的地方。在阿根廷学习无线电报技术，一年后取得了职业证书，还参加了阿根廷商船队的应征比赛并获得二等技师的职位。略萨说父亲是将中彩票的五万索尔娱乐挥霍得差不多时，才想起去进修。莫罗特不认同这个说法，作为一个欠发达国家的年轻人能在"拉美的巴黎"一年内拿到职业证书并获得二等技师工作并不容易，更何况跟着船队游历五年后回到秘鲁的埃内斯托就得到了航空公司飞行无线电技师的工作。据莫罗特说，帕那戈拉（Panagra）是第一个连接美洲各国的在拉丁美洲运营的美国航空公司，其管理特点是只看个人能力和为公司创造的效益，不看家庭或政治"关系"。埃内斯托能在 27 岁时进入帕那戈拉公司一定有过硬的专业技能，还要会说流利的英语。两年后他得到升职成为塔克那机场无线电台的负责人，也就是现代所说的空管。所以，按照莫罗特解读，遇到略萨母亲时，埃内斯托俊朗的外形和时尚的职业背景在当时的秘鲁社会可谓一表人才，并不存在社会地位的悬殊。

父母家庭阶级差距悬殊的说法也不成立。略萨的父亲事业有成。埃内斯托认识略萨母亲时的身份，是在阿根廷生活过 6 年、当过海军、还会说英语的航空公司空管员。这个职业在当时的秘鲁，甚至比棉花种植公司做技术专家的略萨外祖父更"高大上"。略萨父母婚后单独居住在首都利马，与居住在阿雷基帕的外祖父母相距一千多公里。母亲家的远方亲戚布斯塔曼特还未当上总统，只有 19 岁的母亲也不可能对 30 多岁的父亲造成心理伤害，所谓的羞辱、压迫无从说起。另外，略萨有两个同父异母的弟弟，分别比略萨小一岁和两岁，是其父亲与一位德国女人所生。按时间推算，父亲抛弃母亲后几个月内就和其他人结婚生子，婚内出轨的嫌疑更大。这也说明，父亲所谓

---

79 Herbert Morote, *Vargas Llosa, tal cual*. Lima: Jaime Campodónico Editor, 1997. p. 10.

社会底层的心理自卑感并不成立。在秘鲁的人种阶层中，最高位的就是北美或欧洲的金发白人（gringo），而德国人就是其中之一。如果说略萨父亲抛弃秘鲁的妻子是源于社会阶层的自卑感，又怎么可能跟德国人在一起？将怀孕5个月的妻子狠心抛弃的男人没良心甚至卑鄙可耻，但源于家庭地位低下而产生的反社会情结说法明显难以令人信服。

（二）父母的原生家庭

当然略萨对父亲性格暴躁或心理扭曲的一系列分析主要围绕其原生家庭，他说母亲家族代表着父亲从未有过或丧失的东西：资产阶级家庭的稳定，传统和社会标志的象征[80]。莫罗特对此也做出了自己的解读：首先，略萨祖父一家的生活从来没有达到过资产阶级中产水平，他虽有无线电报手艺并在生活间隙传授给了略萨父亲，但却也是个自由主义革命者和反宗教信徒，人生的大部分时光都追随自由派领袖四处游走，一直过着动荡不安的生活。在这种不稳定的经济条件下，祖母一个人将五个兄弟拉扯大，不免将生活的怨气发泄到调皮的熊孩子身上。但她的伟大和辛苦可想而知，时过境迁，埃内斯托回忆母亲时更多地还是带着爱意和心疼。而祖父在祖母去世后，去了安第斯山区与一个土著女人一起生活，生了许多孩子，还当了火车站长。按时间推算，略萨祖父去安第斯山区时应该差不多 70 岁了，不仅有了稳定的工作（19 世纪末的火车站是秘鲁的运输枢纽），还能有家庭有孩子，脑力体力强过常人许多，可谓是一位传奇人物，而他的人生故事精彩得简直可以写一部英雄式的小说。

埃内斯托生长在这样的家庭，也许确实有着不幸福的童年，有关祖父的话题成为后来略萨家里的禁忌——对略萨的离奇严苛，甚至对略萨母亲的冷漠抛弃也与埃内斯托长期缺乏父爱、人生中没有丈夫、父亲角色模板的原因有关。

事实上，略萨外祖母一家也并不如他所描写的那样完美幸福。外祖父从棉花种植的技术员直接升为皮乌拉市的行政长官，这个职位（负责颁发酒品售卖、色情行业和商贸运输的营业执照，管理监狱）是时任总统的亲戚所安排的。短短三年后，总统被军政府推翻，外祖父自然也就"辞职"去了利马，直到去世都再也没有得到一份工作。外祖父一家对小略萨的溺爱也不仅仅是

---

80 Mario Vargas Llosa, *El pez en el agua*. Madrid: Alfaguara, 2000. p. 5.

个例。与略萨父亲埃内斯托完全不同的是，略萨的母亲、舅舅们似乎都无法自食其力，即便成了家也寄居在外祖父家。卢乔舅舅因为太有女人缘而中断了学业，甚至还曾让表妹怀孕，后来又与大他 20 岁的女人结婚，是一个风流韵事不断、浪费自身才华的帅小伙。另一位舅舅豪尔赫，行事作风则更为夸张——外祖父家在玻利维亚生活时，家里的厨娘突然怀孕，她把孩子生下后留给这一家人就离开了。莫罗特推测这是豪尔赫舅舅所为，而外祖父母则按照习俗将厨娘赶走，留下孩子当佣人养着。婚后的豪尔赫也不安分，继续各种各样的婚外情，还跟着一个西班牙女人跑去了马德里，最后独自一人身无分文地回到秘鲁。还有一位酗酒成性的胡安舅舅，常常醉酒后毁坏家里的东西。

这一切应该都让一向生活朴素、不抽烟不喝酒的埃内斯托反感，还有外祖父家的家庭聚餐上经常聊起卢乔舅舅追求、征服女性的趣闻轶事。对儿子戏弄女性的纵容和对受害女性的无视就是秘鲁资产阶级的特质，更别提外祖父一家都称呼四处游荡没有稳定工作的卢乔舅舅为"工程师"，较真严谨的父亲埃内斯托肯定无法忍受。略萨的骄横也让父亲头疼，他一定认为外祖父一家对此负有很大的责任，——略萨的别扭、没有男子气概和几个舅舅们的平庸都是外祖父溺爱纵容的结果。他当然也知道外祖父一家对略萨讲述"父亲已死"的荒唐谎言，特别是见到儿子时发现他不懂事、傲慢且柔弱，与自己期望的模样相差甚远，他肯定气急败坏。

由此可见，略萨这些对父亲的描述都非常片面、主观甚至有故意贬低的嫌疑。甚至略萨对父亲的描写明显"缺乏知识分子应该有的严谨性"[81]。他对父亲的指控并不来源于其对自身经历的真实回忆，而是源于"精英知识分子对'这位先生'，对这位断送其天堂般生活的乔洛人的极大仇恨"[82]。

（三）与父亲的相处

除了将略萨从天堂般的幸福生活中突然掠走，还要忍受父亲魔鬼般的严刑管教，忍受父亲对母亲的掠夺和对心爱的外祖父母一家的咒骂，处于青少年敏感时期的略萨尤为痛苦，也非常仇恨父亲。而父亲呢，一方面由于自身家庭原因不懂得如何弥补和表达对儿子的爱，又在略萨身上看到了外祖父一家溺爱和不良教育的影子，便更为严苛地管教略萨，想让他成为独立自强有

---

81 Herbert Morote, *Vargas Llosa, tal cual*. Lima: Jaime Campodónico Editor, 1997. p. 12.
82 Herbert Morote, *Vargas Llosa, tal cual*. Lima: Jaime Campodónico Editor, 1997. p. 9.

担当的男子汉。从消失的"天使般"的父亲印象，到突如其来的"魔鬼般"的父亲形象，这创伤性的出现给略萨心理留下了极大的阴影，以至于当母亲和外祖父全家都原谅并缓和了与埃内斯托的关系时，小略萨仍然身怀忌恨。他将这种恨深埋在心里，一直到父亲去世也没有与之和解。

埃内斯托对生活的追求并没有止步于在秘鲁社会的成功，尽管已经是新闻社的代表还经营着家具事业，他还在 54 岁时带着略萨母亲移民去了美国。同年（1958）他们的儿子略萨则决定去欧洲。略萨的母亲在美国做了 13 年的纺织女工和鞋厂工人，之后 70 岁的父亲和 60 岁的母亲又开始了一所犹太教堂的门卫和看管员工作。这时的略萨已经在欧洲成名并生活富足，他知道父母的情况吗？他为什么没有给与帮助？略萨表示父亲的高傲不允许他的帮助，莫罗特认为这完全是一种借口，当略萨父母年迈生活日渐窘迫时，其在美国同父异母的弟弟为老两口提供了一所小公寓。

略萨真正与父亲一起生活相处的时光其实只有短短三年（1947-1949）。这期间据略萨自己描述，父亲早出晚归地工作，与之几乎很少见面。略萨还得到父亲允许大舅舅们家度周末。之后便是军校寄宿生活的两年，短暂的几个月报社实习之后他又回到皮乌拉去完成最后一年的中学学业。在回到首都上大学时，他住进了外祖父母家。父亲到底对略萨做了什么导致略萨的心理阴影如此之大？莫罗特认为，略萨在回忆录中利用文学的感染力严重夸大了父亲对他的家法管教和自己受到的伤害。因为父亲对孩子的惩罚最初总是让孩子无法接受，也没有哪个小孩子从未对父母偷偷地咒骂过。但经过成长，孩子们总会理解父母的爱，记得父母的好。但略萨却没有，至少在他的回忆录中完全没有对父亲的肯定。那埃内斯托就真的是一个坏爸爸吗？从之前的信息可以看出他是一个独立自强的男人，过着节制的生活，对妻子和孩子也有着严苛的要求。

但莫罗特分析了埃内斯托作为父亲的另一面——一个反宗教信仰分子，他同意让略萨去了天主教学校拉萨耶中学，而自己的另外两个儿子都念的普通学校。后来将略萨转到军校也并非一时的主观臆断，略萨自述说曾经差点被学校的修士性侵，而这一年许多学生都从拉萨耶中学转走，其中接近一半的学生都转去了莱昂西奥·普拉多军校。面对一个傲慢的爱哭鬼儿子，父亲希望军校能使他成为真正的男人这一想法自然也无可厚非。略萨人生的第一份工作是其父亲埃内斯托提供的，还给他发工资。工作内容是每天下午到晚上为报纸递送紧急信息，保证了略萨在白天的自由时间。这是一份任何一个15岁的利马少年都会羡慕略萨的完美工作。之后当略萨跟父亲表达自己想做记者的想法时，父亲也帮助他在16岁的暑假去《新闻报》工作。不仅如此，当年纪轻轻的略萨跟着记者们染上不良嗜好时，父亲仍然看到了他对记者工作的热爱，默认了他去另外一个城市完成学业并同时继续工作。之后略萨与父母再未一起居住，但父亲对略萨的关心并没有停止。他告诉略萨要坚持上完大学，喜欢工作则可以像美国人一样半工半读。他继续帮助略萨找实习工作。强烈反对略萨与姨妈的"乱伦"婚姻，但更强调的是不要放弃学业，不要让婚姻毁了前程。

　　埃内斯托对略萨的爱和关心是一种类似于中国父母的隐忍之爱。许多年后，父亲多次主动表现出想要与略萨和解，都被略萨无情地拒绝。甚至在回忆录出版后想要解释，也没得到与略萨通电话的机会。要知道这时的略萨已经快步入花甲之年，仍然像个孩子般描述、对待自己的父亲，着实让人难以理解。如此抹黑自己的父亲，莫罗特认为也许是出于对作家身份的考虑，略萨想要给读者创造一种异样的过去——"如果只是无趣的童年，富人区的浪荡朋友，没有坏爸爸和残暴的军校，那就与一位成功作家的浪漫经历不匹配。"[83]

与国内相关研究成果的对比与反思

　　所有生平和传记研究的内容真实和客观性都无法得到百分百保证，它们与自传内容的差异也说明了这一点。也有许多人否定《水中鱼》的自传性，因为其更像是诺贝尔文学家在竞选总统失败以后，以回忆录形式为自己写的辩护辞。在略萨回忆录《水中鱼》出版（1993）之前，西班牙语世界对于略萨的生平研究主要取材于电视、广播、报纸、期刊及其他文学类访谈。本章主要考察的相关生平研究就以其自传为为分界点，既包含了基于访谈，融合于作品、文学思想研究的个人经历分析，如略萨研究的经典名作，秘鲁文学批评家何塞·米格尔·奥维耶多（José Miguel Oviedo）所著的《马里奥·巴尔加斯·略萨：一种现实的创造》（*Mario Vargas Llosa: La invención de una realidad*），以及萨拉·卡斯特罗-克拉伦（Sara Castro-Klarén）1988年的专著

---

83 Herbert Morote, *Vargas Llosa, tal cual*. Lima: Jaime Campodónico Editor, 1997. p. 25.

《马里奥·巴尔加斯·略萨：介绍性分析》（*Mario Vargas Llosa: Análisis Introductorio*）。这两部文学批评著作都以研究略萨的文学思想和作品之间的关系为主，在对作品文本分析的基础上，结合略萨的个人经历及秘鲁、拉丁美洲小说发展的整体情况所做的研究，可以算是西班牙语世界略萨研究的早期范本。不同于卡斯特罗-克拉伦认定略萨的创作作品之间存在一种不断发展的关系，以作品呈现为线索并尝试对其作品间的连续性给与有效性的说明[84]，奥维耶多则独辟一章论述略萨 20 世纪 70 年代成名以前的人生经历，其中"童年"、"青年"、"成名"三个阶段的关系分析也奠定了此后略萨生平研究阶段划分的基调。童年生活、父亲阴影、大学时期与左翼思想的碰撞、文学奖之巴黎旅行也成为了诸多略萨作品和创作思想研究中比较固定的生平主题。

　　《水中鱼》自传的出版象征着相对权威的生平材料的面世，随之而来的生平、思想研究要么以《水中鱼》作为信息来源，要么围绕推翻《水中鱼》中的"主观"叙述为主，力图呈现一个更"全面"、"真实"的略萨形象。如此具有针对性的批评研究，主要集中在略萨的老乡群体里，比如秘鲁心理学家马克斯·席尔瓦·图埃斯塔（Max Silva Tuesta），就通过将略萨小说、《水中鱼》以及其学生时期所了解的故事进行信息比对和分析，从精神分析的专业角度逐一诠释了略萨从童年、青年到早期成名后的心路历程和思想动态。另一位秘鲁学者赫伯特·莫罗特（Herbert Morote），则着重将略萨的家庭阶层、社会资源与秘鲁社会结构、经济发展特点相结合，指出《水中鱼》中片面、歪曲化的事实，还原略萨超越文学的"授命"作家身份和《水中鱼》的真实创作意图。当然，这两位作家一个是精神科医生，一个是经济学学者，虽然也从事文学创作和批评研究，还在秘鲁本土小有名气，却在略萨相关研究中多多少少总会提及与略萨的"同学"关系（他们都曾是略萨军校时期的同校，但并非同班同学），如此一来，即便其著述道出了些许事实或得出了相对专业的研究成果，还是有"蹭热点"的嫌疑。

　　不过，也许就像乌拉圭作家鲁本·洛萨·阿奎瑞伯（Rubén Loza Aguerrebere）说的，"作为略萨朋友的事实，促使我们要写写写他，特别是在他获得诺贝尔奖之后。随着时间的推移，人们会发现让其他人在与自己相处中感受到舒适的重要性。我们曾经也接受他的教诲，但现在我们都不再是从

---

84 Miguel Angel Huamán, "Reseña-*Mario Vargas Llosa: Análisis Introductorio*". *Revista de Crítica Literaria Latinoamericana*, Vol.15, No.29, 1989. p. 338.

前的样子了"[85]。这些言论似乎暗示着略萨早前在拉丁美洲文学圈的人缘不太好，如今成名，很多人都来"爆料"蹭热点的缘由。与阿奎瑞伯一样，许多西语作家和学者都在略萨获得诺奖之后出版了与之有关的访谈文集，如哥伦比亚作家里卡多·卡诺·加维里亚（Ricardo Cano Gaviria）将 1972 年出版的略萨访谈集《秃鹰与凤凰》于 2011 年再版[86]。西班牙《国家报》资深记者、作家胡安·克鲁兹·鲁伊斯（Juan Cruz Ruiz）将 1989 年到 2016 年之间对略萨的采访整理出版[87]。美国康涅狄格大学西语文学教授胡莉娅·库什吉安（Julia A. Kushigian）也在 2016 年出版了一部包含略萨在内的拉美作家访谈集《东方主义与自我实现的报道》（Crónicas orientalistas y autorrealizadas）[88]。

秘鲁作家阿隆索·奎托（Alonso Cueto）于 2003 年出版的《马里奥·巴尔加斯·略萨：动态的人生》（Mario Vargas Llosa. La vida en movimiento）[89]是一部基于其生平经历的访谈集，涉及略萨的家庭、友情及与文学相关的思考，也是国内西班牙语学者赵德明教授所著《略萨传》[90]的主要参考文献。《略萨传》应该算是目前唯一一部由我国学者所著的生平类专著，全书分为 17 章，从第一章"有没有爸爸？"开始，前七章大致梳理了略萨从童年到与表妹结婚的生活经历，第八章"欧洲之行"则转向其文学理想的开端，从其成名作《城市与狗》到 2010 年的《凯尔特人之梦》，几乎每章涉及至少一部作品梗概介绍，也穿插了略萨参与总统选举的经历，被作者赵德明称之为"误入'泥'潭"又"迷途知返"的过程。虽然略萨有几次访华的经历，但中国读者对他的了解并不如马尔克斯那样熟悉和深入，《略萨传》里还插入了许多略萨生活、工作和旅行的照片，丰富了此书的阅读体验。在后记中，作者大致介绍了略萨作品在中国的译介情况以及其本人对略萨其人、作品及思想的看法，最后形成此书的创作动机。

目前国内出版的略萨生平和传记类专著大致有三部，《水中鱼》《略萨

85 Rubén Loza Aguerrebere, *Conversación Con Las Catedrales*. Madrid: Editorial Funambulista, 2014. pp. 19-20.

86 Ricardo Cano Gaviria, *El buitre y el ave Fénix*. Barcelona: Anagrama, 1972.

87 Juan Cruz Ruiz, *Encuentros con Mario Vargas Llosa*. Madrid: Ediciones Deliberar, 2017.

88 Julia A. Kushigian, *Crónicas orientalistas y autorrealizadas*. Madrid: Eitorial Verbum, S.L., 2016.

89 Alonso Cueto, *Mario Vargas Llosa. La vida en movimiento*. Lima: Universidad Peruana de Ciencias Aplicadas, 2003.

90 赵德明《略萨传》，北京：中国长安出版社，2011 年。

传》和《马里奥·巴尔加斯·略萨：他的文学人生》（*Mario Vargas Llosa: a life of writing*）[91]。从生平研究的角度看，国内对略萨生平材料的挖掘尚未上升到"研究"的层面，大多是基于外文文献资料，结合作品创作和文学事业的发展，呈现给读者的介绍性文本。一些并未出现在略萨的自传或诸多访谈的重要内容，如"乌楚拉卡伊屠杀事件"，与略萨在秘鲁本土底层社会的接受度低以及总统参选失利密切相关，在引介时很难发掘其作为略萨生平材料的重要性。从主观评价上看，国内学者对于略萨的脱离秘鲁本土，拥抱欧美西方思想制度的评价没有西语学界一般的尖锐态度。赵德明提到略萨早期作品中缺乏对社会制度问题的深入探讨，一方面由于年轻认知的肤浅，也源于其脱离秘鲁底层的直接接触，始终带有阶级偏见，所以不可能对阶级矛盾有深刻的认识[92]。周明燕也从略萨的思想发展轨迹评析了其选举失利的根本原因在于其"对西方文化的主动认同和与本土文化的严重疏离"[93]。而西语学界特别是拉丁美洲、秘鲁本土学姐对于略萨的这一特点的揭露和批评则相当激烈。比如莫罗特的书里，就还原了许多略萨成长中的细节，实习小记者的工资比普华永道的会计师还高，转学后依靠家庭背景使他即使组织学生罢课抗议考试问题也未受到严厉的惩罚等。莫罗特还提到了略萨利益至上以及对于家人的冷漠，发现父母搬到贫民区里马克（Rimac），就跑去外祖父母家蹭住。那时也已破败的老两口住在米拉弗洛雷斯区（Miraflores）的一个小公寓里，没有工作还要靠积蓄养活啃老的子女。总的来说，在拉丁美洲（特别是秘鲁）学者毫不吝啬的尖锐评价里，略萨是一个从小享受特权、追逐名利、亲情淡漠的人，根本无法打破阶层界限，自然也不可能获得人民的支持。

　　严格来讲，西语学界的略萨生平研究也有其局限性，一方面如莫罗特的著作，按其自己说法：既不是学术研究，也不是文学批评。他只是通过将材料和信息进行拼凑、比对，尽力呈现一个非公众人物形象的、不完美的略萨。另一方面，如图埃斯塔等注重心理研究的学者，虽然梳理、挖掘了诸多相关生平材料，但总体上生平研究只是心理学研究的辅助成分。再加上略萨军校同学的身份，使图埃斯塔的研究成果似乎对抱有"吃瓜"心理的大众读者更

91　（美）雷蒙德·莱斯利·威廉姆斯《马里奥·巴尔加斯·略萨：他的文学人生》，袁枫译，哈尔滨：黑龙江教育出版社，2016 年。

92　赵德明《略萨传》，北京：中国长安出版社，2011 年，第 239 页。

93　周明燕《从略萨看后殖民作家与本土文化的疏离》，载《深圳大学学报》2011 年第 5 期，第 19 页。

具吸引力。此外，此类研究本质上属于跨学科研究范畴，因此不可避免地带有一种"缺乏深刻的新意"，不管是探讨自传《水中鱼》中与精神分析领域相关的细节，还是比对其自身所知的略萨青少年时期的事实，都是相对流于表面的讨论，并未对其生平材料与跨学科领域的内在联系进行深入考察。

第三章　西班牙语世界巴尔加斯·略萨的作品研究

　　2021年，巴尔加斯·略萨85岁的耄耋老人，仍然精力充沛，笔耕不辍。报纸专栏、各类访谈等文化活动不断，还于2018、2019年出版了新书：思想文集《部落的召唤》（La llamada de la tribu）和小说《艰苦岁月》（Tiempos recios）。鉴于略萨作品的丰富性和广泛性，试图对其进行全方位的研究成为了不可能的任务，许多学者选择将研究限定于某些特定的领域，但"要了解略萨的文学世界某一部分，专项研究也必须纳入其小说创作、文学理论、论文（散文）、政治和个人历史的更大范畴"[1]。

略萨作品的主题研究

一、暴力、独裁、阶级、军国主义

　　在《马里奥·巴尔加斯·略萨〈崽儿们〉的批评研究》（*En torno a Los Cachorros, de Mario Vargas Llosa*）中，男人的成长之路充斥着对暴力、轻浮和大男子主义的男性气概的教育，这也成为了《崽儿们》中所塑造的男性形象的基本元素。从少年时期对足球的狂热，到青少年时期对性别、性的发现阶段，书中人物的刻画表现出了成为真正的男人所必须的特点：暴力和所谓

1　David P. Wiseman, "Review: *Mundos alternos y artísticos en Vargas Llosa* by Hedy Habra". *Hispania*, Vol.97, No.4, 2014. pp. 695-696.

的大男子气概。当然，秘鲁社会上层阶级的物质主义、虚伪的道德观以及社会游戏规则中的背叛都在这个短篇故事中淋漓尽致的展现出来。

此书的作者玛丽亚·皮拉尔·格拉西亚·方罗（María Pilar Gracia Fanlo）和玛丽亚·特雷莎·埃雷罗·费尔南德斯（María Teresa Herrero Fernández）也对略萨小说创作的主题偏好做了大致的总结：暴力、自由、公正、阶级偏见和军国主义[2]。略萨的早期作品，大多都呈现了暴力这一主题，从他出版的第一部出版作品《首领们》中，就可以读到由暴力导致的死亡，或者在大男子主义思想驱使下的反返古的决斗行为和清醒的自我牺牲。《城市与狗》中士官里卡多·阿拉纳，即"奴隶"的被谋杀也是暴力导致的结果；《酒吧长谈》中的女性"缪斯"奥滕西娅（Hortensia）和《潘达雷昂上尉与劳军女郎》中的妓女奥尔加（Olga）都被野蛮地杀害；《崽儿们》的男主角在六七岁时被狗咬伤了下体，是一种变相"阉割"，此后的人生他一直毫无畏惧地在死亡边缘试探；《胡丽娅姨妈与作家》中暴力成分则通过电台剧作家创作的戏剧悲剧体现。略萨其实在自己文学生涯的开端就表示过，暴力是世界的一种宿命，它也是一种类似流行病的运气说，在所有的人类社会都普遍存在，却又在秘鲁这个社会层理完全禁锢无法获得和平进步的社会尤为突出。他也曾说，社会生活给男性设置了一系列的考验，而这些现象在欠发达国家表现得更为显性化。在秘鲁这样的国家，暴力是所有人类关系的基础，它在个体生活可以说无处不在。暴力源于社会的全面不公正，正如军事化机构所直接体现的一样，暴力成为了男性气质的完美诠释；又或者像资产阶级高层家庭中那样以虚伪、隐性非直接的方式所体现的，虽然不是暴力环境的直接受害者，却也受到暴力的间接约束和影响。阿根廷文学评论家豪尔赫·拉夫福格（Jorge Lafforgue）指出："巴尔加斯·略萨的世界里有着和蚂蚁一样的钢铁般的体制设置，……这是一个所有灵魂都无法沟通，又面临着命运早已注定的世界。人物就像希腊悲剧里的角色一样在人世间轻轻走过。"[3]在这种略萨所描述的环境中，公正是决不可能发生的事实，而那些勇敢追求公正的人最终都将屈服。《城市与狗》中的主人公阿尔贝托，在暴力的威胁下不敢举报谋杀同伴

---

2 María Pilar Gracia Fanlo & María Teresa Herrero Fernández, *En torno a Los Cachorros, de Mario Vargas Llosa*. Zaragoza: Aladrada, 2010.

3 Horacio Salas, "Mario Vargas Llosa: Denuncia social y expresión literaria". Valentín Tascón y Fernando Soria Heredia (eds.), *Literatura y Sociedad en América Latina*. Salamanca: San Estebán, 1981. p.159.

的真凶；另一个人物中尉甘博阿（Gamboa），认真遵守权威设定的纪律，却还是迟迟得不到认可。《酒吧长谈》则通过另一个平庸嗜酒的人物卡里托斯道出了不公正的无处不在："教条主义者也好，智者也好，秘鲁都已经完蛋了。这个国家和我们一样，没有好的开始也不会有好的结果。"[4]主人公的命运也似乎早已被预置，不管他如何努力地摆脱自己的阶层，最终都没无法得到救赎，还要独自担负自己失败的一生。

从经济和社会阶层上看，巴尔加斯·略萨小说中能够适应欠发达社会获得舒适生活的，唯有那些在统治阶层面前低头或不顾一切代价努力转变成统治者的人，不管这个国家腐败问题有多严重、有多少罪行横生，这些人都愿意与之融为一体。《绿房子》里的人物凭直觉做事，这就是最直接的羞辱和泄愤的方式，甚至把人变成性爱的祭品。略萨所描写的秘鲁社会，是一个属于压迫者的世界，毫无公平而言。而对于军队武装的偏爱，略萨曾说过是秘鲁或拉丁美洲人的特性，与他同时代的拉丁美洲人都亲身经历或者目睹、遭受过军队（武装）所带来的问题。罗莎·博尔多里（Rosa Boldori）于1967年分析《绿房子》叙事结构特点时，也指出小说中五个故事之间相互关联，体会"根植于我们文化中的暴力、敏感和大男子主义"[5]。而绿房子的烧毁和新建，象征着替换摩尼教般旧时体制的必要性。《绿房子》之所以以妓院命名，也是为了表达其最重要的目的，就是对秘鲁现实问题的批判，"略萨对秘鲁的热爱，也使他为其社会阶层化、不平等、体制化的腐败而感到痛心。"[6]

约瑟夫·索默斯（Joseph Sommers）从意识思想角度比较略萨成名作《城市与狗》和转型作《潘达雷昂上尉与劳军女郎》两部作品时，指出了其早期创作小说（即《劳军女郎》和《胡丽娅姨妈》之前作品）的意图：揭露秘鲁的社会问题，并试图给出可能的解决方案[7]。他还提出以具体分析每部小说与其创作所处时期的秘鲁和拉丁美洲社会政治背景之间的关系为方法，结合作者自身在作品中透射的世界观和使用的叙事技巧，挖掘巴尔加斯·略萨个人与

---

4 Mario Vargas Llosa, *Conversación en La Catedral*. Buenos Aires: Alfaguara, 2008. p. 11.
5 Rosa Boldori, *Mario Vargas llosa y la literatura en el Perú de hoy*. Santa Fe(Argentina): Colmegna, 1967. p. 71.
6 Rosa Boldori, *Mario Vargas llosa y la literatura en el Perú de hoy*. Santa Fe(Argentina): Colmegna, 1967. p. 72.
7 Joseph Sommers, "Literatura e ideología: el militarismo en la novelas de Vargas Llosa". *Revista de Crítica Literaria Latinoamericana*, Año.1, No.2, 1975. pp. 87-112.

作品间的关系以及造成其小说不同特点的历史和现实因素。而作者对社会和文学问题的态度与思想对于理解其作品中的价值观、阶级视角和社会背景等也至关重要。

索默斯分析，拉丁美洲小说发展早在《城市与狗》出版前，就经历了长达 15 年的现代化进程，代表人物有：阿斯图里亚斯（Asturias），卡彭铁尔（Carpentier），鲁尔福（Rulfo），奥内蒂（Onetti），博尔赫斯（Borges），罗哈斯（Rojas）以及亚涅斯（Yáñez）。他们的小说作品有一个共同特点，似乎都非常重视二三十年代的经典地域小说，但却并未达到后来新小说的巅峰。新小说以一种全新、大胆从未有过的叙事方式和不失拉丁美洲本土传统的欧洲化技巧，创作出了许多包含创新技巧、超高艺术价值和社会及哲学影射批评的成功之作。除了《城市与狗》之外，还有《阿尔特米奥·克罗斯之死》（*La muerte de Artemio Cruz*）、《跳房子》（*Rayuelo*）、《百年孤独》（*Cien años de soledad*）、《英雄与坟墓》（*Sobre héroes y tumbas*）、《人之子》（*Hijo de hombre*）等新小说的代表作[8]。

在充满暴力、压迫、不公正的社会背景中，略萨是否为受害者设置了反抗的可能性？评论家罗莎·博尔多里指出，从意识形态层面看，《城市与狗》所反映的核心态度"是人类面对社会与地理条件的无能为力，是一种环境宿命论。环境剥夺了人物的所有英雄特质，将他们变成没有思想的、服从于惯性的卑微人类"[9]。索默斯则认为，面对恶劣的外部环境，略萨虽然在其文学作品中给出了不只一种的回应，但却仅仅是个体层面的个人反应，就算《城市与狗》超越了宿命论小说，也只是因其选择了作者所处中产阶级视角下的个人主义和存在主义道德主题。比如，小说对主人公阿尔贝托的家庭、身世、心理都作了详细的描写，将其性格与社会阶层元素联系起来。他的思想意识也是个人经历积累的结果，他的软弱也源于资产阶级性质家庭败落的境况，并最终促使他与自身的资产阶级性妥协。阿尔贝托就是一个高度个人化的人物，他的人格形成与社会阶层和心理因素密不可分。与阿尔贝托形成鲜明对比的是来自社会底层的"美洲豹"，他是粗鲁、暴力、大男子主义、无素质、无道德的典型。这里的资产阶级代表了分析能力和高智商，工人阶级则代表

8　Joseph Sommers, "Literatura e ideología: el militarismo en la novelas de Vargas Llosa". *Revista de Crítica Literaria Latinoamericana*, Año.1, No.2, 1975. p. 89.

9　Rosa Boldori, *Mario Vargas Llosa y la literatura en el Perú de hoy*. Santa Fe(Argentina): Colmegna, 1967. p. 46.

了一种原始道德驱使的勇气。另外，小说中几个主人公都在某一时刻表现出为了他们的小圈子甘愿自我牺牲的高尚感，但这一英雄主义仍然区别于集体认同的个体表现。小说所揭露的个人价值观和存在意义仅仅出现在面对军校的顺从主义，即权威腐败的时候。索莫斯认为小说中的个体、无法实现的英雄主义与萨特为代表的 20 世纪 50 年代的存在主义思想有关系。存在主义对人性的不完美和缺失的承认，延伸出如此意识："英雄主义是懦弱的面具，高尚是邪恶庇护所，暴力游戏是谋杀欲望的表达。"[10]

略萨在早期作品，如《城市与狗》和《崽儿们》中对一系列青年人主题的探索也是其对秘鲁社会的审查分析，通过讽刺手法揭露了秘鲁腐败社会的权利和阶级关系。《潘达雷昂上尉与劳军女郎》与《城市与狗》一样，以军事机构为故事的整体框架，但其截然不同的幽默叙事风格成为秘鲁甚至拉丁美洲文学史上独一无二的小说。即便如此，读者也能在轻松惬意的阅读中体会到其幽默叙事所表现的矛盾性。奥维耶多（José Miguel Oviedo）也发现了其中主题与略萨前期小说的共性，"巴尔加斯·略萨的幽默……在潘达雷昂身上变成了一个直指军队体系、甚至所有构成社会阶级体系的机构（教会、政党、官僚阶层等）的讽刺-戏仿表演。"[11]但索默斯却持有不同的观点，他认为《潘达雷昂上尉与劳军女郎》避免了《城市与狗》直接对政府机构及其社会职能的辛辣批判，更倾向于对现实中人性缺陷的表现。当然，阶级关系也是此小说的主题和重要元素之一，小说故事的缘起就是身处亚马逊丛林的军队士兵无法控制的性欲，他们的动物化特征就是社会阶级主义的表现。通过小说中的各类人物关系也可以看出，处于社会最底层阶级的人是最原始的、最无法控制自己性欲的、也是最容易被操纵的[12]。符合略萨早期小说特点的是，《潘达雷昂上尉与劳军女郎》仍然从深层次具有其历史的参考意义。小说故事的时间定位于 20 世纪 60 年代末，其中的军官由于在奥德利亚独裁政府的出色表现而晋升，小说《酒吧长谈》就是对这一时期众多社会关系及人

---

10 Joseph Sommers, "Literatura e ideología: el militarismo en la novelas de Vargas Llosa". *Revista de Crítica Literaria Latinoamericana*, Año.1, No.2, 1975. p 97.

11 José Miguel Oviedo, "Recurrencia y divergencias en Pantaleón y las visitadoras". Memorias del IV Congreso de la Nueva Narrativa Hispanoamericana, Cali(Colombia), 1974. pp. 6-7.

12 José Miguel Oviedo, "Recurrencia y divergencias en Pantaleón y las visitadoras". Memorias del IV Congreso de la Nueva Narrativa Hispanoamericana,Cali (Colombia), 1974. p. 106.

性问题的揭露，通过一系列主观的视角，聚焦对独裁统治下的社会政治批判。索默斯认为《潘达雷昂上尉与劳军女郎》对直接批判和现实社会状况联系的回避，是因为其创作和出版于秘鲁维拉斯科·阿尔瓦拉多（Velasco Alvarado）军事独裁政权时期，并且略萨本人在 1974 年与奥维耶多的一次采访中也表达了自己无意在文学中批判秘鲁现实[13]。事实上两部小说的核心主题都涉及军国主义和军队，只是《城市与狗》里的军队表现了更为深刻的人类关系，权力、社会分层和政治控制，而军队的价值观：霸权、纪律、反人类和大男子主义则成为了对民族价值观的比喻。《潘达雷昂上尉与劳军女郎》里的军队形象则成为了轻讽刺和嘲笑的对象，从深层次的寓意上看，与现实历史的发展和节奏不符合，也达不到《城市与狗》的水准。当然这也是因为 20 世纪 70 年代前后的秘鲁军队和军政问题变得越来越复杂，所以略萨采取了更为简单肤浅的方式书写相关作品。

二、女性形象的多元化发展

马德里康普顿斯大学艾伦·沃特尼基·埃切维里亚（Ellen Watnicki Echeverría）1993 年的博士论文《马里奥·巴尔加斯·略萨叙事中的女性意义》（*La significación de la mujer en la narrativa de Mario Vargas Llosa*）梳理了女性主义批评的起源和发展，阐述了欧洲及拉丁美洲（尤其是秘鲁）历史文化中的女性地位、文学中的女性形象和女性主义文学概况之后，重点解读了略萨作品中的女性角色特点和问题，即女性身份的缺失或卑微的社会形象，包括小说、戏剧和散文作品。

埃切维里亚表示，略萨小说中的女性角色，从整体上与男性角色相比，一直处于明显的边缘化地位。略萨的许多作品中都营造着极端男子汉气概（machismo）的氛围，充斥着纯粹的男性思维。男性代表了理性和力量，女性代表了感性和柔弱。即便是最仁慈的男性角色也表现出一种优越感，因为从未有人质疑历史、法制体系、民俗传统所赋予他们的高于女性的权力。她还提到学者沃尔夫冈·亚历山大·卢奇廷（Wolfgang Alexander Luchting）曾将文学中的大男子主义划分为两个类型："经典"和"内化"，前者突出男性

13 José Miguel Oviedo, "Mario Vargas Llosa: la alternativa del humor (seis problemas para MVLl)". Julio Ortega (ed.), *Palabra de Escándalo*, Barcelona: Tuequets, 1974. pp. 315-335.

性别、勇气、力量上的绝对优势，强烈的个人主义，以及对此特征的自恋情节，而后者则更偏向于内省的特点。卢奇廷眼中，包括略萨在内的拉丁美洲作家，越来越喜欢使用悲剧或喜剧的元素来描写经典大男子主义，原始的经典男性形象在文学中已经逐渐被现代社会的男性版本所替代。与经典的男性形象凸显其外在力量和内在不妥协所不同的是，现代的男性形象则更为复杂，因为他们承认自身的恐惧和不安，这两种类型的男性形象在巴尔加斯·略萨的文学作品中都有出现。

比如《城市与狗》中，不管是军校的丛林法则，还是为了在现实社会中争取地位的潜规则，女性似很难在这样的世界中生存，所以她们被边缘化、物化，甚至他者化。小说对女性的书写有两个特点：第一、从第三者的侧面且暗含大男子主义的描述居多；第二、失败或不和谐的男女关系中的女性常常扮演懦弱无能或爱慕虚荣的角色。另外，军校现实中虽并未有女性角色，但不管是对话还是独白都常常体现出对女性的侮辱言辞，整个思想氛围中，白人、没有武器、不合群的男人就是娘娘腔，就像法语教师冯塔纳一样受人歧视。有语言学家曾指出，法语常被认为是一门女性化的语言，劣于更男性化的英语[14]。塑造女性的他者特质也体现于小说中人类的动物化过程与动物的拟人化过程。乔尔·汉考克（Joel Hancock）就表示小说中"人与人之间的关系由犬类动物法则所支配"[15]。被虐待、兽奸的温顺母狗是女性的象征，也为女性附加了"娼妓"的属性。

而女性角色数量最多的《绿房子》也将女性商品化，她们被绑架、强奸、监禁或沦为妓女，没有远大的事业心，从出生就注定成为服务于男性的角色。小说中心人物之一的土著女孩鲍妮法西娅（Bonifacia），作为女人，她生活在父权社会和大男子主义家庭中；作为土著，她被迫舍弃自身文化从而遭遇强烈的精神痛苦，身份也两度被边缘化。《绿房子》将男性和女性间建立了非常突出的对立关系，小说中的交流对话也完全由权力方掌控，男性自由对话，地位低下的女性必须保持沉默。埃切维里亚分析这是大男子主义者的特点，一种"与女性深度沟通能力的缺失，也是在女性面前自我肯定的心理需

---

14 Denis Barron, *Grammar and gender.* New Haven: Yale University Press, 1986. p. 56.

15 Joel Hancock, "Técnicas de animalización y claroscuro: el lenguaje descriptivo en *La ciudad y los perros*", *Mario Vargas Llosa: el escritor y la crítica.* Ed. José Miguel Oviedo, Madrid: Taurus, 1981. p. 81.

求"[16]。而鲍妮法西娅的坦诚话语，正好揭露了男性的懦弱，无论经历多么悲惨，那些女性永远保持了内心的纯真，这与小仲马笔下的茶花女玛格丽特一样，她们的真实、高尚和慷慨反衬了他人的虚伪和自私。而盲哑女安东尼娅（Antonia）的故事也从侧面证实了《绿房子》中所设置的"女性无声"，她的被强暴在外人眼里却看成变成完整的女人，这一对女性失去贞洁的讽刺观念证明了秘鲁女性卑微的社会地位。

琼加（Chunga）代表了另一种边缘化的女性，与小说中其他的典型女性形象不同，她独立、内敛且外表朴实，甚至带着"男性气质"、"不可征服"[17]。她重建妓院变成女性剥削者这一讽刺的设置，被评论家认为是略萨故意为之：

> 巴尔加斯·略萨从不在意表现女性宝贵的内在特质，比如战胜环境或逃离困境。因为略萨自己就无法战胜其作品呈现的世界中占统治地位的大男子主义准则。同时略萨在作品中对各个阶层女性角色的处理都持有一种明显的双重目的，一是将作者本身与其叙述的世界客观区分；二是更倾向于对环境而不是角色的呈现。[18]

拉丁美洲征服者及其后代对土著女性的剥削，间接内化成为了社会底层女性的行为准则，而秘鲁社会复杂的种族主义也直接影响了社会阶层的区分。所以《酒吧长谈》中的女佣人阿玛利亚（Amalia）才受尽主人家的侮辱。与略萨笔下的众多被剥削的卑微女性一样，她没有任何志向，只想有个不那么暴力的丈夫。这种暴力、权威和顺从的男女关系就像《绿房子》中的伏屋与拉丽达。埃切维里亚还分析了小说中的其他几位女性，比如被称为"缪斯"的高级妓女霍滕西亚（Hortensia）与阿玛利亚的相互照顾和尊重，是纯真与淫荡的对比和化身，也是民间传说里女性（即"伊娃"后代）的特点。在如略萨小说中唯一受过高等教育的女性艾达（Aída），投身政治且非常智慧，世界观清晰而笃定，但埃切维利亚表示，她的形象与男权社会对知识分子女性的刻板印象很接近：穿着简单重复的衣服，不化妆且带着男性化的外貌。还有社会底层的黑人妓女奎塔（Queta），虽然身处困境，却头脑清醒，不易被迷惑，

16 Rosa Boldori, *Vargas llosa: un narrador y sus demonios.* Buenos Aires: Fernando García Cambeiro, 1974. p. 38.

17 Ellen Watnicki Echeverría, *La significación de la mujer en la narrativa de Mario Vargas Llosa.* Madrid: Universidad Complutense de Madrid, 1993. p. 344.

18 Rosa Boldori de Baldussi, *Vargas llosa: un narrador y sus demonios.* Buenos Aires: Fernando García Cambeiro, 1974. p. 40.

评论家赞她"从未失去看人看事的清晰理智"[19]。

自此，《酒吧长谈》虽与前两部小说相同，人物设计试图涵盖秘鲁社会的所有阶层，但在其 70 余个人物中，女性角色经历了并不亚于男性角色的悲惨遭遇，并开始脱离二元对立的双重形象（如纯洁放荡、天真罪恶）。之后的小说作品中女性虽也生存在下流、边缘化的环境中，但整体上已超越了之前的被操纵受害者的视角，其生存维度变得更人性化、自由和具有创造性。[20]而路易斯·德·阿里戈蒂亚（Luis de Arrigoitia）则表示，这是一种存在于秘鲁大众群体中的"民俗大男子主义"[21]思想，虽并未有官方记载，却能在略萨的许多小说中看到这种文化传统。女性形象的变化，也得到了斯蒂芬·亨尼根（Stephan Henighan）和埃琳娜·吉乔·穆尼兹（Elena Guichot Muñoz）[22]的认同，亨尼根认为略萨从 20 世纪 80 年代后期的开始改变作品中的女性形象。除了妓女，还有种族主义者、阶级主义者，又或是《潘达雷昂上尉与劳军女郎》和《世界末日之战》中游走于丛林臣服于男性欲望的女人，以及《胡丽娅姨妈与作家》和《继母颂》中的"罪孽母亲"。

亨尼根认为这一大致的时间点划分以及女性形象在略萨叙事中的更新，一方面与全球意识形态的变化有关，柏林墙的倒塌使拉丁美洲文学从占主导的政治性主题转向了个体生活、传统女性等主题。另一方面也与略萨提升自己公众形象的需求有关，他在各地参加文化类活动时也会表达自己对女性的关注。此外，略萨的女儿摩根（Morgana）是一名摄影师，年轻曾去过中东地区工作，这也使作为父亲的略萨越来越关注性别平等的问题。略萨对女性意识的改变最早表现在《继母颂》（1989）和《情爱笔记》（1997）中，特别是男主人公接受爱人与自己有相同的性爱权力和自由，甚至幻想自己的恋人与他人的性爱场景时，略萨作品中便首次出现了性别平等的概念。纵然这两部作品并不算特别成功，但其中对性别关系的重塑奠定了之后三部作品，也就是《公羊的节日》《天堂在另外那个街角》和《坏女孩的恶作剧》的基础。

---

19 Alberto Oliart, "La Tercera novela de Vargas Llosa". José Miguel Oviedo (ed.), *Mario Vargas Llosa: el escritor y la crítica.* Madrid: Taurus, 1981. p. 207.

20 Ellen Watnicki Echeverría, *La significación de la mujer en la narrativa de Mario Vargas Llosa.* Madrid: Universidad Complutense de Madrid, 1993. p. 418.

21 Luis de Arrigoitia, "Machismo: folklore y creación cn Vargas Llosa". *Sin Nombre*, Vol.13, 1983. pp. 9-10.

22 Elena Guichot Muñoz, "El teatro vargasllosiano de los ochenta: la mujer entre la tinta y la sangre". *Revista Chilena de Literatura*, No.80, 2011. pp.29-50.

女性形象的重新定义在《公羊的节日》形成，女主角乌拉尼亚（Urania）独立、专业的身份与家乡传统的男尊女卑思想格格不入，其形象和略萨之前著作中的人物相比，既不能归类为被男性利用身体的性对象，也不是"罪孽深重"的母亲，她是"没有性生活也并非人母的女人，可以看作是'名誉上的男人'"[23]。而传统视角下女性与公众身份之间的不融合，也由略萨创造的"无性征"人物所弥补。德国不来梅大学教授萨宾·施利克斯（Sabine Schlickers）的论文《21世纪文学中的精神障碍女性：略萨〈公羊的节日〉，佩拉·苏伊士〈嗜睡〉，萨曼塔·施韦伯林〈救援距离〉和伊内斯·加兰〈假期最后一天〉》（*La mujer trastornada en la literatura del siglo XXI: La fiesta del chivo de Mario Vargas Llosa, Letargo de Perla Suez, Distancia de rescate de Samanta Schweblin y El último día de las vacaciones de Inés Garland*）[24]分析了女性适应障碍心理疾病在21世纪拉丁美洲小说及故事中的呈现方式，及其与19世纪自然主义小说中所谓的"癔症"的区别。她从疾病学角度指出，乌拉尼亚被亲身父亲出卖给独裁者后出现了性心理障碍，但逃亡美国35年也未就医，而是在男女问题上自暴自弃。按世界健康组织的疾病分类，她应该患有一种非生理或疾病导致的性功能障碍，主要表现为性厌恶（sexual aversion）和快感缺乏（anhedonia）。快感缺乏指无法体验愉快的能力，也是抑郁症，甚至是精神分裂的指征之一。[25]照小说中呈现的症状，施利克斯认为乌拉尼亚的心理问题完全可以通过治疗痊愈，只是略萨选择了另一种似乎更流行的解决方式，即遭受强暴后冷淡易怒的女主角将所有精力投入事业。而略萨笔下的另一位女性，秘鲁裔法国社会运动家、女权主义代表弗洛拉·特里斯坦（Flora Tristán）与乌拉尼亚之间的共同特点是对性的厌恶。《天堂在另外那个街角》中多次描述弗洛拉对性行为多是恶心、疼痛、被压

23 Stephan Henighan, "Nuevas versiones de lo femenino en *La fiesta del chivo, El paraíso en la otra esquina* y *Travesuras de la niña mala*". *Hispanic Review*, Vol.77, No.3, 2009. p. 375.

24 Sabine Schlickers, "La mujer trastornada en la literatura del siglo XXI: La fiesta del chivo de Mario Vargas Llosa, Letargo de Perla Suez, Distancia de rescate de Samanta Schweblin y El último día de las vacaciones de Inés Garland". *Revista Estudios*, Vol.31, No.2, 2015. pp. 1-17.

25 Sabine Schlickers, "La mujer trastornada en la literatura del siglo XXI: La fiesta del chivo de Mario Vargas Llosa, Letargo de Perla Suez, Distancia de rescate de Samanta Schweblin y El último día de las vacaciones de Inés Garland". *Revista Estudios*, Vol.31, No.2, 2015. pp. 7-8.

迫或歧视的感受看法。所以她抛夫弃子，与乌拉尼亚一样将精力百分百投入事业。而《坏女孩的恶作剧》中的男女主关系发展，尤其是"坏女孩"莉莉（Lily）最终回归家庭的情节设置，印证了美国女性主义学者珍妮丝·多恩（Janice Doane）的观点，即现代社会女性的差异性，威胁到了男性作家保持其传统中心地位的能力，因此"怀旧作家通过修正性别差异来抵制女性主义"（Nostalgic writers resist femenism by fixing sexual diference）[26]。《天堂在另外那个街角》对性别身份的另一种处理是：雌雄同体。画家高更年轻时有被"女性化"误解的经历，后来迷恋于男女同体的对象，画作中的男女形象颠倒。这与他的祖母形象也形成对比——生活在 19 世纪的弗洛拉，夜里出行都需要女扮男装，甚至还与已婚女人相恋。所以这部小说的中心人物都在性别界限的模糊与身份的转换中找到了快乐，弗洛拉的女权主义和社会主义思想也让她成为了略萨笔下最为完整的女性角色[27]。

略萨笔下的女性形象演变，埃琳娜·吉乔·穆尼兹（Elena Guichot Muñoz）将其划分为三个阶段：以强烈社会环境为背景标签的第一阶段，代表作《城市与狗》《绿房子》和《酒吧长谈》；以亚文学作品为代表的第二阶段，如《潘达雷昂上尉与劳军女郎》和《胡丽娅姨妈与作家》；最后便是 80 年代以后，以女性为主要人物角色的三部戏剧作品：《塔克那小姐》（La señorita de Tacna）、《凯西与河马》（Kathie y el hipopótamo）和《琼加》（La Chunga）。所以除了除了小说作品，针对女性主题的研究中也不乏以略萨散文和戏剧作品为分析文本。一些评论家认为，略萨的戏剧作品与小说《胡丽娅姨妈与作家》存在着紧密的联系，其中的女性角色都有着广播剧和情景剧的戏剧性特点，并且《塔克那小姐》《凯西与河马》以及《琼加》中的女主人公都是反叛精神的代表。埃琳娜·吉乔·穆尼兹则提到，除了戏剧三部曲的女主人公，胡丽娅姨妈也与她们一样，是艾玛·包法利（Emma Bovary）反叛形象的重现。因为胡丽娅姨妈这个人物既是作家的情人也是其作品和言论的批评家，对秘鲁特色的"俗言语"（huachafería）的捍卫就是包法利夫人精神的延续。此外，埃切维利亚也表示略萨在小说、散文和现实中对女性的看法截然不同，虽然

---

26 Janice Doane and Devon Hodges, *Nostalgia and Sexual Difference: The Resistance to Contemporary Feminism.* New York: Methuen, 1987. p. 142.

27 Stephan Henighan, "Nuevas versiones de lo femenino en *La fiesta del chivo, El paraíso en la otra esquina* y *Travesuras de la niña mala*". *Hispanic Review*, Vol.77, No.3, 2009. p. 383.

小说中的女性角色总是以戏谑夸张的方式反映社会腐败或对殖民遗留制度的臣服，散文中却极力赞赏知识界及创作领域中女性的突出贡献，这一点与现实中的评论文章和戏剧作品相同，在女性问题上表现的态度更加自由、进步[28]。文学批评家亨尼根也说"略萨在其职业生涯的大部分公开声明中未曾表达过针对女性的尖锐指责"[29]。

三、情色与爱情

1988 年和 1997 年出版的《继母颂》和《情爱笔记》被大众看做略萨迈向老年、文思枯竭而向大众（轻松）文学转向的表现。书中对性场景和性幻想的大胆描写，更被评价为略萨试图通过大众文化来表达艺术自由的意愿，文学评论家也认为这两部小说是略萨脱离授命文学和主流文学领域的标志。

从对这两本"情色"小说的现有研究成果看，大部分论文还是以情色描写为出发点，纠其源头并分析创作构思和技巧，比如瓜达卢佩·马蒂·佩尼亚（Guadalupe Martí-Peña）在论文《存在的剧场：马里奥·巴尔加斯·略萨〈情爱笔记〉叙事场景化中的二元发展》（El teatro de ser: dualidad y desdoblamiento en la escenificación narrativa de Los cuadernos de don Rigoberto, de Mario Vargas Llosa）中指出性幻想表达了想象是帮助主人公里戈贝托（Rigoberto）冲破现实边界、满足禁欲的力量。而主人公所书写的就是在现实中无法企及的欲望和幻想，也是"文学和艺术创作的萌芽"[30]。海蒂·哈布拉（Hedy Hebra）在《〈情爱笔记〉中的后现代性和审美反思》（Postmodernidad y reflexividad estética en Los cuadernos de don Rigoberto）中也说主人公不仅通过特殊的艺术创作战胜了由妻子出走带来的空虚感，还表现出对这一持续活跃再创作过程的控制力[31]。也就是说，主人公依靠幻想（fantasía）逃离现实，在书写的幻想中变得不再是自己，而是一名文学艺术

28 Ellen Watnicki Echeverría, *La significación de la mujer en la narrativa de Mario Vargas Llosa*. Madrid: Universidad Complutense de Madrid, 1993. p. 419.
29 Stephan Henighan, "Nuevas versiones de lo femenino en *La fiesta del chivo, El paraíso en la otra esquina* y *Travesuras de la niña mala*". *Hispanic Review*, Vol.77, No.3, 2009. pp. 370-371.
30 Guadalupe Martí-Peña, "El teatro de ser: dualidad y desdoblamiento en la escenificación narrativa de *Los cuadernos de don Rigoberto*, de Mario Vargas Llosa". *Revista canadiense de estudios hispánicos*, Vol.28, No.2, 2004. p. 371.
31 Hedy Hebra, "Postmodernidad y reflexividad estética en *Los cuadernos de don Rigoberto*". *Chasqui*, Vol.30, No.1, 2001. p. 91.

家。许多评论家都认同这部小说中的想象力成为了现实的避难所和文学创作源泉的观点，所以评论美国学者文也集中于讨论情色、幻想与现实和创作的关系。

也有学者尝试分析其中的性心理，比如金尤素（Euisuk Kim）的论文《马里奥·巴尔加斯·略萨〈情爱笔记〉中的欲望、幻想和受虐狂倾向》（Deseo, fantasía y masoquismo en *Los cuadernos de Rigoberto* de Mario Vargas Llosa）就从心理学角度说明小说中主人公的欲望是通过性幻想而不是性行为来实现[32]，他认为这符合齐泽克（Slavoj Zizek）的精神分析理论，即主体是通过不断地重现欲望缺失来获得欲望的满足。里戈贝托依靠聆听妻子与他人的性爱经历，并在脑海里重现这些场景获得兴奋感，夫妻两人间的性关系也分别由妻子与他人的现实性行为和给丈夫详细讲述这些行为，帮助其在幻想和自慰中得到满足两部分构成。

金尤素总结了男主人公幻想的几个主要特点：首先，所有的性幻想都必须严格遵守其为自己定下的规矩（如每日书写笔记的时间固定在凌晨四点；不允许在与妻子的性爱聊天时说粗鄙、下流的语言等）。其次，不论是聊天还是写性爱笔记都是男主人公的个人隐私，一旦这一私密空间被侵犯，他便会停止一切有关活动。第三，男主人公的性幻想依托于他者（妻子与他人的性经历）。通过幻想、重现并再创他者的欲望，使自己的欲望成为他者欲望引起的结果。另外，《情爱笔记》中男主人公避免与妻子的现实性接触，金将其解读为在想象的创造中获得欲望满足的"性虐待心理"（masoquismo）幻想游戏，这既是一种自恋心理，也是一场把自己扮演成受伤角色的戏剧。受虐方是虐待的组织和决定者（里戈贝托），而虐待方只是被动服从前者的指令（妻子），双方的具体行为受到协议的规定和约束。妻子绝对忠实地完成里戈贝托为自己设置的受伤者情景的所有指令，他也只对倾听妻子的性爱故事产生欲望和欢愉，是一个不折不扣的自恋型观察者，只是男主人公的主动性（书写并再创妻子的性爱故事）被掩盖在被动性中（倾听者）。

结合以上的分析，里戈贝托的幻想实际上是一种为了达到幻想而采取的非自然之举。沉迷于对创伤（妻子性爱故事）的回忆和书写，使他的现实被想象代替，性也变成了由幻想支撑的游戏。所以与大多数评论家的观点不同

---

32 Euisuk Kim, "Deseo, fantasía y masoquismo en *Los cuadernos de Rigob*erto de Mario Vargas Llosa". *Confluencia*, Vol.26, No.2, 2011. pp. 13-20.

（《情爱笔记》通过戏仿大众情色文学来表现艺术自由），金尤素认为小说在处理幻想、欲望和欢愉的描写时，选了严格控制的想象视角，而主人公无法跨越现实与幻想的界限，就没有获得完全的自由。因为"幻想根本无法将主体从现实的边界解脱出来，人类追逐不同目的的自由只会围绕悲剧般的自我批判意识打转"[33]。

路易斯·金塔纳·特耶拉（Luis Quintana Tejera）则在《〈坏女孩的恶作剧〉的诱惑、情色和爱情》（Seducción, erotismo y amor en *Travesuras de la niña mala*）中指出了小说《坏女孩的恶作剧》里分别对立又形成循环的三元素：引诱、情色和爱情[34]。小说中不断透露的坏女孩对男主角里卡多（Ricardo）的引诱；之后里卡多又在另一位女性奥迪利亚（Otilia）的指导下对性爱（女性的身体）着迷。诱惑将男主角渐渐引向了不同的情色经历，而这一切恰恰又源于男主角对坏女孩自始自终的浓浓爱意。娜塔莉·切拉谢维涅茨（Nataly Tcherepashenets）在其论文《翻译中的爱情：马里奥·巴尔加斯·略萨〈坏女孩日记〉与十九世纪欧洲小说》（El amor en la traducción: *Travesuras de la niña mala* de Mario Vargas Llosa y la novela europea decimonónica）[35]中试图通过分析坏女孩奥蒂利亚（Otilia）与一系列略萨早期心爱的十九世纪文学如《包法利夫人》《情感教育》《父与子》等在人物、文本内容上的相似和联系，说明这些文学作品对略萨小说创作的影响。其中她提到坏女孩奥蒂利亚（Otilia）与福楼拜《包法利夫人》中的艾玛（Emma）有着相似的爱情观，即恋爱必须存在于优越的经济和物质条件中。此外，通过对爱情的想象（渴望理想的恋爱和通过爱情改变命运重塑自我），两位女主角暂时性地摆脱平庸乏味的现实，但最终却都受到了身心的伤害。

墨西哥文学批评家马里奥·吉列尔莫·瓦库哈（Mario Guillermo Huacuja）曾撰文《一位傲慢作家的情爱》（Los amores de un escritor soberbio），他表示虽然不同文学作品基于历史、社会环境，对爱情有着不同的书写和表达，

---

33 Euisuk Kim, "Deseo, fantasía y masoquismo en *Los cuadernos de Rigoberto de Mario Vargas Llosa*". *Confluencia*, Vol.26, No.2, 2001, p. 19.

34 Luis Quintana Tejera, "Seducción, erotismo y amor en *Travesuras de la niña mala*". *Narrativas: Revista de narrativa contemporánea en castellano*, No.10, 2008 (Issue dedicated to: Narrativa erótica). pp. 13-19.

35 Nataly Tcherepashenets, "El amor en la traducción: *Travesuras de la niña mala* de Mario Vargas Llosa y la novela europea decimonónica". *Káñina*, Revista Artes y Letras, Vol.XL, No.1, 2016. pp. 13-20.

不过但凡涉及爱情主题，字里行间都会流露出被自然、现实世界剥夺的与女性融合的迫切渴望[36]。他还表示《坏女孩的恶作剧》中的爱情（性爱）观与西方（欧美）发达国家的时代潮流更同步，书中女主角几乎都被称作"坏女孩"，隐射了欧美"一夜情"交往观念对姓名的不在意，但这种情爱关系在小说叙述时代的拉丁美洲是不被广泛接受的。小说故事的发生场景有略萨生活了十几年的巴黎和伦敦（1958 年至 1974 年）。20 世纪 60 年代的巴黎是拉丁美洲革命青年的跳板，而伦敦则是倡导爱无国界、放纵享乐的年轻人的摇篮。那时欧洲的两性关系非常开放，瓦库哈猜测小说中的各种爱情故事也许就是略萨自己的欧洲经历，甚至可能他也有一个属于自己的"坏女孩"，当然略萨本人通过《谎言中的真实》回应了这点——既是也不是。因为回忆只是幻想和想象的起点，它与编造融和于具有创造性的文学中，恢复回忆的文学总会有幻想，回忆在虚构中与梦想相互交织、溶解[37]。

　　"坏女孩"的难以捉摸、总是出现又消失使男主角里卡多·索莫库西奥（Ricardo Somocurcio）陷入一种短暂欣快又迅速低沉的深爱状态。在男主对她迷恋和寻找中，略萨让读者看到了各式各样的情爱形式，以及贯穿其中的爱情梦幻所带来的所有可能情绪。瓦库哈认为，小说中男主角里卡多"田园般的爱情"[38]与略萨年少时的经历以及其喜爱的骑士文学都有所关联。他联系《水中鱼》里略萨对青年时爱情观的自述——那是一种无关于性、的纯洁爱慕，甚至梦想英雄救美的场景，将女性推向不可侵犯的正派、高贵地位。这一诞生于 20 世纪中叶拉丁美洲地方主义的爱情观，与骑士之爱（amor cortés）很相似。金尤素在分析《情爱笔记》时也提出其中看到骑士小说的影子，书中男主人公所爱的女人是，精神指引，且没有缺点。因为"对女性形象的理想化突出只是骑士自恋心理的建构过程，其作用在于掩盖内心的创伤"[39]。富恩特斯评论《城市与狗》时也提到，其中所体现的尚武精神、暴力、荣誉感、决斗、情色以及对高贵爱情的向往，都与略萨对中

36　Mario Guillermo Huacuja, "Los amores de un escritor soberbio", *Nexos*, 1 de agosto de 2006. p. 92.

37　（秘鲁）巴尔加斯·略萨《谎言中的真实》，昆明：云南人民出版社，1997 年，第 77 页。

38　Mario Guillermo Huacuja, "Los amores de un escritor soberbio". *Nexos*, 1 de agosto de 2006. p. 92.

39　Euisuk Kim, "Deseo, fantasía y masoquismo en *Los cuadernos de Rigob*erto de Mario Vargas Llosa". *Confluencia*, Vol.26, No.2, 2001. p. 16.

世纪骑士小说的喜爱有关[40]。

略萨的书写技巧研究

立体结构和创新技巧作为略萨小说最突出的特点，也是评论界讨论最多的话题。针对这一主题，西班牙语世界围绕略萨的小说技巧展开了广泛而深入的研究，如对时空结构、艺术及戏仿手法运用的分析等均有专著形式的成果，相对来说其研究更具系统性和针对性，值得国内学界关注。

一、时空变幻的构造

在对略萨早期作品的研究中，时空结构的分析总是占有一席之地。在《马里奥·巴尔加斯·略萨〈崽儿们〉的批评研究》（*En torno a Los Cachorros, de Mario Vargas Llosa*）中格拉西亚·方罗和埃雷罗·费尔南德斯指出：此小说的空间定义从一开始就非常清晰[41]。所有角色人物，都聚焦于利马的米拉弗洛雷斯区（Miraflores），即便不居住于此的人也需要说明自己的居住地（证明社会阶层）才能融入这里的"上流"社会群体。这一空间定义也反映了略萨作品中的一个长期主题：秘鲁社会现实的阶级分化和突出边缘化群体的问题。即略萨将其构思中的小世界分成不同的人群或模块（社会群体），主人公就从属于其中一个群体或环境。略萨自己也很清楚自己的这一刻画人物的情结，他将此称作"移居外国综合症"。而故事情节从结构安排上也有一定的规律，一般来说，主人公会放弃原本的群体，转而加入到另一个群体之中。又在舍弃过去身份时，遇到无法建立全新身份的矛盾，不管是《酒吧长谈》里的圣地亚哥（Santiago）还是《崽儿们》的奎亚尔（Cuéllar）都是如此。另外，方罗和费尔南德斯也指出，与《城市与狗》的设置几乎相同的是，《崽儿们》明确指出的街区和街道名称都影射出秘鲁首都利马高阶层人群，尤其是年轻人的日常生活、娱乐的区域（当然也会有一部分利马中心城区，贫穷、边缘化群体的活动区域）。通过空间的界限指涉不同的阶层群体，将其刻画成一个部落式的大家庭和友谊的王国。

---

40 Carlos fuentes, "El afán totalizante de Vargas Llosa". *La nueva novela hispanoamericana*. México: Cuadernos de Joaquín Mortiz, 1969. p.35-48.

41 María Pilar Gracia Fanlo & María Teresa Herrero Fernández, *En torno a Los Cachorros, de Mario Vargas Llosa*. Zaragoza: Aladrada, 2010. p. 149.

卡斯托·曼努埃尔·费尔南德斯（Casto Manuel Fernández）在《巴尔加斯·略萨小说研究》（*Aproximación formal a la novelística de Vargas Llosa*，1977）中也有结构设计反映群体特点的类似观点。因为他认为小说的故事情节需要靠人物和围绕它周围的环境呈现来推进，"是以情绪通道连接整体情况的具体事件，这并不是指要搜索一个可以大致看见背后虚构世界的适合实例，而是虚构世界本身就由故事情节来设置、评判和图像化"[42]。比如《城市与狗》与《酒吧长谈》中诸多的特定故事情节，它们以间接的方式协调、链接，通过对虚构世界的事例分析、影像化等手段处理，达到最终呈现、评判所叙述的世界的目的。费尔南德斯表示，故事情节这种具体实例化的意义源于不同群体人物的归属感问题，即群体人物的特定行为以及他们相互之间的关系，作为支撑人物的平台，群体展现的价值在故事情节中体现。略萨的作品倾向于表现人物间的抽象关系而不是各自的独特个性，所以常常能看到非个体（集体）人物的表现，以此反映其背后所属的不同现实。也有评论指出的略萨小说中的宿命论可能源于他想通过对虚构世界中群体、社会关系的诠释来引发思考和讨论，但可以明确的是，人物的个性已经消失在厚重的周遭环境中，并且所有人物的反映都存在着共性，人物关系的特点体现在它的直线性（rección），即不可逆转，而其中的偏差时刻也就促成了所有故事的情节发展[43]。

妓院在拉丁美洲文学中占据重要地位，它帮助揭示了压迫性社会的机制和独裁者的心理，也是略萨小说创作和小说研究的一个中心形象。海蒂·哈布拉（Hedy Habra）指出了《酒吧长谈》中的后现代空间——妓院所起到的关键作用，就像福柯（Michel Foucault）异位空间理论的"异托邦"（heterotopía），对于创造出变态主人公的性虐狂欲望是必不可少的[44]。哈布拉指出，"中国套盒"的技巧使略萨将多层次的虚构和时空错位的现实连接，叙事中呈现除多种现实，丰富了解读和阐释的层次，平行的世界则由"连通器"表现，不同时空现实单位之间的碰撞创造出互文性区域，引导读者的主动阅读。总之，略萨的这些技巧制造了模棱两可的效果，不仅在人物的虚构世界中撕开裂痕，

42 Casto Manuel Fernández, *Aproximación formal a la novelística de Vargas Llosa*. Madrid: Editora Nacional, 1977. p. 161.
43 Luis Harss, *Los nuestros*. Buenos Aires: Editorial Sudamericana, 1968. p. 441.
44 Hedy Habra, *Mundo alternos y artísticos en Vargas Llosa*. Madrid: Iberoamericana, 2012. p. 129.

　　还增加了"现实"的层次，从而消除了现实与想象之间的界限，并最终在"异位互文区"[45]中建立令人愉悦的多元异质世界。

　　不过，略萨诸多作品中的时间构造相比空间、结构的设置，显得更加复杂多变，雷蒙德·莱斯利·威廉姆斯（Raymond Leslie Williams）就曾指出，相对于《绿房子》在广阔且变换的地理环境中的情节发展，《酒吧长谈》中的时间结构更引人注目[46]。多梅尼科·安东尼奥·库萨托（Domenico Antonio Cusato）在论文《〈琼加〉：记忆的时间和视角》（*La Chunga* de Mario Vargas Llosa: tiempos y perspectivas de la memoria）[47]中对这部戏剧中属于记忆（主观）的时间和现时的客观时间进行了比对研究。通过 20 世纪西班牙作家冈萨洛·托伦特·巴列斯特（Gonzalo Torrente Ballester）在《当代西班牙戏剧》里的"叙事式戏剧"（drama narrativa）定义，即某些戏剧以呈现过去的故事为主，并通过演绎代替讲述故事，将这部作品的时间线分为以不同的节奏运行的两个基本部分：具有唤醒作用的缓慢的现在时间和记忆中的高速时间。他表示，记忆时空不受事件发展的影响，也不再属于现实，不仅对创造持开放态度，还允许对记忆的更改。在这一叙事的层面，人物试图变得更丰满，因为如果"想要与现存的自己不同，就是人类对卓越的渴望"[48]是真理的话，那么在记忆的时间维度里，每个人都能通过逃避现实，抚慰激发人类存在的各种欲望，毕竟人类所有的不满、不快和反叛都来自于欲望和梦想实现的受阻碍。

　　相比对具体的某一时间概念的关注，如主观因素下的时间流逝，或者时间的语言含义，伊娃·科比列克（Ewa Kobylecka）的专著《马里奥·巴尔加斯·略萨小说创作中的时间》（*El tiempo en la novelística de Mario Vargas Llosa*，2010）则在梳理时间概念的相关理论基础上，提出"主观主义"和"形式主

---

45 Hedy Habra, *Mundo alternos y artísticos en Vargas Llosa*. Madrid: Iberoamericana, 2012. p. 69.

46 Raymond Leslie Williams, *Mario Vargas Llosa*. New York: Ungar Publishing, 1986. p. 64.

47 Domenico Antonio Cusato, "La Chunga de Mario Vargas Llosa: tiempos y perspectivas de la memoria", *Atti del XXI Convegno [Associazione Ispanisti Italiani]*: Salamanca 12-14 settembre, 2002 coord. by Domenico Antonio Cusato, Loretta Frattale, Gabriele Morelli, Pietro Taravacci, Belén Tejerina, Vol.1, 2004 (Letteratura della memoria). pp. 273-286.

48 Gonzalo Torrente Ballester, *Teatro Español Contemporáneo*. Madrid: Guadarrama, 1968. p. 375.

义"的时间理论分类法，以及相对能广泛应用的"时间距离"研究理论和方法。

法国文学理论家让·里卡杜（Jean Ricardou）就说过："为了成为书写的故事，小说不再是对历史的书写。"[49]（Le roman cesse d´etre l´écriture d´une histoire pour devenir l´histoire d´une écriture） 20 世纪以来小说读者的关注从历史内核转向了叙事内核。科比列克看来，"主观主义"时间理论注重人物源于时间的整体内心经历，但其在形式上稍显薄弱；"形式主义"则主要勾画小说时间结构，并压缩、限制对语句价值的思考以及文本内部分析。而"时间距离"概念关注叙事者与人物、叙事内容之间的时间差距（间隙），既能顾及形式、也可以延伸到有关存在性的定义关系，同时揭示作者通过文本构造的时间观。

略萨曾在《谎言中的真实》中写道："如果语言和行为之间存在距离的话，那现实时间和小说时间之间就有一条鸿沟。"[50]在《给青年小说家的信》中说："所有的小说，特别是优秀的小说都有一个区别于读者生活中现实时间的，属于其自己的时间体系。"[51]科比列克认为，略萨在小说创作中倾向于对艺术的思考，从内心视角尝试理解文学创作，这与"主观主义"概念相似，此外略萨小说创作中的时间体系与主观时间的共同点是：选择性、重复性和不统一性[52]。所以略萨应该很清楚主观时间和小说时间的本质差异，才会以内心感受为动力，构建出具有特点的时间技巧。科比列克也指出，略萨与法国新小说派理论家米歇尔·布托尔（Michel Butor）都认为，时间和空间的衔接发生在叙事本身，而不是在所叙述的世界中，充满空间比喻的语言成就了叙事者的活动，以其独特的方式构建了小说情节。这与巴赫金（Bajtín）的"时空体"理论（cronotopo）[53]也有相似之处，只是巴赫金将时空坐标的交汇定位在叙述内容的层面。

科比列克分别对《绿房子》、《狂人玛伊塔》和《坏女孩的恶作剧》进行

---

49 Jean Ricardou, "Temps et description dans le récit dáujourd´hui", *Probñémes du nouveau roman*. París: Seuil, 1967. pp. 161-170.

50 Mario Vargas Llosa, *La verdad de las mentiras*. Madrid: Suma de Letras, 2004. p. 20.

51 Mario Vargas Llosa, *Cartas a un joven novelista*. Barcelona: Ariel/Planeta, 1997. p. 75.

52 Ewa Kobylecka, *El tiempo en la novelística de Mario Vargas Llosa*. Vigo(España): Editorial Academia del Hispanismo, 2010. p. 70.

53 小说世界中的时间和空间无法单独分析，时间的特性只能在空间中显现，空间也只能通过时间才能得以测量。

时间结构的分析，从叙事者情况、外部话语的组织、故事的语言时态和时间取向、故事发生顺序的变形、时间指示功能五个方面解读略萨如何通过"经历主观时间"[54]的策略，表现不同的人类思想和观念。《绿房子》体现了总体小说类型的时间设置，但其时间聚焦的极端化、毫无延续性、不合逻辑地运用新书写方式，不尊重因果的自然规律等缺陷，使小说中的现实显得脆弱而混乱。《狂人玛伊塔》的内部逻辑是一系列的叙事内镜（戏中戏），尽管反映出不同的时间距离，但讲述玛依塔经历的主要叙事者具备返回过去的能力，却选择抑制自身认知的优越性，构建了小说整体的时间结构，对叙事内容的解读和评价只留给"以后的"（posterior）时间视角。《坏女孩的恶作剧》在许多批评家眼中超出了历史空间范畴，回归到线性、连续的自然发展顺序。叙事者自由地浮于文本中，通过频繁的心理陈述主宰叙事材料，在叙事内容里强加自己的时间视角。

　　总体来讲，《绿房子》中的人物受到外部世界时间发展碎片化失衡的影响，对于探索过去和未来持有一种明显的言而未尽的态度。《狂人玛依塔》则开启了从回忆提取、不允许被现在叙事的"我"重新诠释的、叙事过去的视角。《坏女孩的恶作剧》中叙事者完美地融入到其所处的周遭世界中，现实就是过去发展的逻辑性结果。略萨诗意的叙事风格在变化不定的时间技巧中留下固定的人物形象概念，而科比列克对于略萨艺术世界中主观时间概念的分析，并将其作为工具，系统研究作家的小说创作历程确属西语学界略萨研究的首创。

二、文学与艺术的互文关系

　　略萨本人对于艺术的喜爱不仅可以从其热衷于创作、参演戏剧作品，或将绘画艺术融入小说情节和人物（如：《天堂在另外那个街角》《继母颂》《情爱笔记》）中体现，甚至他将文学书写看作艺术创作的一部分，关注、评论整个文艺界的动态（如：《做戏的文明》）都充分证实了其自我认定为超越作家的社会、文化知识分子身份。目前西班牙语世界对其作品的艺术性研究主要集中于文学与艺术创作的互文关系分析、视觉艺术的呈现研究以及作家的艺术创作过程和意识发展。

---

54 Ewa Kobylecka, *El tiempo en la novelística de Mario Vargas Llosa*. Vigo(España): Editorial Academia del Hispanismo, 2010. p. 220.

　　瓜达卢佩·马蒂-贝尼亚（Guadalupe Martí-Peña）在论文《埃贡·席勒与〈情爱笔记〉：图形文本与媒介性》（Egon Schiele y *Los cuadernos de don Rigoberto* de Mario Vargas Llosa: iconotextualidad e intermedialidad）中表示，画家席勒的生平和作品构成了《情爱笔记》这部小说视觉叙事的文本框架[55]。图像与文本一样具有修辞作用，它们通过语言或图形符号传递意义，而媒介性（intermedialidad）指通过媒介中的媒介（即文本中的图像或图像中的文本）所传递的互文作用。

　　马蒂-贝尼亚表示，《情爱笔记》作为《继母颂》情色故事的续集，两者间不乏图文的互文性特点，《情爱笔记》西班牙语版小说封面图中床边的黑色真丝睡衣与《继母颂》开头对女主角的描述就完全对应。两部小说的叙事话语中都运用了"形状、颜色、构图、光线、取景和视角"等绘画艺术的术语和技巧，在赋予小说丰富色彩、形状甚至味道的过程中，提升"语言的可视化和词汇情色化效果"[56]。两部小说都在其语言、图形符号的内部渗透中形成了图形文本（iconotexto），在《继母颂》里绘画在出现前，语言描述"图说"（ekfrásis）在后；《情爱笔记》则相反，每一章都由动态的叙事话语逐渐转换到静态的绘画。所以，不管是《继母颂》每两章之间的图画关联性，还是《情爱笔记》每章插入的席勒画作黑白小图，文本和绘画同时为读者提供了阅读体验。这些图形元素就是小说叙事话语及绘画插图符号体系的一部分，它们传达了有关小说语义、结构和读者角色的内容，如：感性、享乐主义、情色、绘画、写作、多视角主义、窥淫癖、想象力激发、戏剧性、艺术接受、生活与艺术的关系等[57]。

　　安娜·玛丽亚·莱昂·雷斯特雷波（Ana María León Restrepo）也认同马蒂-贝尼亚在《情爱笔记》中所看到的"图形语言"（ícono-verbales）关系和"图说"（ekfrásis）形式对于人物塑造、情节发展和情色主题凸显的重要作用。此外她还讲述了小说前传《继母颂》的创作背景，即略萨曾参与旅居巴

55　Guadalupe Martí-Peña, "Egon Schiele y *Los cuadernos de don Rigoberto* de Mario Vargas Llosa: iconotextualidad e intermedialidad". *Revista Iberoamericana*, Vol.LXVI, No.190, 2000. p. 93.

56　Guadalupe Martí-Peña, "Egon Schiele y *Los cuadernos de don Rigoberto* de Mario Vargas Llosa: iconotextualidad e intermedialidad", *Revista Iberoamericana*. Vol. LXVI, No.190, 2000. p. 96.

57　Guadalupe Martí-Peña, "Egon Schiele y *Los cuadernos de don Rigoberto* de Mario Vargas Llosa: iconotextualidad e intermedialidad", *Revista Iberoamericana*. Vol. LXVI, No.190, 2000. p. 103.

黎的秘鲁画家费尔南多·德·西斯洛（Fernando de Szyszlo）尝试融合绘画与书写的"四手创作"实验，受此启发以相同的理念创作了《继母颂》和《情爱笔记》[58]。

马蒂-贝尼亚还详细分析了席勒的画作及生平对于小说人物，尤其是继子丰奇托（Fonchito）性格形成的影响，称小说通过"连通器"手法将第一层故事（里戈贝托、卢克雷西亚和丰奇托的家族史）与第二层故事（席勒生平和丰奇托想象）的事件、人物和情境交织在一起。此外，席勒对小说的情节发展、主题体现都起到了关键的推动作用。继子以临摹席勒画作、探讨为由频繁与继母见面，继母沉浸于丰奇托的讲述中任由其点燃内心的感性并最终回归到父亲怀抱。在此，席勒的作品成为了爱情的灵感来源和性欲的刺激，证明了艺术作品的说服力和叙事的催情力[59]。甚至小说中的某些疑点也通过席勒的绘画来渲染，女主角跟丈夫讲述继子对席勒痴迷的担忧，却引起了丈夫的怀疑，因为他并不知道继子与妻子的单独会面。从叙事层面看，席勒"贡献了刻画人物、人物间关系以及周遭世界，推动行为走向不稳定的最终结果的作用"[60]。此外，席勒画作也是小说《情爱笔记》中反复出现主题的能指，即：强调感性和情色、杂乱的性、孤独和孤立、女性身体的呈现、艺术及艺术家与社会的关系等。席勒的自闭症形象和对自己支离破碎存在的痴迷，也反映在主人公里戈贝托和丰奇托的过度自恋中。

海蒂·哈布拉（Hedy Habra）则在《情爱笔记》中看到了独特的镜像艺术，以拉康的"镜像阶段"理论为基础——把他人当做自己，把幻想当做真实的双重错误识别，她在论文《艺术作为镜子：〈情爱笔记〉艺术创作的功能与重要性》（El arte como espejo: función y trascendencia de la creación artística de *Los cuadernos de don Rigoberto*）中解析了三个层面的镜像艺术表现[61]：第一层是丰奇托从席勒作品中看到画家席勒与自己的相似性并进一步将两者的

---

58 Ana María León Restrepo, *Relación interartística en Los cuadernos de don Rigoberto de Mario Vargas Llosa*. Universidad EAFIT, 2012. p. 3.

59 Guadalupe Martí-Peña, "Egon Schiele y *Los cuadernos de don Rigoberto* de Mario Vargas Llosa: iconotextualidad e intermedialidad", *Revista Iberoamericana.* Vol. LXVI, No.190, 2000. p. 105.

60 Guadalupe Martí-Peña, "Egon Schiele y *Los cuadernos de don Rigoberto* de Mario Vargas Llosa: iconotextualidad e intermedialidad", *Revista Iberoamericana.* Vol. LXVI, No.190, 2000. p. 106.

61 Hedy Hebra, "El arte como espejo: función y trascendencia de la creación artística de *Los cuadernos de don Rigoberto*". *Confluencia*, Vol.18, No.2, 2003. pp. 160-170.

所有身世和思想联结；第二层是丰奇托从父亲的笔记里看到利马官僚思想的两面性，"公共的意识"和"半梦半醒中的无意识"。哈布拉认为，这两层分别源自文本和绘画、遗传和选择隐喻的镜像投射，帮助丰奇托完成了自我实现和自我身份的重建[62]。她还指出，尽管源自绘画的镜面投射是先于语言的想象力的延伸，但语言-源自文本的镜面投射-的加入，按照拉康的阐释，标志着幼儿进入了俄狄浦斯情结和社会身份形成的象征秩序心理阶段[63]。最后一层镜像艺术是小说本身对于读者来说，在跟随丰奇托通过视觉艺术和父亲秘密笔记的自我探索过程中，成为了透过其视角深入席勒作品内部的文本镜像。读者会视觉化文本中的无数镜像，并不由自主地释放自身的情绪。艺术作品在读者身上以一种形成无数的自由、无意识连接的影响，之后读者（或批评家），又会像一个艺术家一样展开其幻想并重新阐释作品[64]。

　　后于 2012 年出版的《巴尔加斯·略萨的另类艺术世界》（*Mundos alternos y artísticos en Vargas Llosa*），作者哈布拉则从视觉艺术和后现代主义视角更宏观、系统地探讨略萨运用语言符号重现视觉效果、小说人物作为视觉图像的定位和传播者、图像在文本内替代现实的建构、来自小说人物内部的情色及其构成虚拟现实的替代性次等（黑暗）世界、福柯（Michel Foucault）异托邦作为不同叙事层面上的他者空间、艺术及其与叙事的关系等方面的内容。

　　借助意大利哲学家安伯托·艾柯（Umberto Eco）虚幻世界的观点，即人类的某些大脑活动比如阅读、写作、打盹、做梦等可以接收到另一些"可能"的世界，或者"小世界"，哈布拉首先提出"次世界"（submundo）[65]的概念——虚构空间中的人物接受、构建的世界。但就如绘画艺术鉴赏一样，观察者需要有效地接收艺术家的文化学识和其中潜意识促动，才能激起鉴赏者的创造力，在小说阅读上，只有主动阅读才能激发读者的想象从而产生"次世界"。略萨的许多小说与绘画艺术有关联，其中人物的"次世界"呈现的高度视觉化和热闹景象就像戏剧场景和电影画面。笔下的人物成为了影片的创作

62　Hedy Hebra, "El arte como espejo: función y trascendencia de la creación artística de *Los cuadernos de don Rigoberto*". Confluencia, Vol.18, No.2, 2003. p. 165.

63　Hedy Hebra, "El arte como espejo: función y trascendencia de la creación artística de *Los cuadernos de don Rigoberto*".　Confluencia, Vol.18, No.2, 2003. p. 165.

64　Hedy Hebra, "El arte como espejo: función y trascendencia de la creación artística de *Los cuadernos de don Rigoberto*".　Confluencia, Vol.18, No.2, 2003. p. 169.

65　Hedy Habra, *Mundo alternos y artísticos en Vargas Llosa*. Madrid: Iberoamericana, 2012. p. 11.

者，内嵌世界的技巧丰富了作品的解读层次，多种小说构造也为相关真实情节增色。哈布拉所关注的就是人物在叙事中发明、想象和建造可能世界的才能。哈布拉列举了一系列小说中的人物，如：《酒吧长谈》男主角萨瓦拉（Zavala）的色情幻想和想像层面的权利构建机制；多部作品中复现的利图马（Lituma），其在《琼加》《谁是杀人犯》和《利图马在安第斯》中有着异常丰富的想象力，并运用电影拍摄式的语言创造出视觉效应的次世界。

　　除了与大部分学者所认同的略萨在《继母颂》和《情爱笔记》中运用的视觉叙事观点一致以外，哈布拉补充了《酒吧长谈》的人物卡约·贝尔穆德斯（Cayo Bermúdez）的独裁（权威）视野，通过权威控制他人，贝尔穆德斯也创造了服务于自己政治和性爱目的的替代世界。这一分析主要建立在男性偷窥者的万能视角之上，施虐者通过观察他人受苦以及对他人身体、意志造成痛苦来获取快乐。在比较《继母颂》和《情爱笔记》女主角卢克雷西亚（Lucrecia）和《公羊的节日》的乌拉尼亚（Urania）不同的情色次世界（submundo erótico）时，哈布拉指出了"情色视觉叙事"让读者深入主角心理的作用。两位女主角的性经历完全相反，但与情欲相关的图形文本幻想（imaginario icono-textual）让她们跳出了女性被动的刻板印象，成为自己故事的创作者。此外，哈布拉也分析了《叙事人》中的照片展示与小说的多重层面叙事，她谈到这一关联突出了时间的跳跃性以及小说与电影影像之间的互文性特点，《叙事人》中的各类视觉形象（如意大利偏远地区展览中的一张照片）可以"恢复记忆并激发创造力"[66]。

　　卡洛斯·格拉内斯（Carlos Granés）在其著作《想象的复仇》（*La revancha de la imaginación*）中将略萨纳入艺术创作者的范畴，解其观察现实的思维模式及由想象力、兴趣和价值观将经历转化为艺术作品的过程。他首先否认了当今的艺术研究方法，不管是霍华德·贝克（Howard Becker）和亚瑟·丹托（Arthur Danto）定义的"艺术界"[67]，还是皮埃尔·布尔迪厄（Pierre Bourdieu）"文化生产场域"[68]，又或者乔治·迪基（George Dickie）的"艺术惯例"[69]，

66 Hedy Habra, *Mundo alternos y artísticos en Vargas Llosa*. Madrid: Iberoamericana, 2012. p. 130.
67 Howard Becker, *Art Worlds*. Berkely: University of California Press, 1982. p.35.; Arthur Danto, "The Art World". *Journal of Philosophy*, Vol.61, No.19, 1964. pp. 571-584.
68 Pierre Bourdieu, *The Field of Cultural Production*. Britain: Columbia University Press, 1995.
69 George Dickie, *Art and the Aesthetic*. Ithaca: Cornell University Press, 1974.

都是一种将艺术作品的孕育边缘化于人类生活，仅受权力、创作报酬影响的机制发展研究。格拉内斯认为在这样的方法中，创作者的角色和艺术的重要特质（如创造力、原创力、好奇心、激情、意愿或兴趣）被淡化甚至抹灭。格拉内斯指出，艺术研究必须联系历史和社会背景的冲突，因为这些对创作者有直接或间接的影响和刺激作用。真正的创作者并不诞生于体制或市场规则，他从传统资源中汲取灵感，也受个人兴趣的启发，努力使艺术界和公众遵循其个人的审美标准。

　　另外格拉内斯也分析了艺术作品在拉丁美洲社会阶级、身份认同斗争中的工具作用。文学在拉丁美洲常常被用作本土与西方斗争的武器。比如秘鲁作家中捍卫土著文学及授命文学，与倡导现代性和西方化潮流之间的紧张关系。许多土著主义作家反对关心形式、丢弃社会现实和困扰国家（尤其是土著人民）问题的文学作品。土著主义作家的目的是赋予印第安人地位，并不是美学形式。但文学形式的问题是伴随着源于西方传统的现代主义出现的，所以土著主义者们认为对美学或形式的关注就等同于对西方价值观的让步，而这也正是他们想借助文学作品来排斥的价值观。格拉内斯进一步说明，人类生活处于与现实相适应和顺畅的关系时，便处于一种被皮尔斯（Charles Peirce）称为"信念"（la creencia）的状态，西班牙哲学家何塞·奥尔特加·加塞特（José Ortega y Gasset）则表示当"信念"的状态被怀疑所动摇时，即人类与世界的关系出现缺陷、从前的观念变得无用，便感受到要寻找一种方法来弥补世界观的裂缝，使自己在智力上重新进入信念的状态，努力探究以消除不确定性的急迫需求[70]。这也正如 17 世纪的意大利哲学家维科（Giovanni Battista Vico）所说，通过探究来寻求信念的连贯性，并在一种使之再次具有意义新的情节中想象、构筑经验[71]。拉丁美洲的艺术作品自然与其创作者所经历的社会历史文化背景的复杂特性（融合、矛盾、混乱、冲突）相关，但现实"并不是一座必须跳过的墙，而是一个飞行的支撑点"[72]。想象力帮助艺术家根据自己的意愿和价值观重新赋予现实清晰的秩序，并创作一个符合期望的世界。

---

70 José Ortega y Gasset, "Ideas y creencias". *Obras completas*, Vol.4, Madrid: Alianza Editorial, 1983.

71 Carlos Granés, *La revancha de la imaginación-antropología de los procesos de creación: Mario Vargas Llosa y José Alejandro Restrepo*. Madrid: Consejo superior de Investigaciones Científicas, 2008.

72 Octavio Paz, *las perlas del olmo (1957)*. Bogotá: La Oveja Negra, 1984. p.195.

艺术的作用和艺术家的创造力也是略萨关注的问题之一，马蒂-贝尼亚在分析《情爱笔记》与席勒的关联时，也指出创造力不仅是席勒绘画宇宙的中心，小说主人公也将创造性的想象力视为自由的最高体现。略萨认知里的观察世界并不意味着"看到"世界，还要想象并通过语言、伪装和艺术模仿来创造世界。巴尔加斯·略萨与《情爱笔记》的读者分享了以想象力为主导的"人类精神的神奇区域"的奥秘[73]。

马蒂-贝尼亚也提到《情爱笔记》中的绘画与波普艺术和其他后现代艺术表现形式结盟，质疑自浪漫主义以来以原创性和唯一性作为审美标准的艺术思想观念。纵然许多学者都从后现代视角研究略萨的小说，哈布拉却表示，文学评论界并没有明确对后现代的定义，也在许多作品到底归类到现代还是后现代的问题上有分歧。她基于布莱恩·麦克海尔（Brian McHale）以"对一个宇宙的一种理论性描述"的本体论方法对后现代小说的定义（比如不同世界的对峙、内心活动的构建和真实人物在虚构空间中的时代错位）来重新认识略萨的作品，其中许多人物创造出错综或平行的世界，又在这些世界中怀疑自身的多种身份和所处的不同层次的现实，这一从视觉角度和功能多重性上创造出不同的世界审视便符合麦克海尔对后现代小说的定义。而福柯（Michel Foucault）的"异托邦"空间理论和权力控制的运行视角也都可以作为略萨小说中次世界研究的支撑。

三、"戏仿"手法的运用

"戏仿"（Parody/Parodía）的术语源于西方文学理论，意为戏拟、滑稽摹仿。作为一种叙事策略，往往指作家或艺术家在创作时有意模仿经典范式或传统文本的内容及美学表现形式，将前文本中的人物、故事、情节、语言表现风格等等因素，置放于一个不相适宜甚至相反的语境中，在语境的对比和差异中对前文本进行曲解、嘲讽或颠覆[74]。大部分理论家倾向于将戏仿界定为"戏谑模仿"，其模仿的对象可以是一部作品，也可以是某派作家的共同风格。戏仿作品通过文本间接攻击其模仿的对象，引用、隐射所揶揄的作品，

---

73 Guadalupe Martí-Peña, "Egon Schiele y *Los cuadernos de don Rigoberto* de Mario Vargas Llosa: iconotextualidad e intermedialidad". *Revista Iberoamericana*, Vol. LXVI, No.190, 2000. pp. 107.

74 刘桂茹《"戏仿"：术语辨析及其文学现象》，载《信阳师范学院学报（哲学社会科学版）》2021年第5期，第115页。

以颠覆的方式使用后者的典型手法[75]。戏仿不是单纯的模仿讽刺，其标志是文字、结构或者主题上的不符，再夸大种种特征以凸显所有的不符[76]。

秘鲁作家赫米尔·加西亚·利纳雷斯（Hemil García Linares）在其比较巴尔加斯·略萨与另一位秘鲁作家圣地亚哥·朗科格里奥罗（Santiago Roncagliolo）的论文中，就着重对代表性小说文本《胡丽娅姨妈与作家》中的戏仿手法进行了分析[77]。略萨和朗科格里奥罗的共同点之一是通过戏仿而不是传统话语来讽刺地呈现现实，以一种非现实的方式，比如小说人物卡马乔（Camacho）所写的剧本，揭露人性的"放纵、错误和恶习"（excesos, errores y vicios）[78]。利纳雷斯表示，略萨从小到大的经历中遇到的形形色色的人成为了其戏仿书写的素材来源。根据雨果·贝纳维德斯（O. Hugo Benavides）提出的，以家庭关系和道德罪孽为特征的电视剧（情节剧）剧情特点，"如丢失的孩子和亲人，未公开的亲子关系，失去的继承权，兄弟姐妹间的恋爱、婚姻关系"[79]，《胡丽娅姨妈与作家》的人物、情节和主题完全对等于大众流行戏剧，比如卡马乔所讲述的理查德（Richard）和埃里尼塔（Elianita）的乱伦关系导致的怀孕。

略萨在《胡丽娅姨妈与作家》使用"悲剧"一词描述两段狗血的故事，就是为了表现广播剧戏仿的悲剧与真正希腊悲剧间的差距，甚至引用塞万提斯、纳博科夫、索福克勒斯和莎士比亚的作品情节，也是为了证明其相反的意义。通俗艺术（广播剧/电视剧）与高雅艺术（西班牙文学，俄裔美国文学，希腊或英国戏剧）显然是不同的。所以略萨此文本中的戏仿性叙事，就是通过将通俗叙事的刻板印象荒诞化来脱离其刻板印象。另一个荒诞化的主题是"贞洁"（pureza），比如在描述广播剧人物淑女佐伊拉（Zoila）时，一方面说她满足了丈夫对女性的要求："无可挑剔的健康，完整的处女膜和生

75 （英）罗吉·福勒《现代西方文学批评术语词典》，袁德成译，成都：四川人民出版社，1987年，第193页。

76 （美）华莱士·马丁《当代叙事学》，伍晓明译，北京：北京大学出版社，2005年，第180页。

77 Hemil García Linares, *Medios masivos, parodia y discurso lúdico en La tía Julia y el escribidor de Mario Vargas Llosa y Oscar y las mujeres de Santiago Roncagliolo.* George Mason University, 2014.

78 Hemil García Linares, *Medios masivos, parodia y discurso lúdico en La tía Julia y el escribidor de Mario Vargas Llosa y Oscar y las mujeres de Santiago Roncagliolo.* George Mason University, 2014. p. 84.

79 O. Hugo Benavides, *Drugs, Thugs and Divas.* University de Texas Press, 2008. p. 11.

殖能力"[80]，另一方面将故事反转，由于缺乏经验以"异教徒、鸡奸"[81]方式失去童贞，并着重表现其受到的身心凌辱。

利纳雷斯说明了小说的两个特点：所有权威被略萨以风格化、戏仿融入虚构重建的世界，以狂欢的方式展示权威来取笑他们。第二、略萨成功地在小说中结合了大众媒体的流行元素：广播和电视。通过戏仿、幽默和讽刺的手法，创造了一个普遍、嬉戏和令人费解的文学作品，突出了高雅文化与通俗文化之间的调和关系，也就是文学与大众媒体的融合[82]。他也指出，尽管《胡丽娅姨妈与作家》被普遍认为是非政治性的小说，但其中对社会、经济、政治和媒体都存在隐含的批评，只是叙事上表现出俏皮而滑稽的姿态。略萨利用一种折中、不突出任何意识形态话语的都市作家的独特技能，在一个"越来越愤世嫉俗、全球化和技术化，在专业领域奉行食人主义的世界中，对个体的孤独进行嘉年华式的叙事"[83]。这一表现方式明显脱离了授命文学，在小说的人物和叙事中，都存在夸张、双曲线和过度的情节，而这些也是法国作家弗朗索瓦·拉伯雷（François Rabelais）粗俗幽默写作手法的典型元素。毫无疑问，略萨的语言在叙事和描述这个越来越非人类的世界时，发生了变化和发展，因为"社会问题和形而上学的新要求迫使艺术家需要一直寻求新语言或新技术。否则我们还是如 17 世纪那样写作，因为拉辛（Racine）和圣埃夫蒙特（Saint-Evremont）的语言根本不适合谈论机车和无产阶级"[84]。

比尔格·安格维克（Birger Angvik）也分析过《狂人玛依塔》中的戏仿和讽刺手法。一方面，小说中的"真相"（事实）更多体现在与作者其他文学文本的关联中，比如略萨自己的小说、散文和评论文也都以相互引用、隐射、重写、反驳的参考方式出现在他的小说中。作者有时会使用讽刺怪诞的手法来凸显这种关联，而喜剧化不仅增加了阅读的愉悦感，同时也具备了文学批

80 Mario Vargas llosa, *La tía Julia y el escribidor*. Madrid: Santillana, 2005. p. 183.

81 Mario Vargas llosa, *La tía Julia y el escribidor*. Madrid: Santillana, 2005. p. 183.

82 Hemil García Linares, *Medios masivos, parodia y discurso lúdico en La tía Julia y el escribidor de Mario Vargas Llosa y Oscar y las mujeres de Santiago Roncagliolo*. George Mason University, 2014. p. 93.

83 Hemil García Linares, *Medios masivos, parodia y discurso lúdico en La tía Julia y el escribidor de Mario Vargas Llosa y Oscar y las mujeres de Santiago Roncagliolo*. George Mason University, 2014. p. 94.

84 Jean-Paul Sartre, *¿Qué es la literatura?*. Buenos Aires: Losada, 1951. p. 64.

评的功能[85]。安格维克也指出，《狂人玛依塔》是对略萨早期现实主义小说，特别是具有自传性特点作品的自我戏仿，而这部小说中的作家-叙述者也从理论和实践上，对略萨自己"谎言中的真实"概念进行了戏仿式的反驳。

《狂人玛依塔》中的叙事者，如同《胡丽娅姨妈与作家》中的卡马乔，以及《世界末日之战》里的记者，都是近似狂热、最后精神失常的作家，经他们之手的文学规则和概念被无意识地扭曲，他们自己也变成了小说中的喜剧人物，这一人物特点就是对略萨早期所追求的通过小说表现客观性的一种戏仿。此外，安格维克认为《狂人玛依塔》还戏仿了拉丁美洲"授命"文学及其变体——游击队斗争主题的小说，其对秘鲁左派政治活动的描述充满了喜剧的戏剧性色彩，还将其中央委员会荒诞化成由革命辞藻装扮的化装舞会。最后，玛依塔早期接触革命是从接触革命理论的文学开始，在阅读、学习了这些教条疯狂的内容以后他决定将其转化为现实行动，这一过程就是在戏仿作家-叙述者将矛盾的小说理论转化为一个预知失败的小说实践。《狂人玛依塔》中的戏仿所体现的是其作为略萨70年代"新小说"创作的代表作品，告别60年代"现实主义"手法后在小说创新和现代化技巧的标志。

语境的差异对源文本的艺术形象、思想观念或审美价值起到了幽默讽刺的效果，从而传达出作者的戏仿动机、意图以及相关的意识形态因素。所以戏仿是"具有临界距离的重复，这会产生差异性而不是相似性"[86]，戏仿中所涵盖的讽刺，无论是散文还是诗歌形式，都是以喜剧叙事描述或呈现现实的方式批判道德，以表现个体（穷人或富人）的缺陷和堕落，以及其他相关的重要事实[87]——无论悲剧发生在任何角落，都可以通过讽刺来叙述和批评。

四、现实与虚构的结合

"虚构"（ficción）、"想象"（imaginación）、"创作"（creación）、"现实"（realidad）是略萨早期文学作品的研究中常常出现的词，这自然与其青年时期的记者生涯分不开，也与其早期小说如《城市与狗》《绿房子》

---

85 Birger Angvik, *La narración como exorcismo*. Perú: Fondo de Cultura Económica, 2004. p. 232.

86 Linda Hutcheon, *A Theory of Parody*. Urbana: University of Illinois Press, 2000. p. 6. qtd. in Birger Angvik, *La narración como exorcismo,* Perú, Fondo de Cultura Económica, 2004. p. 234.

87 Angelo Marchese & Joaquín Forradelas, *Diccionario de retórica, crítica y terminología literaria*. Barcelona: Ariel, 1986. p. 311.

《首领们》《胡丽雅姨妈与作家》等小说中浓重的自传成分，其现实主义的写作观念和手法，以及其著名的罗慕洛加列戈斯文学奖获奖感想词《文学是火》和谈及文学创作动力和方法的散文作品，如《谎言中的真实》、《致青年小说家的一封信》等不无关系。从传统意义上讲，非小说文体和小说不仅对现实的处理方式不同，真实和谎言的概念也具有不同的含义。新闻、散文和历史性文本试图建立客观的事实，并可以对照文本与激发文本的现实间的契合度进行评价，而小说的真实性是主观的，它更依靠于想象的传播。

新闻书写（periodismo）是略萨人生中最早靠近文学的一种方式。他不仅从报社、杂志社、电台的实习记者及编辑的工作中得到了扎实的写作训练，发掘了大量的创作素材，也从中收获了关于社会现实和文学的不同感悟。胡安娜·马丁内斯·戈麦斯（Juana Martínez Gómez）指出文学创作写和新闻书写对于巴尔加斯·略萨来说都是既包含现实内容也存在幻想空间的，两种写作实践之间存在一种互相给养的关系。虽然一个反叛、超越生活，另一个臣服于现实，却是两种完全相反的接近现实的体系[88]。从略萨个人的人生体验上看，他接触新闻工作早于文学创作，但在马丁内斯·戈麦斯看来，新闻书写并没有止于略萨投身于文学创作之时，而是与其文学创作并行发展的。特别是在那些政治性的小说中，新闻书写成为了其展示社会利益集团、政权与公民间复杂关系的关键元素，这些小说中的报纸、记者构成了其虚构社会框架的重要部分。如《酒吧长谈》里的男主角（记者）圣地亚哥·萨瓦拉，从他失败的事业和泄气的形象映射出秘鲁整个国家日益萧条的状况。《公羊的节日》里独裁者特鲁西奥（Trujillo）掌握的官方媒体《加勒》（El Caribe）和《国家报》（La Nación）则呈现了新闻业怪诞的负面形象。与官方报纸不同的反叛性地下报纸《工人的声音》（Voz Obrera）出现在小说《狂人玛依塔》中，不仅如此，书中的旁白（叙述者）似乎故意使故事在真实与虚构间的界限更加模糊，尽力说明此故事原材料虽源于真实事件，但却经过精心的创作加工。《世界末日之战》和《凯尔特人之梦》两部小说则在 19 世纪末 20 世纪初的背景下，挖掘了最早一批类似报纸的连续性出版物对整体叙事的支撑作用。比如《世界末日之战》中很大比例地讲述了《新闻杂志》（Jornal de Noticias）及其主编的活动，以新闻中的真假掺杂与现实的真相形成对比；此外，不在

---

88 Juana Martínez Gómez, "El periodismo en la literatura. Impresiones de la realidad en la narrativa de Vargas Llosa". *Revista Letras*, Vol.116, No.81, 2011. pp. 10-11.

意真实性、只喜爱写非凡故事的"近视眼"记者，最终被战争改变，忏悔自己及同行的"欺骗"行为，努力寻求卡奴多斯（Canudos）事件的真相。

这些小说中的新闻书写是巴尔加斯·略萨用于质疑主流意识形态下的新闻真实性问题的工具，包括《凯尔特人之梦》中不分国籍、刚正不阿、力求真实反映殖民地区暴力、奴役社会制度的记者形象。马丁内斯·戈麦斯指出，略萨在这部小说中对比英美国家和拉丁美洲地区记者之间的差异，是因为他认为源于对真理和谎言有着不同理解的文化差异决定了两者间不同的新闻书写模式。美洲大陆的编年史记载传统造成了拉丁美洲新闻书写的主客观现实（信息与观点）的界限不明确，且总是很难做到客观公正[89]。新闻书写既是略萨的个人经历，也是其凸显现实与真相的合法性的方法之一，其贯穿于大多数的小说作品之中，自然也成为了文学批评学者的关注点，比如博士论文《试金石——马里奥·巴尔加斯·略萨的新闻诗学》（*Piedra de toque-Poética periodística de Mario Vargas Llosa*）就通过梳理略萨的人生经历（尤其与新闻书写相关的细节），结合 20 世纪 60 年代拉丁美洲文学创作环境及 70 年代的"文学爆炸"的背景，分析了略萨的新闻书写观：简洁、客观、准确（理想）和充满丑闻八卦的主观报道（现实）——因为娱乐性已成为了至高无上的价值主流。其中作者塞萨尔·维杜兹·贝尔特兰（César Viúdez Beltrán）也同样提到了略萨认为文学超越现实，非娱乐性而是关乎生命存在的观点。此外，他还爬梳了其专栏《试金石》中的有关新闻书写的评论性文章，又联系文学创作和文化研究总结了略萨对于新闻书写的价值观和标准[90]。

与重点分析略萨与萨特、福楼拜关系和影响的研究不同，文学批评家奥维耶多通过萨特、福楼拜和骑士小说与略萨相继发生的关联，提炼出略萨对现实和小说（虚构）的观点。在《马里巴尔加斯·略萨：一种现实的创造》（*Mario Vargas Llosa, La invención de una realidad*）中，奥维耶多看到了略萨身上"文学是一种持续反抗的理论"（teoría de la literatura como insurrección permanente）[91]的萨特"授命"文学观念影子，并指出《文学是火》的演讲反

89　Juana Martínez Gómez, "El periodismo en la literatura. Impresiones de la realidad en la narrativa de Vargas Llosa", *Revista Letras*, Vol.116, No.81, 2011. p. 16.

90　César Viúdez Beltrán, *Piedra de toque-Poética periodística de Mario Vargas Llosa.* Universidad Cardenal Herrera, 2007.

91　José Miguel Oviedo, *Mario Vargas Llosa, la invención de una realidad.* Barcelona: Seix Barral, 1970. p. 60.

映了略萨的"放逐"心态——一方面作为拉美作家，创作时需要自我放逐到一个孤立精神层面的小世界；另一方面则是指现实中，拉美作家需要逃离家乡寻找一个适合文学创作的生存环境。正是拉美这一不利于作家发展的社会背景，促使略萨将作家的写作动机和目的与对环境的不满、报复以及自我精神解脱相联。他曾说过："写作是对于迷惑和烦扰自我解放的尝试，也是为了捕捉某些刻骨铭心的经历，使其不会消失也不被遗忘的尝试。这是一个复杂的过程，作家自身也并不是总是对此清醒，也不总是能控制它，很多时候是这一个过程控制了作家。"[92]奥维耶多对于此的解读是，作家的书写发源于内心的不安，这种不安升华成为知识分子在创作中的道德标准，它也逐渐决定了对于人类和外部现实持之以恒客观性的美学观念。所以"授命"文学家认为，作家的使命不仅仅是写出美的作品，更应该肩负作为"人"的职责。赫尔曼·乌力维（Germán Uribe）在描述拉丁美洲作家的角色时也提到其双重性，就像是"两个完全不同的人共处一身"[93]，这一无法调和的双重身份观点就是受到萨特思想的启发。

奥维耶多也看到，福楼拜是略萨狂热追寻客观性以及作家面对自己作品时的公正性的最大榜样，他影响了略萨的"自主现实的创作理论"（teoría de la creación como realidad autónoma）[94]，即作家应该像"法官、上帝、律法一样"避免与其小说中的人物交织在一起，而这也是许多拉丁美洲经典小说，如《下面的人》或《总统先生》的特点：充满观点和偏向性视角。略萨对《包法利夫人》的评论也说明了这一点，他认为福楼拜将小说从创作者手中彻底解放，获得自主权，并表示自己也努力尝试这种写作方式，"让合理的世界自行出现，并独立于所有其他的元素（如作者）"[95]。

《白脸蒂朗》（Tirant lo Blanc）打开了略萨在创作中模仿骑士小说的意识，他曾在 1964 年圣马可大学的演讲中提到，《城市与狗》并没有做到骑士小说一样带有"神话的一面"（faz mítica）而是失败的，因此他后来又专门写了《向白脸蒂朗下战书》表达了自己对骑士小说的喜爱。奥维耶多表示，略

92　M. F., "Conversación con Vargas Llosa", *Suplemento de Imagen*, agosto de 1967. p. 5.

93　Germán Uribe, "Papel del escritor en América Latina". *Mundo Nuevo*, No.5. 1967. pp. 27-29.

94　José Miguel Oviedo, *Mario Vargas Llosa, la invención de una realidad*. Barcelona: Seix Barral, 1970. p. 60.

95　M. F., "Conversación con Vargas Llosa", *Suplemento de Imagen*, agosto de 1967. p. 2.

萨从骑士小说中看到了一种对现实全面展现的可能性[96]，虽然这就像是一场美梦般不现实，但总体小说（novela total）的价值在于对全面性的执着追求和坚持，"伟大的小说往往是那些近乎接近于不可能的小说"[97]。总体小说的存在不是为了得到对其展现的复杂技巧的赞许，它只是用于寻找人类和物质存在的深层真理的一种相对繁复的工具。其现实主义与对外部世界的描述有关，也体现在对隐藏在人类中的现实，如：梦、执念、狂热、纯洁或变态的画面、意识不清晰等的深层挖掘中。在《白脸蒂朗》发现了总体小说的创作意识和特点，略萨将它定义为总体小说的鼻祖。在萨特、福楼拜、骑士小说的影响下，集合自身的文学常识，"启示录小说理论"（teoría apocalíptica de la novela）逐渐形成。所以，略萨认知中的文学不能脱离于所处地区和时代的社会事件，它应该是负面情况的正面表现，也是一种预示历史停顿的不受控制的生命符号。"文学爆炸"于略萨就是社会大变革的预示，具有社会历史启示的功能。这样的小说家就应该是好斗、可怕的，就如以腐肉为食的秃鹫一般，能比其他人更早嗅到腐败的味道，或者让他人认识到问题和世界的不公。

哥伦比亚学者卡洛斯·格拉内斯（Carlos Granés）则通过略萨一系列小说（《狂人玛依塔》《利图马在安第斯山》《胡丽娅姨妈与作家》《公羊的节日》《城市与狗》《性爱笔记》《世界末日之战》《谁是杀人犯？》）和戏剧（《琼加》（La Chunga）、《美丽的双眼，丑陋的画作》（Ojos bonitos, cuadros feos））中的人物特点，突出了略萨作品中虚构世界的自主性[98]，正如戏剧《琼加》的序言所道："剧中的人物既是自己也是自身的幻想，既是一群有血有肉的人，又是一群命运受到明确限制——贫穷、边缘、无知等——的灵魂，尽管他们的存在质朴而单调，他们却总是有着相对自由的可能性，这是幻想的财富，也是人类存在的特质。"[99]

格拉内斯认为略萨将生命这一整体的概念，分割成现实的客观条件和虚幻的主观世界两个考察视角，现实与欲望交织下影响、决定着人的生活。格

96　José Miguel Oviedo, *Mario Vargas Llosa, la invención de una realidad*. Barcelona: Seix Barral, 1970. p. 58.

97　Luis Harss, "Mario Vargas Llosa,o los vasos comunicantes", *Los Nuestros*. Buenos Aires: Sudamericana, 1966. p. 462.

98　Carlos Granés, *La revancha de la imaginación*. Madrid: Consejo superior de investigaciones científicas, 2008.

99　Mario Vargas Llosa, *La Chunga*. Barcelona: Seix Barral, 1986. pp. 4-5.

拉内斯列举的客观条件包括：职业、社会阶层、社会领域的地位、历史、技能、常规、财产、社会关系等；主观世界包括：欲望、幻想、幻觉、恐惧、仇恨、情感、信仰、迷信等。这些就是涵盖了理解人的社会处境的关键因素，所以作家的客观生存环境与创作的作品之间并不是我们讨论现实与虚构时的唯一界限，现实的略萨曾表示，自己通过阅读前辈的文学（虚构）作品汲取营养、激发其作为作家和知识分子的灵感和欲望，进而通过实践和经验影响他生存的客观环境，这一过程我们可以理解为他最终走向成功的重要路径。

格拉内斯指出，在略萨的作品中，不管是《胡丽娅姨妈与作家》中的佩德罗·卡马乔（Pedro Camacho）还是《狂人玛依塔》的主人公玛依塔，更或是《美丽的双眼，丑陋的画作》中的画家阿丽西娅（Alicia），当他们失去了好奇心、想象力、以及激发其进行某种活动的欲望，或者是伟大事业的梦想时，就会遭受严重的精神贫瘠，就像是被现实囚禁、受制于常规、等待施舍的一副副空洞皮囊。格拉内斯还提到《美丽的双眼，丑陋的画作》中的人物——艺术评论家扎内利（Zanelli），通过这个似萨特一样洞察现实的人物，略萨似乎表达了一种观点，即与政治、哲学、经济等领域不同，创作就如同性爱一样需要自由的探索和体验，智力和理性只会影响、压制艺术创作的生产力，没有欲望、幻想和想象力，生命就失去了意义。这一对生命的主观世界和超然意义的重视和痴迷，被频繁呈现于略萨的作品之中。另外，通过略萨的作品，人们还可以看出略萨对遏制主观性自由发展的体制的恐惧，如《城市与狗》《公羊的节日》和《情爱笔记》中的一些情节，都包含了精神窒息下的生命被逐渐动物化的表达。比如《情爱笔记》中的唐·里戈贝托就说过："缓慢、仪式、戏剧性的，就是爱情，它是理智的等待。相反，匆忙拉近了我们与动物的距离，你知道吗？驴子、猴子、猪和兔子最多十二秒就会射精。" 100

格拉内斯的观点是，想象力是人类在无解事物面前的最终追求。西方文化最突出的特点是将宗教信条转移到私人领域，并对公共领域进行法律规范，思想观点有时被矛盾和模糊地传播时，一定程度上也消除了绝对真理的可能。巴尔加斯·略萨的小说（即：史诗般的虚构性故事，区别于神话或民间传说）是一种人类自我解放的表现，一个众神毁灭、充满混乱的世界，一切事物间

---

100 Mario Vargas Llosa, *Los cuadernos de Don Rigoberto.* Barcelona: Alfaguara, 1997. p. 63.

没有明确界限，但它们都应有一个证明其幸运或悲剧、成功或失败的实质性解释。这个世上没有什么东西是凭空存在的，特别是与人类命运有关的现象。不管处在什么样的世界，为生命创造重要意义的需求与解释所有事物的需求是一致的，这时人类依靠想象力填补了世间万物间逻辑、连贯性的空白，赋予其现实意义。在想象力的驱使下，人类心目中的英国麦田标志决不可能是人类的作品；秘鲁纳斯卡线也不可能由一个没有先进技术的前印加文化制造。人们的存在过程不可能被简化为一个生物体的流逝，也不可能注定他在这个世界上不会留下任何痕迹。格拉内斯通过《谁是杀人犯？》破案过程中的不理解和自我逻辑下的推测和设想，说明了人的行为是如何由客观事实和主观魔鬼、由真实和虚构交织在一起启发而产生的。

克里斯汀·范登·伯格（Kristine Vanden Berghe）指出略萨小说中常常带有佐证其作为公众人物所提出的政治主张的支撑性内容，但他本人在其他文章或访谈中告诫读者不要以关联性的视角阅读其作品，并坚持小说文本与其他文本体裁间存在的本质差异，也多次对从意识形态和政治的角度解读其小说的做法表示反对。事实上，除了小说中涉及与评论文章中相同的主题，使某些文本中的事实在另一些文本中似乎得到了支撑之外，略萨小说中的叙述者还经常带有自传性特征，他还在一些小说中表现出消除文学体裁界限的倾向，将散文的思维用到了小说内容中，拉近小说与评论文章间的距离。这些做法进一步模糊了叙事者与作者、内部虚构世界和外部历史世界之间的界限[101]。

霍斯特·尼奇克（Horst Nitschack）在论文《马里奥·巴尔加斯·略萨〈世界末日之战〉中的历史虚构》（Mario Vargas Llosa: La ficcionalización de la historia en *La guerra del fin del mundo*）里如此描述："虚构化的悖论在于假装呈现一种不可被呈现的东西，同时又让读者知道这只是虚构（小说）。换句话说，读者必须决定自己在多大程度上会把叙述内容与历史的'真相'等同起来。"他还表示此小说所反映的是一种"强调个人和主观责任的诗学，而不是对集体或者客观历史的叙事承诺的依赖"[102]。他认为略萨在重写巴西作家欧克里德斯·

---

101 Kristine Vanden Berghe, Mario Vargas Llosa y la ficción del indigenismo, *Alianzas entre historia y ficción. Homenaje a Patrick Collard.* Switzerland: Publisher Droz, 2009. pp. 305-314.

102 Horst Nitschack, "Mario Vargas Llosa: La ficcionalización de la historia *La guerra del fin del mundo*". *Revista Chilena de literatura*, No.80, Noviembre 2011. p. 118.

达·库尼亚（Euclides da Cunha）的报告文学巨著《腹地》的过程中，展现了从文学记录参照性到虚构性的变化，他创建了一个与历史、社会学话语提供的"原始材料"相互作用的主观世界来代替历史现实，重释历史现实，并赋予想象维度更多潜力。但尼奇克也引用学者亚历杭德罗·洛萨达（Alejandro Losada）在1976年对略萨的评论来说明《世界末日之战》中主观性所获得的新政治审美维度（主要强调略萨的右倾思想形态）并没有太多价值。

略萨的文学思想研究

西班牙语世界对于略萨文学思想的研究总体呈现连续性和多元化特点，有通过生平经历的对其青少年时期接触的作家作品梳理；也有结合其散文作品如《永恒的纵欲》、《顶风破浪》等分析略萨在几位对自己影响最深的文学家的思想理念中徘徊变化的路径；还有在以上阅读、影响（模仿）、实践和思考的基础上，不断进行自我定位的深入分析，以及最终形成的自由、开放性文学思想观的呈现。

一、早期文学启蒙

赫伯特·莫罗特（Herbert Morote）结合自传《水中鱼》分析了略萨早期，即青少年到大学时期的阅读及文学接触的经历，但他也评价略萨当年"并不是一个早熟或优秀的读者，他对阅读的热爱始于'突然发现阅读是逃离孤独的方式之一'"[103]。

20世纪四五十年代的秘鲁，人们的精神生活大都集中在阅读、幻想以及交流读物和阅读体验之中。那时秘鲁的流行作家，包括里卡多·帕尔马（Ricardo Palma）、洛佩兹·阿尔布哈尔（López Albújar）、西罗·阿莱格里亚（Ciro Alegría）、本图拉·加西亚·卡尔德隆（Ventura García Calderón）、塞萨尔·巴列霍（César Vallejo）以及刚出现在公众视野的阿尔格达斯（Arguedas），略萨通通都没有读，而是在好奇心的驱使下阅读国外文学。

略萨就曾提到自己一直追随亚历桑德罗·大仲马，莫罗特分析，相比对父亲的仇恨和报复心理，青春期接触的大仲马作品可能对略萨写作生涯的影响更大。16岁做实习记者后，略萨结识了一批如卡洛斯·内伊（Carlos Ney）

---

103 Herbert Morote, *Vargas Llosa, tal cual*. Lima: Jaime Campodónico Editor, 1997. p. 53.

104 在内的与文学领域有关的人，内伊也成为了众所周知略萨的青年时期的"文学导师"（mentor literario）[105]。略萨甚至表示，在他看来这些记者对他的影响超过了中学所有老师和大学的大部分老师[106]。他们不仅一起谈论秘鲁象征派奠基人、诗人埃古伦（José María Eguren Rodríguez），也谈超现实主义和乔伊斯（James Joyce）。内伊给略萨介绍了巴列霍（César Vallejo）、马尔罗（André Malraux）、以及对其从事写作有决定性影响的萨特（Jean Paul Sartre）。在内伊的指导下，略萨与同龄人相比，对文学的认知有了质和量的巨大飞跃。

　　上大学后的略萨参加了法语联盟学习法语，在图书馆阅读纪德（André Gide）、加缪（Albert Camus）、圣-埃克苏佩里（Antoine de Saint-Exupéry）等法国作家的作品，并要求自己学会批判。他不喜欢纪德，评价《人间食粮》为"啰嗦、过分修饰、废话连篇"[107]。另外，秘鲁作家卡洛斯·萨瓦莱塔（Carlos Eduardo Zavaleta）给了大学时期的略萨关于福克纳的启蒙，福克纳对略萨文学创作的影响就如萨特对其政治思想的影响一样重大。当然，除了萨特让他与左翼思想暧昧不清，还有在皮乌拉读到的德国作家扬·瓦尔廷（Jan Valtin）的《逃离黑夜》（La noche quedó atrás），略萨在其中读到了德国共产党人的"革命沧桑感"，并称"第一次以某种关心的态度思考了正义、政治行动和革命"[108]。

　　研究略萨的文学思想形成不能绕开其早期阅读的作家作品和受到的启发和影响。写于 1958 年的本科论文《解读鲁文·达里奥的基础》（Bases para una interpretación de Rubén Darío）算是略萨的首部学术性论文，其中不仅分析了拉丁美洲著名诗人达里奥生命中定义其个人创作风格的重要阶段，也讨论了其注重美学和形式的诗集《蓝》（Azul）中所体现的现代派风格及其形成过程。论文中表现的对于达里奥的赞赏，也在 70 年后发表于西班牙《国家报》的纪念文《朗诵达里奥》（Recitando a Darío...）中再次得到印证——"达里奥所做的是冲破扼杀我们语言诗歌的地方主义，将其从中解放出来"[109]。略

---

104 秘鲁记者，略萨《酒吧长谈》人物"卡利托斯"（Carlitos）原型。

105 "Muere el periodista Carlos Ney, mentor literario de Vargas Llosa", *Panamá América*, 25 de noviembre de 2017.

106 Mario Vargas Llosa, *El pez en el agua*. Madrid: Alfaguara, 2000. p. 147.

107 Mario Vargas Llosa, *El pez en el agua*. Madrid: Alfaguara, 2000. p. 233.

108 Mario Vargas Llosa, *El pez en el agua*. Madrid: Alfaguara, 2000. p. 186.

109 Mario Vargas Llosa, "Recitando a Darío...", *Opinión de Los Andes*. 20 de octubre de 2019.

萨对达里奥的分析和阐释也充分体现了其早年对于文学的思考。莫罗特（Herbert Morote）的专著《巴尔加斯·略萨，原本模样》（*Vargas Llosa, tal cual*），奥古斯丁·普拉多·阿尔瓦拉多（Agustín Prado Alvarado）的论文《巴尔加斯·略萨诗学中的鲁文·达里奥》（Rubén Darío en la poética de Vargas Llosa）[110]，雷切尔·张-罗德里格斯（Raquel Chang-Rodríguez）论文《青年略萨对鲁文·达里奥作品的评判》（La obra de Rubén Darío en el juicio juvenil de Mario Vargas Llosa）[111]等都以这部略萨本科毕业论文为分析文本研究其对达里奥的理解。

鲁文·达里奥是西班牙语诗歌界公认的"天鹅诗人"，14岁时就能以任何主题、风格进行创作，写诗的材料对他并不重要，一组随机的词、一种情感就能写出一首在形式、组合和单词谐音上突出的诗歌。略萨解析了达里奥确定自己风格的过程，创作散文《捆绑》（El fardo）时曾模仿法国作家爱弥尔·左拉（Émile Zola）的自然主义向其致敬，机械的成文并不让人满意。后来他明白自然主义不仅是一种叙事风格，更是一种面对文学和现实的态度。左拉的写作态度和道德立场是：文学不是纯粹主义者幸灾乐祸的娱乐工具，它应寻求对现实产生影响的效应。但达里奥从未想过为何而写作，天赋将他推向完美形式性和产生纯美学效应的词语组合，所以他对艺术以外的社会承诺或授命主义（compromiso social）没有表现出兴趣。最终他明确了自己的创作特点就是纯粹的形式、美感以及对现实的脱离，此后便更加突出个性化，形成了成名诗集《蓝》（*Azul*）。

奥古斯丁·普拉多·阿尔瓦拉多认为，这篇论文奠定了略萨文学评论的基础和个人特点（从生平经历入手理解作家的创作发展和风格特点）。略萨曾在《水中鱼》中写到1956年参加文学研讨会，指出了达里奥作为拉美现代诗歌创始人的"精髓性和撕裂性"（esencial y desgarrado）特点[112]。这主要是指其在授命主义文学大潮和自我纯美学创作上从游离不定到坚定不移的过程。张-罗德里格斯指出，略萨对于达里奥偏离授命主义文学大潮流的自我美

---

110 Agustín Prado Alvarado, "Rubén Darío en la poética de Vargas Llosa". *Svět Literatury,* Vol.26 (Special Issue: El mundo de la literatura), 2016. pp.110-117.

111 Raquel Chang-Rodríguez, "La obra de Rubén Darío en el juicio juvenil de Mario Vargas Llosa". *Anales de Literatura Hispanoamericana*, Vol.46, No.Especial, 2017. pp. 207-216.

112 Mario Vargas Llosa, *El pez en el agua*. Madrid: Alfaguara, 2000. p. 402.

学定位，除了其中的新颖性和高超手法，也肯定了深层次的作家创作自由和艺术随性的重要性[113]。此外她也看到了略萨分析达里奥时与其的相似之处：初出茅庐寻找自身定位的青年作家；童年不认识自己的亲身父亲；早期为报社撰文；在阅读和写作中逃避现实生活的不顺意。因为有了这些相似点，才会产生兴趣和共鸣，也才对其创作自由的坚定感到共情。

赫伯特·莫罗特也从两位作家的交汇点出发，延伸到略萨自身对于创作的思考和文学的态度。如果略萨可以如此清晰地解读达里奥的困境，那他肯定在发现自己的写作志向时就自问了类似的问题：为什么写？对文学的态度？要成为什么样的作家？他不遗余力地致力于艺术技巧的完善，同时也不忘记自然主义者的立场。作品中集合了对形式的关注和对现实的痴迷，还希望在继续艺术创作的同时，保持对艺术以外事物的包容。他赞赏达里奥的个人主义和左拉的社会承诺主义态度，前者的形式自由和后者的严格客观性，尼加拉瓜诗人的个人戏剧以及法国作家的群体关注。这也是日后他在自己的文学概念中将个体的痴迷——"恶魔"与一种"人与世界分离"[114]的观念相融合的原因。

"自然主义坚持矫正社会，使社会道德化"[115]也是略萨在自己早期作品中清晰表现的一个准则。即使在《情爱笔记》这样的情色小说中，仍然展示了生活中的背叛、腐败和邪恶现实。略萨曾表示："没有一个对世界感到满意的人会致力于创造其他言语的世界和虚假的现实。"[116]也就是说，人类的非理性是由某些会导致反抗现实的经验所推动的，这也是文学的重要生命力，它结合了纯粹主义者的个体主义愿望和自然主义者的群体、社会关注。"恶魔"是个体的，从属于作家，但也同时反映了一个被缺陷和问题封印的社会。

113 Raquel Chang-Rodríguez, "La obra de Rubén Darío en el juicio juvenil de Mario Vargas Llosa", *Anales de Literatura Hispanoamericana*, Vol.46, No. Especial, 2017. p. 213.

114 "人与世界分离"指的是对造成人类悲惨、不幸并以某种方式伤害人类或促使其反抗的社会弊端的关注。Alfonso Tealdo, "Cómo atrapar el ángel"(1966). *Mario Vargas llosa. Entrevistas escogidas*. Lima: Fondo Editorial Cultura Peruana, 2004. p. 26.

115 Mario Vargas llosa, *Bases para una interpretación de Rubén Darío* (1958). Lima: Universidad Nacional Mayor de San Marcos. Facultad de Letras y Ciencias Humanas. Instituto de Investigaciones Humanísticas, 2001. p. 69.

116 Alfonso Tealdo, "Cómo atrapar el ángel"(1966). *Mario Vargas llosa. Entrevistas escogidas*. Lima: Fondo Editorial Cultura Peruana, 2004. p. 26.

必须严谨客观地批判这些问题：那些最好的文学工具，最具风险性和个性的技巧来讲现实小说话，将穿越肮脏的小巷，专制机构，颓废的夜晚，恶劣的环境，以及强奸、谋杀、暴行、复仇、欺骗和背叛的场面。而略萨的想象力之所以会被社会弊端所吸引，正是为了反抗它们——反抗只有当一种邪恶影响他人生活时才有意义，因此，他的小说和佐拉的小说一样，试图将手指放在伤口上，既是对他本人经历过的秘鲁社会弊端的考察，也是对其的一种揭露。

二、萨特与加缪的影响

奥维耶多引用了西语版《酒吧长谈》的献词："献给佩蒂特·图阿尔斯街的博尔赫斯主义者路易斯·洛伊萨、'海豚'阿贝拉尔多·奥肯多，来自你们的兄弟，勇敢小萨特的亲切问候。"[117]同时指出《城市与狗》其中一章节名《金恩》（Kean）来自萨特的改编作品，来说明两部小说最为清楚地显现了萨特的印记，主题上反映生存（存在）烦恼、对人类行为的道德质疑、对凸显个人自由与社会责任之间模糊关系的冲突（情境）呈现，萨特关注社会现实的介入文学观（intellectuel engagé）无疑对略萨文学思想的形成产生了不可磨灭的巨大影响。从 1959 年的《首领们》（Los jefes）到 1969 年的《酒吧长谈》（Conversación en La Catedral），可以看出略萨对融合的小说形式与秘鲁社会问题都很关注。

1958 年，巴尔加斯·略萨第一次到巴黎，几个月之后又获得奖学金去了马德里，再然后他又辗转于巴黎和伦敦谋生、写作。在此期间也正是萨特在整个欧洲引起激烈讨论的时候，知识分子与历史、政治、意识形态和文学诉求，不仅出现在当时欧洲文化和时事的舞台上，也出现在不断反思作家的深层信仰的形式上。略萨对此产生了强烈的共鸣，他认为萨特的主题迫使他"重新思考作家的信仰，重新思考我"[118]。但奥维耶多指出，在拥护萨特主义的早期，略萨内心就存在一个微妙的疑问：如何调和萨特的意识形态立场与其自身在文学实践中的基本立场？略萨的文学更像一个多面体，意识形态元素

---

117 原文："A Luis Loayza, el borgiano de Petit Thouars, y a Abelardo Oquendo, el Delfín, con todo cariño del sartrecillo valiente, su hermano de entonces y de todavía."
José Miguel Oviedo, "Vargas Llosa entre Sartre y Camus". Eva Valcárcel(ed.), *Hispanoamérica en sus textos: ciclo de conferencias*(1992), A Coruña: Universidad de la Coruña, 1993. p. 86.
118 Mario Vargas Llosa, *Contra viento y marea*, 1 (1962-1972). Barcelona: Seix Barral, 1990. p. 11.

在其中并不特别突出。换句话说，如何在不放弃艺术"主观性"最高理想的前提下，成为一个与社会、历史、政治紧密相连的"授命作家"。透过这一时期的文字都可以感受到作家内心的挣扎，这像是一场与心魔和思想的斗争，在略萨当时的人生、文学和知识分子经验上留下了非常强烈的特征。

但萨特的思想及其影响不断被略萨重新审视，后来他与萨特渐行渐远，开始接近另一位法国作家阿尔伯特·加缪的立场。实际上，萨特和加缪也曾是无话不谈的朋友，意识形态差异随着时间日益凸显，不久后引发了激烈的争论。20世纪六、七十年代开始，萨特和加缪对阿尔及利亚战争的不同立场是他们之间分歧不断升级为唇舌之战的起点。后来还有包括古巴的封锁、越南战争、苏联的异见者和集中营、萨特拒绝的诺贝尔奖、马克思主义修正主义等等，都提供了更多争论中攻击和反驳的基础[119]。简要来说，秉持对自由、承诺主义和政治立场上的不同观念，加缪放弃了萨特坚持的批判立场，接受了自由主义改良思想。

最著名的争论始于1952年，马克思主义者弗朗索瓦·让松（François Jeanson）在萨特主编的《摩登时代》（Les Temps Modernes）杂志上发表了针对加缪小说《反叛者》（L'Homme révolté）的书评《加缪还是反叛灵魂》（Albert Camus ou l'áme revoltee），严厉批判加缪的思想，称他与历史及直接的政治行动作斗争。加缪回信给萨特说，让松根本不懂他写的东西，这不是对历史的否定，而是对以结果为手段来为历史辩护的行为的否定。他还列举了那些否认其文学出身的资产阶级知识分子，甚至不惜以互相矛盾、牺牲自身智力的方式进行驳斥。萨特回信说："亲爱的加缪，我们之间的友谊从来都不是一件容易的事，但我会想念它"[120]，"我不认为您是博洛尼亚失业共产主义者的兄弟，也不是印度支那的悲惨临时工……与殖民主义者作斗争的人。也许您曾经贫穷过，但现在不了；您就是一个和让森、和我一样的资产阶级分子。"[121]

奥维耶多认为，略萨／萨特／加缪之间的三角关系有助于理解略萨前三

119 José Miguel Oviedo, "Vargas Llosa entre Sartre y Camus". Eva Valcárcel(ed.), *Hispanoamérica en sus textos: ciclo de conferencias*(1992), A Coruña: Universidad de da Coruña, 1993. p. 94.

120 David Schweikart, "Sartre, Camus and a Marxism for the 21st Century". *Sartre Studies International*, Vol.24, No.2, 2018. p. 2.

121 María Paula Lizarazo Cañón, "Albert Camus y Jean Paul Sartre: la confrontación existencialista del siglo". *El Espectador*, 25 de noviembre de 2016.

十年文学思想和知识分子立场。其中包含两个层面的争论，一是萨特与加缪之间的争论，二是巴尔加斯·略萨在内心深处与他们俩之间的争论。所有关于萨特和加缪的思考都收录在略萨散文集《在萨特与加缪之间》（*Entre Sartre y Camus*）[122]和《顶风破浪》（*Contra Viento y Marea*）中，贯穿这些文本的横向主题是萨特的存在主义和知识分子的政治积极性。略萨自己说它们展示了"一个拉美人在知识分子精神学习中被萨特的智慧和跌宕起伏的辩证思维弄得眼花缭乱，最后却又拥抱了加缪的自由改革主义的历程"[123]。

略萨与萨特观念分歧的关键点在于落后国家中作家的社会责任是否大于写作本身。萨特认为作家不仅扮演了政治角色，在写作和社会服务产生矛盾时，还应该放弃文学或停止写作。略萨却认为艺术创作者和知识分子不一样，从公民的角度看，两者确实都应参与民族解放斗争。但是艺术家／作家身上最重要的因素并非源于理性，而是"自发的、不可改变的、本质上直观的"[124]，所以艺术家／作家无法以一种预设的方式，为任何事物服务。

分歧并没有让略萨放弃授命主义（介入文学）的基本原则：作家的责任超越了纯粹美学的层面。同时他也秉持文学创作需要不受限自由的理念，并且持续对存在主义文学以及小说作为一种现代文学体裁概念的思考。在《小说秘史》（*Historia secreta de una novela*，1971）中，略萨就曾说道《情感教育》是福楼拜所有作品中最能激发他无线创作热情的。而奥维耶多指出，福楼拜在小说中对创作者领地自主性的坚持，通过渗透意识形态和历史的偶然性进入创作者领地，解决了萨特概念的矛盾。略萨在福楼拜的启发下，从新角度审视小说这一最应具有历史性却时常违背时代条件的文学体裁，最终他得出自己的结论：没有不讲历史的小说，纯粹的形式主义会扼杀小说。

诸多评论家都肯定了略萨早期创作转型（即 1969 年《酒吧长谈》以后）源于古巴"帕迪利亚事件"及其后与古巴革命的正式决裂。1971 年，30 名欧洲和拉美左翼文化人士于 4 月 9 日通过法国《人道报》联名发表致给菲德尔·卡斯特罗（Fidel Castro）的公开信在全世界范围内引起了轩然大波，也在在拉丁美洲文化知识领域造成了深刻的裂痕。拉美知识分子分裂为支持或反对古

---

122 Mario Vargas Llosa, *Entre Sartre y Camus*. Río Piedras: Ediciones Huracán, 1981.

123 Mario Vargas Llosa, *Contra viento y marea*,1 (1962-1972). Barcelona: Seix Barral. 1990. p. 11.

124 Mario Vargas Llosa, *Contra viento y marea*, 1 (1962-1972). Barcelona: Seix Barral. 1990. p. 105.

巴的两派，时至今日分歧依然存在。在经历古巴事件以后，略萨的思想修正和反思持续并加强。1974 年，略萨结束了欧洲的旅居生活，回到秘鲁，又感受到军事政权统治下的暴力和政治不容忍，他重读了加缪的《反叛者》（*L'homme révolté*），惊愕的发现：自己的思想立场已经完全转折，与加缪的立场不谋而合。

奥维耶多总结了略萨在 1975 年发表的《加缪与界限的道德》（*Camus y la moral de los límites*）的中心思想，认为那就是对作家而言，历史、政治和意识形态在现代社会中的意义。略萨试图回答知识分子经常自问的问题：有没有可能构思出一种能将人类从历史条件中解放出来的政治思想？我们能不能摆脱意识形态的教条，接受政治不是万能的，不是一切？有没有超越政治框架的东西使我们更有人性？加缪认为，人类可以成为政治动物和历史生物、但不成为抽象法律的俘虏；我们可以回应政治、历史、法律的要求，同时不放弃道德，以及对友谊、真善美的追求。加缪对于这些问题的回答在其所处时代可能被认为异端，过后再读却显得非常具有预言性和激励性[125]。

奥维耶多指出，加缪的作品中人文主义色彩比萨特和略萨更重，其思想概念的基础是对基督教和马克思主义的怀疑。略萨所说的"界限的道德"与加缪反对绝对主义、狂热主义有着相似之处——在社会政治生活中如能遵循"对手的信仰和自己的信仰一样值得尊敬"的原则，承认对手可能是对的，让他表达自己的观点并接受去思考他们的论点，世界将更加美好、公正。略萨将这些加缪的思想与其来源地（生长于阿尔及利亚）和他在西方价值观的边缘地位相联："只有从远方来的人，对潮流一无所知，不受愤世嫉俗和城市奴性所影响的人，才能像加缪一样，在体制的顶峰时期，为意识形态不可饶恕地导致奴隶制和犯罪的论点而辩护，以此坚持道德是一种高于政治，使其臣服的要求，并通过自由和美打破枷锁。"[126] 对于略萨从萨特主义转向加缪立场的思想转变研究，大部分学者都与奥维耶多的思路一样，从其散文集《在萨特与加缪之间》和评论文集《顶风破浪》入手，虽然具体选取的文章不同，也都力求还原此转变过程。

125 José Miguel Oviedo, "Vargas Llosa entre Sartre y Camus". Eva Valcárcel(ed.), Hispanoamérica en sus textos: ciclo de conferencias(1992), A Coruña: Universidad de la Coruña, 1993. p. 94.

126 Mario Vargas Llosa, *Contra viento y marea*, 1 (1962-1972), edición 2. Barcelona: Seix Barral. 1990. p.326.

三、独特的文学价值观

有学者总结了略萨对于作家与文学关系提出的三个基本概念：首先，作家必须有反叛精神，成为"一个与社会、或时代、或阶级不合，对世界不满的人"[127]。其次，作家应处于永久、持续的不满状态（也是上述条件的直接结果），并努力通过写作变得更加反叛从而自我救赎。20世纪60年代，他就发现写作是"一种自我捍卫、救赎、重新融入一个被排斥（或认为被排斥）的社会，或一个感觉被驱逐的熟悉世界的方法"[128]。最后，"写小说的人只能源于自身经验，除了自己对世界的经历之外，没有别的出发点"[129]。所以，小说都是自传性的，自传因素只是在呈现给世界时被掩饰。现实必须是小说的唯一来源，但掩饰现实直到作家本人也无法辨认非常重要，"创作故事的第一冲动源于个人经历（生活，梦想，所闻，阅读），它在创作过程中被故意掩饰，以致小说完成后，没有人甚至连小说家本人都无法轻松聆听贯穿于整部小说的自传心声"[130]。

略萨在思想意识上具有自由独立性：既不属于任何党派，也不遵循任何既定的意识形态策略。许多学者将他评价为行走于政治事件中的"游击战士"，即便身在遥远的欧洲也不妨碍他参与拉丁美洲的政治斗争：古巴导弹危机期间对其革命的纪事；他向1963年在游击冒险中丧生的秘鲁青年诗人哈维尔·赫鲁德（Javier Heraud）的致敬；他为了支持秘鲁第一任总统贝朗德（Belaúnde）统治期的游击队叛乱，于1965年"表明立场"[131]等等。但知识分子的积极性逐渐让位于另一个核心问题，即以达到真实纯正目的的文学创作的完全自由。这种自由不容许任何的教条、党派或政治形势强加的意识形态攻击。作家的身份在略萨看来介于创作者和其他知识分子之间，他的"双重性"（或二元性）是忠于自身愿景的同时，作为公民又是历史的主体。奥维耶多指出，略萨认为作家的这一两难局面没有解决办法，自由也不是政治家有时的勉强让

---

127 Mario Vargas Llosa, "La novela". Klahn Norma y Wilfrido H. Corral(eds.), *Los novelistas como críticos (II)*. México: Fondo de Cultura Económica, 1991. p. 343.

128 Luis Harss, *Los nuestros*. Buenos Aires: Sudamericana, 1969. pp. 434-435.

129 Mario Vargas Llosa, "La novela". Klahn Norma y Wilfrido H. Corral(eds.), *Los novelistas como críticos (II)*. México: Fondo de Cultura Económica,1991. p. 346.

130 Mario Vargas Llosa, *La historia secreta de una novela*. Barcelona: Tusquets, 1971. p. 91.

131 José Miguel Oviedo, "Vargas Llosa entre Sartre y Camus". Eva Valcárcel(ed.), Hispanoamérica en sus textos: ciclo de conferencias(1992), A Coruña: Universidad de la Coruña, 1993. p. 91.

步，而是每个人的迫切需要，与饥饿、剥削、殖民主义的斗争和争取个人自由与尊严的斗争同等重要[132]。

1967 年，略萨在罗慕洛·加里戈斯（Rómulo Gallegos）文学奖致词中所说："使命造就了我们，成为作家、职业的不满者、有意或无意识的社会破坏者、有理由的反叛者、不可挽回的世界叛乱分子、无法忍受的魔鬼拥护者。"[133]在此略萨强调了文学从业者持续的不满情绪和反判精神。卡洛斯·格拉内斯（Carlos Granés）也指出，略萨对于文学的理解，包括其在历史文化中产生的作用的思考，也通过略萨的小说作品得到了侧面的印证。不管是早期的《城市与狗》、《酒吧长谈》里写作身份的人物，还是其他任何一部小说，如《胡丽雅姨妈与作家》、《谁是杀人犯》、《世界末日之战》等，反叛精神几乎贯穿了略萨的整个叙事生涯。格拉内斯例举了《城市与狗》、《利图马在安第斯山》和《天堂在另外那个街角》三本看似不同主题的小说，说明它们跨度 40 年但都在探讨"什么是文学"的同一概念，也是在探讨类似的人类困境。

对略萨来说，文学是一种不满的表现，是对永不圆满的现实的一种批判和反叛方式。通过文学，在人类的典型知识能力，即想象力和幻想的帮助下，有可能展示出真实的现实缺陷，并提出用来纠正现实缺陷，超越现实模式的一种虚构替代。因此，文学是一种文化力量，体现着进步、现代化、自由主义的理想。它能够改变一种社会生活并对历史产生直接的影响[134]。于略萨而言，文学是一种文化力量的理想价值观，就像信仰对于信徒和数学对于科学家一样，是帮助他理解世界和组织现实的工具。所以，他关注世界上的重大社会事件，并通过文学（报告和评论文章）积极参与辩论。他也通过文学建立起来的价值观和世界观，做出了自己的评价和判断。

关于略萨的授命主义（compromismo）思想变化，有学者分析道，略萨文学事业早期和 1980 年代以后对授命主义的理解和定义截然不同[135]。正如《文

132 José Miguel Oviedo, "Vargas Llosa entre Sartre y Camus". Eva Valcárcel(ed.), Hispanoamérica en sus textos: ciclo de conferencias(1992), A Coruña: Universidad de la Coruña, 1993. p. 96.

133 Mario Vargas Llosa, "La literatura es fuego". *Contra viento y marea* (1962-1982), 1983. p. 136.

134 Carlos Granés, *La revancha de la imaginación*. Madrid: Consejo superior de investigaciones científicas, 2008. p. 28.

135 Pin Mao, *La parodia en la narrativa de Mario Vargas Llosa: La tía Julia y el escribidor y El hablador.* Universidad Autónoma de Madrid, 2010. p. 38.

学是火》领奖致词里说的，略萨将文学的价值归于不统一性和叛逆性，认为作家的职能就是对社会所承受的灾难发出警示，这是作家在社会层面的责任，其存在的意义就是绝不会放弃发声。"教条、审查、霸权也是人类进步和尊严的致命敌人"[136]，必须"确认生命并不简单，并非仅存于某些框架之内，真理之路也不会一帆风顺，而是充满曲折坎坷"来捍卫自己的权利，也必须"用我们的书一次次展示世界深层的复杂性和多样性以及人类事物的矛盾性和不明确性"[137]。这是略萨对所有拉丁美洲作家的呼吁，它源于萨特的授命主义思想，授命意味着作家用笔作为武器参与当时的社会斗争，支持那些代表进步的行动、阶级和思想。在此基础上略萨进一步扩大了作家的社会责任，从对正义的支持、对祖国和拉丁美洲进步发展的辩护，到对人类真相的寻求——这是指引略萨早期文学创作指引方向的部分观点。

1980 年，略萨重新定义了授命主义："'授命'在于担负起一个人所生活的年代，而不是一个政党的口号，写作要避免无根据和不负责任的行为，也不是相信文学的功能可能会传播某些教条或成为其纯粹的宣传；即使在极端情况下，如种族主义，殖民主义和革命等，或者公正与不公正、人性与非人性的边界交织不清时，仍然保持怀疑态度，并肯定人类事业的复杂性"[138]。不同于早前社会现实主义宣扬的政治斗争中的文学干预，作家须承担所处世界的责任，但不作为任何政党的发言人。授命作家揭露现实和生活的不明确性，而不是试图澄清任何事情。"优秀小说与现实世界的形象反差，在读者心中留下的是一种不适感，而不是'热情'：感觉世界很糟糕，生活离梦想和创造太过遥远"[139]。可以说，在略萨整个职业文学生涯中从未停止思考这个问题。

略萨的文学观点主要书写于散文及文学评论作品中，而对于略萨的文学类散文和论文的批评接受，主要分为三个流派：以安赫尔·拉玛（Ángel Rama）为代表的"空白认识论"观点；以何塞·米格尔·奥维耶多（José Miguel Oviedo）

136 Mario Vargas Llosa, "La literatura es fuego". *Contra viento y marea*, (1962-1982). Barcelona: Seix Barral, 1983. p. 136.

137 Mario Vargas Llosa, "La literatura es fuego". *Contra viento y marea,* (1962-1982). Barcelona: Seix Barral, 1983. p. 136.

138 Mario Vargas Llosa, "El mandarín". *Contra viento y marea,* (1962-1982). Barcelona: Seix Barral. 1983. p. 393.

139 Mario Vargas Llosa, *La tentación de lo imposible: Víctor Hugo y "Los miserables"*. Madrid: Alfaguera, 2004. p. 192.

为代表的"自我参照"观点；以萨拉·卡斯特罗-克拉伦（Sara Castro-Klarén）的"概念同源"观点。

乌拉圭批评家安赫尔·拉玛在 70 年代提出"空白认识论"，主要反对略萨将写作的目的理论化为"驱魔"的个人形式，因为文学评论家的角色必须由客观性、元语言学和方法论来界定，这样才能与研究对象保持距离。略萨则和其他受让·保罗·萨特（Jean-Paul Sartre）授命主义思想影响的作家一样，根本不关注这个必不可少的科学距离问题。所以安赫尔·拉玛指出略萨的非小说文学作品思想过时且不合逻辑，缺乏认识论基础。何塞·米格尔·奥维耶多在 80 年代坚持认为略萨在文学评论文中兑现实施了其小说创作思想观点的个人论据，他用一种独白形式书写叙述者，其作品具有自我参照性，实际上是受自己文学观点的启发，这就是"自我参照"。1982 年，有关于略萨研究的著作《无休止的纵欲:福楼拜与包法利夫人》（*La orgía perpetua: Flaubert y Madame Bovary*），指出略萨在流行的文学批评理论及其作为个人论据贡献方面的独立性（脱离），从这个角度看，略萨回归到了"弑神者的历史"[140]。萨拉·卡斯特罗-克拉伦（Sara Castro-Klarén）表示，略萨文学评论文的写作方式是作为批评家的作品与作为小说家作品之间思想的交汇或平行，甚至略萨的某些观点与现有的文学理论概念也可以雷同。

还有学者指出略萨的文学批评文所体现的非学术性不应受到指责[141]，雷蒙德·威廉姆斯（Raymond L. Williams）也在专著《巴尔加斯·略萨：另一个弑神者的故事》[142]中，认为略萨的文学类文章只是个人叙事的一部分，并不不构成学术作品，还延续了批评论文是在文风层面对小说书写的翻译观点。

秘鲁学者哈维尔·莫拉莱斯·梅纳（Javier Morales Mena）的新书《马里奥·巴尔加斯·略萨散文中的文学呈现》（*La representación de la literatura en la ensayística de Mario Vargas Llosa*，2019)，不仅回顾了略萨文学评论及散文创作在拉丁美洲文学界的接受历程，还对大多数批评家针对略萨的审查态度中隐藏的保守主义审和"政治敌意"，给略萨评论打上"主观、个人和隐私"

---

140 José Miguel Oviedo, *Mario Vargas Llosa, la invención de una realidad*. Barcelona: Seix Barral, 1970.

141 Belén S. Castañeda, "Mario Vargas Llosa: El novelista como crítico", *Hispanic review*, Vol.58, No.3, 1990. pp. 347-359.

142 Raymond Leslie Williams, *Vargas Llosa, otra historia de un deicidio*. Madrid: Aguilar, 2001.

标签的观点，都进行了反驳。他表示，针对略萨散文或论文的文学批评几十年来一直没有变化，几乎固定两个特定论点上："认识论空白"和"自我隐射"。"认识论空白"是基于形式主义和结构主义理论家对文学批评的纪律性、科学性和继承性要求，因此才会否定略萨关于文学的思考，认定它只有历史主义和传记模型，缺乏"现代认识论基础"[143]。而"自我指涉"实际上由于缺乏通用性才销蚀了略萨的理论化尝试，比如"恶魔"（demonio）的概念，略萨的论文思想观念更有助于理解其小说创作的诗学，而不是作品里的世界。鉴于此，莫拉莱斯·梅纳认为，这两个论点就是略萨散文领域研究的霸权。

在重读 21 世纪几位重要理论家如雅克·朗西埃（Jacques Rancière）、特里·伊格尔顿（Terry Eagleton）、约翰·凯里（John Carey）、茨维坦·托多罗夫（Tzvetan Todorov）和德莱克·阿特里奇（Derek Attridge）的思想基础上，莫拉莱斯巧妙建立了不同观点之间的互补关系，以此表达新世纪文学理论的感知、情感方面的价值重视，揭示了 20 世纪文学理论的失败（形式主义，结构主义，后结构主义，文化研究）。莫拉莱斯·梅纳认为文学研究的构建应该"不仅描述形式和结构，它还反映在围绕文本生产和接受过程的要素上"[144]。所以，情感性、唯一性和表达性与"硬性"或科学的理论分类应当处于相等的地位。莫拉莱斯·梅纳将"概念同源"理论、略萨的思考与其作品中的"概念人物"进行比对来构建相似连接，以承认其文章通过"不依赖任何表达技术的语言""将感知与概念结合"[145]，以及其思想作为"接近文学的认知输入"[146]的价值。而且，略萨文学论文中提出的概念，如：作家与社会之间的冲突关系，现实与虚构之间的关系，读者对其语境的批判关注等，都表现出与最新后结构主义理论观点的协调或相似性。在"一句一句地清晰化略萨散文的语言特点……象征性、互文性、严谨性和艺术性"[147]的过程中，莫拉莱

143 Javier Morales Mena, *La representación de la literatura en la ensayística de Mario Vargas Llosa*. Buenos Aires: Katatay, 2019. pp. 22-23.

144 Javier Morales Mena, *La representación de la literatura en la ensayística de Mario Vargas Llosa*. Buenos Aires: Katatay, 2019. p. 106.

145 Javier Morales Mena, *La representación de la literatura en la ensayística de Mario Vargas Llosa*. Buenos Aires: Katatay, 2019. p. 147.

146 Javier Morales Mena, *La representación de la literatura en la ensayística de Mario Vargas Llosa*. Buenos Aires: Katatay, 2019. p. 109.

147 Javier Morales Mena, *La representación de la literatura en la ensayística de Mario Vargas Llosa*. Buenos Aires: Katatay, 2019. p. 56.

斯·梅纳摆脱了现有主题的解读，质疑了对略萨非小说研究不加批判的延续，挖掘出略萨论文的特质。

四、小说语言观

奥维耶多在评述略萨所受的文学思想影响时指出，略萨本人实际上很清楚总体小说（创造完全虚构的世界）是一种"荒唐的幻想"[148]，因为真实 / 现实（verdad）总是不经意间在作家指尖游走，但作家的艰巨任务就在于击退真实 / 现实，努力创作出近乎于不可能实现的虚构神奇画面。骑士小说的影响让略萨得出了"小说的启示理论"[149]，拉丁美洲的小说家撰写大量与现实相关的故事，基于小说家是以社会现实的"腐肉"为食的"秃鹫"理论，伟大的小说是一种对于历史（时代）变迁的预示。所以对于小说家和小说的意义，就像作家的创作自由和授命文学一样，也是略萨早期执着的思考重点。他不停探究的问题包括：如果小说真的是一种为了创造美好时代而引爆其所处时代的爆炸性材料，那么，按照小说的启示，在全新的人性化、进步的时代，就不会出现伟大的小说吗？"一场真正的革命难道不会消灭小说这种资产阶级的产物？"[150]略萨进一步将小说的启示作用和小说家的"弑神者"身份进行说明：

> 诗歌和戏剧的起源平行于所有文明的起源，而小说则不同，它有明确的诞生地和日期，所以它是所有文学类别中最具'历史性'的。这一对人类现实无私的语言表达，诞生于西方的中世纪鼎盛时期。那时候信仰正在消亡，人类的理性正取代上帝，变成了理解生命的工具和人类社会管理的指导原则。马尔罗（André Malraux）曾评论说，西方文明是唯一一个杀死神明又没有用其他神明取代的文明。小说和小说家的出现（替代了上帝），在一定程度上是这一罪行的结果。当然，社会的历史演变与其小说专业精进化之间的关系无法用精确的科学来衡量。这一复杂漫长的过程也不可能几句简短的语言就能描述。我所说的只是一种主要趋势，并非教条化的公式。

---

148 José Miguel Oviedo, *Mario Vargas Llosa, la invención de una realidad*. Barcelona: Seix Barral, 1982. p. 59.

149 José Miguel Oviedo, *Mario Vargas Llosa, la invención de una realidad*. Barcelona: Seix Barral, 1982. p. 60.

150 José Miguel Oviedo, *Mario Vargas Llosa, la invención de una realidad*. Barcelona: Seix Barral, 1982. p. 61.

这种趋势可以解释为，断言散文小说发展的最佳时期是现实对于一个历史性的群体不再具有确切含义的时候，曾经作为社会生活的基础和感知现实的密钥的社会宗教、道德或政治价值观已进入危机时期，并不再享有群体的忠实支持。因此，伟大的小说通常不会在整个社会都团结在一个伟大事业背后的革命热潮时期出现。法国大革命、俄国革命、南北美洲的独立战争或中国革命期间就没有出现杰出的小说。伟大的小说也永远不会出现在愉快乐观、对国家命运充满希望和信心的时刻；它们更多出现这之前的时期，也就是当旧秩序的侵蚀允许社会只感知到周围现实的混乱和迷惑。[151]

爱德华多·贝贾尔（Eduardo Béjar）从略萨的三部散文／论文著作总结了他的小说书写观。第一部是 1975 年的文集《无休止的纵欲》（*La orgía perpetua: Flaubert y Madame Bovary*），在名为"贝尔特·布莱希特、福楼拜或戏仿"（Bertolt Brecht y Flaubert o la parodía）章节中，略萨表现出对于福楼拜"无

---

151 Mario Vargas Llosa, "The Latin American Novel Today (Introduction)". *Books Abroad*, Vol.44, No.1,1970. p.12. 原文："Unlike poetry or drama, whose origin coincides with the origin of all civilizations, the novel is the most 'historic' of all literary genres to the extent that it has a definite place and date of birth. This disinterested verbal representation of human reality.. was born in the West, in the high Middle Ages, when faith was dying and human reason was replacing God as the instrument for understanding life and as the guiding principle for the government of human society. Malraux has commented that Western civilization is the only one which has slain its gods without replacing them with others. The appearance of the novel, that deicide, and the appearance of the novelist, that substitute for God, are to a certain extent the result of that crime. Of course, this relationship between the historical evolution of a society and the refinement of its novelistic expertise cannot be measured with scientific precision; it is not as rapid a process as it might appear when described with such brevity. What I have described above is a predominant tendency and not a dogmatic formula. This tendency may be defined by asserting that the most propitious moment for the development of prose fiction is when reality ceases to have precise meaning for a historic community because the society's religious, moral, or political values, which once provided the foundation for social life and the master key for perceiving reality, have entered upon a period of crisis and no longer enjoy the faithful support of the collectivity. As a result, great novels normally do not appear in times of revolutionary fervor when the entire society is united behind one great cause. Not a single outstanding novel was written during the French Revolution, or during the Russian revolution, or during the wars for independence in either North or South America, or during the Chinese revolution. Great novels never appear in these moments of optimistic exultation, of hope and faith in a country's destiny; rather they appear in the preceding period when the erosion of the old order permits the community to perceive only confusion and chaos in the reality that surrounds them."

差别"书写，即作者在文本中直观消失的高度认可，因为这一看似"倦怠的举动实际上更有助于多样化、矛盾对立文本中现实／真实的体现"（Esta languidez intencional supone la presencia de la verdad en el texto múltiple y contradictorial）[152]。作者会在文本中远离控制现实／真实的位置，只是隐藏、融合于组成小说成分的构架中。这种叙事模式不仅是对作者形式上的抹灭，更是对读者的解放，让他们通过自己的方法去发掘真相，得出社会、道德及哲学意义上的总结。第二部是 1990 年的《卡尔·波普尔新诠释》（Updating Karl Popper），波普尔认为，真实／现实不是被发现的，而是被创造的。基于此，略萨重申其对总体小说中强加的、不允许被批判的真实／现实的反对态度。小说家应该清楚自己的作品是"一个反映人类现实的武断机制，保护我们不受生命、世界机构带来的大片混乱的困扰"[153]，也由于武断构建，小说就会不断面临批评性的解读以及语言矛盾的紧张状态。最后，1990 年《谎言中的真实》（La verdad de las mentiras）再次强调作品中的秩序是小说家添加、创造的，并且小说有效性依靠的是其在时间连续性被最大化打乱的情况下，最大程度地抓住读者注意力的能力。小说文本，首先应该是捆绑确定的语言的庞大整体，其次，是一种非道德化的类别，或者一种将真实和谎言都纳入其美学概念的独特道德观。贝贾尔表示，这二部论文中可以看出略萨的小说观最后定点在语言问题上，即一种为实现多重阅读的异质语（heteroglosia），他认为这与罗兰·巴特（Roland Barthes）在《S/Z》中对文本书写的理论和巴赫金在《对话想象》（The Dialogic Imagination）中所研究的对话语言的多效语义概念非常相似[154]。

瓜达卢佩·德·赫苏斯（Raúl Guadalupe de Jesús）也认同略萨的小说观与巴赫金在《对话想象》中的概念有相似之处。略萨将小说阐释为一种以"腐肉为营养"的文学，即它残食了小说家身上可以接触到的所有经历和现实，就如同秃鹫以他人用于狩猎的残肉为生一样。而巴赫金表示小说是一种当它参与到其他话语时（在它之前或之后），拥有无限吞噬其他话语能力的话语。德赫苏斯以巴赫金的话语美学理论（estético-verbal）对小说《酒吧长谈》和《狂

152 Eduardo Béjar, "La fuga erótica de Mario Vargas Llosa". *Symposium*, Vol.46, No.4, 1992. p. 244.
153 Mario Vargas Llosa, "Updating Karl Popper". *PMLA,* No.5, 1990. p. 1024.
154 Eduardo Béjar, "La fuga erótica de Mario Vargas Llosa". *Symposium*, Vol.46, No.4, 1992. p. 245.

人玛依塔》（*Historia de Mayta*）中的知识分子形象进行了分析。由于他认为卢卡奇（György Lukács）的理论忽略了作家与人物之间的语言联系，而这恰恰是话语艺术创作的重要部分。作家与人物之间的对话从内容和形式上交错表达，产生了一种同感性（empatía）。现实世界与艺术创作的融合仿佛营造出一种"永恒的有远有近的舞蹈"[155]，这一形容源于德赫苏斯对巴赫金关于话语创作的角色语言关系的理解，因为按照巴赫金的理论，语言具有表达另一种语言的能力，以及在其自身外部和内部引起共鸣（谈论语言、模仿语言、交流语言）的能力，且从另一方面看，也能成为被表达的对象。当语言作为表达主体的同时，又创造出许多特属于语言小说的画面。所以，在作者的取景语境下，被表达的语言不可能像其他存在于话语之外的事物一样，变得安静又缄默[156]。如此一来，小说人物的话语分析与作家自身的观念便可以联系起来，也将作家自传性的零散瞬间拼凑整理，使他的观点和意识更加清晰可见。德赫苏斯认为，按照巴赫金的理论，要关联作家和人物的话语，首先必须具备两种语言学意识：属于不同语言体系的表达和被表达。如果没有这种吸纳、包容和影响的语言意识，就无法构建语言的形象，小说文本中也不会有不同语言体系、风格、特点的多味混合。也就是说，必须要考虑到不同语言形式所代表的现实，因为"有意识的文学混杂并不如修辞，是一种抽象、逻辑性的语义混杂，而是一种具体、社会性的语义混杂。"[157] 就是在这种"有意识的文学混杂"，即不同观点的对立、表达与被表达的关系中，作家自传性的观点才会显露出来。

---

155 Raúl Guadalupe de Jesús, *espectros del indigenismo*. San Juan (Puerto Rico): Editorial Tiempo Nuevo, 2016. p. 182.

156 Raúl Guadalupe de Jesús, *espectros del indigenismo*. San Juan (Puerto Rico): Editorial Tiempo Nuevo, 2016. p. 183. 原文： "Esa capacidad del lenguaje, que representa otro lenguaje, de resonar simultáneamente en su exterior y en su interior, de hablar sobre él y, al mismo tiempo, como él y con él, y, por otra parte, de servir-gracias a la capacidad del lenguaje representado- de objeto de la representación y, a la vez, de hablar él mismo, pueden ser creadas las imágenes específicamente novelescas del lenguaje. Por eso, el lenguaje representado, para el contexto de encuadramiento del autor, no puedes ser en modo alguno una cosa, un objeto mudo y dócil del discurso, que queda fuera de éste al igual que cualquier otro objeto."

157 Mijaíl Mijáilovich Bajtín, *Estético de la creación verbal*. México: Siglo XXI, 1990. pp.174-176. qtd.in Raúl Guadalupe de Jesús, *espectros del indigenismo*. San Juan (Puerto Rico): Editorial Tiempo Nuevo, 2016. p. 184.

与国内相关研究成果的对比与反思

　　巴尔加斯·略萨的小说和散文、评论文作品，不仅包含了诸多作家的自传成分，更重要的是通过对这两种文类作品的参照阅读，其内容互补和映射能更清晰、完整地反映作家所关注的社会、文化问题，以及文学创作、小说书写及知识分子作用等文学思想的发展脉络。国内对略萨作品的研究中，关于写作技巧方面的分析评论较多。特别是从 20 世纪 80 年代的拉丁美洲文学的译介热潮中兴起的"结构现实主义"流派介绍及评论——与"魔幻现实主义"一样，在西班牙语世界尤其是拉丁美洲本土，几乎没有著作或论文使用这一分类来定义、分析巴尔加斯·略萨和加西亚·马尔克斯。1982 年陈光孚发表于《文艺研究》的《"结构现实主义"评述》[158]详细介绍了拉丁美洲小说"结构现实主义"流派的定义、代表人物和特点。文中将"结构现实主义"描述为运用多角度叙事、多镜头对话，借鉴电影、绘画等艺术技巧从而体现立体感的，等同于呈现社会各个阶层，完全再现一个整体社会全貌的总体小说（novela total）的小说创作流派。但在西班牙语学者的研究中，关于略萨的小说创作特点定义，提到更多的有总体小说、现代 / 后现代小说，或者为揭示人类生活及社会复杂性的实验性的现实主义。而国内学界对"结构现实主义"的使用持续了三十余年之久，最近一次是杨美霞于 2016 年发表的论文《小说中的艺术与现实之"妙"—浅析巴尔加斯·略萨的结构现实主义小说特点》[159]。其次，对某一部小说的具体结构分析也较多（包括时间、空间转换），从文本的选取和理论方法上相较于国外研究整体上显得很滞后，如宋红英、高建国于 2018 年发表的论文《论〈潘达雷昂上尉与劳军女郎〉中的"中国套盒"结构》，以及 2014 年西安外国语大学的硕士论文《〈公羊的节日〉的时间迷宫》和《叙事学视角下〈酒吧长谈〉的结构分析》[160]等。

　　在某些主题的深入度或横向延伸的广度上，国内的略萨研究仍显欠缺。

158 陈光孚《"结构现实主义"述评》，载《文艺研究》1982 年第 1 期，第 84-91 页。

159 杨美霞《小说中的艺术与现实之"妙"——浅析巴尔加斯·略萨的结构现实主义小说特点》，载《湖北函授大学学报》2016 年第 7 期，第 175-177 页。

160 参见宋红英、高建国《论〈潘达雷昂上尉与劳军女郎〉中的"中国套盒"结构》，载《乐山师范学院学报》2018 年第 10 期，第 30-36 页；史瑾 "El laberinto del tiempo de La fiesta del chivo"，西安外国语大学硕士学位论文，2014 年；赵馨 "Análisis narratológico de la estructura de Conversación en la Catedral"，西安外国语大学硕士学位论文，2014 年。

如"现实与虚构"的话题，西班牙语世界几乎从《文学是火》（1967）的演讲词开始，到《与马尔克斯谈拉丁美洲小说》（1968）、《小说秘史》（1971）、《在萨特与加缪之间》（1981）、《谎言中的真实》（1990）、《致青年小说家的信》（1997）等一系列论文著作的出版中，不断探讨略萨的小说创作观和文学观，可以说在此主题上有着深厚的研究积淀。国内在围绕想象作用、非理性创作冲动或现实与虚构关系等专题性研究相对较少，比如张琼、黄德志的《巴尔加斯·略萨的反传记书写：解构真实》分析了略萨小说中的文体杂糅，以后现代视角指出其创作中的越界、消解界限的现象就是其文学虚构与现实观的体现[161]。大部分研究或探讨现实与虚构时提到略萨，获分析略萨文学整体创作理念和小说的艺术特点时提及其虚构观，如《巴尔加斯·略萨：一只啄食腐肉的"兀鹫"》、《本体与征象：略萨文学创作理论及〈城市与狗〉的伦理学批评》和《巴尔加斯·略萨文学思想研究》[162]等。而在反映、批判秘鲁（拉丁美洲）社会问题或情色主题的研究中，集中于对小说《城市与狗》暴力的探讨较多，或者为避免直接处理情色书写而从侧面探讨性与权力的关系[163]，等等。此外，对女性形象的研究，西班牙语世界详细梳理略萨女性观的演变过程以及从精神分析视角对其女性人物的分析是国内研究中未涉及的部分。

在对略萨小说的结构分析中，时空结构布局及其叙事技巧在国内研究中较为普遍，学者陈菱发表于1991年的论文《〈绿房子〈的时空结构》是国内较早关注略萨小说时间特点研究。不过续相关的研究大多倾向于对时间和空间的集成化讨论，如白雪梅《"一切都是现在"——试析略萨〈绿房子〉的时空结构》、杜秋丽《巴尔加斯·略萨小说中的叙事时空机制》等，或单纯地研

---

161 张琼、黄德志《巴尔加斯·略萨的反传记书写:解构真实》，载《太原大学学报》2013年第14期第04卷，第54-58页。

162 参见王鹏程《"谎言中的真实"与"真实中的谎言"——论小说中现实与虚构的关系》，载《小说评论》2014年第3期，第37-43页；王红《本体与征象：略萨文学创作理论及〈城市与狗〉的伦理学批评》，载《文化与传播》2012年第4期，第20-25页；陈春生、张意薇《巴尔加斯·略萨：一只啄食腐肉的"兀鹫"》载《海南师范大学学报（社会科学版）》，2011年第5期，第24-28页；贾金凤《巴尔加斯·略萨文学思想研究》，辽宁大学硕士学位论文，2012年。

163 参见王伟均《论略萨〈城市与狗〉中的暴力书写》，载《外国语文研究》2016年第5期，第66-73页；侯健《巴尔加斯·略萨作品中性的作用——以〈城市与狗〉为例》，载《剑南文学（上半月）》2015年第6期，第54-56页。

究空间书写，如《异托邦：略萨小说中的空间建构》、《现代小说的空间形式——连通管——读略萨〈给青年小说家的信〉有感》等。对于略萨作品的艺术学技巧探讨，国内学界有些视觉艺术、戏剧创作和身体书写的论文[164]。在略萨文学思想的研究上，国内学界更偏向于影响研究，即同作品比较分析略萨所受到或产生的文学影响，如《福克纳与略萨创作主题对比研究》、《论巴尔加斯·略萨对阎连科小说创作的影响》，也有对文学思想的分类整理及转折变化的大致评述[165]，但对于其文学观的详细演变发展未有更系统的研究。

　　本章呈现的西班牙语世界针对略萨作品的主题、技巧和文学思想研究，是国内学界不曾涉及或不曾深入的内容。整体上突出了西班牙语世界相关研究的创新视角和方法，比如对绘画语言的研究或通过视觉影像深入政治和社会特征；又如提出"主观主义"和"形式主义"的时间理论分类法，以及"时间距离"的理论方法具体实践于对略萨小说时间结构的分析研究；再如将略萨对小说创作的思考与语言学概念关联，系统地论述小说中的戏仿与文学观转变的关系，等等。鉴于略萨作品的广泛性，试图对其进行全方位的研究成为了不可能的任务。因此许多学者选择将研究限定于某些特定的领域。但"要了解略萨的文学世界某一部分，专项研究也必须纳入其小说创作、文学理论、论文（散文）、政治和个人历史的更大范畴"[166]，这也是值得国内学界借鉴的研究经验。

---

164 参见戴荧《异托邦〈略萨小说中的空间建构〉》，载《湖南城市学院学报》2013年第 2 期，第 49-52 页；李星星《现代小说的空间形式—连通管—读略萨〈给青年小说家的信〉有感》，载《青年文学家》2017 年第 9 期，第 96-97 页；张伟劼《论略萨〈继母颂〉的视觉叙事》载《当代外国文学》2018 年第 3 期，第 105-113 页；毛频《潜于文本之下的"戏剧性"探索——评巴尔加斯·略萨的戏剧创作》，载《外国文学》2017 年第 1 期，第 12-20 页；邓欣《论略萨小说中的身体书写》，湘潭大学硕士学位论文，2020 年。

165 参见尹志慧《福克纳与略萨创作主题对比研究》，载《唐山师范学院学报》2012年第 3 期，第 33-34 页；方志红《论巴尔加斯·略萨对阎连科小说创作的影响》，载《中国文学研究》2018 年第 2 期，第 175-180 页；贾金凤《巴尔加斯·略萨文学思想研究》，辽宁大学硕士学位论文，2012 年；张婧琦、李维《论巴尔加斯·略萨由左及右的文学观》，载《齐齐哈尔大学学报（哲学社会科学版）》，2015年第 5 期，第 90-91、94 页。

166 David P. Wiseman, "Review: Mundos alternos y artísticos en Vargas Llosa by Hedy Habra", *Hispania*, Vol.97, No.4, 2014. pp. 695-696.

第四章　西班牙语世界巴尔加斯·略萨的政治思想研究

　　拉丁美洲土著族裔的生存状况和文化保护一直与该地区的经济发展、社会矛盾、文化冲突密切相关。全球化与现代化的快速发展也让土著（少数民族）的文化身份建构面临新的挑战。生长于拉丁美洲土著占比最大的国家之一，略萨在现实生活和文学创作中都要面对和处理与秘鲁土著群体的地方特色。从关心社会发展的授命主义文学家，到拥抱西方思想的自由主义知识分子，再到走近政坛的总统候选人，略萨的社会经历和政治思想变化始终无法脱离土著族群的问题，这也是西班牙语世界略萨批评研究的重要组成部分。

　　略萨的文学和政治生涯一直都面对两难的选择，一方面被"授命主义"、为正义而斗争的作家思想吸引，另一方面又不想放弃西方文学传统。从他20多岁开启文学创作之路时起，就要解决关于秘鲁本土性的敏感难题，最终他选择在西方化的形式里填充秘鲁本土的内容，并以新颖的创作赢得了从欧洲到拉丁美洲本土文学界的接受和赞许。小说创作带来的成功和荣誉让略萨逐渐从中分离出对拉丁美洲社会问题的评价空间，通过长期合作的纸质媒体发表评论，也出版文集，内容也并不局限于文学范畴。

　　整个 20 世纪笼罩拉丁美洲知识分子的焦点问题就是对贫穷落后根源的探索。本土广泛认为其源于殖民遗留的影响、外国势力对劳动力的压榨和对自然资源的掠夺。旅居欧洲的略萨则指出是拉丁美洲各国政府、阶层内部的不自省和长期的受害者思想造成了整个地区的发展滞后。阿根廷符号学家沃特·米格诺洛（Walter Mignolo）就表示，全球化是一个从欧洲阐释角度出发的认识建构过程，是远离如拉丁美洲和非洲的历史现实的[1]。西班牙语世界左右翼学者对略萨文化及政治思想的研究体现了略萨面对的两难立场：拉丁美洲—西方（欧美）、土著／混血—克里奥约（白人）、无产阶级—资产阶级、左翼—右翼、以及不同视角下对略萨文化身份（秘鲁、拉丁美洲还是世界主义）的解读。

由左及右的政治书写

关于略萨的意识形态变化发展，西班牙语世界的讨论主要分为几个方面：20 世纪 70 年代以后拉丁美洲学者对他的指责、批判，或者像贝内德蒂一样与其进行争论；回顾略萨从事文学创作以来的整体思想轨迹，标注其中重要的转折点和影响关系；着重探讨古巴"帕迪亚"事件后略萨对卡斯特罗政府的公开批评和思想转向，并分析其他历史、环境因素等可能造成其思想转变的原因。

（一）略萨政治思想的发展阶段

秘鲁学者费尔南德斯-科斯曼（Camilo Rubén Fernández-Cozman）以略萨的散文类（ensayística）著作为基础，将略萨的政治思想演变分为两个个阶段：第一阶段为 20 世纪 50 年代到 70 年代中期，受法国哲学家让·保罗·萨特（Jean Paul Sartre）以及其授命主义文学（littérature engageé/literatura comprometida）理论的影响，将作家与社会问题紧密联系，认为作家应该与饥饿和不平等作斗争。第二阶段为 20 世纪 70 年代中期到 90 十年代初期，标志是 1975 年略萨发表的文章《阿尔贝·加缪和边界的道德》（Albert Camus y la moral de los límites），其中写道，在极权主义社会中"活着的人都变成了工具"[2]，而人最重要的就是尊严，可以看出略萨对《局外人》中批判极权主义思想的欣赏。他也十分认同加缪的不能利用"神明"作为国家机器来控制个人的行为的自由主义观点。

第一阶段的代表作品，科斯曼指出是《文学是火》（La literatura es fuego）

---

1 Walter Mignolo, *Capitalismo y geopolítica del conocimiento. El eurocentrismo y la filosofía de la liberación en el debate intelectual contemporáneo*. Buenos Aires: Ediciones del Signo, 2001. pp. 9-54.

2 Mario Vargas Llosa, "Albert Camus y la moral de los límites". *Contra viento y marea*. (1962-1982). Barcelona: Seix Barral, 1983. p. 243.

和《永久的起义》（*Una insurrección permanente*）。一篇是略萨在罗慕洛·加列戈斯（Rómulo Gallegos）文学奖的演讲文，其中略萨尖锐地批评了拉丁美洲国家的文化、社会环境，并表示文学是一种对社会现实持久的质疑工具。作家在创造虚构叙事时会随着社会现实的变化而使用进程性的话语建构。略萨这一阶段的文学叙事并不追求虚无对现实世界的完全替代，也不追求纯粹的结构主义。《永久的起义》表达了作家应授命于社会变革，并树立持续批评的态度，就像其所处社会中一次次的反叛起义一样，永不顺从。其中也结合了加缪的边界伦理观点，说明作家有权力进行不受任何限制的批评活动。

　　关于这一阶段的授命思想，萨比娜·施力克斯（Sabine Schlickers）在研究略萨总体书写的文章中也指出，略萨在《撒谎的艺术》（El arte de mentir）一文中仿佛受到福楼拜的启发，"他表示'写小说不是为了讲述生活，而是通过添加内容来改变它。'这意味着对于能捕捉文学外的现实来理解生活、阐释生活，进而改变生活的乐观主义是确切存在的。由此，略萨加入了60年代拉丁美洲左翼思想追随的，由马克思提出的关于费尔巴哈（Feuerbach）第十一条论点所倡导的文学潮流中"[3]——这条论点是：哲学家们只是用不同的方式解释世界，问题在于改变世界。

　　略萨政治思想第二阶段的代表著作《在萨特和加缪之间》（*Entre Sartre y Camus*，1981）"表现的是一个拉丁美洲人被萨特的智慧及来来回回的雄辩迷花了眼，最后拥抱了加缪的自由改良主义的知识分子学习历程"[4]。书中不仅突出了萨特对其亲近社会主义思想的重要影响，也讲述了他过渡到加缪的自由改良主义，以及对福楼拜文学意识的倾向[5]。在《加缪与文学》（*Camus y la Literatura*）一文还提出了作家与思想家之间的区别，思想家先于写作出现，而作家通过写作发现真理。思想家的写作是一个用来表达之前就发现的有关自然与人类真理的过程，也是一个爆发点。而作家的写作行为则更像是一个起点，只有把想表达的东西用语言翻译出来，才真正明确自己想要表达什么。思想家的理智高于一切，而作家对美的直觉这种即兴的、不自觉、不受控的

3　Sabine Schlickers, "*Conversación en La Catedral* y *La guerra del fin del mundo* de Mario Vargas Llosa: Novela Totalizada y Novela Total". *Revista de Crítica Literatura Latinoamericana*, No.48, 1998. p. 186.

4　Mario Vargas Llosa, *Entre Sartre y Camus*. Río Piedras: Ediciones Huracán, 1981. p. 9.

5　对福楼拜的详细分析在1975年出版的著作《无休止的纵欲：福楼拜和〈包法利夫人〉》（*La orgia perpetua, Flaubert y Madame Bovary*）

元素则更为重要。科斯曼指出，福楼拜是略萨自由主义思想过渡阶段的关键点，受福楼拜的影响，略萨开始对文学和思想意识与时代的相适应的问题有所感官，倾向于符合历史时代发展的文学思想。

略萨向更保守的意识视野转向的标志是《阿尔贝·加缪和边界的道德》（Albert Camus y la moral de los límites，1976）和《无休止的纵欲：福楼拜和〈包法利夫人〉》（La orgía perpetua: Flaubert y Madame Bovary，1975），科斯曼认为这是自由左翼思想逐渐被保守主义思想所替代的见证。他也表示，意识形态不是纯粹、线性发展形成的，所有的意识都是复杂、相互交错、渗透的结果，略萨思想变化的过程中也存在激进主义和保守主义的交锋。

瓜达卢佩·德·赫苏斯认为略萨的意识思想发展有第三阶段，即 20 世纪 90 年代初以后，受到哲学家卡尔·波普尔（Karl Popper）[6]的影响，略萨成为了市场、自由主义以及民主的捍卫者。主要表现在以资产阶级自由民主和发展资本主义的信念为特点。文学创作上不再以改善社会生活为目的，而是用一种超越或替换现实的方式书写小说。瓜达卢佩·德·赫苏斯表示，这种书写方式蕴含了实用主义的姿态，在叙事过程中将人类像商品一样展现，与资本主义市场将一切（包括人类价值）物化、商品化发展过程相契合[7]。在《给青年小说家的信》（Cartas a un joven novelista）中略萨也指出作家无法逃避现实的限制，只有通过大胆的叙事技巧压倒现实从而让作家的独立自主发挥无限的魅力[8]。这种替换现实世界，实现对文学作品的主观把控，其核心就是被称作"恶魔"灵感（demonios）的概念。略萨曾表示，小说家所展现的是让他备受折磨，无法摆脱的恶魔，是"小说家身上最丑恶的部分：思念、罪过和怨恨"[9]。

拉丁美洲著名文学批评家安赫尔·拉玛（Angel Rama）将略萨"恶魔"灵感说阐释为："反对马克思主义中艺术是人类和社会活动结晶的概念，从非理性（不神圣，至少恶魔般的）角度重新定义文学作品的理想主义观点。"这种角度下的作家不仅"有灵感，也受到缪斯的保护，他们拥有可怕又圣洁

6 Arturo Caballero, "Hayek, Popper y Berlín. Fuentes del pensamiento liberal de Mario Vargas Llosa". *Contexto. Revista crítica de literatura*, Vol.3, 2012. pp. 29-54.

7 Raúl Guadalupe de Jesús, *Espectros del indigenismo en la narrativa de Mario Vargas Llosa*. San Juan (Puerto Rico): Editorial Tiempo Nuevo, 2016. pp. 172-173.

8 （秘鲁）马里奥·巴尔加斯·略萨《给青年小说家的信》，赵德明译，上海：上海文艺出版社，2015 年，第 33 页。

9 Mario Vargas Llosa, *La historia secreta de una novela*. Barcelona: Tusquets, 1971. p. 7.

的内心世界，被魔鬼附身，时而幼稚时而疯狂……"[10]。

对于略萨思想意识变化的阶段划分和时间节点，不同学者的研究评论也有所差异，比如，豪尔赫·瓦伦苏埃拉（Jorge Valenzuela）在专著《授命原则-文学与政治之间的巴尔加斯·略萨》（*Principios comprometidos. Mario Vargas Llosa entre la literatura y la política*）[11]中指出，标志略萨从授命主义向自由主义思想转变的文章是《文学是火》与《伊拉克日记》（*Diario de Irak*），但整体的发展方向上是统一的，即从左翼／亲左翼／自由左翼，到放弃左翼、选择改良主义（过渡），最后到自由主义。瓦伦苏埃拉表示，略萨在《文学是火》中向秘鲁从革命派诗人卡洛斯·奥昆多·阿马特（Carlos Oquendo de Amat）致敬，并视其为授命主义作家的典范。在《伊拉克日记》里抛弃授命主义，为美国介入伊拉克事件而辩护。因为自由主义者认为道德和责任意味着谴责任何形式践踏人权的极权主义，"略萨拥护的是一种维护跨国企业、损害贫苦大众，强调抽象个体自由的所谓新自由主义，而实际上在他自我自由中的实现都备受限制"[12]。

（二）略萨与古巴的决裂

拉丁美洲的政治研究绕不开古巴革命，略萨的政治思想研究也一样，每一个讨论其思想形成的学者或多或少都会提及他与古巴的关系。其中两次历史事件标志了巴尔加斯·略萨与古巴的关系发展，分别是 1959 年的古巴革命胜利和 1971 年的"帕迪亚"事件。

墨西哥著名学者安里奎·克劳兹（Enrique Krause）在文章《巴尔加斯·略萨：生命与自由》（Mario Vargas Llosa: vida y libertad）中说明，古巴人民革命的成功在拉丁美洲收获了广泛而热烈的掌声，是"反独裁、反帝国、为美洲的独立和尊严打开的新纪元"[13]，让许多拉丁美洲作家成为了社会主义的忠实拥护者。尚在巴黎的略萨也激动不已，他把古巴革命视作一种全新的、更现代、更灵活、开放的革命形式——"我充满热情地经历这一切，还将古巴视为拉丁

10 Ángel Rama y Mario Vargas Llosa, *García Márquez y la problemática de la novela*. Buenos Aires: Corregidor-Marcha, 1973. p. 8.

11 Jorge Valenzuela, *Principios comprometidos. Mario Vargas Llosa entre la literatura y la política*. Lima: Cuerpo de la Metáfora, 2013.

12 Jorge Valenzuela, *Principios comprometidos. Mario Vargas Llosa entre la literatura y la política*. Lima: Cuerpo de la Metáfora, 2013. p.79.

13 Enrique Krause, "Mario Vargas Llosa: vida y libertad". 01 de noviembre de 2010. https://enriquekrauze.com.mx/mario-vargas-llosa-vida-y-libertad/

美洲可以效仿的榜样，在此之前我从未对任何政治事件如此激动地支持过。"
[14]1962 年开始他共 5 次到访古巴，还加入了知名杂志《美洲之家》（*Casa de las Américas*）的编委会，与包括科塔萨尔（Julio Cortázar）、安赫尔·拉玛（Ángel Rama）、萨拉萨尔·邦迪（Sebastián Salazar Bondy）、贝内德蒂（Mario Benedetti）等著名作家、批评家同列其中。1967 年，略萨在加列戈斯文学奖的获奖感言里对古巴革命大加赞誉，称之为拉丁美洲摆脱时代错误的解放范式。

让略萨与古巴革命政府关系急剧降温、甚至动摇了其左翼思想的就是 1971 年古巴诗人埃贝托·帕迪亚（Heberto Padilla）被捕并当众发表自我检讨"认罪"的事件。一切源于埃贝托·帕迪亚诗集《退出游戏》（*Fuera del juego*）被指公开批评卡斯特罗政府，并以反革命罪将其监禁。略萨给卡斯特罗写了一封公开信，附上一众左翼知识分子[15]的签名，要求释放帕迪亚。被释放前，帕迪亚被迫公开承认自己作品中的反动语气，并谴责动员释放他的知识分子。这引发了第二次更激烈的抗议，略萨和其他签字人表明对社会主义的拥护，但谴责"使人联想起斯大林主义时代最肮脏的时刻"的"做戏一般痛苦的自我批评"[16]。几乎于此同时，略萨辞去了《美洲之家》编委会成员一职，并断绝了与古巴的联系。

"帕迪亚"事件可以说是略萨放弃左派思想的导火索，也是世界范围知识分子与古巴革命情愫的重要转折点，"就像一段浪漫爱情的结束"[17]。对于略萨，"意味着斯大林式的极权主义在古巴的出现"[18]。西班牙语世界对于略萨与古巴决裂的讨论，有着重再现其过程细节的，有分析其与略萨作家、知识分子作用的关系的，也有分析略萨后续政治思想走向的。

---

14 Enrique Krause, "Mario Vargas Llosa: vida y libertad", 01 de noviembre de 2010. https://enriquekrauze.com.mx/mario-vargas-llosa-vida-y-libertad/

15 卡洛斯·富恩特斯、伊塔洛·卡尔维诺、胡安·戈伊蒂索洛、西蒙娜·德·波伏娃、玛格丽特·杜拉斯、卡洛斯·弗兰基、皮埃尔·保罗·帕索里尼、豪尔·森普伦、苏珊·桑塔格、卡洛斯·蒙西瓦、阿尔贝托·莫拉维亚、何塞·埃米利奥·帕切科、何塞·雷维尔塔斯、胡安·鲁尔福、让-保罗·萨特等。

16 Mario Vargas Llosa, "Carta a Fidel Castro". *Contra viento y marea* (1962-1982). Barcelona: Seix Barral, 1983. p. 166.

17 Roberto Careaga, "Cuba edita obra de Padilla, símbolo de la censura castrista". *La Tercera*, 20 de febrero de 2013.

18 Camilo Rubén Fernández-Cozman, "El etnocentrismo radical en la utopía arcaica y la civilización del espectáculo de Mario Vargas Llosa". *Castilla. Estudios de Literatura*, Vol.7, 2016. p. 519.

　　与古巴的决裂并非产生于一瞬间或单个事件，克劳兹指出导致略萨与古巴革命政府疏远的几个关键点。首先是略萨曾于 1967 年接受古巴作家卡彭铁尔（Alejo Carpentier）采访时表示，如果他获得罗慕洛·加列戈斯奖，他会把奖金捐助给在玻利维亚山区斗争的切格瓦拉，后来古巴方面得知此事写信给他间接表示这笔费用由革命政府来处出，略萨因此不悦。其次是 1968 年传出古巴的知识分子受到政府官方骚扰的消息，以及卡斯特罗对苏联入侵捷克斯洛伐克的支持。秘鲁杂志《面具》（Caretas）于一个月后发表了对巴尔加斯·略萨的采访，采访中他对菲德尔亲苏立场的"坦克社会主义"（socialismo de los tanques）表示谴责。同年 10 月，科塔萨尔写信给略萨，表示他与一众拉丁美洲作家准备给卡斯特罗写信谈古巴知识分子的问题，还将略萨列入了签名支持者中，11 月马尔克斯告诉略萨信已经到达卡斯特罗手上，并且推测卡斯特罗一定对他们感到很反感。此外，略萨缺席了 1969 年《美洲之家》编委会会议，不久略萨收到编委会的集体信，要求他尽快到哈瓦那讨论他的意见和态度。在此期间他写信给墨西哥作家富恩特斯表达了对古巴知识分子状况的深切担忧，之后主编费尔南德斯·雷塔马尔（Fernández Retamar）单独附信给略萨，告诉他大家讨论了他缺席的问题，由于此前一系列指责革命政府的行为以及接下来将去美国高校任职的原因，略萨是否出席这次会议表明态度尤为重要。

　　哥伦比亚学者卡洛斯·格拉内斯（Carlos Granés）分析略萨对帕迪亚下狱反应强烈的原因，在于这威胁到他文学理想基本原则：作家应享有自由创作其作品的权利。也是对略萨关于政治及理想社会想象的两大原则（作家不可让步的自由；解决拉丁美洲不公正问题必须的社会主义）的冲击。格拉内斯认为，这是略萨人生中介于文学活动（个人主义）与集体组织制度之间的第一次矛盾，这让批评精神与服从独裁政治权利间的矛盾变得难以调和[19]。

　　克劳兹说明，略萨在辞去《美洲之家》职务后发表了一项有关澄清，说明辞职只是一种抗议行为，由一次遗憾事件引起，但不代表对古巴革命政府的敌意——他仍然相信古巴革命的成就，他认为"批评和异议的权利不是'资产阶级的特权'。相反，只有社会主义通过奠定真正的社会公正基础，才能

---

19 Carlos Granés, *La revancha de la imaginaci ó n*. Madrid: Consejo superior de investigaciones científicas, 2008. p. 56.

赋予'言论自由'和'创作自由'真正的含义"[20]。

　　格拉内斯也指出，与卡斯特罗的对抗、以及对苏联入侵捷克斯洛伐克作出的批评[21]尽管直接导致了从前同伴们的蔑视、造成了拉丁美洲左派对略萨的拒绝、对其作品的反动解读，巴尔加斯·略萨仍然继续捍卫社会主义一直到70年代中期。智利政治经济哲学教授毛里西奥·罗哈斯（Mauricio Rojas）也引用了略萨的文章《切格瓦拉日记》（Diario de Che Guevara）[22]说明略萨并未放弃把古巴革命、游击动作为拉丁美洲革命的榜样。

　　格拉内斯、罗哈斯也都解读了古巴的发展对略萨思想变化的影响。罗哈斯表示，由于对个人自由的系统性侵犯以及对作家、新闻工作者的监禁，让略萨发现争取自由的斗争并不是通过资本主义制度崩溃和中央集权（监督私人生活和民意）来完成，应该通过对民主的捍卫。历史事件让思想概念和价值观念的转向使略萨重新审视左派身份，并逐渐加入了自由主义。格拉内斯则指出，略萨自70年代中期以后的文学作品反映了一种诠释其秘鲁问题的新方式。隐藏于作品背景的问题（也是他认为秘鲁最严重的社会问题之一）：土著群体受到的剥削；腐败、虚伪和公共空间的野心并没有改变[23]。但自帕迪亚案之后，对这些问题的原因和解决方案的有了不同的解读。

　　略萨在诺贝尔文学奖颁奖典礼的演讲中也提及了自己的政治思想转变历程：

　　　　在我的青年时代，我与这一代的许多作家一样，是马克思主义

20　Enrique Krause, "Mario Vargas Llosa: vida y libertad". 01 de noviembre de 2010. https://enriquekrauze.com.mx/mario-vargas-llosa-vida-y-libertad/

21　Mario Vargas Llosa, "Socialismo de los tanques". *Contra viento y marea* (1962-1982). Barcelona: Seix Barral, 1983. p. 160. 原文译文："苏联及其四个《华沙条约》的盟国对捷克斯洛伐克的军事干预纯粹是出于对苏联的侵略，它是列宁祖国的耻辱，是令人眩晕的政治上的愚蠢行为，对世界社会主义事业造成了不可弥补的损害。它最明显的先例并不是匈牙利或多米尼加共和国。派遣苏联坦克到布拉格进行武力肃清社会主义民主化运动与派遣美国海军陆战队前往圣多明哥以暴力镇压反对军事独裁统治和不公正社会制度的民众起义一样应受到谴责。"

22　Mario Vargas Llosa, *Contra viento y marea* I (1962-1972). Barcelona: Seix Barral, 1986. p. 214. 原文译文："如果拉丁美洲的革命是按照切所设想的方式所进行，并经历他所预见的那些阶段，那么《切格瓦拉日记》将是一份非同寻常的资料，是美洲大陆解放中最英勇、艰难时刻的历史记载。如果革命没有实现，……《切格瓦拉日记》将作为拉丁美洲所尝试的最英勇大胆的冒险的见证。"

23　Efraín Kristal, *Temptation of the word. The novels of Mario Vargas Llosa*. Nashville: Vanderbilt University Press, 1998. p. 188.

者。我曾相信社会主义将是对在秘鲁、拉丁美洲和其他第三世界地区所肆虐的剥削和社会不公的补救措施。我对集权主义和集体主义的失望以及我向民主和自由主义思想的过渡是长期、艰难、缓慢完成的。其中有许多片段，如对古巴革命看法的转变，最初的热情，到目睹苏联垂直的独裁模式，滑过古拉格（Gulag）劳改营铁丝网的不同政见者的证词，华沙条约（Warsaw Pact）国家对捷克斯洛伐克的入侵。还要感谢思想家，如：雷蒙德·阿隆（Raymond Aron），让-弗朗索瓦·里夫（Jean-François Revel），以赛亚·柏林（Isaiah Berlin）和卡尔·波普尔（Karl Popper），使我得以重新认识和评价民主文化以及开放的社会。[24]

综上，尽管略萨对古巴"帕迪亚"事件的反应激烈，但它只是略萨与左翼思想决裂的标志和象征。整体上略萨这一从左至右的思想转变过程是漫长的，因此，西班牙语世界的研究学者们围绕略萨对该事件的反应分析时，集中关注事件相关的历史语境及其与略萨文学思想的关系。

略萨的社会发展构想研究

在略萨的非虚构评论文集中，包含了大量他对关注的社会问题的观点陈述。虽然许多评论文集在我国尚未出版中文译本，但在西班牙语世界，它的研究价值完全不亚于略萨的小说作品。

一、西方现代化社会思想

略萨曾深入亚马逊丛林观察土著部落的生活，第一次是陪同墨西哥人类学家胡安·科马斯（Juan Comas）做田野调查，后来为了小说创作六、七十年代他再次进入丛林，他还详细记录了这些经历中的所见所闻以及各类土著部落民俗文化特点，为后来的文学创作和思想评论打下基础。可以说，自从1958年去了雨林之后，略萨就一直关注秘鲁土著社区的命运发展，小说《绿房子》、《叙述人》和《利图马安第斯山》，以及关于作家阿尔格达斯的评论文集《返古乌托邦…》，让读者感受到他对土著问题观点立场上的日益清晰和成熟。

---

24 Mario Vargas Llosa, *Discurso Nobel*. Estocolmo: Fundación Nobel, 2010. p. 4.

许多学者都注意到略萨对秘鲁社会发展中土著问题的关注，这一关注既源于亲身经历，也与其关心国家现代化进步的知识分子身份有关。他在早期文学作品上对土著主题的呈现也有很大成分上揭露殖民侵入者暴行、土著受尽剥削的内容。瓜达卢佩·德·赫苏斯（Raúl Guadalupe de Jesús）在分析《绿房子》时，就指出在略萨思想中，亚马逊丛林是一个标志着无法无天的地方，自殖民时期以来，土著人就受到各类冒险家、雇佣军和政客的摆布和剥削，却仍然沉浸在返古风俗中，对西方进步一无所知。与恶劣的生存环境以及外来势力的迫害相比，万物有灵、割头人传说或者偶像崇拜等习俗根本不值一提，《绿房子》中土著部落酋长胡姆（Jum）反抗殖民统治遭受酷刑，或者试图将土著妇女"文明化"却使她们堕入城市生活的深渊（宗教殖民），都是对土著所受暴行的揭露和谴责。这一谴责既没有与土著主义及保护主义的斗争融合，也没有与后殖民主义诉求融合，而是最终走向了莫拉娜所指的"两难选择"境地——一面是谋求社会整体进步、发展、富裕的西方现代化，另一面是保持土著的古老文化传统的纯洁不受污染。拉丁美洲土著族群站在这样一个十字路口，对外开放对少数民族的威胁背景下，整片大陆仍需要通过融入西方来消除贫困和落后。

瓜达卢佩·德·赫苏斯从第三者的角度分析了略萨与土著主义者的观点分歧。土著主义运动主要以维护土著身份、印加历史以及安第斯特性为目的，他们认为保护传统、排斥西方是对继承了秘鲁前西班牙历史的土著的不公遭遇进行补偿的道德要求。略萨则认为土著社区的封闭孤立性使他们无力反抗西方的剥削。如果没有法律机构、技术进步和现代文明的保护，土著民会一直处于殖民统治和剥削中直至消失。略萨思考的是符合秘鲁（包括土著民）最大利益，而土著主义者在意的是有尊严感的传统和身份，略萨认同的与现代文明的接触在土著主义者看来就是文化的驯化，两者的立场代表了拉丁美洲对包含土著问题的社会发展的不可调和的主流思想。

关于略萨的现代性观念，瓜达卢佩·德·赫苏斯进行了详细的解读。

首先其根源是受西方文化的长期影响。从文学启蒙到艺术、人文及科学成就，略萨看到了西方制度带来的好处，并希望将进步观念传播到秘鲁。瓜达卢佩·德·赫苏斯还引用了 1977 年的一次采访："秘鲁的发展与从西班牙传来的语言和文化密不可分。我这样说并不是贬低我们自己的前西班牙时期历史，克丘亚或艾玛拉，但我坚持认为西班牙的遗产带着一种出奇的、不屈服的、世俗民俗的自由血统，从伊塔大祭司（Arcipreste de Hita）到巴列-因克兰（Ramón del Valle-Inclán）都可以看出。"[25]

　　其次是略萨的文化主张，即身份、习俗和传统的整体融合。土著居民的牺牲和损失是秘鲁为解决其他问题（贫困、不发达、不平等）的代价："也许除了要求印第安人付出如此高昂的代价之外，没有其他现实的办法来整合我们的社会；也许理想，即保护美洲的原始文化，只是一个乌托邦，它与另一个更紧迫的目标不相兼容：建立现代社会，将社会和经济差异缩小到合理的、人道的比例，使每个人至少都能过上自由和体面的生活。"[26]

　　第三是融合的途径，20世纪中叶以来大量的土著移居到城市，这就是略萨认可的融合方式，他看到土著"自我创造和再创造，适应新环境的能力"[27]，说明向现代化生活过渡不一定是创伤性的。瓜达卢佩·德·赫苏斯指出了融合带来的社会问题-道德上的犬儒主义或扭曲沦丧，间接激励了藤森政府的专制主义，略萨也注意到这些问题，但他认可秘鲁的变化，只是其未来"仍然是一个未知数"[28]。

　　最后是在作品中对西方现代性（文明）的突出方式。通过举例比较将秘鲁及拉丁美洲的落后与西方先进发达置于二元对立的两个位置，以说明略萨所信奉的价值观，让不文明、野蛮的秘鲁在西方的保护下得到救赎，也揭示了他对局势和事态的西方化结构评价。瓜达卢佩·德·赫苏斯引用了略萨作品中的非西方世界生活困境的描述："这是中世纪，毫无疑问，是嵌入20世纪的中世纪。"[29]"古印加帝国塔万廷苏约（Tahuantinsuyo）垂直、集权的结构对其生存的影响肯定比征服者的火器和铁器更严重"[30]"我胸口感到无比压抑地回到巴格达，脑海中无法抹去那些在行走监狱里被埋葬了一生的妇女的形象在如此窒息的温度里，她们被剥夺了丝毫的舒适感，无法自由地发展身

---

25 Lucy Jochamowitz, "Conversación con la catedral (1977)". Alfredo Bryce Echenique (ed.), *MVLL. Entrevistas escogidas.* Lima: Fondo editorial cultura peruana, 2004. p. 119.

26 Mario Vargas Llosa, "El nacimiento del Perú". *Contra viento y marea (1964-1988).* Barcelona: Seix Barral, 1985. p. 336.

27 Mario Vargas Llosa, *La utopía arcaica: José María Arguedas y las ficciones del indigenismo.* México: Siglo XXI, 1996. p. 333.

28 Mario Vargas Llosa, *La utopía arcaica: José María Arguedas y las ficciones del indigenismo.* México: Siglo XXI, 1996. p. 335.

29 Mario Vargas Llosa, *Desafíos a la libertad.* Madrid: El país Aguilar, 1994. p. 146.

30 Mario Vargas Llosa, "El nacimiento del Perú". *Contra viento y marea (1964-1988),* Barcelona: Seix Barral, 1985. pp. 329-330.

体和思想，这就是她们生存状态、缺乏主权和自由的象征。这就是中世纪，残忍、艰难。"[31] "保留那些部落生存方式的不切实际观点是怎么来的？首先，这是不可能的。虽然有的慢有的快，但他们都在逐渐被西方和混血文化的影响所污染。而且，这种虚幻的保存有什么值得期待？部落人继续按以前的生活方式生活或者如苏拉塔斯一样的人类学家希望他们生活的样子有什么意义？原始已经使他们成为了最恶劣的掠夺和残忍的受害者。"[32]

人类学家安里奎·迈耶（Enrique Mayer）在论文《深陷困境的秘鲁：重审巴尔加斯·略萨对安第斯山脉的调查》（Perú in deep trouble: Mario Vargas Llosa´s inquest in the Andes reexamined）中指出略萨的二元观源于历史学家豪尔赫·巴萨德雷（Jorge Basadre）于1943年提出"两个秘鲁"的文化异质性区分概念，而略萨将其转化成：一个返古、暴力的秘鲁；另一个对现代性价值观开放的秘鲁[33]。莫拉娜认为略萨无视差异文化的平等性，构建了一个原始、抵抗社会变革、存在于公民边界之外的土著形象。如同爱德华·赛义德（Edward Said）的"东方主义"，土著不再是本体的土著，而是权力中心和上层阶级等非土著人群认知中的土著，是略萨西方现代性文明视角下的"安第斯主义"[34]，它们都表现了对不同文化的刻板、浪漫印象，是无法适应复杂、深刻异质性地区文化和社会现实的表现。

略萨对现代化解决土著困境这个问题的思考，是由第一次去丛林时留下的落后和野蛮的印象引起的。他选择了现代化，并对价值观和风俗习惯的融合、混血和西化投了赞成票。他认为两个世界之间的屏障对土著人民有害，他对理想世界的构想不仅是民族、民俗和种族的启发下的超越当地的障碍，还涉及到与整个世界展开商业对话。只有这样才能提供财富、改善使苦难、助长暴力和谴责这种满载挫折感的生活状况。西方现代性在1960年代的拉丁美洲，是社会主义的进步目标之一；而如今则是略萨拥护的新自由主义信条，希望秘鲁一旦进入市场，就能利用其相对优势，生产出拯救本国人民状况所需的财富。

31 Mario Vargas Llosa, *Diario de Irak*. Madrid: el país Aguilar, 2003. pp. 58-59.

32 Mario Vargas Llosa, *El hablador*. Barcelona: Seix Barral, 1987. pp. 397-398.

33 Enrique Mayer, "Perú in deep trouble: Mario Vargas Llosa's inquest in the Andes reexamined". *Cultural Anthropology*, Vol.6, No.4, 1991. p. 477.

34 Mabel Moraña, *Arguedas/Vargas Llosa. Dilemas y ensamblajes*. Madrid: Iberoamericana/Vervuert y Librería Sur, 2013. p. 69.

二、拉美自由主义与帝国主义怀旧情绪

哥伦比亚学者卡洛斯·格拉内斯（Carlos Granés）在《想象的报复》（*La revancha de la imaginación*）[35]中指出，略萨意图将拉丁美洲融合到现代西方的观点不仅受到拉丁美洲本土国家的抵制，讽刺的是，也同样遭遇来自繁荣发达的西方国家的反对。拉丁美洲本土的抵制与土著主义思想及本土身份意识相关，但西方的反对又从何说起？曾旅居欧美的格拉内斯给出了自己的分析。

首先，格拉内斯列举了特定的历史事件，比如：惨无人道的奥斯维辛集中营，东方国家为共产主义斗争而留下的痛苦回忆，等等，给欧洲的思想界造成了非常大的震撼，并表示 19 到 20 世纪给予民众精神世界无限鼓舞力量的思想理念：盲目信仰进步发展，把科学、技术和理性当作改善人类生存环境的手段，保证个人的自由与休闲时间，允许人类充分享受创造性行为等，对当今的西方世界来说早已失去了活力。

> 比如，卡夫卡想象的现代世界是一个官僚的丛林，它会压制个体自我决定的自由，甚至暴力剥夺人类生存条件。福柯则在社会话语及时间中看到制伏主体的暴力伪装，以及与圣奥古斯丁（San Agustín）一样人类行为中对权力和统治贪婪欲望所腐化的罪孽。皮埃尔·布尔迪厄（Pierre Bourdieu）将肉体看标志行为习惯、社会阶层结构和价值观的领地。这些因素就如该隐（Caín）的印记一样明显，阻碍了社会阶层的流动和上升。所有这些观点被冠以"后"理论的哲学家、社会学家和知识分子，认为现代化进程的承诺已经失去了从前的活力。沉醉于启蒙运动的后期不适感，现代化带来的波德莱尔（Charles Baudelaire）式愉悦感，伴随着对现代化进程中解放性和普遍性所有承诺的逐渐醒悟一起出现。[36]

其次，是现代社会的不完美。虽然生活在民主、文明现代化社会的欧美人不用与独裁专制、军事化管理、革命问题抗争，也不用为基本生存担忧。但却面临冷漠、乏味、倦怠和平庸的新问题。这些出生在现代社会的人，在完全不了解没有现代、民主价值观来衡量社会关系的地区所面临风险的情况

---

35 Carlos Granés, *La revancha de la imaginación*. Madrid: Consejo Superior De Investigaciones Científicas, 2008.

36 Carlos Granés, *La revancha de la imaginación*. Madrid: Consejo superior de investigaciones científicas, 2008. p. 95.

下，倾向于带有浪漫主义和怀旧主义色彩的眼光看待未被西方白人影响的"天堂"[37]。

人类学家雷纳托·罗萨尔多（Renato Rosaldo）将此西方回望的视角称作"帝国主义怀旧情绪"[38]，是一种凭空想象过去更美好的倾向。这里的过去是指现代性摧毁土著习俗、传统以及人与自然的相关神话，以生产、制度约束人类行为，完全不顾及灵魂需求的重商主义颠覆之前的古老时代。寻求冒险体验的西方人带着对异域的向往和这一怀旧主义情绪，希望通过旅行来体验平静生活、工作中缺失的感官刺激。还有一部分羞愧于西方贪婪地污染了遥远地区（包括拉丁美洲）的西方人，相信这些地区可以逆转现代化进程，以维护其纯正的传统不再受消费型生活方式的虚假毒害。所以西方人远渡重洋去寻找"野蛮"（salvaje）、"正统"（auténtico）和"纯真"（puro）[39]，甚至还出现过被称作革命发烧友的极端事例，一个迷恋社会公正理想的荷兰女性坦贾·奈梅耶（Tanja Nimeijer）加入了拉丁美洲最大反政府游击队-哥伦比亚革命武装力量（FARC），与其在家乡格罗宁根大学舒适安稳的语言学系学生生活形成了巨大的差异。

与此相对的是，生长在"迷失天堂"，暴露于狂热主义、恐怖暴力、非理性、只享受了一半现代化成就的人来说，他们渴望城市乏味的平静和安稳的工作生活。在试图根除毫无现代民主价值观印迹的社会弊病时，他们的目光瞄向了欧洲：战胜了宗教教条主义的思想；为促成不同信仰、习俗间对话的知识分子所做出的努力；让自由和公正思想和谐的文化理性主义；个体的自我批评能力，以及各类艺术文化成就的繁荣。如略萨一样的拉丁美洲自由主义者，会抓住一切机会参观欧洲都市，瞻仰其严谨稳固制度积累起来的财富；感受其公共空间的平静；衡量人与人间关系的价值观。

格拉内斯也指出，拉丁美洲的自由主义思想与欧美的帝国主义怀旧情绪一直平行共存并不矛盾，除了在关于发展中国家未来命运的观点上有所冲突，自由主义者对怀旧情绪并没有采取批判态度，而是在面对现代化的缺陷时希望得到帮助改善拉丁美洲的社会状况。他也指出了古巴对于欧洲和拉美思想

---

37 Carlos Granés, *La revancha de la imaginación*. Madrid: Consejo superior de investigaciones científicas, 2008. p. 95.

38 Renato Rosaldo, "Imperialist nostalgia". *Representations*, Vol.26, 1989. pp. 107–122.

39 Carlos Granés, *La revancha de la imaginación*. Madrid: Consejo superior de investigaciones científicas, 2008. p. 96.

界的特殊性，"一直处于观点冲突风暴中心的古巴，由于卡斯特罗的强硬顽固使这个国家成为了西方民主边缘的堡垒，所有在欧洲世界不切实际的联合斗争和精神纯洁幻想的储存地"[40]。

古巴问题是巴尔加斯·略萨的思想转折点，在经历了卡斯特罗主义的高潮和起伏后，近几十年略萨一直反对将古巴案例在拉丁美洲国家复制。在格拉内斯看来，略萨算是对抗帝国主义怀旧情绪最激烈的拉丁美洲自由主义者之一，这也导致了他与包括君特·格拉斯（Gunter Grass）在内的欧洲知识分子的论战（略萨曾抨击格拉斯期望拉丁美洲效仿古巴，称他作为一名优秀的西德作家，却在政治观点上有着"为欧洲要求民主，为拉丁美洲要求游击队、炸弹、内战及革命的乌托邦"[41]的双重标准）。在略萨看来，作为自己国家民主价值观标杆的欧洲知识分子，却在涉及拉丁美洲问题时，被革命、社会结构重组和历史计划的"美人鱼之声"所迷惑。于是他为了维护秘鲁及拉丁美洲其他国家的民主体制而斗争，但同时"渴望异国情调"的欧美世界又在为卡斯特罗政权喝彩，不仅如此，略萨眼里的造反运动领袖墨西哥副司令马科斯（Subcomandante Marcos）、民粹主义代表委内瑞拉的查韦斯也受到欧洲世界的追捧。略萨感叹："自称为民主主义者的知识分子、政治家或政府，竟然为西半球民主文化头号敌人的政权利益服务。并且当面对在古巴入狱或屈服于物资贫乏及暴行，或为了自由而付出生命的人时，他们不仅没有施于援手，反而支持刽子手，接受并扮演了-用现代话语来说-加勒比独裁的老鸨、共犯或'苦妓'的可怜角色。"[42]

客观上，欧洲与拉丁美洲虽关注的是同一个问题，但都站在自己的立场。格拉内斯指出，现代化中强制的自由贸易、个人自由、科学主义、消费主义以及利益驱动的生活方式已经使整个世界消沉，这些变化造成了欧洲文明世界对现代化的矛盾情感。哲学家查尔斯·马格雷夫·泰勒（Charles Margrave Taylor）[43]表示，矛盾的不适之感主要源于个人主义，因为它阻碍了人们去感受自己是某种更大机体的一部分，这一机体不仅组织和级层化

40 Carlos Granés, *La revancha de la imaginación*. Madrid: Consejo superior de investigaciones científicas, 2008. p. 97.
41 Michael Moynihan, "Gunter Grass Was a Finger-Wagging Scold". *Daily Beast*, 19, April, 2015.
42 Mario Vargas Llosa, "Las putas tristes de Fidel". *El país*, 31 de octubre de 2004.
43 Charles Margrave Taylor, *La ética de la autenticidad*. Barcelona: Paidós, 1994.

世界，还赋予人们生命的意义。其次，不适之感也来源于机械式的理性之上，它强加了一种权衡有效性的逻辑，而事实上应该由其他标准（如经济不平等或环境问题）为主导。最后，不适之感也来源于机械式理性与个人主义的政治融合，它们让公民毫无保护地独自面对官僚组织和全能的政府。这些现代化的不适之感就这样点燃了世界上仍未完成现代化进程甚至还未开始进程的地区的浪漫主义和怀旧情绪光环。怀旧的帝国主义者不希望看到这些地区重蹈他们国家的覆辙，希望这些地区能够成为这个日益虚假的世界里幻想和希望的最后保留地[44]。

　　这样的偏见和刻板印象激怒了拉丁美洲自由主义者。他们亲眼目睹这些伊甸园的果实最终如何被暴行和血腥所殖民。所以才有了略萨对文明国家知识分子和记者的控诉，说他们"有意或无意地丑化拉丁美洲，还继续捏造这个丑陋的形象，让人认为对于我们这些野蛮的国家来说，没有比军事独裁或集权化革命更好的选择了"[45]。在亲身经历了独裁和社会主义的审查制度后，略萨认为对于拉丁美洲国家最好的出路就是学习欧美民主现代化道路。加快并维护现代化进程，融入国际社群并接受人权保护组织的监督。想要体验冒险、乌托邦或救世主式的梦想可以诉诸文学，如此还能避免真实生活中可能造成的坏结果。所以清醒以后的荷兰女孩坦贾·奈梅耶在其日记中描述了革命队伍中盛行的混居，高层领导的特权，背叛者遭受的凌辱以及所有成员的零自由权[46]，她最终意识到现实与想象的乌托邦相比，是如此的残酷而不和谐。

略萨的自由主义思想研究

　　长期为欧洲、拉丁美洲的报纸杂志撰稿，发表对各种社会问题的批评看法，让略萨一直处于知识分子争论的中心，参与总统竞选也是他正式步入政治领域的标志。略萨的政治思想是伴随着拉丁美洲社会、历史的发展以及其个人的文学、生活经历而日渐成熟的。在西班牙语世界，学者们对略萨的褒

44　Carlos Granés, *La revancha de la imaginación*. Madrid: Consejo superior de investigaciones científicas, 2008. p. 98.

45　Mario Vargas Llosa, "Contra los estereotipos". *Contra viento y marea* (1964-1988). Barcelona: Seix Barral,1985. p. 194.

46　Camilo Jiménez, "La guerrillera holandesa". *Semana,* 7 de septiembre de 2007.

贬争议主要集中于他的思想转折和在拉丁美洲宣传的西方自由主义政治思想。

一、略萨自由主义思想的背景——左右内涵的争议

自与古巴决裂之后曾经的拥护者和作家好友纷纷指责略萨为拉丁美洲的叛徒。当他明确了对自由主义思想的支持以后，也有学者认为他的思想动态就是"随大流"的表现。比如略萨生平研究学者赫伯特·莫罗特（Herbert Morote）就表示：

> 任何一个研究略萨生平的学者都可以不费吹灰之力地证明，当知识分子界流行卡斯特罗主义时，略萨就是卡斯特罗主义者。虽然他较许多同行而言，提前放弃了卡斯特罗，但他并没有与左派思想完全决裂，在当时并没有这个必要，因此他继续支持维拉斯科和他的政府。现在他是新自由主义者，当然几乎每个人都是。[47]

罗哈斯也在分析 20 世纪 50 年代拉丁美洲政治思想的社会背景时指出，那时的拉丁美洲与 19 世纪中叶的俄罗斯相似，"贫穷落后的苦涩生活赋予了了俄罗斯超凡的文学和日益激进的知识分子群体"[48]，在改变国家命运的强烈意愿中，诞生了民粹主义、暴力革命，以及一批突出的文学作品和信仰"自由与平等必须通过步枪获得"[49]的革命青年，略萨就是伴随着这一时期思想潮流而支持革命思想的知识分子之一，毕竟"谁不会热情地迎接那些反对独裁统治，直面帝国并为'我们的美洲'开启一个独立、有尊严新时代的大胡子勇者的胜利？"[50]

也有部分学者否认了略萨思想从左至右转变的说法，认为略萨一直就是自由主义知识分子，对于古巴革命的支持也是源于相信它自由解放的走向，他从来就不是"保守"的作家[51]。事实上，关于拉丁美洲左右派思想的内涵在许多学者看来在特定历史时刻变得模糊甚至颠倒。出版著作《博尔

47　Herbert Morote, *Vargas Llosa, tal cual*. Lima: Jaime Campodónico Editor, 1997. p. 121.

48　Mauricio Rojas, *Pasión por la libertad: El liberalismo integral de Mario Vargas llosa*. Madrid: editorial fundación FAES, 2011. p. 64.

49　Mario Vargas Llosa, *Historia de Mayta*. Madrid: Punto de Lectura, 2008. p. 48.

50　Enrique Krause, "Mario Vargas Llosa: vida y libertad". 01 de noviembre de 2010. https://enriquekrauze.com.mx/mario-vargas-llosa-vida-y-libertad/

51　Enrique Krause, "Mario Vargas Llosa: literatura y libertad". *Letras Libres*, 08 de octubre de 2010.

赫斯、帕斯、巴尔加斯·略萨：拉丁美洲的文学与自由》（*Borges, Paz, Vargas Llosa. Literatura y libertad en Latinoamérica*）[52]的智利历史学家安赫尔·索托（Ángel Soto）在委内瑞拉《国家报》（*El Nacional*）就说明大部分拉丁美洲作家都是国家主义和左翼思想知识分子，是由于右派对文学不感兴趣，左派才显得更有文化，也会给与艺术更多支持。右派是现实主义，强调高效且经济可行性的管理模式；左派则是理想主义，总是"愉快而无序"[53]的行使管理权。而略萨不管是早期的《酒吧长谈》还是新世纪的《公羊的节日》，尽管他经历了放弃左派思想的过程，却仍然在文学创作中致力于揭露右翼独裁统治。

　　格拉内斯认为，古巴革命之前的拉丁美洲在模糊的左右派间争取自由，试图摆脱美国及资本主义的剥削。但古巴作为乌托邦的象征，其新政权下经济尤其是道德上的坍塌意味着拉丁美洲左右派思想定义的颠倒。革命前，右派是保守、独裁、教会的捍卫者，对科学进步和变革持保留态度；左派则致力于寻求平等公正，坚信进步、推动科学艺术的发展，尽力冲破国际化的本土屏障，包括古巴革命在内的历史事件却推动了左右间的矛盾重组：右派寻求市场开放、相信经济、科学的发展进步，理性主义、捍卫言论自由。左派遏制新自由主义、重新关注本土身份与少数族裔（回归民族主义和原始思想）、不信任技术进步以及国际货币基金组织和世界银行的经济策略，对市场开放、自由贸易协定和全球化持保留态度，将环境保护看作道德标准[54]。格拉内斯将此现象与布尔迪厄对欧洲的分析关联，独裁伴随右派，所以争取自由就属于左派。当其他拉丁美洲国家日益民主化，古巴却离独裁越来越近，导致规律和范畴被破坏，左右派斗争被扭转。在两次世界大战之间，法国和德国的理性主义和对进步与科学的信仰是左派的特征，而相反地，右派的民族主义者和保守分子则屈服于非理性主义和对自然的崇拜。如今，基于对发展、技术知识和专家政治的信心，它们已成为这两个国家保守主义的新信条的核心，而左派则回到了曾经属于右派的意识形态问题或实践，例如对自然的（生态）

---

52 Ángel Soto, Carlos Alberto Montaner, Héctor Ñaupari, Martín Krause, Carlos Sabino. *Borges, Paz, Vargas Llosa. Literatura y libertad en Latinoamérica.* Madrid: Unión Editorial, 2015.

53 Ángel Soto, "Literatura y política". *El Nacional*, 5 de octubre de 2015.

54 Carlos Granés, *La revancha de la imaginación.* Madrid: consejo superior de investigaciones científicas, 2008. p. 57.

崇拜、地方主义和某种民族主义、对绝对进步的神话的谴责、对"人"的捍卫，这些全都陷入了非理性主义之中[55]。

二、自由主义思想的右翼解读

通常右翼阵营的学者将略萨的思想转变解读为一个从革命幻想的断裂中解脱出来，到对社会主义民主学说质疑的过程。毛里西奥·罗哈斯（Mauricio Rojas）在著作《自由的热情：巴尔加斯·略萨的整体自由主义》（*Pasión por la libertad. El liberalismo integral de Mario Vargas Llosa*）中梳理了略萨在政治、经济领域的观点，并提到了几位思想家：卡尔·波普尔（Karl Popper）、亚当·斯密（Adam Smith）、菲德里奇·哈耶克（Friedrich Hayek）、以赛亚·伯林（Isaiah Berlin）、乔治·巴塔耶（Georges Bataille）及萨特和加缪，以此串联起略萨自由思想的起源、定义和发展。

罗哈斯首先指出略萨自由主义思想的基础是对人类知识有限性的认知。这源于哲学家波普尔受教于阿达尔伯特·波施（Adalbert Posch）所认识到知识的无穷和认识的有限，也源于苏格拉底对自我无知的认识。

其次，略萨于1998年参加阿根廷自由基金会（Fundación Libertad）活动发言《世纪末的自由主义：挑战与机遇》（El liberalismo a fin de siglo: desafíos y oportunidades）提到受到亚当·斯密《国富论》和哈耶克《自由秩序原理》的启发，对自由的认识：有效管治社会中的自由个体，比任何明智的专制君主或优秀的民主规划者设定的合作和秩序模式更出色[56]。罗哈斯指出这一经典自由主义的观点在拉丁美洲的接受和认可度并不高，因为大多数国家的现代化进程并不顺利甚至失败。略萨对此的分析是，社会缺乏相互信任和文明

---

55 Pierre Bourdieu, *Language and symbolic power*. Cambridge: Harvard University Press, 1991. p. 185. 原文：Rationalism and the belief in progress and science which, between wars, in France as well as in Germany, were a characteristic of the left (whereas the nationalist and conservative right succumbed instead to irrationalism and to the cult of nature), have become today, in these two countries, the heart of the new conservative creed, based on confidence in progress, technical knowledge and technocracy, while the left finds itself falling back on ideological themes or on practices which used to belong to the opposite pole, such as the (ecological) cult of nature, regionalism and a certain nationalism, the denunciation of the myth of the absolute progress, the defense of the 'person', all of which are steeped in irrationalism.

56 Mario Vargas Llosa, *El liberalismo a fin de siglo: desafíos y oportunidades*. Washington: Cato Institute, 1998.

的资本，精英领导的国家"像帮派一般行事"[57]，如同《公羊的节日》中展示的政府帮派化的政治特色。此外，罗哈斯指出，"经济至上"（economicismo）是拉丁美洲自由主义的另一大问题，即以自由为名的改革和经济政策先于对独裁和腐败现象的治理，这就是略萨眼中的"自由主义独裁"，如：秘鲁藤森政府和智利的皮诺切特政府。

略萨提出整体自由主义（liberalismo integral）以回应"经济至上"观点，强调自由主义涉及人的自由和完整，而不是为了满足某一部分的自由而牺牲其他的自由。罗哈斯指出略萨所强调的文化是思想、信仰和共同习俗的载体，真正区别文明与野蛮的不是经济而是文化意义，这一"自由文化"[58]的观念与奥克塔维奥·帕斯在 1982 年塞万提斯奖文学奖所讲的内容相似，"自由这个词很早就出现在我们的文学作品中，不是作为一种思想或哲学，而是一种胆识和精神；相对于意识形态，它更是一种美德"[59]。

之后，略萨在多个场合和文章中对自由主义的进一步诠释：自由主义并非一种封闭、教条式的意识形态，而是一系列指导思想和行为的原则、是一种开放的主张[60]。罗哈斯结合波普尔《科学发现的逻辑》（*The Logic of Scientific Discovery*）的可证伪性理论，将略萨的自由主张解释为在现实中不断试错过程的一系列指导原则。并且这一对不断试错过程的开放接纳态度与马克思主义历史观所体现的历史决定论（historicismo）形成对立关系，因为开明、前卫智者的存在体现了历史决定论反平民、反民主以及专制的本质。其中的集体概念（种族、阶级、国家、社会等）也是对个体性、多样性的消解，但略萨的自由主义是对个体的思考，包括个性、不屈性和不可替代性，以及进步的可能性与可行性。

罗哈斯指出略萨的自由主义与波普尔《开放社会及其敌人》（*The Open Society and It's Enemies*）中"战胜历史"观点的契合，即人类赋予历史目的和意义，努力探索可行、具体、有效的问题解决措施。并且，略萨从人类个体出

---

57 Mauricio Rojas, *Pasión por la libertad: El liberalismo integral de Mario Vargas llosa*. Madrid: Fundación FAES, 2011. p. 28.

58 Mario Vargas Llosa, *Sables y utopías: visiones de América Latina*. Lima: Aguilar, 2009. pp. 329-330.

59 Octavio Paz, *Hombres en su siglo*. Argentina. Seix Barral: Biblioteca de bolsillo, 1990. p. 15.

60 Mario Vargas Llosa, "El pensamiento liberal en la actualidad". *Letras Libres*, mayo de 2010.

发，面对强大历史不屈服的批判态度，在加缪《反叛者》的历史、政治和文化观、《边界的道德》"有血有肉的具体人类"[61]以及"以体面的方式为人类的尊严而服务"[62]的价值观都能找到共鸣。

《自由的热情：巴尔加斯·略萨的整体自由主义》不仅由前马德里市长、右翼党派人民党成员埃斯佩兰萨·阿吉雷（Esperanza Aguirre）为之作序，发布会还请来了略萨本人站台，足以说明作者罗哈斯的右翼身份以及此著作对略萨自由主义思想的肯定赞誉。所以罗哈斯指出，自由主义的本质就是一种重视手段和过程的学说，它否认了先验目标的思想，以及以实现目标而合法化手段的理论。略萨的政治观与人类命运紧密相连，即试图为现实的人类创造一个更美好、不完美却永远可改善的世界。

三、略萨政治思想的左翼解读

阿根廷著名政治学家、马克思主义学者阿提里奥·博隆（Atilio Borón）在专著《部落巫师-巴尔加斯·略萨与拉丁美洲自由主义》（*El hechicero de la tribu. Vargas Llosa y el liberalismo en América Latina*）[63]中回顾了巴尔加斯·略萨的整个思想轨迹，从左派出身到"当代新自由主义最伟大的先知"，也从古巴革命的捍卫者到西班牙语世界最重要的右翼公共知识分子，阿根廷学者综合分析了略萨的意识形态内化过程。聚焦于略萨讲述自己思想经历的文集《部落的召唤》（*La llamada del tribu*），以此作品中的七位思想家：亚当·斯密、何塞·奥尔特加·加塞特（José Ortega y Gasset）、弗里德里希·冯·哈耶克、卡尔·波普尔、雷蒙德·阿隆（Raymond Aron）、以赛亚·柏林、让-弗朗索瓦·雷维尔（Jean-Francois Revel）为线索依次解读略萨对以上学者观点的误解和偏见，比如对资本主义和民主和谐共存的设想，以此打破自由主义思想神话。

博隆希望通过此书表达，言语之美不应盖过文章中的方法、论点而分散读者的注意力。他以社会、政治学专业的角度对略萨的自由主义政治观念进

61 Mario Vargas Llosa, *Contra viento y marea (1962-1972)*. Barcelona: Seix Barral, 1986. p. 244.

62 Mario Vargas Llosa, *Contra viento y marea (1962-1972)*. Barcelona: Seix Barral, 1986. p. 242.

63 Atilio Borón, *El hechicero de la tribu. Vargas Llosa y el liberalismo en América Latina*. México: Edición Akal, 2019.

行了一场"没有麻醉的严谨解剖"[64]。博隆分析了《部落的召唤》及略萨整体的政治思想书写背后的几大问题，首先是略萨在政治学研究能力的欠缺。博隆认为，巴尔加斯·略萨的自由主义思想不可能替代拉丁美洲国家的民主思想，因其政治思想的论点很微弱，即使放在自由主义框架内部也不清晰。此外，略萨还扭曲了他自由主义启蒙思想家的观点，尤其是对亚当·斯密关于自由市场的曲解。尽管略萨懂一些政治分析范畴和理论基本处理方法，也熟练掌握了"诡辩和后真相"[65]的技巧，但他已然是"大都会统治阶级及其追随者谨慎进行的大规模'洗脑'和'保守派宣传'的重要工具"[66]。其次，就是略萨是西方右翼势力挑选的代言人。略萨获得了大量的奖项和荣誉就是对他服务的奖励，他在普通民众间的影响力成为世界的主宰者、秩序方、白宫主人、欧洲右翼势力的发声工具，略萨的书写从西班牙语国家延伸到全世界。博隆指出："略萨是一位伟大的作家，但当他进入政治宣传领域时，他的政治哲学质量很差。"[67]从文学角度看，略萨的书写优雅、精美，用词准确、高超的叙事技巧（编写故事和谎言）在他的小说和散文、评论文作品都充分体现。所以他借助通过文学收获的话语权，在西班牙语世界宣传自由主义思想，其著作的大众影响力、其个人的媒体召集能力以及与统治阶层的接触频率甚至超越了《部落的召唤》中提到的所有思想家。

另一位拉丁美洲学者何塞·路易斯·门德斯（José Luis Méndez）在给阿提里奥·博隆教授新书的评论文《部落的巫师及其咒语》（El hechicero de la tribu y sus maleficios）也指出略萨高超的文学技法"能将谎言呈现得真实"，是一种迷惑读者的操纵天赋[68]。门德斯梳理了略萨的小说创作生涯，他表示，早期作品——20 世纪 70 年代以前——抓住了拉丁美洲小说书写方式的大变革机遇，使略萨一举成名。古巴事件以后，略萨又看到了美国的新保守

64 Leandro Morgenfeld, "Reseña *El hechicero de la tribu* de Atilio Borón". *Vecinos en conflictos*. 2 de septiembre de 2019.

65 Atilio Borón, *El hechicero de la tribu. Vargas Llosa y el liberalismo en América Latina*. México: Edición Akal, 2019.

66 Atilio Borón, *El hechicero de la tribu. Vargas Llosa y el liberalismo en América Latina*. México: Edición Akal, 2019.

67 Roberto Gutiérrez Alcalá, "Analizan el pensamiento político de Mario Vargas Llosa". *Gaceta UNAM*, abril de 2019. https://www.gaceta.unam.mx/analizan-el-pensamiento-politico-de-mario-vargas-llosa/

68 José Luis Méndez, "El hechicero de la tribu y sus maleficios". *Estado Español*, Vol.18, No.12, 2019. https://www.lahaine.org/mundo.php/el-hechicero-de-la-tribu

主义思想，开始在小说作品中（《世界末日之战》、《狂人玛依塔》和《利图马在安第斯山》）注入明显的右翼政治内涵。之后反映文化身份差异的丛林故事《叙事人》、体现创作幻想或阶级思想的情色故事《继母颂》和侦探小说《谁是杀人犯？》，都是略萨通过文学反对进步主义，颠倒是非黑白的障眼魔咒。

　　门德斯称，古巴事件被反动派及少数知识分子利用，让一些并不清楚情况的人纷纷加入签名反对的行列。对于略萨来说，古巴事件只是他放弃左翼的借口，因为他的左翼身份在欧洲大陆的知识精英圈中并不受欢迎。门德斯还原了"帕迪亚"案主人公的身份：假装瘫痪、诗集《从我的轮椅谈起》（*Desde mi silla de ruedas*）涉嫌抄袭，为巴蒂斯塔前独裁政府潜伏工作。法国马克思主义作家雷吉斯·德布雷（Régis Debray）在《假面》（*Les Masques*）一书中对帕迪亚如此描述："这个男人不是诗人，诗人没有瘫痪，古巴人今天已是美国人。"[69]

　　1996 年略萨成为了西班牙右翼人民党创建的"西班牙-古巴基金会"董事之一。他遵循右翼的脚本在西班牙媒体中发声，批评者称他为无国界的雇佣作家。王室甚至授予其侯爵头衔以奖励他的贡献。他还与"古巴以美国国家基金会"的五位董事成员一同出现在迈阿密的弗里德里希·冯·海耶克拉美自由大学（Universidad Latinoamericana de la Libertad Friedrich Von Heyeck）的管理者名单中。此时，略萨对右翼的忠诚已将激进分子左翼的战斗力击退的所剩无几。

　　对于略萨的政治蜕变原因门德斯指出，是日渐清晰的自我意识和经济需求两大因素引起的。他与博隆一致认为略萨是隐藏于文学及美洲"爆炸"小说背后为右翼意识形态服务的作家，通过其文学天赋和声誉来影响大众思想。略萨就像一名巫师，试图用权威和话语征服未救赎的部落。而事实上他却成了那些希望摆脱自由主义带来的殖民主义锁链的人民所参与的社会斗争的敌人，成为了"一个国际保守新自由主义的有机知识分子、帝国的走狗"[70]。

69　José Luis Méndez, "El hechicero de la tribu y sus maleficios". *Estado Español*, Vol.18, No.12, 2019. https://www.lahaine.org/mundo.php/el-hechicero-de-la-tribu

70　Luis Martín-Cabrera, "Contra la escritura letrada de Vargas Llosa". *Rebelión*, noviembre de 2010. https://rebelion.org/contra-la-escritura-letrada-de-vargas-llosa/

四、对拉丁美洲社会发展的诊断及自由主义的解救措施

罗哈斯分析了略萨对拉丁美洲落后的诊断，虽然国外势力的干涉（剥削劳动力、夺取自然资源）确实造成了不可修复的伤害，但相对于这一推脱责任的受害者主义视角，应该更多地从内部进行自我反省——"如果我们的国家不承认危机的主要根源源于它们自身，源于政府、神话和习俗、经济文化，并且问题的解决也主要只能依靠我们自己的清醒思考和决定，那么危害也将永远无法制止。"[71]

造成拉丁美洲贫穷落后局面的决定性因素：政府组织庞大和腐败；重商性的资本主义；孤立于世界的内向型发展意识，就是略萨的诊断。拉丁美洲国家的政府由本土寡头专制与西班牙官僚主义以及法国干涉主义相结合的结果，其本质就是中央集权。秘鲁的国家集权传统可以追溯到印加帝国时代，而伊比利亚半岛对拉丁美洲大陆的殖民统治也有着深厚的集权管理渊源，美洲独立之后的寡头政权如：阿根廷的洛萨斯政府、玻利维亚的门萨赫罗政府、巴拉圭的罗德里格斯政府等，罗哈斯将此看作阻碍拉丁美洲现代化进程的一大毒瘤。

阿根廷思想家萨米恩托（Faustino Sarmiento）在其名作《法昆多》（Facundo）里说，由地主、克里奥约白人组成的精英领导阶层对待国家和人民就像对待牧场里的牛羊一样。帕斯把这种无法容忍反对意见、保护少数人利益的专制政权称作"慈善的妖魔"[72]，一边为自己的群体输送利益，又压榨无法承受其贪婪的社会。这造成了拉丁美洲社会结构自上而下的腐败问题。罗哈斯还指出，慈善妖魔的政权更替也是拉丁美洲政治经济无法稳定的罪魁祸首，每届政权对社会公共资源的习惯性浪费、不负责任的行为造成的严重通货膨胀。

拉丁美洲重商性资本主义就是在国家保护下的垄断经济。国家创造出了一批特权企业阶层，完全得益于封闭市场中的国家保护机制，企业回报政府给与的惠利，以求稳固及增加其特权利益。如是，政治权力与经济之间相互腐蚀，形成了一种无法对外竞争的国民性"温室资本主义"[73]。在此基础上，

---

71 Mario Vargas Llosa, *Sables y utopías: visiones de América Latina.* Lima: Aguilar, 2009, pp.297-298.

72 Octavio Paz, *El ogro filantrópico.Historia y política 1971-1978.* México: Joaquín Mortiz, 1979.

73 Mauricio Rojas, *Pasión por la libertad: El liberalismo integral de Mario Vargas llosa.* Madrid: Fundació n FAES, 2011. p. 76.

激进的进步主义思想就成了对该地区发展可悲状况（政府的大面积干预，精英阶层面对竞争者时对国家保护和更多特权的要求）一种思想意识上的理想合理化。

罗哈斯表示，从 20 世纪 50 年代开始，"这种 19 世纪的哲学由社会学家、经济学家和政治学家在整个大陆传播，称其为'依附理论'作为该地区国家发展政策的第一目标……在技术革命的激发下，欧洲国家团结成一个大联邦，一些亚洲国家利用世界的机遇成长，开始腾飞。而拉丁美洲却像螃蟹一样：在'依附理论'启发下，选择了民族主义和自给自足"[74]。

从 1990 年总统竞选开始，略萨正式提出上述问题的解决方案——一系列以自由主义思想为基础的改革措施，包括建立民主法治的政府，缩小其权力范围并加强效率和能力。因为"大政府并不是强政府的代名词，大多数情况下，恰恰是它的反义词……自身的庞大使之笨拙无能，低效率能和道德败坏剥夺了应得的尊重和权威……"[75]而他最强调的一点是社会的法制建设和对公民安全的法律保护，罗哈斯表示，略萨看到的社会问题根源与拉丁美洲无数的犯罪、混乱和恐怖主义被本土人民无视化相关联。由于受害者及"他者"思维，一些所谓革命分子犯下的罪行获得了"革命性免疫"，以维护进步组织"善良野蛮人"（buen salvaje）形象[76]。不过略萨提出的免除公费教育，实施奖学金和学分体系的政策遭到了大面积的反对。

不仅如此，格拉内斯还指出，从国家地区的宏观规划和管理上看，略萨的自由主义思想试图考虑所有个体的自由，并不符合拉丁美洲的现实。而他本人肆无忌惮地批判一切认为不合理事物的自由，也是源于长期旅居欧洲和诺贝尔奖作家的身份。如果略萨对秘鲁多民族的问题都无法解决（牺牲土著传统向现代化过渡），又何谈尊重个体的自由意愿？略萨长期在文学及公开场合中对土著主义的返古化、乌托邦式的表达，竞选时又与传统右翼结盟，就是抛弃土著人群利益的信号。他所提出的强行将土著及混血融入西欧现代化的克里奥约文化的文化建设方案，就是放弃土著"野蛮"、"原始"文化以

---

74 Mario Vargas Llosa, *Sables y utopías: visiones de América Latina.* Lima: Aguilar, 2009. pp. 301-303.

75 Mario Vargas Llosa, "Prólogo a Hernando de Soto", *El otro sendero*. Hernando de Soto. Lima: El Barranco, 1986. p. 28.

76 Mauricio Rojas, *Pasión por la libertad: El liberalismo integral de Mario Vargas llosa.* Madrid: Fundaci ó n FAES, 2011. p. 73.

谋求先进文化融合进步的选择——

略萨的如今成功或许应该感谢其当年总统竞选失利的结果，因为如此一来我们就无法得知他的一系列基于自由、开放的改革政策最终是否能落地实行，即便实行，效果又是否会大打折扣。他又是否会一如既往地坚定自己的改革初衷，坚持自己的执政立场，还是如他在竞选期间一样，被其他势力拉拢融合、不断妥协？如今这一切都没有结果。所以他才能继续借着文学成就和世界知识分子的光环在媒体上毫无束缚感地发表自己的政治观点，继续表现自己对秘鲁和拉丁美洲社会发展的关切，继续宣扬自己的自由主义思想。[77]

与国内相关研究成果的对比与反思

巴尔加斯·略萨曾表示作家从自身"恶魔"和欲望中吸取营养来创造出一个自主、独立于现实世界的作品[78]。他的作品构成了一个独立的文学世界，其中他对秘鲁社会进行了诊断，找出了一些最影响生存的问题并提出了减轻这些问题的方案。秘鲁 20 世纪近 50 年的专制政权统治，在略萨身上留下了深刻的烙印，他的文学作品反映了整整几代人的生存苦恼，他们被一种不容置疑的权力征服，也被腐败、种族主义、不公正和机会主义的社会制度所压迫。略萨在小说中与冷漠、退缩、怀疑和不可能掌握自己命运的专制主义进行了激烈的斗争。

略萨在文学和政治上的提议都很极端，政治上，他捍卫市场化自由竞争，反对国家干预的保护主义。主张在尊重竞争和供需法则的社会中锻造出强大、有活力的竞争力。政策上，他强调对土著传统文化的牺牲以换取社会整体的进步发展，废除公费教育而实施学分和奖学金体系等与拉丁美洲水土不服的措施。但是，略萨对土著族群的定义（原始、孤立、与世隔绝）引起了众多拉丁美洲学者的反感。在他眼中，"土著民族应该放弃他们的集体身份，从而改变成自由理论中的抽象个体"[79]，他将现代化排他、霸道、精英化的观念与

---

77 Carlos Granés, *La revancha de la imaginaci ó n.* Madrid: Consejo superior de investigaciones científicas, 2008. p. 116.

78 Jorge Ninapayta, "Vargas Llosa y el boom de la novela latinoamericana". *La casa de cartón de OXY*, No.8, 1996. pp. 2-9.

79 Misha Kokotovic, "Mario Vargas Llosa Writes of(f) the Native: Modernity and Cultural

顽强反抗社会变革和融合的土著文化对立相较，设置了一个无法解决的两难问题。站在支持西方主义现代化的角度，略萨将土著族群抛置于社会变革和文化融合的边缘地带。略萨在对秘鲁及拉丁美洲文化的诠释中，注入克里奥约精英阶层的政治领导野心以及特权视角的经济发展和社会融合政策。

2010 年诺贝尔文学奖后，后殖民视域的略萨批评研究也在国内兴起，如陈勋的《为什么会是流寓文学——评二十一世纪前十年诺贝尔文学奖》就指出略萨与奥尔罕·帕慕克的共同主题：对于本民族现状的批判和民族出路的探索。周明燕在《从略萨看后殖民作家与本土的分离》中指出，略萨的白人基因、对欧美文化的自觉吸收与认同、长期远离自己的国家是造成其与秘鲁文化疏离和总统竞选失败的重要原因，他和如奈保尔、库切一样的后殖民作家都有身份认同、被西方文化格式化的特征。张琼则认为略萨并不能简单概括为西方思想的传声筒，他更应该是一个多重矛盾的结合体，在文化杂糅的视角下解析略萨游离于家国之外、去留之间，穿梭于"边缘"（拉美）与"中心""欧洲"之间的特点。总体来说，在略萨义化身份问题的研究上，与西班牙语世界深入秘鲁、拉丁美洲历史、文化语境的批评相比，国内则更倾向将略萨纳入更为宽泛的范畴讨论，比如流域文学、诺奖作家、后殖民作家等，对早期小说的解读尤其多，比如《绿房子》的文本分析，就存在简单、重复的现象。甚至还出现了一些明显的错误和理解偏差，比如将略萨列入拉美魔幻现实主义的代表作家，或认为"人们对略萨竞选失败的原因评论不多，可能认为那只不过是他的一个私人行为而已"。

20 世纪六、七十年代世界格局变革所带来的文化意识变化，让略萨也成为了反应敏捷的"投机分子"。在政治思想研究上，国内的略萨批评研究鲜少涉及对其左右思想切换的行为分析，大多在分析略萨的文学创作观念时提及自由思想，或更侧重思想意识与文学创作的影响关系[80]。不管是"帕迪亚"事件、与乌拉圭作家贝内德蒂的论战，还是自由主义思想的执政观点，国内学界的研究基本上相对笼统。由于一手研究材料的缺乏，在论及其政治思想时，本土研究大多回归授命（介入）文学观的分析，从文学作品，尤其是

Heterogeneity in Peru". *Revista Canadiense de Estudios Hispánicos*,Vol.25, No.3, 2001. p. 449.

80 参见陈众议《自由知识分子巴尔加斯·略萨》，载《外国文学动态》2010 年第 6 期，第 4-7 页；张婧琦、李维《论巴尔加斯·略萨由左及右的文学观》，载《齐齐哈尔大学学报（哲学社会科学版）2015 年第 5 期，第 90-91、94 页

小说来透析其政治观，比如张琼、黄德志的《政治表征：巴尔加斯·略萨创作中的民主主义叙事研究》就以略萨小说的主题来分类解读家庭、社会和文化政治观，再如张婧琦、李维的《论巴尔加斯·略萨由左及右的文学观》也是以生平经历为线索简要概述略萨从小到大的文学观演变。正是基于这种概述性的书写，从国内的研究中看不出任何明显的倾向和态度，始终以肯定其文学成就为基调，这与西班牙语世界强烈的批判之声也形成了鲜明的对比。

第五章　巴尔加斯·略萨与拉丁美洲知识分子的关系研究

　　尽管略萨如今已是获得诺贝尔文学奖的国际作家，他的文学之根仍然源于并深深扎在拉丁美洲大陆。20 世纪 60 年代以后他在西班牙语文学界崭露头角并连续获得重要奖项以后，批评家和学者都对这位来自秘鲁的年轻作家产生兴趣，围绕与略萨同时代、同地区文学及作家的研究也逐渐丰富。但略萨好胜、坦率的个性、源自资产阶级家庭的影响以及政治思想的变化也让他在拉丁美洲文学文化界的风评不佳。本章深入西班牙语世界对略萨与拉丁美洲本土文学的关系研究，从略萨与秘鲁及拉丁美洲作家之间的相互评价（以批判为主）、略萨对拉丁美洲文学的态度（轻视）、西班牙语世界对略萨及其他拉丁美洲著名作家的比较研究三个方面呈现略萨在国内研究中少有的一面。

略萨与秘鲁及拉丁美洲文学的关系

　　作为"文学爆炸"的代表以及新世纪以来拉丁美洲的诺贝尔文学奖得主，巴尔加斯·略萨早期小说的总体性特征、对强权的批判以及高超的文学技巧吸引了文学批评家们深入其生平经历和文学成长环境，试图了解其与秘鲁以及拉丁美洲本土的作家作品间的关系。文学研究者们通过略萨抒发情感的散文和分析其他作家作品的评论文，探究略萨成名早期对秘鲁及拉丁美洲整体文学（作家、作品）的类别、发展走向的态度和观点。大多数拉丁美洲学者都极力维护地方主义和土著主义文学，因此他们对略萨的观点也进行了有力地批判，这在国内的略萨研究中是前所未见的。另外，部分学者也试图将略萨早期的文学划归到秘鲁文学的某一流派，寻求他在秘鲁文学中的定位。

一、略萨对拉丁美洲文学的态度

从《巴尔加斯·略萨，原本模样》和略萨自传《水中鱼》中可以得知，略萨的早期阅读主要集中于以法国为中心的欧洲文学作品，秘鲁及拉丁美洲本土作家的作品一直空缺于他的书单中。大学时期受到朋友、作家路易斯·洛伊萨（Luis Loayza）和文学教授路易斯·阿尔贝托·桑切斯（Luis Alberto Sánchez）的影响，才开始接触"不认识或出于纯粹的无知而不屑一顾"[1]的拉美作家作品，如博尔赫斯、鲁尔福、鲁文·达里奥、阿雷奥拉（Juan José Arreola）、比奥·卡萨雷斯（Bioy Casares）等。他欣赏达里奥在西班牙语诗歌上震惊欧洲的语言革命，但他也曾对朋友评价说，博尔赫斯是一个"形式主义者，有艺术洁癖的人"甚至"资产阶级的看门狗"[2]。略萨曾表示自己对拉美文学的真实态度并非"不感兴趣"，而是"充满敌意"[3]。

成年后的略萨在文学作品的阅读上越发严谨挑剔，在秘鲁同龄人津津乐道土著主义文学（literatura indigenista）和大地文学（literatura telúrica）的时代，他却表现得十分厌恶。他曾列举这类文学的代表作品：厄瓜多尔作家豪尔赫·伊卡萨（Jorge Icaza）的《养身地》（*Huasipungo*, 1934）何塞·尤斯塔西奥·里维拉（José Eustasio Rivera）的《漩涡》（*La vorágine*, 1924）、委内拉作家罗慕洛·加列戈斯（Rómulo Gallegos）的《堂娜芭芭拉》（*Doña Bárbara*, 1929）、阿根廷作家里卡多·古拉尔德斯（Ricardo Güiraldes）的《唐·塞孔多·松布拉》（*Don Segundo Sombra*, 1926）以及危地马拉作家米格尔·安赫尔·阿斯图里亚斯（Miguel Ángel Asturias）的《总统先生》（*El señor Presidente*, 1946）。事实上这些作家不仅仅在拉丁美洲本土受欢迎，在欧洲也不乏读者，他们的作品被翻译成英、法、德、俄等多种语言。更讽刺的是，《总统先生》不仅在 1952 年获得法国国际图书奖，其作者阿斯图里亚斯还获得 1967 年诺贝尔文学奖，同年略萨获得的拉美文坛大奖就以作家罗慕洛·加列戈斯命名。

1　Mario Vargas Llosa, *El pez en el agua*. Barcelona: Seix Barral, 1993. p. 294.

2　Herbert Morote, *Vargas Llosa, tal cual*. Lima: Jaime Campodónico Editor, 1997. p. 99.

3　Mario Vargas Llosa, *El pez en el agua*. Barcelona: Seix Barral, 1993. p. 295.

　　略萨对于拉丁美洲本土文学的轻视和反感态度主要集中表现在土著主义或大地文学上。莫罗特指出，这与略萨反对"乔洛"（土著及混血）的一惯立场有所关联。不过略萨也给出了自己的解释：第一，这类小说家对环境的重视过度。似乎"风景比有血有肉的人更重要，（《唐·塞孔多·松布拉》和《漩涡》这两部作品中，大自然最终吞噬了英雄人物）"[4]。但莫罗特认为这恰恰是作家们想要表达和突出的内容，也是环保主义人士希望读到更多表现大自然报复人类破坏环境的内容。其次，这类小说家不懂如何把编排故事最基本的技巧。小说观点间的连贯性很有问题，"叙述者总是在插手、发表意见，即使应该隐形时也是如此"[5]。莫罗特表示，略萨的这些质疑令人怀疑。因为如果这真是他的观点，那么"他应该讨厌巴尔扎克（Honore de Balzac），而我们知道事实并非如此"[6]。第三，他还指责这些小说中的对话"虚伪而又书卷气十足"[7]，根本没有描写出人物粗犷而原始的语言特点。莫罗特肯定了这一点，那个年代的大部分拉美作家都是从更早期的小说或《圣经》中习得一种高贵、体面的书写手法和规范用语。他也反驳道，技巧娴熟并不一定写出好小说，而以上略萨指出的问题也并非就是低劣小说的特点。

　　莫罗特详细分析了略萨审视本土文学的视角和厌恶它们的原因。

　　首先，是现代小说的视角。由于对福克纳作品的痴迷和钻研，略萨喜欢"用临床医学的视角来阅读分析。观点如何运作，时间如何安排，叙述者的功能是否连贯，或者技术上的不一致、笨拙——例如形容词化——是否破坏（阻止）了真实性"[8]。所以在如此的要求面前，当时的很多秘鲁甚至拉丁美洲作家都无法通过他的考核。也有作家抨击略萨的标准为外国化的形式主义，称自己的作品由秘鲁精髓滋养成长，体现的是生活本身。"大地"一词也被许多作家和评论家标榜为秘鲁作家的文学义务和最高的文学美德。略萨如何诠释这类文学呢？他说：

　　　　"大地的"意味要写出一种植根于大地深处、自然景观和风俗
　　习惯，最好是有关安第斯的文学作品。揭露山区、丛林或沿海地区

4　Mario Vargas Llosa, *El pez en el agua.* Barcelona: Seix Barral, 1993. p. 295.

5　Mario Vargas Llosa, *El pez en el agua.* Barcelona: Seix Barral, 1993. p. 294.

6　Herbert Morote, *Vargas Llosa, tal cual.* Lima: Jaime Campodónico Editor, 1997. p. 100.

7　Mario Vargas Llosa, *El pez en el agua.* Barcelona: Seix Barral, 1993. p. 296.

8　Ibid. p. 345.

的权贵主义和封建主义，以及关于强奸农妇的白人、偷牛的醉酒权贵和向印第安人不管不顾的狂热、腐败的牧师的可怕故事。那些撰写和推广这种大地文学的人并没有意识到，与他们的本意相反，这是世界上最形式主义、最传统的文学，以机械的方式完成一系列主题的重复。其中民俗的、悲哀的和讽刺般的语言，以及对故事构造的忽略，使他们试图为自己论证的批判性历史证词变得完全不自然。作为文学文本是不可信的，它们也是谬误的社会文献，实际上是对复杂现实的浅薄、平庸和自满的掺假。[9]

其次，略萨在一个静态、不进化的框架里评判大地文学和土著主义小说。事实上，土著主义以及大地文学也在发展，"很难想象，如果没有读过西罗·阿莱格里亚、塞萨尔·巴列霍以及其他前辈们的作品，阿尔格达斯如何能写出《雅瓦尔节》（*Yawar Fiesta*）或《上面的狐狸和下面的狐狸》（*El zorro de arriba y el zorro de abajo*）或《深沉的河流》（*Los ríos profundos*）"[10]。阿尔格达斯还由于对土著族群强烈的共情，在自我的文学表达要求上也异常严苛。众多揭露土著遭受社会歧视和虐行的作家多少都遭到有关部门的骚扰，被迫停笔之后伴随着争取权益的极端主义运动，这一系列的本土社会问题，反映在拉丁美洲各个有土著人群的地区，不管是墨西哥的恰帕斯（Chiapas）还是秘鲁的阿亚库乔（Ayacucho）土著社区，他们的共通之处在于对文化历史的传承和对压迫的反抗，这些恰恰是略萨或帕斯等资产阶级现代主义作家们所看不到，也不曾想理解的[11]。

略萨批判土著主义、大地小说的整体逻辑是：讨厌自诩为文学美德、强加于本土作家的"大地"特色；将大地文学定义为描写安第斯地区风景并揭露土著人遭受的压迫；大地文学作家的书写技法漏洞百出，使其作品并未达到预期的历史批判效果；这类文学制造了复杂现实下掺假、扭曲的文献。莫罗特表示，略萨最后将揭露强奸、抢劫和羞辱的文学作品认定为不符合事实这一点引起了拉丁美洲（土著主义）文学界的不满。

莫罗特从两个方面反驳了略萨对于本土文学的批判。首先，在历史书籍、报刊或政府报告中是找不到任何贴近土著人民生存现实的历史批判性

9　Mario Vargas Llosa, *El pez en el agua.* Barcelona: Seix Barral, 1993. p. 296.

10　Herbert Morote, *Vargas Llosa, tal cual.* Lima: Jaime Campodónico Editor, 1997. p. 102.

11　Herbert Morote, Vargas Llosa, tal cual. Lima: Jaime Campodónico Editor, 1997. p. 102.

证据。唯有从文学作品的苍白反映中才能看到土著民族的苦难。这些作家敢于谈论一个不会带来任何文学奖项，却可能带来驱逐、牢狱之灾和痛苦的话题。这类文学聚焦于安第斯山区的传统与风俗，而涉及这一主题的著名作家从费利佩·华曼·波马·德·阿亚拉（Felipe Huamán Poma de Ayala）和印加·加西拉索·德拉维加（Inca Garcilaso de la Vega）开始，到克洛琳达·马托·德·特纳（Clorinda Matto de Turner）、佩德罗·祖伦（Pedro Zulen）、加马里尔·库拉塔（Gamaliel Churata）、路易斯·瓦尔卡塞尔（Luís Valcárcel）、塞萨尔·巴列霍（César Vallejo）、西罗·阿莱格里亚（Ciro Alegría），最后到何塞·玛丽亚·阿尔格达斯（José María Arguedas），数不胜数。其次，从略萨围绕土著话题的小说《利图马在安第斯山》中对印第安土著形象的丑恶描绘上看，它才是一部扭曲了历史批评证词的作品，"一部谬误的社会文献，实际上是对复杂现实浅薄、平庸和自满的掺假"[12]。但略萨以他在文学方面的博学优势，完美地论证他对土著主义小说的批评，曾经又是总统候选人，支持他的读者自然会原谅他唐突不当的言语，久而久之也会在意识上受到影响。莫罗特认为，略萨对大地文学和土著主义作品攻击的缘由，唯一可能的解释是他处于中上层阶级的家族历史背景。宠爱他的外祖父作为棉花庄园的管理人必定长期剥削印第安人，后来做了皮乌拉的最高行政长官也必定一边收受企业贿赂一边压制工会，家中还有羞辱印第安女仆（私生子）并隐瞒事实的历史，在这样的环境中成长，略萨早已习惯了19世纪时期对待土著人民的傲慢眼光[13]。

卡门·诺埃米·佩里利（Carmen Noemi Perilli）在论文《马里奥·巴尔加斯·略萨散文里的拉丁美洲文学家族》（La familia literaria latinoamericana en el ensayo de Mario Vargas Llosa）中也提到略萨的阶级意识影响其文学态度，她指出与略萨同时代（20世纪50年代）的部分作家（包括略萨）将自己划分为"讲西语的沿海克里奥约人、小资产阶级、有文化、异性恋、城市白人男性"[14]群体，而其他的作家则统一为非白人/克里奥约人的"其他种族、性别、社会阶层"、"无力消费文学"[15]的下等群体。这群自带西方现代性优越感的作家与

---

12 Mario Vargas Llosa, *El pez en el agua.* Barcelona: Seix Barral, 1993. p. 345.
13 Herbert Morote, *Vargas Llosa, tal cual.* Lima: Jaime Campodónico Editor, 1997. p. 103.
14 Carmen Noemi Perilli, "La familia literaria latinoamericana en el ensayo de Mario Vargas Llosa". *Espéculo: Revista de Estudios Literarios*, Vol.4, 2009. p. 4.
15 Ibid.

另一群代表本土、混血及土著人的无力及灾难视角的作家，他们相冲突的文学观念：代表创造者的世界主义和代表原始人的地方主义组成了当时拉丁美洲的文学全貌。土著主义小说与"都市、世界主义、更优雅"[16]小说的背后，是"沿海与山区、西班牙人与印第安人、利马与外省、富人与穷人、白人与乔洛人，白人与土著仆役、政府与人民之间的摩擦，以及这一切所关联的政治、经济和社会冲突和影响"[17]。这些矛盾从西班牙征服美洲时就开始了，却从未真正地得到解决。历史上一直都有像巴托洛梅·德·拉斯·卡萨斯（Bartolomé de Las Casas）那样为印第安人辩护的人，也有像吉尼斯·塞普尔韦达（Ginés de Sepúlveda）那样希望奴役他们的人。德·拉斯·卡萨斯在西班牙的法庭上获得了胜利，塞普尔韦达却在美洲的庄园、矿区和奴隶中占尽上风。

事实上土著主义对从未存在过的乌托邦，类似天堂般的印加帝国的恢复倡导，就如同拉丁美洲人会感谢西班牙给他们带来"文明"一样，显得异化。这两种极端的立场都很难让人理解，因为印加帝国并没有那么好，而征服也没有那么坏。也许如今当代的拉丁美洲人，更应该致力于学习和理解两种文化起源的精髓，避免再次陷入远古祖先的错误中。停止、避免对土著和乔洛人的继续剥削，对土著人的尊重应该来源于平等人权的角度，而不是从相信他们是印加帝国的后裔的角度。

二、略萨对秘鲁作家的评价

秘鲁文学会变成什么样？秘鲁是由多种内容合成的，那些最敌对、最不同的元素都可以在其中展现。一种土著的文学、一种白人的文学、一种黑人的文学、一种中国人的文学。完美形成的秘鲁文学可能是：山地文学、雨林文学、沿海文学。也就是说，要在秘鲁文学中囊括所有的这些文化、历史且彼此完全不同的概念是非常困难的。我认为，秘鲁就是，一个多样化、复性的整体，它的各种成分与异域的社会和传统相关联。所以，以专业术语来定义这个国家的文学我觉得是完全不可能和虚伪的。[18]

---

16 Mario Vargas Llosa, *El pez en el agua.* Barcelona: Seix Barral, 1993. p. 296.

17 Herbert Morote, *Vargas Llosa, tal cual.* Lima: Jaime Campodónico Editor, 1997. p. 103.

18 Mario Vargas Llosa, *Semana de Autor.* Madrid: Ediciones Cultura Hispánica, Instituto de Cooperación Iberoamericana, 1985. p. 12.

略萨最早发表文学评论性文章始于 1954 到 1959 年[19]，那时也正是他从新闻领域向文学领域过渡的特别时期，特别是 1955 年他在文友，作家阿贝拉多·奥昆多（Abelardo Oquendo）推荐下，开始为《商务报》（El Comercio）周日增刊的文学版面做每周专栏，内容是采访当代的秘鲁作家。这个栏目第一期一共采访了 19 位小说家，因受到读者的热烈好评，又加推了第二期，将故事作家、诗人和戏剧作家也囊括其中。略萨不仅作为访问者，也负责搜集、筛选采访对象，整理采访素材，从中提取用于评价受访作家的人生和作品的有利信息，并完成最终的文稿撰写。

这个栏目对于略萨来说，再也不仅是为其早婚的窘迫提供经济援助的任何一种工作。它还为略萨提供了一个绝佳地认识、学习和思考秘鲁文学及作家的机会，受访作家的年龄、风格跨度很大，除了当时的流行作家以外，也包括了在那个年代"被遗忘的作家，如曼努埃尔·阿奎尔·莫拉莱斯（Manuel Aguirre Morales）、艾多西奥·卡雷拉·维尔加拉（Eudocio Carrera Vergara）和塞萨尔·法尔贡（César Falcón）"[20]。略萨自己也说过，似乎只要出版过小说并且活着的作家他都采访了。略萨后来在回忆这一段工作的时候，也认同这是一次将文学与新闻结合的愉快经历，但他同时也表明这些采访也时常是"令人失望的"[21]，使他为秘鲁文学的状况感到担忧。

莫罗特回顾了略萨的这一工作经历，并结合其后来发表的文学评论指出略萨对秘鲁本土作家有着前后不一的评价。莫罗特分析这些评价的差别主要源于略萨自身地位的变化，卑微时对作家们恭敬、赞扬，出名后则仰仗自己的知名度处处贬低。莫罗特也分析了略萨对秘鲁作家感到失望的原因，大致概括为两点：第一、略萨在搜集采访作家的资料时接触到各种风格、体裁的作品，"克里奥约派、土著主义、混血派、风俗派、黑人主义的小说，其写作手法，特别是建构、组织的方式给人感觉特别过时"[22]。这与他在采访中所经历的许多作家强烈的"大地文学"意识相似，而"大地文学"成为了略萨所总结当时秘鲁文学发展的滞后性和地方主义的核心。第二、略萨设置的

19 Miguel Ángel Rodríguez Rea, *Tras las huellas de un critico: Mario Vargas Llosa,1954-1959*. Lima: Pontificia Universidad Católica del Perú, 1996. p. 15.
20 Carlos Eduardo Zavaleta, *El cielo sin cielo de Lima*. Municipalidad de Lima Metropolitana: Secretaría de Educación y Cultura, 1986. p. 184.
21 Mario Vargas Llosa, *El pez en el agua*. Barcelona: Edición Seix Barral, 1993. p. 344.
22 Mario Vargas Llosa, *El pez en el agua*. Barcelona: Edición Seix Barral, 1993. p. 345.

采访内容中，文学技巧的认识和运用是重点，但大部分的受访作家都没有表达出深入的见解。作家们的回答充满了对"这种'形式主义'的蔑视"，甚至说这就是"异化的、欧洲化的形式主义"[23]，从而最终又回到看似安全稳妥的"大地文学"范畴中去。他认为这体现了秘鲁作家的局限性。而且，即便是在属于秘鲁小众的世界主义作家中（远离反对西方的本土土著文化、突出自我风格、精简前哥伦布文化），也鲜少有人谈及作为创作重要成分的文学技巧[24]。

但莫罗特表示，略萨在采访中并未表达对受访作家的批评，大概是鉴于自己尚未有像样的著作出版，毫无文学地位。但莫罗特表示，那时期他以笔名发表的书评类散文中已经能隐约看到"一个语言犀利、聪明、善于争辩且执着于通过在书写中注入严谨和简洁而改变文学审美的批评家"[25]，即使是面对他所尊敬喜爱的作家萨拉萨尔·邦迪的作品，也一样不留情面。他评论邦迪1954年的戏剧作品《没有幸福的岛屿》（*No Hay Isla Feliz*）："作者所追求的深度……已经多方面地超出了主题，并且使大量的个体性问题边缘化到一种束缚现实痛苦的过渡渴望中。"[26]他认为邦迪这一将个体事件的边缘化，且执着于以"复数"（集体）形式捕捉现实的写作方式，是一种对普遍性的过分尝试，也使这部戏剧场景链接，人物作为多样、真实的整体的失衡。另外，在略萨的各类书评中，都能看到他对秘鲁文学，尤其是小说发展的理解和态度：土著主义占领了整个秘鲁艺术领域，需要呼吁一种普遍性文学的回归。比如他在给文学教授奥古斯托·塔玛约·巴尔加斯（Augusto Tamayo Vargas）的小说《找寻》（*Búsqueda*）写书评时，盛赞了此书对人物内心的深入挖掘，是一种更符合普遍性文学的书写方式，因为"我们已经探索了各类使人眼花缭乱、展示地区特色旅游的相关主题，却始终没有明白，它们只能说明一种

23 Mario Vargas Llosa, *El pez en el agua*. Barcelona: Edición Seix Barral, 1993. p. 345.
24 略萨后期表示，只有三位作家对文学技巧有着比较清醒的认知：萨拉萨尔·邦迪，卡洛斯·爱德华多·萨瓦雷塔（Carlos Eduardo Zavaleta）和赫克托·贝拉德（Héctor Velarde）；另外有三位作家在访谈中谈到了文学手法和技巧问题：诗人劳尔·杜斯塔（Raúl Deustua），亚历杭德罗·罗穆埃尔多（Alejandro Romualdo）和作家胡里奥·胡里安（Julio Julián）。
25 Miguel Ángel Rodríguez Rea, *Tras las huellas de un critico: Mario Vargas Llosa,1954-1959*. Lima: Pontificia Universidad Católica Del Perú, Fondo Editorial, 1996. p. 150.
26 Vincent Naxe, "Teatro". *Turismo*, Vol.18, No.171, 1954. p. 25.

凄惨的精神荒芜和文学价值的完全缺失"[27]。

对于青年略萨对于当代作家毫不宽容的反感，莫罗特进行了反驳。他首先解释道，那个时代秘鲁政治社会环境动荡，很少有专业从事文学创作的作家，大部分作家必须靠其他工作养家糊口，或者从其他行业慢慢转向文学事业（医生、军人、律师、教师等）。那时候的作家更像是杂家，比如塞萨尔·米罗（César Miró）除了文学，还做过新闻和流行音乐。而略萨以自身长期阅读西方欧美文学作品的审视视角看待本土文学，自然感到不和谐。多年后略萨自己也说明，做采访时对秘鲁文学的失望感，部分因素也是自己的年轻气盛、并不客观和包容，与许多有文学报复的青年一样，都会从身边的文学家、作家身上找问题（类似"弑杀亲人"的行为），从批判他人开始自己的创作道路。其次，当年还是大学生的略萨因早婚生活窘迫，即便文学抱负和理性思考虽然像"火"一样燃烧，面对撰写土著文学的大作家时他仍然克制了自己的批判性观点。在文坛立足后便不再掩饰真实想法，以一种权威的声音批评被他长期以来看作秘鲁文学、文化落后关键的土著、民俗和地区主义。被略萨批判的土著主义作家典型是何塞·玛丽亚·阿尔格达斯（José María Arguedas）和安里奎·洛佩斯·阿尔布哈尔（Enrique López Albújar），但当年采访后略萨将阿尔格达斯描绘成害羞、感性、简单、勤奋写作却并不追求名利的文人，他能够与人及时愉快地沟通，给人一种礼貌和信任感，而且谈论自己时也完全不做作[28]。他 1956 年发表的围绕洛佩斯·阿尔布哈尔新作《托多亚大人的善意》（*Las caridades de la señora de Tordoya*）的书评充满了对作者的溢美之词，而这与后来略萨对其的评价产生明显差异，他讽刺阿尔布哈尔是"全面了解'土著主义'的角石"[29]。

略萨对于秘鲁作家以及土著主义文学前后不一的态度也引起了诸多学者的不满。抛开单纯的文学审视，佩里利也指出了略萨对秘鲁授命（革命）作家的关注和支持。略萨在《文学是火》的获奖感言里特别提到了卡洛斯·奥昆多·阿马特（Carlos Oquendo de Amat），讲述他作为孤儿、革命派、诗人，为理想而受尽折磨的艰难一生。20 世纪 60 年代，他也特别为另一位秘

27 Vincent Naxe, "Teatro". *Turismo*, Vol.18, No.171, 1954. p. 26.

28 Mario Vargas Llosa, "José María Arguedas(Narradores de Hoy)". *Suplemento de El Comercio*, Vol.4, No.9, 1955. p. 8.

29 Tomás G. Escajadillo, *Narradores peruanos del siglo XX*. La Havana: Casa de las Américas, 1986. p. 9.

鲁青年诗人、革命游击队员哈维尔·赫罗（Javier Heraud）献上挽歌。控诉秘鲁作家生存环境的恶劣，将他们形容成落后世界里一场"神秘、无形、异常残酷、微妙战争的主角"[30]，他还称："秘鲁作家已经成为一个长期受苦的文化群体，面对的是一个不会阅读因为对文学中的邪恶无动于衷的世界……在那里，让作家们挨饿，或赋予他们介于疯子和小丑间的屈辱的社会地位，便足以将他们杀死。"[31]但这些关注也并没有让略萨真正与革命作家站在一起，他仍旧和加西亚·马尔克斯及其他流放欧洲的作家通过讲述自己的国家而获得国际声誉，"利用他人的生命，在欧洲宣布自己的立场"[32]，在如此的背景下，说什么"文学是火，象征不妥协、反叛，作家的存在理由就是抗议、针对和批评"[33]似乎显得十分讽刺，佩里利说认为其模糊、抽象的话语特征尽显"一种潜在的浪漫理想主义"[34]。

三、略萨在秘鲁文学中的定位

略萨文学之路的一战成名以及知名度的迅速攀升，使许多读者和批评家开始关注秘鲁的叙事文学。他们不禁要问，如此一位重要作家的出现，到底是一次孤立的事件，还是与其所属国家的文学繁荣相关？在秘鲁会不会还有其他一样像略萨的作家？甚至会不会有超过略萨水平的文学大师？要回答这些问题，首先必须要了解略萨所处的历史文学时代。

拉丁美洲文学文化研究学者萨拉·卡斯特罗-克拉伦（Sara Castro-Klarén）于 1988 年在秘鲁出版的《马里奥·巴尔加斯·略萨：介绍性分析》（*Mario Vargas Llosa: Análisis Introductorio*）一书中讲述了略萨成名前的秘鲁文学背景。在《城市与狗》出版前，秘鲁文学中最突出的人物分别是何塞·卡洛斯·马里亚特吉（José Carlos Mariátegui，1895-1930），塞萨尔·巴列霍（César Vallejo，1892-1938）和何塞·玛丽亚·阿尔格达斯（José María Arguedas，1911-

30 Mario Vargas Llosa, *Contra viento y marea (1962-1982)*. Barcelona: Seix Barral, 1983. p. 88.

31 Mario Vargas Llosa, *Contra viento y marea (1962-1982)*. Barcelona: Seix Barral, 1983. p. 87.

32 Carmen Noemi Perilli, "La familia literaria latinoamericana en el ensayo de Mario Vargas Llosa". *Espéculo*, Vol.4, 2009. p. 6.

33 Mario Vargas Llosa, *Contra viento y marea (1962-1982)*. Barcelona: Seix Barral, 1983. p. 134.

34 Carmen Noemi Perilli, "La familia literaria latinoamericana en el ensayo de Mario Vargas Llosa". *Espéculo*, Vol.4, 2009. p. 6.

1969），卡斯特罗-克拉伦分别分析了三位作家在秘鲁文坛及社会的地位。

马里亚特基奠定了关于秘鲁作为一个现代国家的构成的争论基础。马里亚特基指出了在秘鲁历史和文化研究中，土著问题作为经济和文化形态的重要性。1928 年出版的《秘鲁现实解读七文》（*Siete ensayos de interpretación de la realidad peruana*）论述了秘鲁现实存在中现代性的几个重要主题：土地归属、土著人、教育体系、宗教信仰以及文学进程。此书中分析的、及其意识内容在秘鲁引起了广泛持久的反响。

卡斯特罗-克拉伦认为，塞萨尔·巴列霍像是一个现当代版的马里亚特基，他们都信服于一个观点："思想与生命是一个统一体。"[35]但巴列霍却并没有在拉丁美洲知识分子领域获得如马里亚特基般的影响力。他被更多地看作是西语世界中的一名伟大诗人。其诗歌、散文、评论文和戏剧作品从根本上体现了反传统的特点，在形式和内容上的形成了大胆地创新。他的作品是"一种将美学与政治紧密联结的宣言。尽管很长一段时间都被误解，但其作品确实是秘鲁甚至拉丁美洲文学的一座里程碑"[36]。

从 20 世纪 30 年代开始写作的何塞·玛丽亚·阿尔格达斯继续了两位前辈美学结合政治的道路，作品《深沉的河流》（1958）使他成为了秘鲁最重要的小说家。受到反土著主义思想的激化，在具有自传性质的故事中，将一种纯粹的现实主义和带有原始社会观的全新语言相结合，描绘秘鲁沿海中心城市中那些赋予生命与政治斗争力量的不可调和的深刻矛盾。"成为了首位通过描绘安第斯山脉土著人作为社会成员的经历，将自己的生命力概念铭刻于拉丁美洲的作家"，"其文学的艺术在于，对人类及所有生物间和谐团结的永恒追寻"[37]。

20 世纪 50 年代的秘鲁（拉丁美洲）文学环境被社会腐败、物质主义所围困，当代历史上曾出现过 260 多位诗人和 400 多本文学杂志的文学繁荣时期逐渐褪去，作家、书籍和杂志甚至书店都越来越少。莫罗特表示，在这样的大文化氛围里，人们没有了精神食粮，痛苦和悲剧充斥着生活。而略萨却"带

---

35 José Carlos Mariátegui, *Siete ensayos de interpretación de la realidad peruana*. Lima: Minerva, 1973.

36 Sara Castro-Klarén, *Mario Vargas Llosa: Analisis Introductorio*. Lima: Latinoamericana, 1988. p. 20.

37 Sara Castro-Klarén, *Mario Vargas Llosa: Analisis Introductorio*. Lima: Latinoamericana, 1988. p. 21.

着贪婪的心情观察它，并试图进入它"[38]，不仅与布赖斯·埃切尼克（Bryce Echenique）、胡里奥·拉蒙·里贝罗（Julio Ramón Ribeyro）成为了那个时代社会状况的完美记录者，也通过自己的手法狠狠地批判了它。记录时代和坏境这一点也让他与代表着左翼土著主义的巴列霍、阿莱格里亚、阿尔格达斯有了共同之处。

略萨18岁时，秘鲁（主要是利马）出现了一批将文学当做揭露社会问题武器的作家，他们被统称为"50一代"[39]，也被安赫尔·拉玛（Ángel Rama）称之为"半个世纪的一代"（generación del medio siglo）[40]。其写作特点为使用一种"新自然主义"[41]（neonaturalista）的现实写作手法，并试图通过作品触及秘鲁社会深处的不公和恐惧。这群作家深深坚信秘鲁现代化的失败，马塞尔·委拉斯凯兹·卡斯特罗（Marcel Velásquez Castro）将之称为"与不可能的现代性相冲突，悲观、绝望写作的瘫痪一代"[42]，他们阅读卡夫卡、乔伊斯、契诃夫和司汤达，也读鲁尔福、博尔赫斯和雷耶斯[43]。其叙述内容集中于都市生活，远离乡村和土著主义特点，这一时期秘鲁小说代表作有：安里奎·康格兰斯·马丁（Enrique Congrains Martin）《利马，零时》（*Lima, hora cero* 1954）、卡洛斯·爱德华多·萨瓦莱塔（Carlos Eduardo Zavaleta）《战役》（*La batalla* 1954）、塞巴斯蒂安·萨拉萨尔·邦迪（Sebastián Salazar Bondy）《沉船遇难者和幸存者》（*Naúfragos y sobrevivientes* 1954）、胡里奥·拉蒙·里贝罗（Julio Ramón Ribeyro）《没有羽毛的秃鹫》（*Los gallinazos sin plumas* 1955）[44]。这些作品都是短篇故事集，并且都以都市环境为背景，讲述在军政府奥德利亚（Odría）的独裁统治下，知识分子和文化工作者无法生存甚至几近灭绝的社会环境。大量的农民和土著从山区迁移到城市里谋生活，社会构

38 Mario Vargas Llosa, *El pez en el agua*. Madrid: Alfaguara, 2000. p. 282.

39 "50一代"作家包括秘鲁、智利、墨西哥、阿根廷等多个拉丁美洲国家的作家。

40 Ángel Rama, *La Novela en América Latina. Panoramas 1920-1980*. Montevideo: Fundación Ángel Rama/ Universidad Veracruzana, 1986. p. 55.

41 José Miguel Oviedo, *Mario Vargas Llosa: La invención de una realidad*. Barcelona: Barral editores, 1970. p. 45.

42 Marcel Velásquez Castro, "El ensayo literario en la generación del cincuenta (Ribeyro, Salazar Bondy, Loayza)". https://studylib.es/doc/7182139/el-ensayo-literario-en-la-generación-del-50--ribeyro

43 Carmen Noemi Perilli, "La familia literaria latinoamericana en el ensayo de Mario Vargas Llosa". *Espéculo*, Vol.4, 2009.

44 Miguel Ángel Rodríguez Rea, *Tras las huellas de un critico: Mario Vargas Llosa 1954-1959*. Lima: Pontificia Universidad Católitca del Perú, Fondo Editorial, 1996. p. 17.

成越来越复杂，矛盾也越来越突出。青年犯罪率、不同文化民族间的矛盾、失业率、对教育和社会服务的需求激增。政府面对这些问题时敷衍，纯粹依靠警察解决问题。"50 一代"这群想象揭示社会不稳定状况的作家就此诞生，用压抑的画面和渴望救赎的等待为标志，成为了都市现实主义（realismo urbano）的起点。正是在这样一个文学环境下，略萨与 1952 年以一部短剧《印加的逃亡》（*La huida del Inca*）开启了他的文学生涯。

关于略萨与"50 一代"的关系可以用暧昧不清来形容，拉丁美洲学者之间也有不同的看法。一方面，略萨与这一代作家的创作时间和年龄非常接近。比如"50 一代"中最小的康格兰斯·马丁只比略萨大 4 岁，而拉蒙·里贝罗又是略萨的挚友，自然与这些作家走得近。此外，略萨最早的文学作品发表于 1956 年[45]，几乎与这批作家的作品同时面世。而另一方面，虽然同处奥德里亚独裁环境下，略萨却对文学虚拟的社会救赎性有着不同的理解。他认为文学不应该只是描绘性和救赎性的，而更应该具有创造性、神话性和中立性。他曾在讲述自己最喜爱的骑士小说《向"白脸蒂朗"下战书》（*Carta de batalla por Tirant lo Blanc*）时透露出自己的文学观："马托雷尔也是一位中立的小说家：他并不试图证明什么，他只想展示。这就意味着，尽管他处于自己所描写的总体现实的每一个地方，但他的存在却是几乎隐形的……而对作者隐性的首要要求就是对小说世界中发生的事情表现出公正。"[46]

一些学者如罗莎·博尔多里（Rosa Boldori）将略萨直接划归到秘鲁的"50 一代"作家群体中[47]，而奥维耶多则并不倾向将他们归于同类，他认为略萨并没有靠近"50 一代"的书写特点，即便《首领们》确实表现了对这一时期秘鲁文学的致敬，但却不能将他划为这一作家群体中。

阿根廷学者罗莎·博尔多里（Rosa Boldori）在其 1969 年出版的著作《马里奥·巴尔加斯·略萨以及当今的秘鲁文学》（*Mario Vargas Llosa y la literatura en el Perú de hoy*）将文学爆炸（Boom）代表人物之一的略萨在秘鲁本土参与（引领）的文学潮流命名为"新都市现实主义"（neo-realismo urbano）。博尔多里对"50 一代"的写作特点归纳为：追求新的写作形式；

---

45 故事《祖父》（*El abuelo*，1956）、《挑战》（*El desafío*，1957）

46 Mario Vargas Llosa, *Carta de batalla por Tirant lo Blanc,* prólogo a: *Tirant lo Blanc.* Barcelona: Seix Barral, 1991. p. 23.

47 Rosa Boldori, "Mario Vargas Llosa: angustia, rebelion y compromiso en la nueva literatura peruana". *Letras*, Vol.78-79, 1967. pp. 26-45.

倾向于集中、快速、现实的写作方式；喜欢用危言耸听的语句表达事件。这些作家们迫切想要展现这座城市最真实的一面，"由于人口向沿海的大迁移而带来的诸多问题，纵向横向的各种社会负担，中产阶级缓慢、负重的出现，社会阶层下降和停滞"[48]。它属于批评现实主义的范畴，其核心为向读者描绘周围的社会，唤醒读者对社会总体或某一部分他认为应该受到惩罚的人的批判意识。她指出，虽然作品的价值不同，且与略萨紧凑、高质量的写作水平相比，许多作家的文学功底还略带青涩，但总体都呈现出授命主义（compromiso）的风格[49]。

她还分析了"50一代"迅猛发展的原因是读者群体对新鲜的叙述技巧和新自然主义（Neonaturalismo）类型故事的需求，略萨也曾作出过相关解读，当时拉丁美洲的读者都来自城市，对于这群读者来说拉丁美洲小说应该是"未知的和被忽视的"[50]，如秘鲁作家西罗·阿莱格里亚（Ciro Alegría）的土著主义小说《广漠的世界》（*El mundo es ancho y ajeno* 1941）"如果给来自利马或沿海的读者看，会让他们有如看法国作家写巴黎，英国作家写伦敦一样的异国感受。"在这些作品中"几乎没有一部有关城市小说，也没有一部写沿海的或者利马人的小说"[51]。

从对文学及小说意图作用的理解上看，奥维耶多认为略萨或许更靠近秘鲁土著主义小说家阿尔格达斯（José María Arguedas）。首先，阿尔格达斯也是一位与同时代却走不通创作路线的作家。不同于西罗·阿莱格里亚（Ciro Alegría）的《广袤的世界》（1941），阿尔格达斯并没有创作书写秘鲁土著人的史诗巨著，而是跳出反省式的客观描述和现实主义中的魔幻成分，超越了土著主义文学潮流。其次，尽管对"50一代"作品非常熟悉，但略萨却似乎更欣赏1959年出版的《深深的河流》，称其是最能体现创作者社会意图不流于表面，而是深埋于作品背后的小说[52]：

48 Rosa Boldori, *Mario Vargas Llosa y la literatura en el Perú de hoy*. Argentina: Colmegna, 1969. p. 20.

49 Rosa Boldori, *Mario Vargas Llosa y la literatura en el Perú de hoy*. Argentina: Colmegna, 1969. p. 17.

50 Mario Vargas Llosa, "Mesa redonda sobre ¨La ciudad y los perros". *Casa de las Américas*, Vol.30, 1965. p. 75.

51 Mario Vargas Llosa, "Mesa redonda sobre ¨La ciudad y los perros". *Casa de las Américas*, Vol.30, 1965. p. 75.

52 José Miguel Oviedo, *Mario Vargas Llosa: La invención de una realidad*. Barcelona: Barral editores, 1970. p. 47.

　　不乏有人会认为这是一套对安第斯地区的扭曲异化的证词，阿尔格达斯没有揭露现实中的愚弄之词，而是将它们转移到了虚构小说中。这种指责是错误的。我们可以要求任何书写安第斯的作家表现那里生活的不公正，但却不能要求其表现的形式。所有高山地区的生活恐惧在《深深的河流》里都有：这是一种早前的现实，没有这种假设主人公埃内斯托的分裂便不容易理解。这个孩子身上的特殊悲剧就是一种对恐惧的间接、明显的表现。在他的迷茫、孤独、害怕中，以及对植物昆虫的神话般天真的偏爱中，恶的根源清晰可见。文学就是这样表现社会和经济现实，通过折射和象征，将历史事件和集体问题的反响转移到个体的层面：这也是文学证词能够在一个死亡的体系中继续存活不被固化的唯一方式。[53]

　　当然，对阿尔格达斯的倾向也仅限于文学作用和作家意图的思考上。如果从纯文学书写技法和美学的角度，众所周知略萨并不认可阿尔格达斯的文学写作能力。根据奥维耶多的分析，略萨1963年以《城市与狗》名声大噪之时，"50代"作家已经处于半隐退的状态，与其差不多年纪的一批小说家在60、70年代也陆续出版了一些作品，但都没有溅起多大水花，许多人也早早地放弃了创作之路[54]。也就是说，与略萨所处同一时代的秘鲁文学发展并没有外界想象的繁荣，《城市与狗》的成功也并不是秘鲁小说黄金时代的象征。即便是短篇故事也不及"50一代"时期的影响大。在秘鲁60年代屈指可数的

---

53 Mario Vargas Llosa, Prólogo a *Los ríos profundos*. Santiago: Editorial universitaria, 1967. pp. 16-17.

54 奥维耶多在其著作《一种现实的创造》中列出，拉蒙·里贝罗，1964年出版了两本短篇小说故事集《瓶子与人》（*La botella y los hombres*）和《三个起义故事》（*Tres historias sublevantes*），1965年出版小说《礼拜日精灵》（*Los geniecillos dominicales*）获得秘鲁国家文学奖。爱德华多·萨瓦莱塔1966年出版《爱情的多面》（*Muchas caras del amor*），并未引起反响。康格兰斯·马丁在其唯一的小说、1958年的巅峰之作《非一，而是许多亡者》（*No una, sino muchas muertes*）之后，退出了文坛。后又指出，路易斯·洛伊萨（Luis Loayza）1964年的小说《一种蛇皮》（*Una piel de serpiente*）算是"对干净和精巧文学的尝试，但又似乎因为蓄意地去戏剧性，而显得过于平淡……他与1961年、1965年分别出版了故事集《无辜的人》（*Los inocentes*）和小说《十月没有奇迹》（*En octubre no hay milagros*）的奥斯瓦尔多·雷诺索（Oswaldo Reynoso），可以说是秘鲁年轻作家仍有生命迹象的唯一象征。" José Miguel Oviedo, *Mario Vargas Llosa: La invención de una realidad*. Barcelona: Barral editores, 1970. p. 50.

小说家中，略萨理所当然地成为唯一的代表。而他的成功也并没有对后来的小说艺术起到推动作用，相反后来的新生代作家们在略萨巨大光环的阴影下惶恐前行。

略萨在《文学是火》里讲道："如果一个作家针对他国家创作的作品读起来越可怕，他心中为自己的祖国所燃烧的热情就越强烈。在文学狂暴的原始领域中，暴力就是爱的证明。"[55]

拉丁美洲作家的文学创作环境十分艰辛，不论是生活环境还是政治环境都无法保证文学创作的发展。我们听过许多有关加西亚·马尔克斯（Gabriel García Márquez）创作早期的艰辛故事：买不起写字的稿纸，用全家仅剩的钱邮寄《百年孤独》初稿，等等。略萨、富恩特斯（Carlos Fuentes）、科塔萨尔（Julio Cortázar）等一批享有国际盛誉的拉丁美洲作家，都有一段欧洲流亡（生活）和文学创作的历史。由于出版业的落后，拉丁美洲各国文学之间的发展也是相对封闭的，再加上一些政治、社会的因素，使得拉美各国文学交流并不频繁。也就是说在拉丁美洲"文学爆炸"（Boom）——20世纪60、70年代——以前，委内瑞拉的读者可能看不到来自哥伦比亚的小说，墨西哥的读者也看不到阿根廷的文学作品。而"文学爆炸"之后，一批拉丁美洲的代表作家如：胡安·鲁尔福（Juan Rulfo）、何塞·多诺索（José Donoso）、米格尔·阿斯图里亚斯（Miguel Asturias）、马里奥·贝内德蒂（Mario Benedetti）以及以上提到的几位作家等等的作品在相继欧洲获得成功并出版，作品和名声才又传回到拉丁美洲本土的读者中。

关于秘鲁恶劣的文学环境略萨自己也曾多次讲述："在秘鲁文学创作是一个被遗弃的职业。在我们所处的社会中，大部分人都不阅读，而那一小部分会阅读的人读的其实也很少。作家实际上是被孤立的，这跟其他地方不一样，在这里搞文学连饭都吃不上。"[56]"秘鲁的资产阶级是整个拉丁美洲最无知的，比如，跟智利或阿根廷的有文化的资产阶级不同，从阶层的角度上他们对一种文化的发展是有益且推动的。"[57]

---

55 Mario Vargas Llosa, "Literatura es fuego."https://www.literaterra.com/mario_vargas_llosa/la_literatura_es_fuego/

56 Ismael Pinto, *Trece preguntas a Mario Vargas Llosa*. Lima: Expreso, 1966.

57 Elena Poniatowska, "*Al fin, un escritor que le apasiona escribir, no lo que se diga de sus libros: Mario Vargas Llosa*". *Suplemento de Siempre*, No.117, México, 7 de julio de 1965.

略萨与拉丁美洲作家的比较研究

　　尽管大众对略萨的认识主要还是通过他的小说作品，但巴尔加斯·略萨也是在拉丁美洲文学批评领域著述丰富的作家之一。其批评和论证的独特性主要体现在分析作品的较大差异性上，其中著名的有：西班牙中世纪骑士小说作家朱亚诺·马托雷尔（Joanot Martorell），秘鲁土著小说作家何塞·玛利亚·阿尔格达斯（José María Arguedas），戏剧作家塞巴斯蒂安·萨拉萨尔·邦迪（Sebastián Salazar Bondy），哥伦比亚作家马尔克斯（Gabriel García Márquez），法国作家福楼拜（Gustave Flaubert）、萨特（Jean-Paul Sartre）以及加缪（Albert Camus），等等。其实，一直以来略萨文学批评的关注点都倾向且集中于他所敬佩、偏爱的作家作品上。"他的文学批评并不是常规的对某一时期或某一作品的系统性的研究，也更不是对某一美学、意识形态或历史学问题的宏大研究。总的来说，略萨所写过较多评论的作家都是他承认对其创作的作品有过深厚影响的作家。他的文学评论也不是一种系统阅读后的练习，也不是按专业学者的标准来组织书写的。这些只是他从个人和生存角度思考其阅读作品的东西。"[58]当然他的批评视角、观点和手法除了得到许多人的附和盛赞以外，同样也会受到质疑和批评，更多的时候他的评论文启发了文学学者对他和其评论者之间联系的深入挖掘和比较研究。

一、略萨与何塞·玛利亚·阿尔格达斯

　　秘鲁 20 世纪著名的土著主义文学家和民族学家何塞·玛利亚·阿尔格达斯（José María Arguedas）的文学著作形式多样，除了小说和故事，他也用克丘阿（el quechua）语直接创作符合土著传统的诗歌，另外他还做了大量的民族人类学及土著民俗文化的研究，出版了多部相关著作。2010 年略萨获得诺贝尔文学奖和 2011 年何塞·玛利亚·阿尔格达斯（José María Arguedas）诞辰 100 周年，成为了开启秘鲁第三个千年的两个重大文化事件。两位作家在文学领域里代表了秘鲁在国家形成中的各种问题和可能性。如果要谈秘鲁的文学、政治与社会，或者要谈秘鲁的文学与土著问题，更或者是知识分子对国家包容、自由的现代化发展的想象，略萨和阿尔格达斯（Arguedas）一定会被同时提及，作为典型的代表作家也好，作为观点不同、策略不同、命运不同的两

---

58 Sara Castro-Klarén, *Mario Vargas Llosa: Analisis Introductorio*. Lima: Latinoamericana, 1988. p. 85.

极化对比对象也好，总之，在有关拉丁美洲本土身份和定位的文学视域中，略萨和阿尔格达斯（Arguedas）的比较研究数量和活跃度都非常突出。

著名拉丁美洲文化研究学者玛贝尔·莫拉娜（Mabel Moraña）于 2013 年出版的研究专著《阿尔格达斯与巴尔加斯·略萨：双重束缚与困境修复》（*Arguedas/Vargas Llosa: Dilemas y Ensamblajes*）从美学和意识形态的角度对比两位秘鲁作家在拉丁美洲现代性中的不同定位，对作品中表现出来的意识形态演变的社会历史因素进行分析，"不仅超越了文本本身，从文化视域角度对其作品不同的解读和评价重新进行诗学阐释"[59]，成功地"将一个在拉丁美洲研究中长期悬而未结的主题连贯地整合在一起"[60]，还弥补了一直以来有关两位作家对比研究结构零散、篇幅短小的缺陷。此书总体从叙事和政治参与两部分对作家进行分析对比，略萨代表了在西方模式中将文学资本化的新自由主义知识分子，也代表了对推崇普遍性，视其他知识非合法化存在的现代知识。阿尔格达斯则代表了西方化的对立面，社会现代性进步与本土传统反抗碰撞下产生的"异类"。莫拉娜（Moraña）在开篇表示，此书并非单纯地展示两位作家的不同，而是试图越过两极对立的局面，通过与吉尔·德勒兹（Gilles Deleuze）和菲力克斯·迦塔利（Felix Guattari）、霍米·巴巴（Homi K. Bhabha）、佳亚特里·斯皮瓦克（Gayatri C. Spivak）的文化理论相结合，重新思考在拉丁美洲文化历史框架下的秘鲁问题，提出其他比较-对比的研究可能。此书的研究重点是"他者"（otredad），即两位作家如何处理拉丁美洲现实中独特的文化差异问题。

莫拉娜从文化价值观、土著意识、语言符号、社会构想几个方面对两位作家进行了对比分析。

第一，在秘鲁特殊的"他者化"环境（现代-野蛮、民族-世界、返古-当代、边缘-官方）中，梳理两位作家的文学政治发展轨迹，并与其不同的价值观和观点表达策略相关联。比如略萨由左至右的意识形态转变，以及他领导的一次土著屠杀记者事件调查，以此佐证他贬低土著人、不接受"他者"、删减拉丁美洲文化现实、激活拉丁美洲文明与野蛮间矛盾的观点。阿尔格达斯

---

59 Juan Rechhia Paez, "Reseña de: Mabel Moraña, Arguedas/Vargas Llosa: Dilemas y Ensamblajes". *Orbis Tertius*, Vol.XIX, No.20, 2014. p. 224.

60 Jack Martínez Arias, "Moraña, Mabel. Arguedas/Vargas Llosa: Dilemas y Ensamblajes". *Hispanic Review*, Vol.83, No.3, 2015. p. 370.

的作品则"展现了霸权排外的现代化进程中的各类症候群"[61]。在莫拉娜眼中他代表了"将空白的边缘变成抗争和认知特权的空间，并逐渐连接不同的知识"[62]，勇敢站在第一线对抗所处时代困境的知识分子形象。

　　第二、基于略萨对阿尔格达斯的批评著作《返古乌托邦：阿尔格达斯与土著主义小说》[63]在安第斯研究学界引起强烈反响和激烈讨论，莫拉娜将两位作家各自与土著文化之间的关系对应，分析其代表的不同文化和诗学构建路径：阿尔格达斯建立与土著内部最直接的接触，也由于完全从安第斯土著的宇宙观出发，引发了自身身份归属的问题。而略萨，是从外部和上层的国际主义视野来描述作为"他者"的土著文化。莫拉娜认为，阿尔格达斯绝不是返古主义者，也不反对现代进步，他只是在探索接受现代性同时保留本土灵魂和文化差异的其他选择。她也指出，关于"返古"的定义争论事实上也象征着拉丁美洲国家最根本的意识形态两难困境。

　　第三、从语言的使用上，阿尔格达斯面对克丘阿语和西班牙语的双语使用问题时，创造了一种用克丘阿语节奏和结构的西班牙语书写体式。语言的混用也因其"杂交、不纯洁和污染"[64]而冒险，使阿尔格达斯作品中"他者"的差异性非常突出，不过其语言空间中也体现了"文化权利的不同方式，部分人群的不同动力，现在和过去底层文化不同联系"[65]。相比之下，略萨的语言结构则更工整、更有逻辑性，"从传播角度看，也具有更高效的普遍性"[66]，在他的书写中"他者"均被否定的声音所掩盖，以此来突出个体自身的身份。在西方化的知识霸权下"他者"的语言更像是一种装饰，略萨从见证人和旁观者的角度书写安第斯的异质性，又从世界文学范畴的现代观，看待民族文化的冲突和潜力。如此等同于在统治认知的背景下，间接强调土著话语的低等性和无用性。

---

61 Mabel Moraña, *Arguedas/Vargas Llosa: Dilemas y Ensamblajes*. Madrid: Iberoamericana, 2013. p. 24.

62 Mabel Moraña, *Arguedas/Vargas Llosa: Dilemas y Ensamblajes*. Madrid: Iberoamericana, 2013. p. 24.

63 Mario Vargas Llosa, *La utopía arcaica: José María Arguedas y las ficciones del indigenismo*. Mexico:Fondo de Cultura Económica edición, 1996.

64 Juan Recchia Paez, "Reseña de: Mabel Moraña, Arguedas/Vargas Llosa: Dilemas y Ensamblajes". *Orbis Tertius*, Vol.XIX, No.20, 2014. p. 225.

65 Juan Recchia Paez, "Rescña de: Mabel Moraña, Arguedas/Vargas Llosa: Dilemas y Ensamblajes". *Orbis Tertius*, Vol.XIX, No.20, 2014. p. 225.

66 Mabel Moraña, *Arguedas/Vargas Llosa: Dilemas y Ensamblajes*. Madrid: Iberoamericana, 2013. p. 134.

　　最后，以前后呼应的形式对比了阿尔格达斯和略萨各自在现实生活中的政治参与和活跃度。略萨除了文学作品，在其他场合也公开阐述自己的政治态度，还参选秘鲁总统。这无疑有利于其意识形态在大众范围内的接受度。而阿尔格达斯政治话语方面则没有任何说服力。莫拉娜从其作品以及参与的公共事务中，看出一种去殖民化的政治意识倾向，以及对发展主义和安第斯主义的共处寻求。阿尔格达斯对文化纪录的痴迷、脱离西方模式、尊重历史和传统、信仰文化的延续不应以社会暴力而是以思维改变得以保证，被莫拉娜定义为更宽泛的"文化工作者"和"跨学科知识分子"[67]。略萨的视角则是另一种必须抹掉所有现代化背后的差异性，更为全球化、普遍性的视角。他的作品对真相（verdad）的处理总体采取回避、做作的方式，在人为演绎的现实中展示真相，故意扭曲或反转真相的发展轨迹，使用编造谎言，伪装身份等等手段来模糊真相的本来面目。莫拉娜将此手段称为略萨用来掩盖事实和构建自身诗学和话语特色而精心制作的"烟雾帘"。这也就解释了为什么莫拉娜用"情景剧"形容略萨，因为她看到了其叙事中犹如现代性本身一样，隐藏、抹杀社会和民族多种原动力，丑化文化"他者"的虚伪面。

　　许多学者也注意到两位作家对针对现实的不同处理方式，玛丽亚·德拉斯·梅赛德斯·奥尔蒂斯·罗德里格斯（María de las Mercedes Ortiz Rodríguez）也指出："当阿尔格达斯在作品叙事中加入那些最突出的使秘鲁动荡不安的社会运动时，略萨则选择要么忽略，要么轻描淡写地提及。"[68]

　　阿尔格达斯的自杀和略萨的获奖也被莫拉娜看作是拉丁美洲文学在国际化环境中后续发展的两类接受。阿尔格达斯代表的乌托邦思想提倡一种边缘与官方文化共存、认知融合和相互理解的模式。而略萨代表的虚幻思想强调的是个体合法性和被现代性接受的自我实现，其表演的最终目的建立在对市场和新自由主义的信念之上。他们不同的命运结局也象征着拉丁美洲复杂混合文化的不同出路——阿尔格达斯的死亡与其作品一样见证了拉丁美洲两难的、悬而未决的异质性文化和社会问题。而略萨的获奖则默认了他已经成功

---

67 Juan Rechhia Paez, "Reseña de: Mabel Moraña, Arguedas/Vargas Llosa: Dilemas y Ensamblajes", *Orbis Tertius*, Vol.XIX, No.20, 2014. p. 225.

68 María de las Mercedes Ortiz Rodríguez, "La Fisura Irremediable: Indígenas, Regiones y Nación en Tres Novelas de Mario Vargas Llosa", *Antípoda*, No.15, 2012. p. 134.

地融入西方体制和统治阶级认知之中[69]。

　　米格尔·安赫尔·华曼（Miguel Ángel Huamán）在其论文《巴尔加斯·略萨的乌托邦书写》中指出，"文学书写推动了源自国家身份所建立的想象族群，为了巩固其群体身份、团结性，以及对和平的信念，其自然属性和设计要求都需要被清楚地加以说明"[70]。阿尔格达斯被拉丁美洲学界定义为"跨文化媒介"的多元文化主义文学，莫拉娜在此基础上将略萨概念化为"跨国别媒介"的多国家普适性文学。莫拉娜认为，阿尔格达斯在土著问题上的贡献和成就体现在对当代土著文化的尊重和维护，由此形成了与略萨西方普适性主义截然不同、倡导对秘鲁文化社会现实给予理解的多元性世界（pluriversal）的独特视角。

　　事实上，除了莫拉娜之外，拉丁美洲本土的许多学者面对以略萨为代表的欧洲派作家对阿尔格达斯的批判[71]，都选择站在后者一边，极力为其正名。莫罗特曾指出，略萨早期采访阿尔格达斯并将其描述为"害羞、谦虚……恐惧和犹豫"[72]不仅与成名后对其的描述人相径庭，就连与其遗孀的形容："他有一种非凡的交谈天赋。当他和他人交谈时，如果他在研究什么，比如音乐，他能很容易地将对方带进话题并开口说话……如果涉及到说克丘亚语的人时，交流就会更即时且更为有力。"[73]也相差甚远。莫罗特认为，略萨采访时一定带着那种利马人与山区人交谈时特有的自命不凡的态度，因为只有在来自利马的年轻人面前，阿尔格达斯才会感到不自在[74]。甚至当略萨惊讶于阿尔

69　Juan Rechhia Paez, "Reseña de: Mabel Moraña, Arguedas/Vargas Llosa: Dilemas y Ensamblajes", *Orbis Tertius*, Vol.XIX, No.20, 2014. p. 226.

70　Miguel Ángel Huamán, "La Escritura Utópica de Mario Vargas Llosa". *Letras : Órgano de la Facultad de Letras y Ciencias Humanas*, Vol.81, No.116, 2011. p. 48.

71　1927 年，左翼知识分子及文学家路易斯·阿尔贝托·桑切斯（Luis Alberto Sanchez）和何塞·卡洛斯·马里亚特吉（José Carlos Mariátegui）之间进行了关于土著主义及其对维护土著人群权益的贡献的热烈讨论，讨论的反响和效果显著。之后"文学爆炸"小说家和留守拉美的作家之间又围绕土著问题产生了摩擦。定居法国的阿根廷作家胡利奥·科塔萨尔（Julio Cortázar）宣称"生活在拉丁美洲以外，特别是欧洲的作家，才是对拉丁美洲理解和解释最深刻、最实质性的作家。"阿尔格达斯对这一说法表示怀疑后，科塔萨尔毫不留情地指出："在明显地倾向于仇恨而不是智力的情况下，阿尔格达斯或其他任何人都没法摆脱这种地域情结。"

72　Mario Vargas Llosa, *El pez en el agua*. Barcelona: Edición Seix Barral, 1993. p. 344.

73　Julio Ortega, Antonio Cornejo Polar, Vargas Llosa y otros. José María Arguedas, "Indigenismo y mestizaje cultural como crisis contemporánea hispanoamericana". *Anthropos*, Vol.2, No.128, 1992. p.72.

74　Herbert Morote, *Vargas Llosa, tal cual*. Lima: Jaime Campodónico Editor, 1997. p. 115.

格达斯对现代文学的无知[75]时，莫罗特指出这一将两种完全不相干的东西毫无逻辑地捆绑在一起进行批判，就像指责一个"土著语专家、民俗学家和人类学家（阿尔格达斯）不懂瑞典语或游泳一样，对欣赏词作家或作品没有任何作用，而只能显示出说话者的阴险用心"[76]。

总之，在拉丁美洲本土学界眼中，受家庭环境和自身经历影响的略萨根本无法与阿尔格达斯或土著或乔洛人拥有共鸣。因为他始终处于土著世界的外部，就像那些在一个国家生活了很多年的美国人一样，尽管很努力地区了解当地，也似乎懂得风俗，却依然只是个外来者——仍然吃着番茄酱的汉堡包，读着《国际先驱论坛报》（*Herald Tribune*）[77]，甚至还为关注该国的其他同胞开设相关课程[78]。

二、略萨与加夫列尔·加西亚·马尔克斯

略萨和马尔克斯的友谊可以追溯到 1967 年，这一年 30 岁的略萨获得了罗慕·加列戈斯国际小说奖（Premio Internacional de Novela Rómulo Gallegos）。此时刚刚出版了《百年孤独》的马尔克斯作为特邀嘉宾参加了此次活动。不太喜欢公众活动的马尔克斯为了与跟自己只有过书信来往的青年作家略萨会面特地去了委内瑞拉。他们在那受到了无限热情的追捧，成为了神话般的人物。两人见面以后不仅擦出了巨大火花，还意犹未尽于几周后在利马再次共同参加活动，交流有关拉丁美洲小说及流亡作家的看法。最终两人于秘鲁的这次对谈内容被整理成书，名为《拉丁美洲小说-略萨与马尔克斯的对谈》或《与略萨侃文学》（*La novela en América Latina. Diálogo entre M. Vargas Llosa y G. García Márquez*，1968）[79]。作为拉丁美洲新文学时代的弄潮儿，两人一见如故。略萨二儿子于同年出生时，他不仅邀请马尔克斯做儿子的教父，还直接用马尔克斯及家人的名字给儿子取名：加夫列尔·罗德里戈·冈萨罗（Gabriel Rodrigo Gonzalo）。加夫列尔是马尔克斯的名字，罗德里戈和冈萨罗则分别是马尔克斯的两个儿子的名字。再之后，众所周知略萨的博士论文更是以研究马尔克斯为主题，名为：《加西亚·马尔克斯：一个弑神者的故

75 Mario Vargas Llosa, *El pez en el agua*. Barcelona: Edición Seix Barral, 1993. p. 344.
76 Herbert Morote, *Vargas Llosa, tal cual*. Lima: Jaime Campodónico Editor, 1997. p. 115.
77 《纽约时报》在法国巴黎出版的英文日报。
78 Herbert Morote, *Vargas Llosa, tal cual*. Lima: Jaime Campodónico Editor, 1997. p. 115.
79 Mario Vargas Llosa y Gabriel García Márquez, *La novela en América Latina*. Lima: Carlos Milla Batres/Universidad Nacional de Ingeniería, 1968.

事》（*García Márquez: Historia de un deicidio*，1971）[80]。

后来两人的关系经历了"过山车"式的变化。1976 年墨西哥城的电影首映活动上两位作家大打出手，断绝了来往。之后的 40 年里，略萨和马尔克斯都对这一事件的原因闭口不谈。坊间流传了许多与桃色绯闻相关的猜测，两人的决裂也被学术界称为当代最著名的文友不合事件。各大媒体报道也从未停止对两人的恩怨、互评追踪，出现最多的内容基本还是围绕两人决裂的事件展开，如"略萨谈与马尔克斯的友谊"，"亲密的敌人"，"略萨对马尔克斯的回忆和忘却"，"略萨打破与马尔克斯间的平静"，等等。当然也有评论者认为，1967 年两人的对谈也是略萨这位机会分子为自己研究马尔克斯的写作而做的准备。比较被普遍接受的说法是马尔克斯坚持了左翼思想，而略萨却逐渐疏离，这使两位作家的思想意识分歧日益增大，而所谓的桃色新闻，就是略萨爱上了一位瑞士姑娘，他的妻子跟马尔克斯诉苦，后者安慰劝解之余可能产生暧昧关系，略萨与妻子和好后得知此事愤怒至极向马尔克斯的脸打了一拳，这是两人决裂的导火索。

作为拉丁美洲"文学爆炸"的代表人物，除了两人的关系以外，文学作品也时常被评论家并列提及和对比研究，更不用说略萨自己未答辩的博士论文就是研究的马尔克斯。著名拉丁美洲文学学者胡里奥·奥尔特加（Julio Ortega）就曾同时批评过两位大作家的水准，称其并非所有的小说都是好作品，还分别列举了《霍乱时期的爱情》、《谁是杀人犯》及《狂人玛依塔》具体分析[81]。

奥尔特加首先说明了马尔克斯《霍乱时期的爱情》（1985）与略萨《谁是杀人犯》（1986）的缺陷。《霍乱时期的爱情》不符合马尔克斯的一贯写作-阅读模式：不规则表达、情节性强、与传统故事的呼应、共鸣强烈。《霍乱时期的爱情》以作者为叙事主体的情节反小说化且毫无说服力，没有达到马尔克斯组织建构的严谨水准，也缺乏内在的张力。有些地方显得单调，其书写中也出现了不对等和随意性[82]。略萨的写作公式：智力游戏[83]在《谁是杀人

80 Mario Vargas Llosa ,*García Márquez: Historia de un deicidio*. Barcelona: Seix Barral, 1971.
81 Julio Ortega, "García Márquez y Vargas Llosa, imitados". *Revista Iberoamericana*, Vol.52, No.137, 1986. pp. 971-978.
82 Julio Ortega, "García Márquez y Vargas Llosa, imitados". *Revista Iberoamericana*, Vol.52, No.137, 1986. p. 972.
83 按奥尔特加的说法，智力游戏是由略萨开发的用以安排事件和进展、悬念和变化、

犯》中毫无体现，其强大的叙述能力却"消散在一部不可思议、武断、建构薄弱的小说中"[84]。另外此小说书写粗疏、重复和贫瘠；事件发生机制随意且无动机；旁白（叙述者）对主人公声音重复呼应的矛盾等等[85]。奥尔特加认为，评论界的麻木是两部小说之间的共同点。作家的成功使其小说也被预先看好，因此"评论家们放弃了严谨态度，只顾着赞美、主题叙述、引用作者的观点，甚至还有民族主义傻瓜为区域主义神殿呐喊"[86]，而评论界奉承式的阅读也证实了同时期的小说所面对的新阅读模式，即作品可以"驯服批评，减弱与想象力和写作进行更确定对话的需求，来干扰判断力和个人品味"[87]。

奥尔特加也提到了巴尔加斯·略萨与马尔克斯的不同的书写特点。略萨的书写只作为读者和情节间的媒介，而对创造性、诗意的书写不感兴趣。但马尔克斯则与科塔萨尔、戈伊蒂索洛（Goytisolo）、卡布雷拉·因方特（Cabrera Infante）属于一类，善于使用大胆的比喻和浮夸的书写。略萨的艺术追求是信息的效率，事件的感染力和批判性幽默的怪诞元素。所以其书写时常显得很基础，带着不太精致的幽默，又或者感觉很冷酷[88]。

瑞士伯尔尼大学的玛丽亚·多明戈斯·卡斯特罗（María Dominguez Castro）则从《坏女孩的恶作剧》和《苦妓回忆录》两位作家的"老年作品"入手，分析比较略萨和马尔克斯对爱情主题叙事上打破常规的创新，以此致敬他们对"纯粹状态"下的文学创作的思考和实践。

两部作品都围绕着经典的不相称的爱情主题展开，在西班牙的黄金世纪和 20 世纪西方小说史中都是一种常见的文学戏剧性处理方式。《苦妓回忆录》中的爱情特色是：一、爱情对象是孩童般纯真的小女孩（马尔克斯的其他作品，如《族长的秋天》和《霍乱时期的爱情》中都有所隐射）；二、对爱人的身体阅览。多明戈斯·卡斯特罗引用了马尔克斯对作家的催眠写作观点

阴谋和谜语的写作公式，《酒吧长谈》印证了其最大的效力。

84 Julio Ortega, "García Márquez y Vargas Llosa, imitados". *Revista Iberoamericana*, Vol.52, No.137, 1986. p. 975.

85 Julio Ortega, "García Márquez y Vargas Llosa, imitados". *Revista Iberoamericana*, Vol.52, No.137, 1986. p. 976.

86 Julio Ortega, "García Márquez y Vargas Llosa, imitados". *Revista Iberoamericana*, Vol.52, No.137, 1986. p. 972.

87 Julio Ortega, "García Márquez y Vargas Llosa, imitados". *Revista Iberoamericana*, Vol.52, No.137, 1986. p. 972.

88 Julio Ortega, "García Márquez y Vargas Llosa, imitados". *Revista Iberoamericana*, Vol.52, No.137, 1986. p. 976.

来解读这一书写特色："当一个作家抓住了读者，就会设法传达一种无法打破的呼吸节奏，因为如果打破这种节奏，读者就会醒来。所以当作家在写作中获得那种节奏时，就好像找到了一种流行语。我会用一两个形容词或其他任意内容，以此避免破坏这一节奏。这些形容词的存在没有意义，但它们在那就可以使读者不会醒来。"[89]

与《苦妓回忆录》里的老年阶段不同，《坏女孩的恶作剧》里的爱情始于青涩的童年。这一点也改写了略萨在爱情和性爱主题上的年龄线（如《胡莉亚姨妈和作家》、《继母颂》和《情爱笔记》）。而且相较于马尔克斯作品的短小简洁，《坏女孩的恶作剧》似乎更需要语言的功底和无限感染力才能不打破连贯的节奏以吸引读者的眼球[90]。简洁或丰富的语言造就了两位作家的美学特点。略萨情节剧化、无时间性的故事（使他处于高雅文学和通俗文学之间的无人区），搭配其丰富的语言和精妙的结构技巧所呈现的阅读体验会吸引读者追随小说并热血沸腾。马尔克斯则将文本层次、叙事结构和简洁的话语结合，他在为陪伴他超过半个世纪的大众读者写作，让他们享受阅读，多明戈斯·卡斯特罗就认为应该赞美马尔克斯这一英勇的美学选择[91]。

两部小说在历史背景（地点和时间）的交代上也运用了不同的处理方式。《苦妓回忆录》通过一连串影射让读者猜出故事发生地是哥伦比亚的城市：巴兰基亚（Barranquilla）；《坏女孩的恶作剧》的女主角在世界各地（利马、巴黎、伦敦、日本）游历。时间上叙事上，马尔克斯以一种令人回味的简洁方式回顾过去，略萨则诉诸于精确的历史和年代，从主角的模糊角度强调生活方式以感受数十年间的变化[92]。另外，两部小说中都带有一定的自传成分。《苦妓回忆录》里的妓院和被迫卖淫的女孩也是马尔克斯自传《活着为了讲述》中的一个故事人物和内容。《坏女孩的恶作剧》中不同城市地区的变化，秘

89 Yves Billón y Mauricio Mártinez-Cavard, *Gabriel García Márquez, la escritura embrujada*. Madrid: Ediciones de escritura creativa, 1998.

90 María Esperanza Domínguez Castro, "Vargas llosa y *Las travesuras de la niña mala*, Gabriel García Márquez y *Memoria de mis putas tristes*:¿epígonos de sí mismos?". *Anales de Literatura Hispanoamericana*, Vol.40, 2011. p. 371.

91 María Esperanza Domínguez Castro, "Vargas llosa y *Las travesuras de la niña mala*, Gabriel García Márquez y *Memoria de mis putas tristes*:¿epígonos de sí mismos?". *Anales de Literatura Hispanoamericana*, Vol.40, 2011. p. 373.

92 María Esperanza Domínguez Castro, "Vargas llosa y *Las travesuras de la niña mala*, Gabriel García Márquez y *Memoria de mis putas tristes*:¿epígonos de sí mismos?". *Anales de Literatura Hispanoamericana*, Vol.40, 2011. p. 379.

鲁首都富人区、巴黎、英国伦敦和西班牙马德里都是略萨居住过的地方。

多明戈斯·卡斯特罗表示，《苦妓回忆录》和《坏女孩的恶作剧》表现了两位作家在爱情主题上共同的叙事意图，即强调爱情不可抗拒的力量和女性的神奇本质。通过超越身体的精神情感，表现平凡、简单生活中的享乐。把被真爱冲昏头的经历写成小说，在"庸俗"主题上发挥各自特有的创作技巧来吸引读者的阅读，就是两位"爆炸"作家在这两部爱情小说中所表现的共同目标和特点。"对我来说，好文学是墓穴文学，让人感到难过。或许更悲伤的是，饲养社会的是次等文学，即堕落、平庸的文学。"[93]另外，这两部于作家老年时代创作的小说回顾了作家的一生和文学生涯，但只有在阅读了其之前作品后才能完全理解。除了文本本身的美学成就，其坦诚度令人耳目一新，且无可辩驳的是，两位作者都确信，爱情有着让人变好或变坏的绝对力量，比任何意识形态都能更好地保护个人免于孤独、抵抗时间的冲击。《坏女孩的恶作剧》男主角里卡多 15 岁陷入爱河后用尽了一生去爱。《苦妓回忆录》的科拉多在 90 岁中了丘比特的箭直到去世，百岁后的他开启了人生的新阶段——不像《百年孤独》中的破坏性，而是充满希望。从老年角度对爱情进行思考是两部小说的主要价值，也是批评界误解的根源，因为爱情故事的浪漫抒情成分正是我们所处时代和社会所嘲笑的。小说的美学之勇恰恰在于，通过显性的多愁善感来注解一个普遍性的话题（爱情），从而与公认的理智主义潮流背道而驰。

除了通过作品比较两位作家的写作方式和价值。西语学界也有分析两者间关系（评论）的研究。豪尔赫·瓦伦苏埃拉·加塞斯（Jorge Valenzuela Garcés）梳理拉丁美洲总体小说的历史缘起和表现时，以略萨对《百年孤独》的解读为基础，研究了他对总体小说的建构方式和马尔克斯在回应文学界的需求时对总体性的表现方式[94]。始于 20 世纪 60 年代的拉丁美洲总体小说（Novela total），在政治环境紧迫和知识分子对社会变革的强烈需求下诞生。文学领域对一系列关注问题的阐述最终集中于小说这一载体之中，其探讨的重点是拉丁美洲身份，或者是构建一个从独裁和帝国主义中解放的家园。而授命主义知识分子是总体小说进程的关键，他们以唯物主义辩证法原则为依托，以自

93　Mario Vargas Llosa, *La tentación de lo imposible Víctor Hugo y Los miserables.* Madrid: Alfaguara, 2004. p.240.

94　Jorge Valenzuela Garcés, "Escritores comprometidos, campo literario y novela total en los años sesenta. Mario Vargas llosa, lector de *Cien años de soledad*". *Letras*, Vol.81, No.116, 2010. pp. 25-43.

己的方式达到对真理的表现，这一真理在当时是与资产阶级和分离的现实观相对立的。总体小说这一宏大的文学工程在"爆炸"作品中得到了体现，如略萨的《绿房子》（1966）、马尔克斯的《百年孤独》（1967）以及科塔萨尔的《跳房子》（1963）等。

瓦伦苏埃拉·加塞斯所分析，1967年《百年孤独》出版时，拉丁美洲的评论家已经明确地在用总体性或总体化尝试的概念进行文学研究，并普遍认识到拉美作家已经获得了一种新的小说写作方式，同时也是一种与拉丁美洲大陆美妙、神奇表达的关联方式。事实上，《百年孤独》对西语美洲本质特色的处理和呈现，已经被看作虚构文学的典范，是"拉丁美洲总体性和所有可能的总体化的总和和隐喻：它是拉美大陆上生产的真正普遍性文学的典范小说"[95]。而略萨写长篇小说，也追求在各个层面和所有阶段都包含现实，而总体性的小说就是一种寻找存在的人和物质的本质真相的多样工具，因此，必须展现多种层次，如感官、神秘、神话、奇妙和梦境等。

略萨于1971年出版著作《加西业·马尔克斯：一个弑神者的故事》在瓦伦苏埃拉·加塞斯看来，"首次展现了巴尔加斯·略萨对马尔克斯作品的整理兴趣，并给予《百年孤独》这部至今无法被超越的伟大作品中所体现的总体小说特色以坚定的理论支持"[96]。《百年孤独》最大程度的体现了拉丁美洲总体性小说的特点，略萨的观点是总体小说的"构建"由总体主义世界观所支撑，按照唯物主义辩证法的模式进行。总体主义的世界观就是要在小说中关注所有可能的（虚构、客观现实）层次，以寻求将现实中分散的片断融合到一个可以理解并且可以接近的整体中去。所以他这样描述这部小说："这是一部总体小说，因为它的内容描述了一个封闭的世界，从诞生到死亡，以及构成这个世界的所有秩序——个人、集体、传奇、历史、日常、神秘——还有它的形式，因为书写和结构，就像它们所处理的内容一样，具有排他的、不可重复和自足的属性。"[97]

95　Claudia Gilman, *Entre la pluma y el fusil. Debates y dilemas del escritor revolucionario en América Latina*. Buenos Aires: Siglo XXI editores, 2003. p. 101.

96　Jorge Valenzuela Garcés, "Escritores comprometidos, campo literario y novela total en los años sesenta. Mario Vargas llosa, lector de *Cien años de soledad*". *Letras*, Vol.81, No.116, 2010. p. 39.

97　Mario Vargas llosa, "Cien años de soledad. Realidad total, novela total". *Cien años de soledad*. Edición conmemorativa. Colombia: Real Academia Española, Asociación de Academias de la Lengua Española, 2007. p. 26.

瓦伦苏埃拉·加塞斯认为，《百年孤独》不仅符合唯物主义辩证法最基本的原则：以构建整体性为目的，又寻求形成过程中整体的各个部分间的衔接。在另一个层面上，此小说所包含的价值观之间自相矛盾的衔接，又趋向于一个庞大的、以实现总体性的期望领域[98]。例如，小说可以与传统对话又不放弃现代性的特点，可以把自身投射到广阔的普遍性领域也不放弃作为区域性甚至地方性的、包含既现实主义又魔幻的事实，这也符合辩证的现实观特点。此外，《百年孤独》所考虑的以及巴尔加斯·略萨所强调的总体性中，还包括想象在小说中的作用。基于想象的可能性及其所带来的愿景，小说设法突出了受制于一种父权秩序的前现代精神特征。在小说的世界中，神奇、魔幻、传说的神话和梦幻的事物发挥了各种功能，但最重要的却是谴责小说所呈现的这个世界。

三、略萨与胡安·卡洛斯·奥内蒂

乌拉圭小说家胡安·卡洛斯·奥内蒂（Juan Carlos Onetti），以悲观笔调描写都市平民生活而闻名，是乌拉圭"45 一代"文学运动的代表人物。其小说和短篇故事作品风格深受福克纳、乔伊斯、以及萨特的存在主义思想的影响，也是公认的拉丁美洲现代小说的大师，西班牙语世界对其在小说中表现黑暗、抑郁的特点统称为"奥内蒂的邪恶"（el mal de Onetti）[99]。略萨曾评价奥内蒂为"不仅仅在拉丁美洲的最伟大的现代作家之一"，"作为最具有原创性和个性化的作家之一，首先在叙事文学世界中引入了现代性，却并未得到应有的认可"，"他的世界是一个相当悲观、充满消极的世界，这使得他无法吸引庞大数量的读者"[100]。不仅如此，他还于 2008 年出版评论文集《朝往虚构的旅行：胡安·卡洛斯·奥内蒂的世界》（*El viaje a la ficción. El mundo de Juan Carlos Onetti*）[101]以纪念奥内蒂诞辰 100 周年，以年代顺序和从相对

98 Jorge Valenzuela Garcés, "Escritores comprometidos, campo literario y novela total en los años sesenta. Mario Vargas llosa, lector de *Cien años de soledad*". *Letras*, Vol.81, No.116, 2010. p. 42.

99 Ernesto Pérez Zúñiga, "El revólver de Onetti (con balas de Vargas Llosa)". *Biblioteca Virtual Miguel de Cervantes*, 2013. p. 3.

100 Nueva York (AFP), "Vargas Llosa elogia a Onetti 'uno de los grandes' por su exploración del mal". Centro de Formación Literaria Onelio Jorge Cardoso. http://www.centronelio.cult.cu/noticia/vargas-llosa-elogia-onetti-uno-de-los-grandes-por-su-exploración-del-mal.

101 Mario Vargas Llosa, *El viaje a la ficción. El mundo de Juan Carlos Onetti*. Buenos Aires: Alfaguara, 2008.

个人的视角评论这位作家的小说和故事作品，并结合略萨个人的人生经历分析奥内蒂围绕平凡生活和苦难所创作的文学虚构世界。这本评论文集并未被定义为专业的文学批评著作，大部分学者认为它只是略萨基于个人对现实与虚构的体验和感悟，也是对奥内蒂作品中超越平凡世界、替代现实生活、朝着想象逃离的文学内涵的探讨。略萨称奥内蒂的写作手法是一种将故事情节捣混在堕落和轻视中的"酒鬼风格"[102]，通过这种个性化的解读，略萨逐步论证了对奥内蒂将虚构作为对生活厌倦的躲避的假设。试图从自己的阅读视角，看到奥内蒂风格与其假定的影响之间的关系。

两位作家的作品中都体现出对于现实与虚构关系的思考。略萨更多地将其显性表达于散文、评论著作中，而奥内蒂则直接且隐性地潜匿于小说叙事中。秘鲁文学研究学者索尼娅·卢兹·卡里略（Sonia Luz Carrillo）就通过分析奥内蒂 1959 年的小说《无名氏墓志》（*Para una tumba sin nombre*）与略萨文学论著《谎言中的真实》，探寻两者间有关"现实与虚构"文学思想的关联性[103]。

卡里略首先指出多重叙事与符号论的联系。小说《无名氏墓志》里的主人公带着一只山羊给路人讲述故事，穿插着各类主观补充信息的叙述声音、叙述者和故事内容来回切换，构成了小说多重叙述的风格特点。而这一叙述者的多重身份变化在略萨的认知中就是一种符号，既是叙述者又是讲述的内容，书写、创造的同时又是自身创造的对象。这也是通过将世界变形来表达真实世界，用谎言来讲述真实[104]。其次，是对某一元素或符号的认定。奥内蒂说山羊"不是公羊，而是源自人类智慧和艺术愿望的小山羊"[105]代表了依靠真实的非真实元素和小说的虚构书写，也突出了其作为符号的独特性和唯一性。略萨认为，一部虚构小说的世界中必须添加某些之前未存在过，只在此作品中作为不可通约现实构成部分的元素[106]。"添加元素"

---

102 Joaquín Marco, *El viaje a la ficción. El mundo de Juan Carlos Onetti de Mario Vargas Llosa*. Buenos Aires: Alfaguara, 2008. p. 27.

103 Sonia Luz Carrillo, "Mario Vargas Llosa y Juan Carlos Onetti, entorno al poder de la invención". *Escritura y pensamiento*, Vol.II, No.3, 1999. pp. 85-94.

104 （秘鲁）巴尔加斯·略萨《谎言中的真实》，赵德明译，昆明：云南人民出版社，1997 年，第 72 页。

105 Juan Carlos Onetti, *Para una tumba sin nombre*. Barcelona: Seix Barral, 1980. p. 98.

106 Joaquín Marco, *El viaje a la ficción. El mundo de Juan Carlos Onetti de Mario Vargas Llosa*. Buenos Aires: Alfaguara, 2008. p. 27.

就是将一部小说从本体的角度，区别于其他历史性文件的独创性体现。而奥内蒂小说中主人公讲述故事可信度的关键就在于那只臭臭的山羊。

略萨曾说，小说除了制造谎言以外做不了其他，但谎言也只是故事的一部分。通过谎言，小说也表达了一种新奇的、只能通过隐藏、掩盖和伪装才能表现的事实／真实[107]。关于文学作品（小说）的虚构与现实的划分问题，卡里略认为，现实本身就是神秘且不可能被完全了解的，甚至它的存在和身份都可能受到质疑[108]。略萨的观点是，梦想、虚构才使人类完整，一种单调的生活和对成千上万种生活幻想之间的差距，就是由丰富的虚构来填补[109]。在想象的轶事中搜索真实性是无意义的，《无名氏墓志》主人公讲述的故事都是以轶事的方式，奥内蒂自己也说："这是一个扭曲的世界，我承认。但要么为了表达自己而歪曲世界，要么就做新闻，做报道或者写很烂的摄影小说。"[110]虽然真实的分量决定了故事的本质属性，但小说的虚构特质，不仅使其成为了可以颠覆现实生活的一种文体，也成就了与靠近真实逆向而行的机制。略萨也表示，"决定一部小说真实或谎言的关键不是其中的轶事，而是其书写的语言，并非具体鲜活的经历。扭曲的故事中也可以隐藏深刻的现实，这是一种隐秘、难以领会……无法客观辨别真伪的真实；一种细微的，只能通过其自身激发的幻像（谎言）才能勾勒出影响的真实"[111]。

此外，卡里略还指出了两位作家通过小说描写和散文论述共享了对艺术创作自主性和独立性的观点。《无名氏墓志》中的叙事者作为作者的替声，表达了单纯的创作目的和感受，写作完成就感到内心的平静。文学创作既是一种挑战，也是为了满足作家自身好奇心的行为，他们想知道将平凡故事进行时间、空间、情节和内容的改造以后，是否会给读者留下深刻的印象[112]。

---

107 （秘鲁）巴尔加斯·略萨《谎言中的真实》，赵德明译，昆明：云南人民出版社，1997年，第71页。

108 Sonia Luz Carrillo, "Mario Vargas Llosa y Juan Carlos Onetti, entorno al poder de la invención". *Escritura y pensamiento*, Vol.II, No.3, 1999. p. 89.

109 Sonia Luz Carrillo, "Mario Vargas Llosa y Juan Carlos Onetti, entorno al poder de la invención". *Escritura y pensamiento*, Vol.II, No.3, 1999. p. 89.

110 María Esther Gilio,"Onetti y sus demonios interiores". *Marcha*, No.1310, Montevideo, 01 de julio de 1966.

111 （秘鲁）巴尔加斯·略萨《谎言中的真实》，赵德明译，昆明：云南人民出版社，1997年，第79页。

112 Sonia Luz Carrillo, "Mario Vargas Llosa y Juan Carlos Onetti, entorno al poder de la invención". *Escritura y pensamiento*, Vol.II, No.3, 1999. pp. 85-94: 92.

而创作所带来的充实、满足和愉悦感也是略萨在许多场合多次提到的。

也有学者指出两位作家在文学选择上的巨大差异。墨西哥学者克里斯托弗·多明格斯·迈克尔（Christopher Domínguez Michael）曾表示，奥内蒂和巴尔加斯·略萨完全体现了文学形象的两个极端[113]——如果奥内蒂是人类讽刺、深刻悲观主义视野和表现"人类愚蠢"的大师，那么秘鲁作家略萨则倾向于更慷慨、包容地思考和审视人类的生命和活动。奥内蒂是一个痴迷、偏执、文字冗长、混杂的作家，他的世界是一个单独的、自给自足的世界。在他想象的城市圣玛丽，居住着一小群特殊的人，甚至选了他们中的一人奉为上帝。读过其小说如：《井》、《短暂的生命》、《造船厂》、《收尸人》的人都明白，在这些小说背后，关上门就形成了绝对与世隔绝的世界。略萨却不一样，他让小说以清晰的视角呈现出与众不同的全貌。他所写的小说虽然复杂，但总是可以理解的，有时甚至还有些教学性。他作品中的想象世界非常庞大，甚至能与现实世界的竞争大小。读者跟随着他一起旅行，"从乡村的乌托邦到艺术和政治梦想，从亚马逊到巴黎，从史前到 20 世纪的多元文化城市，从革命阴谋到独裁者小说，从恐怖的利马到广播的感性世界，从历史祭坛到色情小说"[114]。

"很难想象巴尔加斯·略萨在休息，而奥内蒂在忙碌地东奔西跑"[115]。事实上，奥内蒂和巴尔加斯·略萨的个性差异也非常突出，奥内蒂一生中只做过一次演讲，略萨则在很多大学做讲席教授。奥内蒂呈现给公众的是一位爱喝威士忌、读着犯罪小说，被现实惊吓，远离政治躲在抑郁自我中的慵懒作家形象。而略萨自从《城市和狗》成名后，就一直以"公共知识分子"（作家、记者、总统候选人，语言学者、西班牙语世界的自由主义者）的形象活动。

四、略萨与奥克塔维奥·帕斯

略萨与墨西哥诗人、作家奥克塔维奥·帕斯（Octavio Paz）因共同的自由

---

113 Christopher Domínguez Michael, "Onetti por Vargas Llosa". *Letras Libres*, 27 de julio de 2009.

114 Christopher Domínguez Michael, "Onetti por Vargas Llosa". *Letras Libres*, 27 de julio de 2009.

115 Christopher Domínguez Michael, "Onetti por Vargas Llosa". *Letras Libres*, 27 de julio de 2009.

思想而成为拉丁美洲作家群体中的西方世界主义代表，学者们也常常将两者联系分析文学、政治思想。比如，赫尔曼·阿尔伯克基（Germán Alburquerque）就在论文《奥克塔维奥·帕斯与巴尔加斯·略萨的政治思想：极端世界的拉丁美洲》（El pensamiento político de Octavio Paz y Mario Vargas Llosa: América Latina en el mundo polarizado）[116]中探讨了两位作家对 20 世纪下半叶最重要的世界政治进程（冷战、第三世界国家的斗争，以及美洲大陆上不断的革命）的思考，既涉及思想也包括其行动，以此证实，拉丁美洲知识分子的全球化以及两位作家与其他拉丁美洲知识分子相对立的思想的独特性。又或者，如奥斯巴尔多·阿毛里·加列戈斯·德迪奥斯（Osbaldo Amauri Gallegos de Dios）的论文《奥克塔维奥·帕斯与巴尔加斯·略萨间的政治-知识分子网络》（Redes político- intelectuales entre Mario Vargas Llosa y Octavio Paz）[117]，梳理了两人始于 20 世纪 70 年代的友谊（政治思想）发展：相识、古巴帕迪亚事件、采访及作品中的互评等，最终得出结论：与帕斯相比，略萨对自由主义的批评更少，而且选择了一个授命知识分子的立场，"在他的职业生涯中一直在努力解决文学与政治之间的关系问题。与同时代的拉丁美洲其他伟大文学知识分子一样，他属于濒临灭绝的公共知识分子，对于他们来说文化和政治从一开始就结合在一起而不应分开"[118]。

委内瑞拉作家、加拉加斯大学教授拉斐尔·福奎（Rafael Fauquié），曾比较过略萨与帕斯在各自文学作品中所注入的道德书写，包括伦理思想、政治信念和书写方式[119]。首先，福奎教授发现略萨执着于避免先定意识形态路线，是一个只信奉自己和自身正义的作家。而奥克塔维奥·帕斯与他有着惊人的相似之处，他们对政治事件的变化、历史传说和当前的某些现象的评判表现出了类似的清醒和独立。这不禁会让人想起关于知识分子在社会中作用

116 Germán Alburquerque, "El pensamiento político de Octavio Paz y Mario Vargas Llosa: América Latina en el mundo polarizado". Años 90, Porto Alegre, Vol.16, No. 29, 2009. pp. 261-290.

117 Osbaldo Amauri Gallegos de Dios, "Redes político- intelectuales entre Mario Vargas Llosa y Octavio Paz". Sincronía, No.67, enero-junio, 2015.

118 Maarten Van Delden & Yvon Grenier, Gunshots at the Fiesta. Literature and Politics in Latin America. U.S.A.: Vanderbilt University Press, 2009. p.195. qtd. in Osbaldo Amauri Gallegos de Dios, "Redes político- intelectuales entre Mario Vargas Llosa y Octavio Paz". Sincronía, No. 67, enero-junio, 2015. p. 21.

119 Rafael Fauquié, "La ética como escritura. Llosa y Octavio Paz". Espéculo: Revista de estudios literarios, No.30, 2005.

的概念：对形势的批判之声。他们也具有相同的倾向，即不让自己被大多数人支持的观点、被广大拉丁美洲的知识分子所影响。另外，两人的知识分子经历也有类似之处，他们都被各种意识形态流派猛烈攻击：墨西哥、秘鲁的左派右派似乎一样憎恶他们。

在此基础上，由于两位作家的文学专长不一样（略萨是小说，帕斯是诗歌），但又都会撰写评论散文，所以福奎分析了略萨和帕斯不同的表达（书写）方式。

1. 奥克塔维奥·帕斯的散文专注于诗歌、历史和政治主题。伴随着内容发展，不断提出新的疑问并且从全球化视角出发不断扩大质问的空间，他的观念和知识体系总是具有启示性和教育性。巴尔加斯·略萨的散文则写地更快、更紧急、更即时，更贴近具体事实。是一种新闻报道与散文的融合，在充满活力、贴近日常生活的书写中，语言和行动、动词和记忆紧密相连。

2. 奥克塔维奥·帕斯叩问历史以破译当下及其矛盾；巴尔加斯·略萨通过审视自己的处境（或者是与他有关的同时代的人）以发现、认识自己。

3. 由于巴尔加斯·略萨更多地思考当下，所以显得比帕斯更矛盾。而帕斯，则更连贯、一致，且不那么狂热。

4. 墨西哥作家帕斯表现得更加敏锐、节制和唯美。而秘鲁作家巴尔加斯，更加果断和直接。

同时，福奎述详细分析两位作家的相似之处。第一、是散文中的理性表达。福奎认为，人与人之间的距离，通常是激情与节制的区别。阅读帕斯和巴尔加斯，读者能感受到理性是通往集体和个人生存冒险的另一个途径。将主题矛盾化、批判陈词滥调，将其道德观转变成了散文的代表性符号。第二、两位作家的文学功底在其散文书写中完美的体现出来，简洁、精炼又饱和的语言表达，也同时反映了思想的特点，严谨、准确的文字中包涵了丰富的想法。第三、是对拉丁美洲革命的反思。随着拉丁美洲大陆革命幻想的破灭，帕斯和略萨都开始反思并批评革命政府。福奎跳出意识形态派别争论的框架，表示"并不存在用于衡量不同意识形态的特定道德晴雨表"[120]，不需要完全理解古巴革命，也没必要与略萨的思想转变一致。略萨的论点令人信服，并非认同他的标准，而是从有效性的角度肯定其坚定的道德观。

---

120 Rafael Fauquié, "La ética como escritura. Llosa y Octavio Paz". *Esp é culo: Revista de estudios literarios*, No.30, 2005.

略萨在小说作品如《狂人玛伊塔》和《世界末日之战》中都表现了平庸的革命人物，沦陷在身体和道德恶化中。在散文、评论文集《顶风破浪》一篇题为《粗俗的杀人犯》的文章中，他继续论述了相关主题：恐怖主义的荒诞。他认为：任何对人类梦想和公平的追求都不可能原谅犯罪；任何幻想、梦想或渴望都不可能合法化以其名义进行的杀戮。这与帕斯在其题为《凶手与永恒》文章观点相似。对于帕斯来说，理想主义革命者只是旧时代烈士的新说法，他们身上的非理性都指向不可预测和不稳定的狂热主义。此外，两位作家的文学书写中也常常涉及意识形态的脆弱性问题：在各民族真实的历史中其轮廓极其不稳定。帕斯和略萨似乎都认识到，比在特定时期按其领导层意愿实施的意识形态计划要强大得多的是，最终强化给那个民族的总是他们的传统、过去的知识、集体经验的总和。即：民族主义高于意识形态。福奎例举了各类事例来佐证与两位作家一致的观点，"意识形态只能支撑国家的脸面，但如果发生矛盾，意识形态不仅没用，还会变得荒谬与虚伪"[121]。

在福奎看来，略萨和帕斯都是拉丁美洲现代主义文学的代表。因为他们通过作品对意识形态、教条主义和社会政治体制进行批判，这与现代文学的本质相符合：批评权力、制度和价值观，而且"现代主义的精神本就继承了18世纪启蒙运动的好奇心和质疑一切意义的需要"[122]。因此，没有意识形态空间支持他们，不管是左派还是右派思想都不接受他们。右派认为他们吹毛求疵、令人不适，永远都在贬低其他事物；左派，认为他们是不知满足、消极和捉摸不透的反动派。略萨经常攻击秘鲁的保守思想，反对民族主义立场，使他受到了该国右翼的猛烈攻击。他与左派的决裂，倾向全球化的自由主义思想又使有些激进人士称他为叛徒，甚至还要求取消其秘鲁国籍。而对于帕斯来说，他对古巴持批判态度，左派指责他是服务于美国帝国主义的叛徒，还有一句专为他设计的话，"里根，'拉帕斯'（rapaz-掠夺者），你的同谋是帕斯"[123]。右派则认为帕斯是不知满足的自由党人，永远都在批评琐碎、

121 Rafael Fauquié, "La ética como escritura. Llosa y Octavio Paz". *Espéculo: Revista de estudios literarios*, No.30, 2005.

122 Rafael Fauquié, "La ética como escritura. Llosa y Octavio Paz". *Espéculo: Revista de estudios literarios*, No.30, 2005.

123 Rafael Fauquié, "La ética como escritura. Llosa y Octavio Paz". *Espéculo: Revista de estudios literarios*, No.30, 2005.

平凡和渺小的事物。两位作家都在捍卫其文学创作的自由度和独立性，这也引导他们不屈服于任何指示也不盲从于潮流，似乎永远在批评一切。最后，福奎指出，略萨与帕斯和法国思想家让·弗朗索瓦·里维尔（Jean François Revel）的许多观点相同，如：面对意识形态压力时对独立判断的需要；批评作为艺术作品固有要素的重要性；"承诺主义艺术"的假象；多次重复谎言而使其在现代世界已成事实的危险等等。而其中三人最主要的共同点在于：他们都在其各自所处的时代，淡漠地审视着集体多次重申而成为陈词滥调的论点。陈词滥调的论点是一种危险，因为当习惯于重复一件事后，不停的重复就会使人不知不觉地相信它。

略萨与拉丁美洲知识分子的纷争

卡斯特罗-克拉伦（Sara Castro-Klarén）曾指出："略萨似乎想要通过对其他作家的评论来打开新的窗户，希望为自己的作品建立新的出发点而寻求更多的可能性。"[124]略萨对地区主义文学、爆炸文学作家、知识分子的批判让拉丁美洲学界非常反感。一方面源于略萨以拉丁美洲的传统故事博取名利，又对于拉丁美洲作家、社会问题进行犀利批判；另一方面在于他生于资产阶级家庭又常年旅居国外，是诸多本土学者眼中的西方思想代言人。但如莫罗特所说，略萨的成名使他在西班牙及拉丁美洲出版业有着强大的话语权，如果不是来自同等水平学者的指责和批判，这样的声音会自然而然被有所顾忌地削弱和屏蔽[125]。

一、略萨对拉丁美洲知识分子的蔑视

"廉价知识分子"（intelectuales baratos）是略萨曾用来形容拉美左翼学者而创造的概念词，这个名词最早出自略萨的《顶风破浪》文集，略萨将其用来定义为服务于霸权政府，并利用行政权力迫害持对立意见的优秀作家的文化人。后来在其自传《水中鱼》的同名章节，他甚至指名道姓地说一些与自己对立思想的作家作为"廉价知识分子"的示例，如胡里奥·奥尔特加（Julio

---

124 Sara Castro-Klarén, *Mario Vargas Llosa: Análisis Introductorio*. Lima: Latinoamericana, 1988. p. 100.

125 Herbert Morote, "XIX Premio de Ensayo Ciudad de Irún 1997". https://www.herbert morote.com/vargas_llosa.asp#07

Ortega)、安东尼奥·科尔内霍·波拉（Antonio Cornejo Polar）和胡里奥·拉蒙·里贝罗（Julio Ramón Ribeyro）。被略萨"点名"的部分作家对他作出了回击[126]，更多被影射的人则选择了远离战场。秘鲁作家加布里埃尔·鲁伊斯·奥尔特加（Gabriel Ruiz Ortega）指出，略萨在回忆录中毫不留情地批判了那些在他预备竞选前后在报纸上撰文攻击他的知识分子和作家，因为在略萨看来，这些言行与信念不统一、只会利用语言和思想概念的文人根本不值得他的尊重[127]。关于这一点，鲁伊斯·奥尔特加解读道，略萨要求的是秘鲁创作者（艺术家）与知识分子的身份融合，不管是右派、左派，还是中立者。在"廉价知识分子"一章中他不断强调正是由于缺乏身份的统一融合，最终导致秘鲁几乎没有值得尊重的知识分子[128]。

何塞·阿尔贝托·博尔图加（José Alberto Portugal）在分析三位秘鲁作家作品的关联性时，也解读了略萨在《水中鱼》里使用"廉价知识分子"一词时的道德观——按照韦伯（Max Weber）的道德形式划分，即代表信念的知识分子和代表责任的政治家，不可能在同一主体上重合。略萨却看到秘鲁的社会环境中，这两种形式实际上已经变得不可分割，责任的（政治）道德与信念的道德之间的界限消失，煽动者与廉价知识分子一起将道德腐蚀、转变为为权力服务的幻影[129]。阿尔贝托·博尔图加还指出，《水中鱼》特意在本该讲述20世纪八九十年代事件的这一章特意插入六七十年代贝拉斯科军政独裁，都是为其批判"廉价知识分子"的目的而服务，因为从他的角度看，这些知识分子是过去源于历史上左派教条思想的极权主义的代表[130]。

不管出于自愿还是形势所迫，秘鲁的大多数知识分子都比较坚定地支

126 José Alberto Portugal, "Héroes de nuestro tiempo. La formulación de la figura del protagonista en tres narraciones de M. Vargas Llosa, A. Bryce y M. Gutiérrez". *Revista de Crítica Literaria Latinoamericana*, Vol.30, No.59, 2004. p. 232.

127 （秘鲁）马里奥·巴尔加斯·略萨《水中鱼》，赵德明译，上海：华东师范大学出版社，2016年，第258页。

128 Gabriel Ruiz Ortega, "el intelectual barato 2.0". *La fortaleza de la soledad*, Vol.26, No.2, 2017.

129 José Alberto Portugal, "Héroes de nuestro tiempo. La formulación de la figura del protagonista en tres narraciones de M. Vargas Llosa, A. Bryce y M. Gutiérrez". *Revista de Crítica Literaria Latinoamericana*, Vol.30, No.59, 2004. p. 235.

130 José Alberto Portugal, "Héroes de nuestro tiempo. La formulación de la figura del protagonista en tres narraciones de M. Vargas Llosa, A. Bryce y M. Gutiérrez". *Revista de Crítica Literaria Latinoamericana*, Vol.30, No.59, 2004. p. 244.

持左派思想[131]。略萨对左派学者的炮轰，自然引起众人的不满。而他对拉丁美洲、尤其是秘鲁作家和知识分子的恶劣批判除了在之前章节提到的出生阶级的根源特性、家庭环境的影响、对欧美作家作品的大量阅读以及欧洲旅居学习的经历以外，莫罗特还分析了另一个原因，就是对其早期遭受羞辱的报复。

略萨在《水中鱼》中也讲述过，他年轻时曾在一次聚会上念自己的创作，但未得到任何正面的回应。那时他因新闻媒体的经验积累和喜爱，想要进入文学领域。大学时期的教授、同时也是《秘鲁文学》（Letras Peruanas）杂志编辑豪尔赫·普西内利（Jorge Pucinelli）邀请他参加一次文学聚会，于是略萨提前写了一个故事。但当他朗读故事时，在场的人并没有太关注他，而是在谈论"另外一些话题"[132]，最后只有人草草地提了句这个故事与"抽象文学"有点关系。尴尬的略萨在聚会结束后捡起桌上的手稿，回到家就把它"撕得粉碎，并且发誓今后再也不要这种体验了"[133]。

略萨第一次正式的利马文学圈体验，在莫罗特看来，一定刻骨铭心，因为略萨是一个敏感、易怒、隐忍又冷漠[134]的人。如果略萨发誓要报复这些秘鲁文学界的作家也不足为奇，毕竟他就"报复"过自己的父亲，将此次经历与略萨后来无情批评同行的行为联系起来也就自然而然。他说短篇小说大师里贝罗（Julio Ramón Ribeyro）是一位体面却为政府卖命的作家；也说 1983 年意外身亡的诗人曼努埃尔·斯科萨（Manuel Scorza），因主编了一本大众读物而发了一笔小财："他社会主义的勇敢刚毅减退了，他的行为出现了最糟糕的资本主义症状"[135]；还说斯科萨做这本书只给了作者们微薄的版权费，理由是为文化作出自我牺牲，而他自己却开着一辆红色别克，另外口袋里装着奥纳西斯[136]的传记。

---

131 Oscar Contreras Morales, "El intelectual barato por Mario Vargas Llosa". *Miércoles*, 16 de octubre de 2013.

132 （秘鲁）马里奥·巴尔加斯·略萨《水中鱼》，赵德明译，上海：华东师范大学出版社，2016 年，第 237 页。

133 （秘鲁）马里奥·巴尔加斯·略萨《水中鱼》，赵德明译，上海：华东师范大学出版社，2016 年，第 237 页。

134 Herbert Morote, *Vargas Llosa, tal cual*. Lima: Jaime Campodónico Editor, 1997. p. 113.

135 Mario Vargas Llosa, *El pez en el agua*. Barcelona: Edición Seix Barral, 1993. p. 406.

136 亚里士多德·苏格拉底·奥纳西斯（Aristotelis Sokratis Onassis, 1906-1975）希腊船王。

关于这一点，作为与略萨同时代人的莫罗特反驳道："我们这些大众读物的受益人一直在想，斯科萨是如何能够卖出这么便宜的书？当巴尔加斯·略萨一个月的收入在 3000 到 3500 美元的时候，秘鲁人只能靠三到五个索尔勉强维生。"[137]而且此套书中还收录了略萨的故事《首领们》，莫罗特甚至讽刺略萨是否好意思收取这笔微薄的版权费。此外，莫罗特还强调，无论是斯科萨的声誉还是文学作品都没有因巴尔加斯·略萨的批评而受到损害。西班牙王储费利佩在颁发 1995 年的阿斯图里亚斯王子奖（Premios Príncipe de Asturias）时，特别追忆了斯科萨，并朗诵诗歌《给未来诗人的书信》（*Epístola a los poetas que vendrán*）中的几句："有人受疾苦，玫瑰花失色。面包被觊觎，小麦夜难眠。乞丐雨中行，忧忧亦我心。"[138]莫罗特认为这一对比以及略萨对其他秘鲁文学家的嘲笑，比如"矮小，带着人猿泰山般的步伐，有着弗拉门戈舞者的鬓角"[139]，"在文学和生活中装腔作势、故作风雅（huachafería）的伟大推动者"[140]，只会更加凸显略萨狭隘的心胸。

莫罗特还指出了略萨狂妄自大和具有侵略性的性格特点。比如他在《水中鱼》中提到自己年轻时受朋友奥昆多（Abelardo Oquendo）之邀为西班牙文学家费德里科·德·奥尼斯（Federico de Onís）编著的《伊比利亚美洲诗歌选集》（*Anthologie de la poésie ibéroaméricaine*）撰写书评，"有点过分的是，我并不满足于只批判这一本书，而是顺便对秘鲁作家（大地文学、土著主义、地区主义和民俗作家）说了最难听的话，特别是针对现代主义诗人何塞·桑托斯·乔卡诺（José Santos Chocano）"[141]。众多秘鲁作家对略萨的批评表达了抗议，而年轻气盛的略萨又回应了一篇长文以反驳。此事最终以略萨的朋友、作家路易斯·洛伊萨（Luis Loayza）发表一篇"模范式的优雅文章"[142]维护秘鲁文学得以结束。略萨当时在大学里是奥古斯托·塔马约·巴尔加斯（Augusto Tamayo Vargas）教授文学课的助教。塔马约·巴尔加斯也被略萨的自以为是激怒，但除了担心自己可能丢掉的助教工作，略萨并不

---

137 Herbert Morote, *Vargas Llosa, tal cual*. Lima: Jaime Campodónico Editor, 1997. p. 114.

138 原文："Mientras alguien padezca, la rosa no podrá ser bella. Mientras alguien mire el pan con envidia, el trigo no podrá dormir. Mientras llueva sobre el pecho de los mendigos, mi corazón no sonreirá. "

139 Mario Vargas Llosa, *El pez en el agua*. Barcelona: Edición Seix Barral, 1993. p. 283.

140 Mario Vargas Llosa, *El pez en el agua*. Barcelona: Edición Seix Barral, 1993. p. 404.

141 Mario Vargas Llosa, *El pez en el agua*. Barcelona: Edición Seix Barral, 1993. p. 404.

142 Herbert Morote, *Vargas Llosa, tal cual*. Lima: Jaime Campodónico Editor, 1997. p. 116.

觉得自己对文学界前辈和同行们的抨击讽刺有任何不对。莫罗特表示，他批判文学家的傲慢态度可以并非源于严谨客观的分析，而更像一种霸道的"神性"（divismo）[143]。

略萨还说另一位旅居欧洲的著名秘鲁小说家布莱斯·埃切尼克（Bryce Echenique）曾是他在大学任教期间（助教）的学生。埃切尼克则非常委婉地回应："我无法理解，你廉价知识分子名单中没有我，亲爱的马里奥，我这份失败可能是独一无二的，我一定是唯一的一个（……）我们所有人对某个人来说都是廉价的。再看看你关于秘鲁廉价知识分子的文章，你都忘了什么。如你自己所说，当意识形态在秘鲁共产党的《卡维德》（Cahuide）杂志内部转悠时，你难道不也同时在为右翼总统候选人堂·赫尔南多撰写演讲稿？给传统贵族拉瓦耶先生的精美杂志写文章吗？"[144]莫罗特表示，布莱斯·埃切尼克从不会夸张的指责任何人，但他的话证实了略萨傲慢、唯利是图，喜欢公然抨击、拉踩他人的行为态度，以及其在秘鲁和拉丁美洲文学文化界的真实风评，这番善意的提醒也是对略萨的一种劝诫。

关于埃切尼克提到的略萨游离于左右翼两党的文字活动之间，莫罗特也进行了详细的陈述以说明略萨早期并不单纯的写作动机。

首先，略萨青年时期的文学生涯一直与新闻媒体的工作相关（除去参加文学比赛以外），其父亲为他谋求了报社编辑、撰稿等兼职并给与他丰厚的报酬。大学期间（1953 年）又为《旅游》（Turismo）杂志写稿，收入之高足以支撑生活开销并订阅萨的《现代》（Les Temps Modernes）和莫里斯·纳多（Maurice Nadeau）的《新信集》（Les Lettres Nouvelles）杂志。[145]莫罗特表示，《旅游》杂志的老板奥尔金·拉瓦耶（Holguín Lavalle）是一位代表陈旧右翼思想和经济势力的落寞贵族，也是共产主义思想坚决抵制的对象。而略萨当时正处于拥护马克思主义的巅峰时期，却背地里为拉瓦勒工作了两年（文章全部使用不同的笔名署名），同时他还为左翼地下报刊《卡维德》（Cahuide）撰稿，"有时不得不在其中写一些无产阶级和辩证的观点"[146]。略萨自己也

---

143 Herbert Morote, *Vargas Llosa, tal cual*. Lima: Jaime Campodónico Editor, 1997. p. 116.
144 Alfredo Bryce Echenique, "El retorno del amigo pródigo". *El Mundo,* Madrid, 07 de octubre de 1993.
145 Mario Vargas Llosa, *El pez en el agua*. Barcelona: Edición Seix Barral, 1993. p. 234.
146 Mario Vargas Llosa, *El pez en el agua*. Barcelona: Edición Seix Barral, 1993. p. 242.

写过文章回忆这种遮遮掩掩的双重生活[147]，但莫罗特怀疑他是否真正意识到
这是一种对两方同事（同志）的不忠，毕竟他游离于两种完全不同的价值观
之间，不仅让人怀疑略萨早期所持的写作信念，或者是否对自己早熟的唯利
是图进行任何道德上的反思。莫罗特也指出，略萨在"廉价知识分子"中对
美籍秘鲁裔文学批评家胡里奥·奥尔特加接受美国中情局的金钱，安东尼奥·
科尔内霍·波拉（Antonio Cornejo Polar）为美国人卖命的毫无依据的指控，
让人不禁联想到也许这是他早期自如地切换于旧社会贵族和无产阶级思想间
形成的，毫不走心夸夸其谈的习惯的延续。我们甚至可以试想一下如果让略
萨评论自己的文章，也许他还能说出更难听的评语。

其次，莫罗特分析了略萨对于写作所持的一种精神分裂式的观念，即为
事业写作和为金钱写作。出身贵族的利马律师埃尔南多·德·拉瓦耶
（Hernando de Lavalle）代表了旧社会和支持军事暴政的保守势力，他与曼
努埃尔·普拉多（Manuel Prado）和新兴中产阶级代表、建筑师费尔南多·
贝朗德（Fernando Belaúnde）一起竞选总统。在历史学家及参议员波拉斯
（Raúl Porras Barrenechea）的推荐下，略萨成为拉瓦耶的助选演讲稿撰写助
理。但当时他也是基督教民主党（Democracia Cristiana）成员，在党内无候
选人情况下，略萨一度隐瞒自己为拉瓦耶写稿的情况。莫罗特怀疑略萨在拉
瓦耶处拿到的报酬很高，因为喜欢详细公布薪水的略萨，从未提过这份工资
数额[148]。另外，值得关注的是，这次总统大选略萨最终个人投票给了建筑师
贝朗德。可见，对于略萨而言，不仅写作有理想和现实之分，人之行为也有
工作和喜好之分。

莫罗特还例举了略萨的戏剧创作来说明，写作与金钱的关系之于略萨从
来就是不可分割的。略萨第一次正式创作的文学作品《印加的逃亡》（1952）
就是为了得到教育部的比赛奖金，其土著主题的选择并非源于内在情感的表
达愿望。因为这部戏剧作品从未出版，略萨也从不详谈其内容，只说"是对

---

147 略萨曾在《水中鱼》中写道："如果莉亚（Lea）、费利克斯（Félix）或《卡维
德》的同志们看到我在科隆街街角，一边谈论那些刚刚搬到奥查兰街的女孩并为
她们准备周六的惊喜派对，会说些什么呢？这一街区的女孩男孩们会对《卡维德》
怎么评价呢？除了是共产主义的组织，它还包含像他们家里那些佣人一样的印第
安人、混血乔洛人和黑人。"Mario Vargas Llosa, *El pez en el agua*. Barcelona:
Edición Seix Barral, 1993. p. 251.
148 Herbert Morote, *Vargas Llosa, tal cual*. Lima: Jaime Campodónico Editor, 1997. p. 113.

印加人的可怕处理"[149]，是"年轻时的污点"[150]，他还在 1984 年马德里的一次作家周活动中透露，这部戏剧与他曾经一直反对厌恶的土著文学类似，让他很羞愧。也就是说这部作品与略萨内心真实的文学价值观相悖，而在那个政府大力宣传土著历史和文化的军事独裁时期，与印加共情的主题绝对是一个有更高获奖概率的选择。与 1991 年出版的《水中鱼》几乎同时撰写的戏剧《阳台上的疯子》（El loco de los balcones，1993）是评论家眼里的失败之作，不仅剧中的人物对话完全脱离了口语化，故事冲突也缺乏推动力。莫罗特分析，精通叙事的大作家竟让笔下人物的对话"累赘而文绉绉"[151]唯一的解释是略萨需要迅速收回总统竞选后缩水的资产，所以才会有如此急迫且低质量的创作，且这一推测与新自由主义在困境中表现的功利主义的推理一致。

所以按莫罗特的观点，略萨把物质（金钱）看得很重是其从写作初期以来的长期习惯，他的写作有时甚至可以向金钱低头[152]。略萨大学时代生活的常态已经是同时撰写带有不同政治符号的演讲、文章和宣言，在一个理应充满浪漫主义、英雄主义，投身纯粹理想，勇于承受理想带来成就和悲剧的年纪[153]，他却早已有了超越理想的势利认知：要写作也不忍受贫穷。早年以金钱为首要目的的写作动机，不仅使略萨逐渐训练出脱离真实理想的书写技能，也能在证据不足的情况下指责其他文学前辈为金钱物质而工作。如此可以说，略萨在秘鲁（拉丁美洲）本土文学界留下的形象就是一个毫无廉耻的资产阶级写手。

二、略萨与贝内德蒂的论战

1984 年，马里奥·巴尔加斯·略萨和曾经的好友乌拉圭作家马里奥·贝内德蒂在西班牙《国家报》（El País）上围绕拉丁美洲作家及知识分子的意识形态和政治立场问题，从不同的角度展开了异常激烈的论战。这次公开论战的导火索是略萨在接受意大利《全景》（Panorama）杂志采访时将拉丁美洲

---

149 Mario Vargas Llosa, *El pez en el agua*. Barcelona: Edición Seix Barral, 1993. p. 197.
150 Mario Vargas Llosa, "Primera obra de teatro, inédita. 1952". *Universidad Complutense*, Madrid, 24 de noviembre de 2010.
151 Herbert Morote, *Vargas Llosa, tal cual*. Lima: Jaime Campodónico Editor, 1997. p. 106.
152 Herbert Morote, *Vargas Llosa, tal cual*. Lima: Jaime Campodónico Editor, 1997. p. 114.
153 Herbert Morote, *Vargas Llosa, tal cual*. Lima: Jaime Campodónico Editor, 1997. p. 113.

的左派知识分子评价为"就像巴甫洛夫的狗一样，条件反射而跳舞的人"[154]，还列举了三位作家：哥伦比亚作家加西亚·马尔克斯、乌拉圭作家马里奥·贝内德蒂和阿根廷作家胡利奥·科塔萨尔。略萨还表示，除了他所列举的三位著名作家，"还有无数的中小知识分子，他们都是百分百的被操纵者、服从者、腐败者，被面对极左派妖魔化机制的条件反射的害怕所腐蚀"[155]。此外，略萨指出知识分子是第三世界国家、特别是拉丁美洲不发达的基本因素——那里的知识分子是陈旧观念的传播者，在所有地方重复其宣传标语，还不会与落后作斗争，相反会阻碍新型开放模式的创建。这也是他激怒拉丁美洲作家及学者的另一个关键，于是贝内德蒂提笔反驳，以捍卫自己及拉丁美洲左派作家的政治立场。

此次论战中涉及了代表欧洲思想和拉美本土思想的两位作家关于知识分子理解的陈述，其内容也成为后来西语学者对略萨及拉丁美洲文学思想研究的背景材料和引用文本，国内学界一直没有译介相关文献，在此将其内容整理呈现，期望供国内研究参考。

（一）第一回合：贝内德蒂回应"像巴甫洛夫的狗"

针对 1984 年 1 月 2 日《全景》杂志所刊登的采访文章《腐败和快乐》，1984 年 4 月 8 日，马里奥·贝内德蒂发表了一篇题为《既不腐败，也不快乐》的文章，斥责秘鲁作家巴尔加斯·略萨对拉丁美洲作家的分析。

他表示，在略萨身上需要注意的征兆是，从 1960 年以后他的政治倾向发生了惊人的转变。"尽管略萨总是试图表明他的立场是自由主义，但事实是，十五年前他得到了拉丁美洲左派的热情支持，而今天，他却又得到了右派的奉承和支持"[156]，因为"左派往往在狂热中犯错，而右派几乎从不犯错"[157]。

贝内德蒂进一步解读略萨对知识分子的指控——基于略萨的说法，某些国家或地区的落后并不是发达或发展中帝国主义或普遍的文盲的结果，而是由有文化的恶劣的知识分子所造成的。"我们很难想象卡彭铁尔或聂鲁达比

154 Valerio Riva, "Entrevista de Mario Vargas Llosa". *Panorama*, Roma, 2 de enero de 1984.

155 Valerio Riva, "Entrevista de Mario Vargas Llosa". *Panorama*, Roma, 2 de enero de 1984.

156 Mario Benedetti, "Ni corruptos ni contentos". *El País*, 08 de abril de 1984.

157 Mario Benedetti, "Ni corruptos ni contentos". *El País*, 08 de abril de 1984.

联合水果公司（la United Fruit）或阿纳康达铜矿公司（la Anaconda Copper Mining）更应该为我们的苦难负责"[158]他补充道。

他指责巴尔加斯·略萨这样艺术水平很高的知识分子在处理政治问题，尤其是这些问题可能会使其同行的操守受到质疑时，应该有最起码的严谨态度。"在这个地区有那么多知识分子被迫害、被禁止、被流放，在这里至少有28位诗人（包括他的同胞哈维尔·赫劳）因政治原因而丧生；这里也曾经历过鲁道夫·沃尔什（Rodolfo Walsh）、哈罗尔多·孔蒂（Haroldo Conti）、帕科·乌隆多（Paco Urondo）大屠杀，以及胡利奥·卡斯特罗（Julio Castro）的失踪；罗克·道尔顿（Roque Dalton）和伊比罗·古铁雷斯（Ibero Gutiérrez）的暗杀；卡洛斯·基哈诺（Carlos Quijano）和胡安·卡洛斯·奥内蒂（Juan Carlos Onetti）的监禁；以及毛里西奥·罗森科夫（Mauricio Rosencof）的酷刑和莱昂内尔·鲁加马（Leonel Rugama）的英勇死亡；在这样充斥着歧视和危险、威胁和犯罪的框架内，谈论腐败和快乐至少是一种令人无法忍受的轻率态度。"[159]

贝内德蒂表明，巴尔加斯·略萨对不认同他想法的知识分子的病毒式攻击令他相当失望。他认为略萨在一种名声豁免的掩护下，采用低级、不正当的方式来加强自身的论点。从意识形态的分歧上看，贝内德蒂与略萨处于对立的战壕，但"幸运的是，巴尔加斯·略萨的作品明显比他本人更左派"[160]，而且那些信奉巴甫洛夫、愚昧无知、人云亦云的阿猫阿狗，也同样将会对其作品"含英咀华"[161]。

（二）第二回合：巴尔加斯·略萨——"英雄主义往往是狂热主义的产物"

1984 年 6 月 13 日，巴尔加斯·略萨在《国家报》新开设的专栏《同名者》（Entre tocayos）上进行了回击。他对贝内德蒂反驳他时提到的两位作家智利诗人巴布罗·聂鲁达和古巴作家阿莱霍·卡彭铁尔进行了分析，并影射

---

158 United Fruit CO. 1899 年创建于美国的水果贸易公司，在拉丁美洲拥有大量的香蕉种植园，还控制了铁路、电台、码头船运权。Anaconda Copper Mining CO.20 世纪全球最大的美国矿产公司，曾于 1921-1971 年间垄断智利的铜矿。Mario Benedetti, "Ni corruptos ni contentos". *El País*, 08 de abril de 1984.

159 Mario Benedetti, "Ni corruptos ni contentos". *El País*, 08 de abril de 1984.

160 Mario Benedetti, "Ni corruptos ni contentos". *El País*, 08 de abril de 1984.

161 Mario Benedetti, "Ni corruptos ni contentos". *El País*, 08 de abril de 1984.

他们在诗歌或小说中表现出自由、打破传统惯例及理性的胆识，还表现出对形式、神话、语言的创新能力，同时又在意识形态上表现得因循守旧，以一种谨慎、怯懦、温顺的态度，把让人难以相信的教条，或宣传口号直接变成自己的口号，或用自己的声望来支持它。[162]

他说聂鲁达的诗歌与毕加索的绘画一样广阔，是 20 世纪用西班牙语写出的最丰富、最自由的诗歌。作品表现了神秘、现实主义与超现实主义、抒情史诗、直觉与理性。但如此革新诗歌语言的人，却同时又是一个"写诗赞美斯大林，自律的好战分子"，"斯大林主义—肃反运动、集中营、伪造的审判、大屠杀、僵化的马克思主义—没让他感受到一丁点的道德触动，没有受到许多艺术家陷入的任何冲突和困境的影响"[163]。按略萨的说法，聂鲁达身上并没有道德双重性，他不管从政治家还是作家视角的世界观都显得非常教条主义。尽管无数拉美人通过聂鲁达发现了诗歌的美，同时也在他巨大的影响力下，许多年轻人也相信打击帝国主义和反罪反动恶的最有价方式就是用斯大林主义的正统思想。

而阿莱霍·卡彭铁尔则不同于聂鲁达，其优雅的小说中包含着对历史深刻的怀疑和悲观，它们由博学与精致语言构成的美丽寓言。[164]但略萨批评卡彭铁尔由于政治迫害流亡巴黎期间，全放弃了政治思考及批评的能力。自 1959 年古巴革命胜利以后，他在政治领域的表现都放弃了冒险，"而是对他所服务的政府命令虚伪地重复"[165]。略萨认为拉丁美洲的作家不应仅仅是一个作家。该地区社会问题的严重性，根深蒂固的传统，以及拉丁美洲人习惯于通过一些途径来呼吁问题，所以这里的作家也应该为解决问题做出积极贡献。但聂鲁达和卡彭铁尔"似乎都没有像他们作出艺术贡献那样发挥这种公民的作用"[166]。在略萨的文章中，左派知识分子无条件地服务于一个党派或制度，算不上体面的作家——因为他们没有了想象力和批判精神，放弃了知识分子的首要职责：自由。正是由于许多拉美知识分子放弃了思想原创性和冒险精神，所以拉丁美洲对政治辩论才充满了谩骂和陈词滥调。

此外，略萨指出贝内德蒂虽然列举了那么多被拉美独裁政权谋杀、监禁

162 Mario Vargas Llosa, "Entre tocayos-I". *El País*,13 de junio de 1984.
163 Mario Vargas Llosa, "Entre tocayos-I". *El País*, 13 de junio de 1984.
164 Mario Vargas Llosa, "Entre tocayos-I". *El País*, 13 de junio de 1984.
165 Mario Vargas Llosa, "Entre tocayos-I". *El País*, 13 de junio de 1984.
166 Mario Vargas Llosa, "Entre tocayos-I". *El País*, 13 de junio de 1984.

和折磨的诗人及作家，却不提古巴，"就好像这个岛上没有作家被监禁过，也没有几十个被迫流亡的知识分子"[167]。他还指出贝内德蒂把萨尔瓦尔共产主义作家罗克·道尔顿（Roque Dalton）的死亡也归咎于帝国主义，而事实上，他是被自己左派的同志处死的，是"宗派主义的殉难者"，所以"英雄主义并不总是源于清醒，它往往是狂热主义的产物"[168]。

（三）巴尔加斯·略萨——"他们"和"我们"

紧接着在第二天，即 1984 年 6 月 14 日，略萨再次发表了一篇文章，表示自己捍卫拉丁美洲的民主选举"并不是排除任何改革，哪怕是最激进的改革"，"而是要求通过选举产生的政府来进行改革"[169]。并斥责在拉丁美洲的民主选举之所以进行得不顺利，是因为知识分子拒绝看到民众共存和共识的意愿，将民主选择仅仅视为一场闹剧。而且"革命知识分子也是对这个问题进行辩论的一个相当大的障碍，因为按照旧的革除教籍的蒙昧主义传统，他们会让那些为这一选择辩护的同僚们陷入意识形态的地狱中（反动）"[170]。

他认为贝内德蒂将他俩的立场置于一种二元对立、非黑即白的关系中，如果略萨不是朋友，那就是敌人。这让他感到困惑，"有一场战争，两个敌人对峙。一边是反动，一边是革命，剩下的是文学吗？"[171]而这就是略萨称之为妖魔化的机制，他对自己必须花费大量时耐心来澄清自己非左非右的政治立场，并纠正那些拒绝区分拉丁美洲民主制度和右翼独裁的人对他的歪曲和讽刺而感到疲累。对于略萨来说，贝内德蒂就属于放弃了与妖魔化机制作斗争，"保持沉默或认命地接受讹诈"[172]的拉丁美洲知识分子之一，并且将民主支持者和法西斯支持者混为一谈，僵化地区分为"他们"和"我们"。

最后略萨表明，他与贝内德蒂的争议不在于对独裁政权残暴性的认知，而是在于用什么来替代独裁政权，是略萨所希望的民主政府，还是贝内德蒂所维护（在略萨看来仍然是独裁）的古巴政府。"我们的分歧不在于我捍卫

167 Mario Vargas Llosa, "Entre tocayos-I". *El País*, 13 de junio de 1984.
168 Mario Vargas Llosa, "Entre tocayos-I". *El País*, 13 de junio de 1984.
169 Mario Vargas Llosa, "Entre tocayos-I". *El País*, 13 de junio de 1984.
170 Mario Vargas Llosa, "Entre tocayos-I". *El País*, 13 de junio de 1984.
171 Mario Vargas Llosa, "Entre tocayos-I". *El País*, 13 de junio de 1984.
172 Mario Vargas Llosa, "Entre tocayos-I". *El País*, 13 de junio de 1984.

反动，而他捍卫进步。而显然是，我同样批评所有流放（或监禁或杀害）其反对者的政权，而他却认为以社会主义的名义做这些事就没那么严重。"[173]

（三）第三回合：贝内德蒂——"革命政府没有杀害任何作家"

三天后的 1984 年 6 月 17 日，贝内德蒂再次以新的论点回应。他表示，他俩之间的最大差别在于，巴尔加斯·略萨认为任何一个支持古巴或尼加拉瓜革命的拉美作家，都不是自由地、出于信念地支持革命，而是因为"意识形态领域令人不安的顺从主义"[174]。但贝内德蒂相信绝大多数支持过和仍然支持这些革命的拉美作家都是出于自己的选择，而不是因为"腐败、愤世嫉俗或机会主义"[175]。

对于略萨对拉丁美洲知识分子放弃思想原创性和冒险精神的指控，他表示这些知识分子之所以成为各种形式镇压（监狱、酷刑、流放、拒发签证、威胁等）的受害者，正是因为他们没有放弃，而略萨很幸运从未经历过这些，这也间接说明了他并没有发言权。

聂鲁达确实写过赞美斯大林的诗歌，但贝内德蒂说，聂鲁达在《黑岛纪事》（*Memorial de Isla Negra*）和回忆录中也都对自己的这一行为作了自我批评。他反驳略萨只允许自己在对待古巴态度上的变化，并美其名曰自由的标志，却毫不提及聂鲁达的类似经历。

关于罗克·道尔顿（Roque Dalton）的死亡，贝内德蒂解释，他将道尔顿与其他 20 几位诗人列于"因政治原因而丧生"的知识分子之中，并未说这位萨尔瓦多诗人是被帝国主义所杀害。为了证明自己的谨慎，贝内德蒂补充道，在自己的诗选《被截断的诗歌》（*Poesía trunca*）中已经详细讲述过道尔顿的遇害。他还提醒略萨说："这本选集收录了 5 位古巴诗人（的作品），他们都是在巴蒂斯塔（Fulgencio Batista）独裁统治下被杀害的。因此很明显，革命政府没有杀害任何作家。"[176]

略萨详细阐述了拉丁美洲左派知识分子身上存在的问题，而贝内德蒂也清晰地指出，同志，即"我们"是那些捍卫拉丁美洲革命的人，"尽管他们有缺点也偶尔会犯错误，我们还是把他们看作是我们人民解放的根本和基

173 Mario Vargas Llosa, "Entre tocayos-I". *El País*, 13 de junio de 1984.
174 Mario Benedetti, "Ni corruptos ni contentos". *El País*, 08 de abril de 1984.
175 Mario Benedetti, "Ni corruptos ni contentos". *El País*, 08 de abril de 1984.
176 Mario Benedetti, "Ni corruptos ni contentos". *El País*, 08 de abril de 1984.

础"[177]；敌人，即"他们"，指的是"不加以区分就迫害、拒绝理解、用虚假信息封锁同志的人"，他还说他们中包括"新法西斯分子、禽兽、甚至不乏左翼的反动派"[178]。

很明显，略萨已经不再是革命圈里的人。他现在呼吁改革，因为"哪怕是最激进的改革，也需要'通过选举产生的政府'来实施"[179]。贝内德蒂指责略萨忽略了革命对一个国家的根基作用，而过早地强调民主选举进程，因为"即便是美国的革命，从宣布独立到第一位立宪总统的选举和就职，也等了足足 13 年"[180]。而在拉丁美洲与巴尔加斯·略萨同时呼吁民主选举的还有包括像尼加拉瓜的索莫萨家族（Somoza）、巴拉圭的斯特罗斯纳（Alfredo Stroessner Matiauda）等等的独裁统治者。贝内德蒂表示，民主、改革，对于"他们"来说，就是一种形式化的需求。再比如，萨尔瓦多当时的一次民主选举中竟然直接将左派排除在外，而略萨却表示这只是"限制，但却未使选举进程无效"，于是贝内德蒂将此种民主形式解读为，能够满足各类人群喜好的"语义上的民主"[181]。

最终贝内德蒂以两个观点结束争论：第一，"我和略萨都喜欢长篇小说，然而我不太确定的是，我们在有关不公正问题的立场和思想上是否观点一致"。第二，"我认为，对于拉丁美洲经济、社会和政治的白由解放进程来说，敌人不是苏联，而是美国（在最近的一项欧洲调查中，西班牙人民也表达了同样的观点）。至少到目前为止，我们这些国家所遭受的所有封锁、入侵、酷刑者培训、节育以及偏向单方面的利益保护运动，都不是来自苏联，而是来自美国。因此警惕的对象也是有轻重先后之分的"[182]。

巴尔加斯·略萨和贝内德蒂在西班牙《国家报》上发表了几个回合的论战文章，尽管曾经激烈争论，所占立场不同，但两位作家对拉丁美洲国家人民生存状态和政治经济状况却也保持持续的关注。据略萨自己说，这一次的分歧在季候得到了缓和，当他于马德里再次碰到贝内德蒂时，对方还怀旧地与他聊起了这次论战，告诉他报纸上的一些读者写信要求他们继续争论。因

---

177 Mario Benedetti, "Ni corruptos ni contentos". *El País*, 08 de abril de 1984.
178 Mario Benedetti, "Ni corruptos ni contentos". *El País*, 08 de abril de 1984.
179 Mario Benedetti, "Ni corruptos ni contentos". *El País*, 08 de abril de 1984..
180 Mario Benedetti, "Ni corruptos ni contentos". *El País*, 08 de abril de 1984.
181 Mario Benedetti, "Ni corruptos ni contentos". *El País*, 08 de abril de 1984.
182 Mario Benedetti, "Ni corruptos ni contentos". *El País*, 08 de abril de 1984.

为觉得他们之间的辩论非常精彩，论点又很好，最重要的是，两位作家之间并没有相互侮辱。

然而他俩的最终断交始于古巴的"帕迪亚事件"，由于立场及意识形态上的截然相反，他们在很长一段时间里几乎没有来往。但在这段零交流的回忆里，略萨表示，他想要知道贝内德蒂的想法：

> 我总是自己问自己，贝内德蒂对最近几年的政治事件会怎么想？特别是，对共产主义的垮台和消失及其实际影响怎么看？有人还认为古巴、委内瑞拉或北朝鲜可以成为消除不发达、创建更加公正繁荣的社会榜样吗？或是对于拉丁美洲极左势力缓慢却明显地从自由选举中隐退，以及对先前拒绝的多样性共存怎么看？[183]

这种隐含嘲讽的语句就写在纪念贝内德蒂百年诞辰的文章里，他甚至还引用第三者的话来间接作证自己对贝内德蒂思想的看法，"埃米尔·罗德里格斯·莫内加尔（Emir Rodríguez Monegal）曾是他的朋友，出于政治原因也与他疏远了。他谈到马里奥·贝内德蒂时说，他在蒙得维的亚（Montevideo）德语学校的经历使他成了一个思想僵化的'清教徒'，一旦认定了一样东西，就无法支持他人或有所改变。"[184]尽管坚持自己的立场，但略萨还是非常巧妙地用这种方式避免引起喜爱贝内德蒂的读者的不满，甚至假装帮乌拉圭作家辩护："我驳斥了这一点，并坚信，尽管他和所有人一样都会犯很多错，但他总是出于真诚和慷慨的理由行事。"[185]为了表明在贝内德蒂逝世以前两人已经缓和了矛盾，略萨在讲述两人最后一次在布宜诺斯艾利斯的见面时，说："告别时，我确信，我们没有握手，而是互相拥抱。"[186]

三、拉丁美洲文学界对略萨作品及思想的评价

《马里奥·巴尔加斯·略萨一生的解读》中精神分析专家席尔瓦·图埃斯塔解析略萨天生"带刺"的性格，属于一旦感受到自身权利受到侵犯就会发怒的"进攻型人格"（homo scandalosus）[187]，这主要源于其童年与父亲不愉快的相处经历——其先后与姨妈和表妹的近亲结婚就是他对家人的报复体

183 Mario Vargas Llosa, "Mario Benedetti: cien años". *El País*, 04 de agosto de 2019.
184 Mario Vargas Llosa, "Mario Benedetti: cien años". *El País*, 04 de agosto de 2019.
185 Mario Vargas Llosa, "Mario Benedetti: cien años". *El País*, 04 de agosto de 2019.
186 Mario Vargas Llosa, "Mario Benedetti: cien años". *El País*, 04 de agosto de 2019.
187 Max Silvia Tuesta, *Mario Vargas Llosa. Interpretación de una Vida*. Lima: Editorial San Marcos, E.I.R.L, 2012. p. 84.

现。成年以后敏感、不容侵犯又带强烈报复的心理使他在学界及社会关系上并不太受欢迎，种种行为引发了诸多争议。图埃斯塔还列举了一些事例，如与略萨交往密切的秘鲁经济学家埃尔南多·德索托（Hernando de Soto）曾在电视台节目中骂略萨"狗娘养的"[188]，1971年科塔萨尔给略萨的信中提到，有一位古巴文学协会诗歌比赛评委也是秘鲁人，名叫格瓦拉（Pablo Guevara），非常讨厌略萨且毫不掩饰[189]。

　　在公众范围内引起的争议也是学者们引用参考的背景材料[190]，图埃斯塔继续列举：如1963年《城市与狗》出版时造成的秘鲁本土舆论、军队的极大负面轰动。面对铺天盖地的批评，略萨却表示说明军队的人终于开始读好书了，这让他感到欣慰。他与古巴菲德尔·卡斯特罗的决裂，也曾引起超乎想象的哗然。还有导致他与马尔克斯之间断交的那"一拳"，其中缘由至今仍然是个谜；1986年在纽约举办的国际笔友协会年会上，德国著名作家君特·格拉斯（Günter Grass）因为略萨给马尔克斯起的绰号"菲德尔·卡斯特罗的妓头"（cortesana de Fidel Castro）而大骂略萨，后来未参会的略萨澄清自己说的是"菲德尔·卡斯特罗的仆人"（cortesano de Fidel Castro）。1990年在墨西哥作家帕斯（Octavio Paz）组织的文学研讨会"20世纪：自由的经验"（El siglo XX: la experiencia de la libertad）上，略萨语出惊人地说"完美的独裁不是苏联，也不是菲德尔卡斯特罗，而是墨西哥。"为了缓和气氛，帕斯极力维护当地政府并调侃道："墨西哥既没有过独裁／强硬统治，也没有过软弱统治"（En México no había ni dictadura ni "dictablanda"）[191]。略萨还曾说过，在民族主义（nacionalismo）或藤森主义（fujimorismo）中作出选择，就如同在艾滋或癌症中选择；秘鲁的民族主义是一种被修饰的民族主义（de brida corta y orejeras）。但真正在前对手藤森的女儿藤森庆子（Keiko Sofía Fujimori）

188 Max Silvia Tuesta, *Mario Vargas Llosa. Interpretación de una Vida*. Lima: Editorial San Marcos, E.I.R.L, 2012. pp. 83-84.

189 Julio Cortázar, *Cartas. Vol. 3*. Buenos Aires: Alfaguara, 2000. p. 1445.

190 Herbert Morote, *Vargas Llosa, tal cual*. Lima: Jaime Campodónico Editor, 1997.; Max Silvia Tuesta, *Mario Vargas Llosa. Interpretación de una Vida*. Lima: Editorial San Marcos, E.I.R.L, 2012.; Marga Graf Aachen, "'El lado de acá' - Los autores del boom y el discurso literario y cultural en Hispanoamérica a partir de los años sesenta", *Actas del XII Congreso de la Asociación Internacional de Hispanistas*: 21-26 de agosto de 1995, Birmingham, Vol.6, 1998. *Estudios hispanoamericanos I*/ coord. By Trevor J. Dadson. pp. 268-274.

191 Max Silvia Tuesta, *Mario Vargas Llosa. Interpretación de una Vida*. Lima: Editorial San Marcos, E.I.R.L, 2012. p. 87.

和民族主义者奥兰塔·乌马拉（Ollanta Humala）之间做选择的时候，他又公开表示支持乌马拉。乌马拉在参选秘鲁总统前，曾拜访过查韦斯和卡斯特罗，他的兄弟亚历克西斯·乌马拉（Alexis Humala）又尝试与俄罗斯建立商贸关系。这些行为对于倾右的略萨来说，理论上都是不可容忍的，而他作出的选择也使自己再度陷入舆论的尴尬境地[192]。

除了关于思想意识的论战，大多数拉丁美洲文学家针对略萨文学作品公开发表的评论都还是称赞的。贝内德蒂可以说是 20 世纪最优秀和多产的拉丁美洲作家之一，作品涉及诗歌、小说、短篇故事、散文、评论、戏剧和新闻，他也是一位支持古巴革命和社会主义并坚守到生命终结的作家[193]。尽管略萨与贝内德蒂异常激烈的公开论战间接导致了两人的彻底断交，但他们在文学上一直互相欣赏却也是不争的事实。后来略萨于 2019 年为纪念贝内德蒂诞辰 100 周年的文章里也提到，论战后在他们的一次偶然会面中，贝内德蒂告诉他，"报纸的读者写信要求我们继续争论，因为我们的论点很好，最重要的是，我们没有相互侮辱"[194]。

拉丁美洲文学家们对略萨的评论大致分为三类：纯文学技巧和现实反映的分析及夸赞；社会道德及政治思想的认同或反对；源于土著、地区主义作家的反驳和批判。

早在 1964 年，贝内德蒂就在蒙得维的亚《晨报》（La Mañana）上发表了《城市与狗》的书评，他也是拉丁美洲最早评论并且赞誉此部小说的作家。他称此书："写作精妙、形式生动、富有深度"，"是拉丁美洲知识分子面对挑战时的模范回应"。几年后这篇书评经修改被编入了贝内德蒂的评论散文、评论文集《混血大陆的文学》（Letras del continente mestizo），内容上增加了《首领们》《绿房子》和《崽儿们》的分析评论，它们也都对巴尔加斯的文学作品及思想大加赞誉。

贝内德蒂对略萨的赞赏一方面出于对其文学水平（小说创作能力和技巧）的肯定，另一方面也是看到了略萨小说中所反映出的作者对拉丁美洲中社会阶层及不平等所带来的现实问题的关切和揭露。《城市与狗》中"坚定的节

---

192 Max Silvia Tuesta, *Mario Vargas Llosa. Interpretación de una Vida*. Lima: Editorial San Marcos, E.I.R.L, 2012. p. 88.

193 贝内德蒂在古巴生活很多年，曾是美洲之家文学研究中心的创始负责人，并多次担任美洲之家奖评委员会成员、顾问。

194 Mario Vargas Llosa, "Mario Benedetti: cien años". *Los Andes*, 4 de agosto de 2019.

奏，紧凑的风格，无可挑剔的结构"以及"对一种独特氛围的创造"[195]使之成为优秀的小说。对社会阶层、复杂人性的表现隐晦地映射出略萨对国家及人民生活的担忧，故意设置的与读者间的"冷漠感和距离感"却被贝内德蒂称作"拉丁美洲新文学最令读者激动的小说之一"，他甚至认为"这是一部授命、却非战斗性的小说"[196]。当然这部小说中所涉及的一些场景、内容及用语也使许多读者感到不适应，例如秘鲁将军费利佩·德拉巴拉（Felipe de la Barra）说其"不知羞耻、令人恶心"，西班牙马德里的一位读者也写信给《文学邮局》（La estafeta literaria）期刊抱怨其"肮脏不堪"[197]。

　　从《城市与狗》到《绿房子》，贝内德蒂感受了略萨创作的一个明显成熟的过程，并表示相比之下，《绿房子》触碰到了更深层更广阔的社会根源，还说略萨对人物和风景的有节制地描写风格与加西亚马尔克斯非常相似，但又与马尔克斯的《百年孤独》采用的魔幻色彩成分不同，《绿房子》人种、地理信息尽管处处透露着秘鲁符号，却被略萨在其编制的故事中融入了一种传奇的氛围[198]。贝内德蒂还表示，《绿房了》已经是可以和《消失的脚步》、《佩德罗巴拉莫》、《造船人》、《跳房子》和《百年孤独》等经典小说齐名的，代表着拉丁美洲最高质量的小说。"什么样的文学能像《绿房子》一样，由刚满 30 岁的作者写得如此成熟、丰满、紧贴故土，还创作了诸多奇迹？"[199]接下来的《崽儿们》同样也饱受好评，贝内德蒂说它是短篇故事中的"完美成果"，是"拉丁美洲写出的故事中最紧张最有力的作品之一"[200]。

　　巴尔加斯·略萨的成功在于其对忠于自我的坚持，贝内德蒂总结道，即其文学态度与"世界观、内心秩序、个人经历以及关心不平等和反抗教条的和谐统一"。贝内德蒂对略萨自我坚持的诠释中，还提到了拥护古巴革命，以及除了获奖以外，他对融入拉丁美洲当时"轻浮化"的社会的抗拒，而这

195 Mario Benedetti, "Vargas Llosa y su fértil escándalo". *Letras del continente mestizo*, Montevideo: Arca, 1967. p. 245.

196 Mario Benedetti, "Vargas Llosa y su fértil escándalo". *Letras del continente mestizo*, Montevideo: Arca, 1967. p. 239.

197 Mario Benedetti, "Vargas Llosa y su fértil escándalo". *Letras del continente mestizo*, Montevideo: Arca, 1967. p. 246.

198 Mario Benedetti, "Vargas Llosa y su fértil escándalo". *Letras del continente mestizo*, Montevideo: Arca, 1967. p. 249.

199 Mario Benedetti, "Vargas Llosa y su fértil escándalo". *Letras del continente mestizo*, Montevideo: Arca, 1967. p. 254.

200 Mario Benedetti, "Vargas Llosa y su fértil escándalo". *Letras del continente mestizo*, Montevideo: Arca, 1967. p. 254.

就是贝内德蒂所认可的"拉丁美洲作家的神圣领地"[201]。

1969 年墨西哥作家卡洛斯·富恩特斯（Carlos fuentes）在其文学批评专著《拉丁美洲新小说》（*La nueva novela hispanoamericana*）中也评价《城市与狗》和《绿房子》两部小说"有直面拉丁美洲现实的力量"[202]。富恩特斯不仅将青年作家略萨与当时拉丁美洲的大作家：胡安·鲁尔福（Juan Rulfo）、奥古斯托·罗亚·巴斯托斯（Augusto Roa Bastos）、加西亚·马尔克斯（Gabriel García Márquez）、卡彭铁尔（Carpentier）、科塔萨尔（Cortázar）并肩提及，还指出《绿房子》"可以成为一种依靠语言将非人类世界的遗产重新融合到我们的意识和语言中的小说典范"[203]。而对于《城市与狗》，富恩特斯表示，虽然这是拉丁美洲"最突出的青春期小说"，但它也"并没有止步于揭示成长的痛苦"[204]，而是从一种悲观视角更加深入地将青春期和成年期的现实表达为得不到保存的回忆。从富恩特斯的评论里可以看出他更欣赏《绿房子》，他表示"我并非特指《绿房子》是拉丁美洲新文学的标志小说，但它确实证实了，较高阶段的小说臣服于结构和语言变化之普遍有效的可能性，而传统阶段的小说几乎无法对抗这一挑战"，"《绿房子》语言的两极分化和碰撞特别丰富、秘密和清晰"[205]。他甚至将《绿房子》与《百年孤独》《佩德罗·巴拉莫》《无极限的地方》（*El lugar sin limites*）和《消失的足迹》（*Los pasos perdidos*）等名作并列为推动拉丁美洲文化基石、回归起源以便从其建立者的野蛮和最初的暴行罪孽中解脱出来的标志性小说，这些小说似乎都表现了"西班牙语对美洲的征服是一场罕见的碾压，一只在美洲大陆上布满暴力、混蛋和被强暴女性所生小孩的巨大枪支"[206]。

与略萨同为拉丁美洲文学界自由思想代表的奥克塔维奥·帕斯（Octavio Paz），在古巴"帕迪亚事件"（1971 年）以后才真正形成同盟，此后一直在思想和批评领域互相欣赏。奥斯巴尔多·阿毛里·加列戈斯·德迪奥斯（Osbaldo Amauri Gallegos de Dios）在梳理两人的自由思想关联时，就列举

201 Mario Benedetti, "Vargas Llosa y su fértil escándalo". *Letras del continente mestizo*, Montevideo: Arca, 1967. p. 258.

202 Carlos Fuentes, *La nueva novela hispanoamericana*. México: Joaquín Mortiz, 1969. p. 35.

203 Carlos Fuentes, *La nueva novela hispanoamericana*. México: Joaquín Mortiz, 1969. p. 37.

204 Carlos Fuentes, *La nueva novela hispanoamericana*. México: Joaquín Mortiz, 1969. p. 38.

205 Carlos Fuentes, *La nueva novela hispanoamericana*. México: Joaquín Mortiz, 1969. p. 42.

206 Carlos Fuentes, *La nueva novela hispanoamericana*. México: Joaquín Mortiz, 1969. p. 46.

了几次帕斯对略萨的评价[207]，分别是帕斯于 1979 年出版的著作《慈善的食人魔》（El ogro filantrópico）[208]中献给略萨的章节"文字与权杖"（La letra y el cetro）。1987 年帕斯于美国华盛顿一次世界文学会议上谈到拉丁美洲文学的优缺点并赞扬了略萨的批判思想："拉美文学最缺乏的就是一种真正的批评思维，不过也有一些如巴尔加斯·略萨、卡布雷拉·因方特（Cabrera Infante）等例外。"[209]1990 年，略萨总统竞选结束之后他组织了一场"自由革命"（La revolución de la libertad）国际会议，帕斯虽未能参加但通过录像表达对略萨的支持，并在后来发表的文章《自有曙光》（Alba de la libertad）中提及此事并再次称赞了略萨："谈到自由，如同诸位一样，我会想到一位多年来作为尊严、言行统一、勇气的代表：马里奥·巴尔加斯·略萨。我认识并敬仰他很多年了。首先，我对这位作家、诸多优秀小说的作者感兴趣。其次，他还是一位政治思想家和自由战士。两年前，他向我吐露接受竞选秘鲁总统的决心，我承认我的第一反应是想劝阻他。我以为，就像所有政治斗争一样，我们会在一场没有把握的斗争中失去一位伟大的作家。我错了：一个人总会按他的信念行事。"[210]

在加列戈斯·德迪奥斯的分析中略萨对帕斯的提及、评论和称赞的回应明显更为积极，这在娜塔莉·维耶加·维加（Nataly Villega Vega）看来，是因为帕斯对于略萨的思想影响，就像是萨特和加缪一样的领航者。维耶加·维加指出："评论家典范、拉丁美洲社会历史清晰的分析者、自由思想家奥克塔维奥·帕斯可能是巴尔加斯·略萨眼中的最佳知识分子模范。"[211]

玛格·格拉夫·亚琛（Marga Graf Aachen）在其探讨拉丁美洲 20 世纪 60 年代以后作家的论文《爆炸文学作家以及拉丁美洲 60 年代以后的文学文化话语》（"El lado de acá" - Los autores del boom y el discurso literario y cultural en

207 Osbaldo Amauri Gallegos de Dios, "Redes político- intelectuales entre Mario Vargas Llosa y Octavio Paz". *Sincronía*, No.67, enero-junio, 2015.

208 Octavio Paz, *El ogro filantrópico.Historia y política 1971-1978*, México: Joaquín Mortiz.1979.

209 Octavio Paz, *Obras completas VI. Ideas y costumbres. La letra y el cetro. Usos y símbolos*. Barcelona: Galaxia Gutenberg/ Círculo de lectores, 2003. p. 1507.

210 Octavio Paz, *Obras completas VI. Ideas y costumbres. La letra y el cetro. Usos y símbolos*. Barcelona: Galaxia Gutenberg/ Círculo de lectores, 2003. p. 552.

211 Nataly Villega Vega, *Mario Vargas Llosa, intellectuel cosmopolite*. Madrid: Euroeditions, 2008. p. 58.

Hispanoamérica a partir de los años sesenta）[212]中，提到哥伦比亚作家奥斯卡·科拉佐斯与科塔萨尔和略萨间关于文学创作和社会革命的争论，其中古巴革命的坚定支持者、哥伦比亚作家奥斯卡·科拉佐斯（Oscar Collazos）曾批评略萨的文学观念是一种自给自足的现实，"与真实的现实相比毫无价值"[213]，他认为略萨将作家视为创造者是一种"神话化的危险态度"[214]，就如 50 年前先锋派代表那样"让许多拉丁美洲年轻作家从完全自治的角度定位文学"[215]。他特别批判了那些追随欧洲新文学，将文学变成"派对"、"仪式"的作家，如卡洛斯·富恩特斯《最明净的地区》（Zona sagrada）以及科塔萨尔《肤之变》（Cambio de piel），这些作家"机械地遵循欧洲结构主义的叙述"[216]，导致部分年轻作家"越来越激进地远离现实"到"琐碎化"再到"忘记周遭的现实"、"延迟周遭的客观环境"[217]。同时，他也指出巴尔加斯·略萨"受欧洲思想潮流诱惑"[218]却也具备真正的让人眼花缭乱的写作才能。

略萨在秘鲁、拉丁美洲知识分子圈里最大的争议还在于他对土著主义的蔑视态度和无情抨击。在本土学界眼里，不管小说、散文还是其他评论性文章中对拉丁美洲社会的整体政治构想，都充分体现了他对土著族群状况的漠视和不理解，所以大家一致认为略萨是从白人资产阶级的视角摈弃土著文化，迎合他崇尚的西欧中心主义思想。早在 20 世纪 60 年代，年纪轻轻的略萨就以笔名撰文批评秘鲁文学，如前文提到他在为《伊比利亚美洲诗歌选集》

---

212 Marga Graf Aachen, "'El lado de acá' - Los autores del boom y el discurso literario y cultural en Hispanoamérica a partir de los años sesenta". *Actas del XII Congreso de la Asociación Internacional de Hispanistas*: 21-26 de agosto de 1995, Birmingham, Vol.6, 1998. *Estudios hispanoamericanos I,* coord. By Trevor J. Dadson. pp. 268-274.

213 Oscar Collazos, "Encrucijada del lenguaje". *Literatura en la revolución y revolución en la literatura*. México: Siglo XXI Editores, 1971. p. 9.

214 Oscar Collazos, "Encrucijada del lenguaje". *Literatura en la revolución y revolución en la literatura*. México: Siglo XXI Editores, 1971. p. 9.

215 Oscar Collazos, "Encrucijada del lenguaje". *Literatura en la revolución y revolución en la literatura*. México: Siglo XXI Editores, 1971. p. 9.

216 Oscar Collazos, "Encrucijada del lenguaje". *Literatura en la revolución y revolución en la literatura*. México: Siglo XXI Editores, 1971. p. 10.

217 Oscar Collazos, "Encrucijada del lenguaje". *Literatura en la revolución y revolución en la literatura*. México: Siglo XXI Editores, 1971. p. 10.

218 Marga Graf Aachen, "'El lado de acá' - Los autores del boom y el discurso literario y cultural en Hispanoamérica a partir de los años sesenta", *Actas del XII Congreso de la Asociación Internacional de Hispanistas*: 21-26 de agosto de 1995, Birmingham, Vol.6, 1998. *Estudios hispanoamericanos I* / coord. By Trevor J. Dadson. p. 270.

（*Anthologie de la poésie ibéroaméricaine*）撰写书评时言辞激烈地批判秘鲁文学家，于是略萨遭遇了秘鲁知识分子界的第一次"围攻"，许多知名作家纷纷发文为秘鲁文学辩护并指责略萨"侮辱了杰出的诗人何塞·桑托斯·乔卡诺（José Santos Chocano）而损害了民族荣誉"[219]。略萨当时的老板、文学教授塔玛约·巴尔加斯也发文力挺秘鲁民族文学，并提醒略萨青春期狂躁应该快些结束了[220]。

2005 年，第一届秘鲁叙事国际研讨会（1er Congreso Internacional 25 años de narrativa peruana）在马德里举行。略萨在大会开幕式上发言，谈到关于"50年代作家"所面临的大地文学（涉及土地和困境）和逃避文学之间的纠葛；纯粹作家（不追求任何经济效益）与不纯粹作家间的紧张关系；以及为支撑主题而牺牲形式（甚至弃用正确的语言，声称这一事实已经使作家处于非授命的西方形式主义立场）等问题。

在"80 年代以前的作家"（Escritores que publicaron antes de 1980）的分论坛上，路易斯·埃斯特班·冈萨雷斯（Luis Esteban González）题为《略萨作品中的政治》的发言引起了现场学者的热议。冈萨雷斯提到一个具有启发性的问题："为什么略萨命名非常了解秘鲁社会，并且紧密地触及了所有阶层人们的思维，却在政治舞台上发表如此右翼和极端的演说，他难道没有意识到这样会遭到排斥吗？"[221]冈萨雷斯还表示，他曾在一次会议间隙问略萨输了选举的原因，而略萨却说不知道。这让冈萨雷斯感到惊讶，尽管对略萨未赢得选举感到遗憾，他还试图通过（去背景化的）引述来表明其政治话语的威权性质，有人甚至评论："对于巴尔加斯·略萨，任何非西方的都是野蛮的。"[222]

另一位在"政治及暴力叙事"（Narrativa política y narrativa de la violencia）分论坛的学者，大地文学、授命主义作家但丁·卡斯特罗（Dante Castro）在

---

219 （秘鲁）马里奥·巴尔加斯·略萨《水中鱼》，赵德明译，上海：华东师范大学出版社，2016 年，第 337 页。

220 （秘鲁）马里奥·巴尔加斯·略萨《水中鱼》，赵德明译，上海：华东师范大学出版社，2016 年，第 337 页。

221 Carlos Granés, *La revancha de la imaginaci ó n*. Madrid: Consejo superior de investigaciones científicas, 2008. p. 127.

222 Carlos Granés, *La revancha de la imaginaci ó n*. Madrid: Consejo superior de investigaciones científicas, 2008. p. 127.

其发言《火中的安第斯》中指出："如果巴尔加斯·略萨赢得了选举，他将把国徽换成卍字"，"对于一个在乌初拉卡伊大屠杀调查报告中为军队开脱的人，能有什么期待？略萨对安第斯世界一无所知"[223]。此外，但丁卡斯特罗强烈谴责那些只关心形式、抛弃社会现实和困扰秘鲁（尤其是土著）人民问题的作家。他以安第斯文学捍卫者、授命作家的身份向那些试图结束这种文学体裁或认为这种文学体裁已被历史淘汰的人提出抗议。会上出现越来越多反对、批评略萨的声音，特别是在安第斯问题上。《利图马在安第斯山》是大地主义作家眼中是最令人讨厌的小说，他们称其为怪胎，因为"安第斯山脉的人们根本不会那样说话或思考"[224]。这场研讨会揭示了秘鲁内部文化领域的斗争，正如贝纳维德斯（Jorge Eduardo Benavides）所指出的那样，"每个作家都有权写自己能写的（经历的）东西，也不应忘记小说的美学主张"[225]。

223 Carlos Granés, *La revancha de la imaginación*. Madrid: Consejo superior de investigaciones científicas, 2008. p. 128.
224 Carlos Granés, *La revancha de la imaginación*. Madrid: Consejo superior de investigaciones científicas, 2008. p. 128.
225 Carlos Granés, *La revancha de la imaginación*. Madrid: Consejo superior de investigaciones científicas, 2008. p. 129.

结　语

　　巴尔加斯·略萨在中国的接受始于 20 世纪 80 年代拉丁美洲"文学爆炸"小说的传播，彼时的作家及文学工作者对拉丁美洲文学的喜爱以及他们对拉美文学的创作理念、写作技巧等的吸收也深深影响了新时期的中国文学。著名作家叶兆言就谈讨那个年代"文学新人言必称拉美，开口马尔克斯闭口略萨……只要是拉美小说，必定认真拜读"[1]。学者们在马尔克斯的魔幻现实主义中看到了寻根文学的影子，在略萨的结构现实主义中看到了小说结构的新颖技巧，总之"文学爆炸"让那时的中国文坛寻到了走向世界舞台的方向和希望。

　　2010 年的诺贝尔文学奖以前，略萨在中国读者中的接受度与马尔克斯相比还略有差距，学者们讨论、研究得更多的也是马尔克斯的作品以及其创作风格带给寻根文学的启示。加之 20 世纪 70 年代以来国内对于拉丁美洲反帝国主义、反封建、反腐朽制度的"反抗"文学的政治性认可，因此对略萨作品的译介更看重内在的政治美学倾向，这也间接导致了国内略萨批评研究的相对滞后和缓慢。2010 年以后，尽管对略萨的报道、回顾、研究呈现爆发式的增长，许多学者在谈论他时仍喜欢带上马尔克斯，且仍在讨论"略萨给中国作家带来了什么"、"中国作家应该跟略萨学什么"一类的话题——从 1982 年的马尔克斯到 2010 年的略萨，几十年来我们对拉丁美洲文学的偏好以及关注的问题似乎没有发生过变化。腾威曾撰文指出，拉丁美洲"文学爆炸"和

1　叶兆言《马尔克斯与略萨》，载《中国企业家》，2012 年第 18 期，第 125 页。

魔幻现实主义书写传递给中国作家一种"同村的张老三变成了万元户"[2]的错觉，忽略了其中后殖民主题的实质性内涵，国家、社会、文化发展走向的一系列矛盾：本土传统与西方现代、社会主义与资本主义、区域化特征与全球化潮流，都意味着以马尔克斯为代表的左翼作家，获得西方世界认同所付出的代价，比如美国学者命名的"魔幻现实主义"，或者诺贝尔文学奖以及对拉美社会现实的异域化解读，无疑不是对左翼的拉美现实主义创作者的巨大讽刺。寻根文学的发展也止步于文体层面的借鉴，并未在现代探索上行至更远。

20 世纪 90 年代，中国加速的市场化进程，与国际社会的日益接轨，西方文学奖——如诺贝尔文学奖、塞万提斯文学奖、法国海明威文学奖等对拉美文学的承认，成为了我国拉美文学译介的先在视野。这一通过西方"折射反光"[3]的中国拉美文学接受在某种程度上被"变形"[4]（也是比较文学变异学所讲的文化过滤和误读的过程），这"既是缘由文本意义衰减的过程，也是接受者文化渗透、新意义的生成过程，其结果是一方面使得原文本在新的文化语境中获得新生，延长其生命，丰富和发展了其内涵与外延，另一方面又丰富了接受主体的文化，从不同的视角拓宽了客体文化的应用范围和解读方式。经过过滤和误读，交流信息成为了接受者文学的有机组成部分。"[5] 以略萨、马尔克斯作品为代表的拉美文学在我国的传播和接受，就经历了这样一个文化渗透和新意义生成的过程，但有所不同的是，我国的拉美文学批评研究由于语言、译本的限制，时常还隔了一层英美学界的阐释过滤，围绕"魔幻现实主义"和"文学爆炸"（boom）引发的拉美文学对当代文学发展启示的持续探讨，就是建立在英美学界西方中心主义思想的文化过滤之上的误读和接受。魔幻现实主义之名最初由美国学者提出，但它在拉丁美洲作家群体中却没得到承认——公认的此流派大师胡安·鲁尔福和加西亚·马尔克斯都对这一归属感到反感[6]。"boom"一词也

2 滕威《从政治书写到形式先锋的移译——拉美"魔幻现实主义"与中国当代文学》，载《文艺争鸣》，2006 年第 4 期，第 104 页。
3 滕威《拉丁美洲文学翻译与中国当代文学》，载《中国比较文学》，2007 年第 4 期，第 93 页。
4 滕威《拉丁美洲文学翻译与中国当代文学》，载《中国比较文学》，2007 年第 4 期，第 93 页。
5 曹顺庆《比较文学学》，成都：四川大学出版社，2005 年，第 291 页。
6 滕威《从政治书写到形式先锋的移译——拉美"魔幻现实主义"与中国当代文学》，载《文艺争鸣》，2006 年第 4 期，第 100 页。

源于英语，是英美评论家对 20 世纪 60 年代拉美文学高潮的命名，智利作家何塞·多诺索指出：“这个英文单词绝不是什么中性的，相反，却包含了许多内容，除了承认其规模和特大量这一点之外，几乎都是贬义的或者是值得怀疑的。”[7] 尽管“文学爆炸”时期的拉美小说以其宏大的叙事和高超的技巧成功进入了西方文学的视野，同时也不得不承受曲解的、异域化的西方审美认同。

从西班牙语世界略萨研究的特点分析中我们可以得到以下几点启示：

首先，持续引入略萨作品及其批评研究的相关著作，为国内学界略萨研究的发展提供有力的一手材料支撑。多样化的文献参考是西班牙语世界略萨研究的动力，许多成果及观点都是基于其小说、生平、演讲、采访、思想论著等材料而得来的。曾有中国学者试探略萨本人关于将其博士论文《加西亚·马尔克斯：一个弑神者的故事》翻译成其他语言的态度（因略萨与马尔克斯的决裂），而略萨并没有表示拒绝[8]，或许不久的将来，我们就能率先读到略萨这部论著早于英文译本的中文译木。

其次，跨学科研究是文学批评的新方向。研究学者既要具备跨学科视野，又要具备多学科的学术能力和素质，还要对拉丁美洲的本土社会、文化传统非常熟悉。近年来，由于中拉关系的升级，越来越多的中国学者走进了拉美各国开展研究，而西班牙语语言、文学研究如何与拉美研究有效结合，摆脱西方模式和思维的束缚，开创具有中国特色的跨学科文学研究，值得国内的略萨研究学者思考。

最后，基于异质性的研究视角是中国式创新的有效保证。西班牙语世界的略萨研究，针对西方中心主义、欧洲民族主义思想的批判和拉丁美洲多元文化的异质性续存空间的探讨，体现了学者们立足于拉丁美洲本土特性，拒绝西方文化对土著族裔文化传统侵蚀的坚定立场。这不仅说明了拉丁美洲自被西方征服以来渗透于社会的不同文化、信仰、阶级间的矛盾，也说明了西班牙语世界的学者对社会异质性问题的深刻认识。自“文学爆炸”以来，向西方传递拉美文化美学特征、反映拉美社会问题的集体意识与迎合西方审美、融入西方价值观的个人主义思想间的对立是拉丁美洲文学界持续争论的问

7　（智利）何塞·多诺索《文学“爆炸”亲历记》，段若川译，昆明：云南人民出版社，1993 年，第 3 页。

8　安赫尔·埃斯特万，安娜·加列戈·奎尼亚斯《从马尔克斯到略萨，回溯“文学爆炸”》，侯健译，北京：生活·读书·新知三联书店，2021 年，第 381 页。

题。这一具有明显地区性的视角说明，在积极追求新兴学科方法、引用跨学科知识体系的同时，也要培养以尊重他者文化、发展自我创新为基点的异质性研究视角。

参考文献

一、略萨著作

1. Vargas Llosa, Mario. *Contra viento y marea* (1962-1982). Barcelona: Seix Barral, 1983.

2. Vargas Llosa, Mario. *Contra viento y marea*. 3(1964-1988). Barcelona: Seix Barral. 1985.

3. Vargas Llosa, Mario. *Contra viento y marea* (1962-1972). Barcelona: Seix Barral, 1986.

4. Vargas Llosa, Mario. *Cartas a un joven novelista*. Barcelona: Ariel/Planeta, 1997.

5. Vargas Llosa, Mario. *Conversación en La Catedral*. Buenos Aires: Alfaguara, 2008.

6. Vargas Llosa, Mario. *Desafíos a la libertad*. Madrid: el país Aguilar, 1994.

7. Vargas Llosa, Mario. *Diario de Irak*. Madrid: el país Aguilar, 2003.

8. Vargas Llosa, Mario. *Discurso Nobel,* Estocolmo, Fundación Nobel, 2010.

9. Vargas Llosa, Mario. *El hablador*. Barcelona: Seix Barral, 1987.

10. Vargas Llosa, Mario. *El liberalismo a fin de siglo: desafíos y oportunidades*. Washington: Cato Institute, 1998.

11. Vargas Llosa, Mario. *El pez en el agua*. Barcelona: Edición Seix Barral, 1993.

12. Vargas Llosa, Mario. *El viaje a la ficción. El mundo de Juan Carlos Onetti.* Buenos Aires: Alfaguara, 2008.

13. Vargas Llosa, Mario. *Ensayos literarios.* Barcelona: Galaxia Gutenberg, 2001.

14. Vargas Llosa, Mario. *Entre Sartre y Camus.* Río Piedras: Ediciones Huracán, 1981.

15. Vargas Llosa, Mario. *García Márquez: Historia de un deicidio.* Barcelona: Seix Barral, 1971.   Vargas Llosa, Mario. *La verdad de las mentiras.* Madrid: Suma de Letras, 2004.

16. Vargas Llosa, Mario. *Historia de Mayta.* Barcelona: Seix Barral, 1984.

17. Vargas Llosa, Mario. *Historia secreta de una novela.* Barcelona: Tusquets, 1971.

18. Vargas Llosa, Mario. *La casa verde.* Barcelona: Seix Barral, 1966.

19. Vargas Llosa, Mario. *La ciudad y los perros.* Barcelona: Seix Barral, 1963.

20. Vargas Llosa, Mario. *La civilización del espectáculo.* Barcelona: Anagrama, 2012.

21. Vargas Llosa, Mario. *La tentación de lo imposible Víctor Hugo y Los miserables.* Madrid: Alfaguara, 2004.

22. Vargas Llosa, Mario. *La tía Julia y el escribidor.* Madrid: Santillana, 2005.

23. Vargas Llosa, Mario. *La utopía arcaica. José María Arguedas y las ficciones del indigenismo.* México: D.F., Fondo de Cultura Económica, 1996.

24. Vargas Llosa, Mario. *Literatura y política.* Madrid: Fondo de Cultura Económica, 2003.

25. Vargas Llosa, Mario. *Los Cachorros.* Madrid: edición de Ángel Esteban, Espasa Calpe, 2007.   Vargas Llosa, Mario. *Los cuadernos de Don Rigoberto.* Barcelona: Alfaguara, 1997.

26. Vargas Llosa, Mario. "Prólogo" *a Los ríos profundos.* Santiago: Editorial universitaria, 1967.

27. Vargas Llosa, Mario. *Sables y utopías: visiones de América Latina.* Lima:

Aguilar, 2009.

28. Vargas Llosa, Mario. *Semana de Autor.* Madrid: Ediciones Cultura Hispánica, Instituto de Cooperación Iberoamericana, 1985.

29. Vargas Llosa, Mario y García Márquez, Gabriel. *La novela en América Latina.* Lima: Carlos Milla Batres/Universidad Nacional de Ingeniería, 1968.

二、专著

1. Aguerrebere, Rubén Loza. *Conversación con las catedrales.* Madrid: Funambulista, 2014.

2. Angvik, Birger. *La narración como exorcismo.* Perú: Fondo de Cultura Económica, 2004.

3. Arguedas, José María. *Los ríos profundos.* Madrid: Cátedra, 1995.

4. Ayala, José Luis. *Los abismos de Mario Vargas Llosa.* Lima: Fondo Editorial Cultura Peruana, 2017.

5. Barron, Denis. *Grammar and gender.* New Haven: Yale University Press, 1986.

6. Benveniste, Emile. *Problemas de la lingüística general II.* México: Siglo XXI, 1987.

7. Billón, Yves. y Mártinez-Cavard, Mauricio. *Gabriel García Márquez, la escritura embrujada.* Madrid: Ediciones de escritura creativa, 1998.

8. Boldori, Rosa. *Vargas llosa: un narrador y sus demonios.* Buenos Aires: Fernando García Cambeiro, 1974.

9. Boldori, Rosa. *Mario Vargas llosa y la literatura en el Perú de hoy.* Santa Fe (Argentina): Colmegna, 1967.

10. Bondy, Salazar. *Lima la horrible.* México: Ediciones Era, 1964.

11. Borón, Atilio. *El hechicero de la tribu. Vargas Llosa y el liberalismo en América Latina.* México: Edición Akal, 2019.

12. Castro-Klarén, Sara. *Mario Vargas Llosa: Análisis Introductorio.* Lima: Latinoamericana, 1988.

13. Chaïm Perelman y Lucien Olbrechst-Tyteca, *Tratado de la argumentación*. Madrid: Gredos, 1989.

14. Collazos, Oscar. *Literatura en la revolución y revolución en la literatura*. México: Siglo XXI Editores, 1971.

15. Cornejo Polar, Antonio. *La Cultura Nacional: Problema y Posibilidad*. Lima: Lluvia Editores, 1981.

16. Cortázar, Julio. *Cartas. Vol. 3*. Buenos Aires: Alfaguara, 2000.

17. Cuche, Denys. *La noción de cultura en las ciencias sociales*. Buenos Aires: Nueva Visión, 2002.

18. Cueto, Alonso. *Mario Vargas Llosa. La vida en movimiento*. Lima: Universidad Peruana de Ciencias Aplicadas.2003.

19. Diez Canseco, María Rostorowski de. *Estructuras andinas del poder. Ideología religiosa y política*. Lima: Instituto de Estudios Peruanos, 1986.

20. Echenique, Alfredo Bryce. *MVLL. Entrevistas escogidas*. Lima: Fondo editorial cultura peruana, 2004.

21. Escajadillo, Tomás G. *Narradores peruanos del siglo XX*. La Havana: Casa de las Américas, 1986.

22. Estermann, Josef. *Filosofía andina: sabiduría indígena para un mundo nuevo*. La Paz: Instituto Superior Ecuménico Andino de Teología, 2006.

23. Flügel, John Carl. *Psicoanálisis de la familia*. Buenos Aires: Editorial Paidós, 1961.

24. Fénichel, Otto. *Teoría psicoanalítica de las neurosis*. Buenos Aires: Editorial Nova, 1957.

25. Fernández, Casto Manuel. *Aproximación formal a la novelística de Vargas Llosa*. Editora Nacional, Madrid.1977.

26. Fernández Carmona, Julio César. *El mentiroso y el escribidor. Teoría y práctica literarias de Mario Vargas Llosa*. Lima: Fondo Editorial del pedagógico San Marcos. 2007.

27. Fuentes, Carlos. *La nueva novela hispanoamericana*. México: Cuadernos de

Joaquín Mortiz, 1969.

28. Galindo, Alberto Flores. *Buscando un inca: identidad y utopía en los Andes*. Lima: instituto de Apoyo Agrario, 1987.

29. Galindo, Alberto Flores. *Dos ensayos sobre José María Arguedas*. Lima: Casa de Estudios del Socialismo Sur, 1992.

30. García Canclini, Néstor. *Culturas híbridas. Estrategias para entrar y salir de la modernidad*. Buenos Aires: Paidós, 2001.

31. Gaviria, Ricardo Cano. *El Buitre y el ave Fénix*. Barcelona : Anagrama, 1972.

32. Gilman, Claudia. *Entre la pluma y el fusil. Debates y dilemas del escritor revolucionario en América Latina*. Buenos Aires: Siglo XXI editores, 2003.

33. Gracia Fanlo, María Pilar y Herrero Fernández, María Teresa. *En torno a Los Cachorros, de Mario Vargas Llosa*. Zaragoza: Aladrada, 2010.

34. Gramsci, Antonio. *Escritos Políticos (1917-1933)*. México: Cuadernos Pasado y Presente, 1977.

35. Granés, Carlos. *La revancha de la imaginaci ó n-antropología de los procesos de creación: Mario Vargas Llosa y José Alejandro Restrepo*. Madrid: Consejo superior de Investigaciones Científicas, 2008.

36. Gonzálcz Echevarría, Roberto. *Mito y archivo: una teoría de la narrativa latinoamericana*. México: Fondo de Cultura Económica, 2000.

37. Gutiérrez, Miguel. *La generación del 50: Un mundo dividido*. Lima: Séptimo Ensayo, 1988.

38. Habra, Hedy. *Mundo alternos y artísticos en Vargas Llosa*. Madrid: Iberoamericana, 2012.

39. Halperín Donghi, Tulio. *Intelectuales, sociedad y vida pública en Hispanoamérica en el Siglo XIX: una exploración a través de la literatura autobiográfica*. México: UNAM, 1981.

40. Harss, Luis. Dohmann, Bárbara. *Antología mínima de Mario Vargas Llosa*. Buenos Aires: Alfaguara, 1969.

41. Harss, Luis. *Los nuestros*. Buenos Aires: Sudamericana, 1969.

42. Jesús, Raúl Guadalupe de. *Espectros del indigenismo en la narrativa de Mario Vargas Llosa*. San Juan (Puerto Rico): Editorial Tiempo Nuevo, 2016.

43. Jurt, Joseph. *Vargas Llosa y Flaubert: la casa verde y la educación sentimental. Una lectura paralela*. trad. Mercedes Figueras. Salamanca, publicaciones del Colegio de España, 1985.

44. Kobylecka, Ewa. *El tiempo en la novelística de Mario Vargas Llosa*. Vigo (España): Editorial Academia del Hispanismo, 2010.

45. Kristal, Efraín. *Temptation of the word. The novels of Mario Vargas Llosa*. Nashville: Vanderbilt University Press, 1998.

46. Kushigian, Julia A. *Crónicas orientalistas y autorrealizadas*. Madrid: Eitorial Verbum, S.L., 2016.

47. Laplanche, Jean Pontalis. *Diccionario de Psicoanálisis*. Editorial Labor. Barcelona, 1971.

48. Lauer, Mirko (ed.) *El sitio de la literatura: Escritores y política en el Perú del siglo XX*. Lima: Mosca Azul, 1989.

49. Lévi-Strauss, Claude. *El pensamiento salvaje*. México: Fondo de Cultura Económica, 1975.

50. Lienhard, Martín. *La voz y su huella*. La Habana: Casa de las Américas, 1990.

51. Lipski, John M. *El español de América*. Madrid: Cátedra, 1994.

52. López Baralt, Mercedes. *Para decir al otro. Literatura y antropología en nuestra América*. Madrid-Frankfurt: Iberoamericana-Vervuert, 2005.

53. Löwy, Michael. *Para una sociología de los intelectuales revolucionarios. La evolución política de Lukács 1909-1929*. México: Siglo XXI, 1978.

54. Marchese, Angelo. y Forradelas, Joaquín. *Diccionario de retórica, crítica y terminología literaria*. Barcelona: Ariel, 1986.

55. Marco, Joaquín. *El viaje a la ficción. El mundo de Juan Carlos Onetti de Mario Vargas Llosa*. Buenos Aires: Alfaguara, 2008.

56. Margrave Taylor, Charles. *La ética de la autenticidad*. Barcelona: Paidós, 1994.

57. Mariátegui, José Carlos. *Textos Básicos*, Madrid: Fondo de Cultura Económica, 1991.

58. Mariátegui, José Carlos. *Ideología y Política*. Lima: Biblioteca Amauta, 1969.

59. Mariátegui, José Carlos. *Siete ensayos de interpretación de la realidad peruana*. Lima: Ed. Minerva, 1973.

60. Martín, José Luis. *La narrativa de Vargas Llosa. Acercamiento estilístico*. Madrid: Gredos, 1974.

61. Martínez Maldonado, Francisco Javier. *Juegos infantiles latinoamericanos*. Sevilla: Wanceulen. 2005.

62. Mejía, Víctor. *Mario Vargas Llosa: ciudad, arquitectura y paisaje*. Lima: Arquitectura PUCP publicaciones, 2016.

63. Mignolo, Walter. *Capitalismo y geopolítica del conocimiento. El eurocentrismo y la filosofía de la liberación en el debate intelectual contemporáneo*. Buenos Aires: Ediciones del Signo, 2001.

64. Montoto, Luis. *Un paquete de cartas, de modismos, locuciones, frases hechas, frases proverbiales y frases familiares*. Sevilla: Oicina tipográica, 1888.

65. Moore, Melisa. *En la encrucijada: las ciencias sociales y la novela en el Perú. Lecturas paralelas de Todas las sangres*. Lima: Fondo Editorial Universidad Nacional Mayor de San Marcos, 2003.

66. Moraña, Mabel. *Arguedas/Vargas Llosa. Dilemas y ensamblajes*. Madrid: Iberoamericana, Vervuert y Librería Sur, 2013.

67. Morales Mena, Javier. *La representación de la literatura en la ensayística de Mario Vargas Llosa*. Buenos Aires: Katatay, 2019.

68. Morote, Herbert. *Vargas Llosa, Tal Cual*. Lima: Jaime Campodónico Editor, 1997

69. Onetti, Juan Carlos. *Para una tumba sin nombre*. Barcelona: Seix Barral, 1980.

70. Ong, Walter J. *Orality and Literacy. The Technologizing of the Word*. Methuen: London and New York, 1982.

71. Ortega y Gasset, José. *Obras completas, Vol.4*. Madrid: Alianza Editorial, 1983.

72. Ortiz Rescaniere, Alejandro. *De Adaneva a Inkarrí*. Lima: Retable de Papel,1973.

73. Ossio Acuña, Juan M. *Las paradojas del Perú oficial: indigenismo, democracia y crisis estructural*, prólogo de Mario Vargas Llosa. Lima: Pontificia Universidad Católica del Perú/Fondo Editorial, 1994.

74. Oviedo, José Miguel. *Mario Vargas Llosa: La invención de una realidad*. Barcelona: Barral editores, 1970.

75. Palerm, Ángel. *Obra Polémica de Gonzalo Aguirre Beltrán*. México: Instituto Nacional de Antropología e Historia, 1976.

76. Paz, Octavio. *El ogro filantrópico. Historia y política 1971-1978*, México: Joaquín Mortiz.1979.

77. Paz, Octavio. *Hombres en su siglo*. Argentina: Seix Barral, 1990.

78. Paz, Octavio. *Las perlas del olmo (1957)*. Bogotá: La Oveja Negra, 1984.

79. Paz, Octavio. *Obras completas VI. Ideas y costumbres. La letra y el cetro. Usos y símbolos*. Barcelona: Galaxia Gutenberg/ Círculo de lectores, 2003.

80. Pinto, Ismael. *Trece preguntas a Mario Vargas Llosa*. Lima: Expreso, 1966.

81. Quijano, Aníbal. *Dominación y cultura. Lo cholo y el conflicto cultural en el Perú*. Lima: Mosca Azul Editorial, 1980.

82. Rama, Ángel y Vargas Llosa, Mario. *García Márquez y la problemática de la novela*. Buenos Aires: Corregidor-Marcha, 1973.

83. Rama, Ángel. *La ciudad letrada*. Montevideo: Arca, 1998.

84. Rama, Ángel. *La Novela en América Latina. Panoramas 1920-1980*. Montevideo: Fundación Ángel Rama/ Universidad Veracruzana, 1986.

85. Rodríguez Rea, Miguel Ángel. *Tras las huellas de un critico: Mario Vargas Llosa,1954-1959*. Lima: Pontificia Universidad Católica Del Perú, Fondo Editorial, 1996.

86. Rojas, Mauricio. *Pasión por la libertad: El liberalismo integral de Mario*

Vargas Llosa. Madrid: Fundaci ó n FAES, 2011.

87. Romero, José Luis. *La ciudad occidental. Culturas urbanas en Europa y América.* Buenos Aires: Siglo XXI Editores, 2000.

88. Ruiz, Juan Cruz. *Encuentros con Mario Vargas Llosa.* Madrid: Ediciones Deliberar, 2017.

89. Sartre, Jean Paul. *Las palabras.* Madrid: Editorial Alianza.1965.

90. Sartre, Jean Paul. *¿Qué es la literatura?* Buenos Aires: Losada, 1951.

91. Setti, Ricardo A. *Diálogo con Vargas Llosa...Sobre la vida y la política.* México: Kosmos editorial, 1988.

92. Soto, Ángel. Alberto Montaner, Carlos. Ñaupari, Héctor. Krause, Martín. Sabino, Carlos. *Borges, Paz, Vargas Llosa. Literatura y libertad en Latinoamérica.* Madrid: Unión Editorial, 2015.

93. Soto, Hernando de. *El otro sendero.* Lima: El Barranco, 1986.

94. Steel, Brian. *Diccionario de Americanismos. ABC of Latin American Spanish.* Madrid: Sociedad General Española de Librería, Alcobendas, 1990.

95. Sumner, William Graham. *War and Other Essays.* New Haven: Yale University Press, 1911.

96. Tejera, Luis Quintana. *Las novelas del siglo XXI de Mario Vargas Llosa.* México: Ediciones Eón, 2011.

97. Torrente Ballester, Gonzalo. *Teatro Español Contemporáneo,* Madrid, Guadarrama, 1968.

98. Tuesta, Max Silvia. *Mario Vargas Llosa. Interpretación de una Vida.* Lima: Editorial San Marcos, E.I.R.L, 2012.

99. Tuesta, Max Silva. *Psicoanálisis de Vargas Llosa.* Lima: Editorial Leo, 2005.

100. Unamuno, Miguel de. *Algunas consideraciones sobre la literatura hispanoamericana.* Madrid: Espasa-Calpe, 1947.

101. Urquidi Illanes, Julia. *Lo que varguitas no dijo.* La Paz: Editorial Khana Cruz, 1983.

102. Valenzuela, Jorge. *Principios comprometidos. Mario Vargas Llosa entre la literatura y la política*. Lima: Cuerpo de la Metáfora, 2013.

103. Villanueva, Darío. *Estructura y tiempo reducido en la novela*. Valencia(España): Editorial Bello. 1977.

104. Vilela, Sergio. *El cadete Vargas Llosa*. Santiago de chile: Planeta, 2003.

105. Villega Vega, Nataly. *Mario Vargas Llosa, intellectuel cosmopolite*. Madrid: Euroeditions, 2008.

106. Williams, Raymond Leslie. *Mario Vargas Llosa*. New York, Ungar Publishing Company, 1986.

107. Williams, Raymond Leslie. *Vargas Llosa, otra historia de un deicidio*. Madrid: Aguilar, 2001.

108. Zavaleta, Carlos Eduardo. *El cielo sin cielo de Lima*. Lima: Secretaría de Educación y Cultura, 1986.

109. Zorrilla, Zein. *Vargas Llosa y su demonio mayor: La sombra del padre*. Lima: Librosperuanos. com, 2015.

三、学位论文

1. Conus, Jeria. y Alfredo, Jorge. *Cultura de masas en La tía Julia y El escribidor de Mario Vargas Llosa*. Universidad de Chile, 2005.

2. Dale, Anja. *Oralidad, escritura, eurocentrismo y anti-colonialismo en El hablador de Mario Vargas Llosa*. Universitetet I Oslo, 2007.

3. García Linares, Hemil. *Medios masivos, parodia y discurso lúdico en La tía Julia y el escribidor de Mario Vargas Llosa y Oscar y las mujeres de Santiago Roncagliolo*. George Mason University, 2014.

4. González Ruiz, Julio. *Interferencia de voces, historia e ideología en Conversación en la catedral de Mario Vargas Llosa*. Universidad de Ottawa, 1996.

5. Hou, Jian. *Buitre o fénix : la traducción y la recepción de la obra de Mario Vargas Llosa en China*. Universidad de Huelva, 2017.

6. Jonsson, Petter. *Tres lecturas de las novelas de Mario Vargas Llosa: Interpretación psicoanalítica de la producción novelesca de un autor.* Lund University, 2009.

7. León Restrepo, Ana María. *Relación interartística en Los cuadernos de don Rigoberto de Mario Vargas Llosa.* Universidad EAFIT, 2012.

8. Mao, Pin. *La parodia en la narrativa de Mario Vargas Llosa: La tía Julia y el escribidor y El hablador.* Universidad Autónoma de Madrid, 2010.

9. Méndez Herra, José A. *La estructura narrativa de La casa verde de Mario Vargas Llosa.* Univerisity of Texas at Austin, 1970.

10. Ordóñez Díaz, Leonardo. *La selva contada por los narradores. Ecología política en novelas y cuentos hispanoamericanos de la selva.* Université de Montréal, 2016.

11. Viúdez Beltrán, César. *Piedra de toque-Poética periodística de Mario Vargas Llosa.* Valencia: Universidad Cardenal Herrera, 2007.

12. Watnicki Echeverria, Ellen. *La significación de la mujer en la narrativa de Mario Vargas Llosa.* Universidad Complutense de Madrid. 1993.

四、期刊论文

1. Aínsa, Fernando. "La arcadia como antesala del infierno (el motivo de la selva amazónica en la obra de Vargas Llosa)", *Ínsula: Revista de letras y ciencias humanas*, No.624, 1998. pp. 4-5.

2. Alburquerque, Germán. "El pensamiento político de Octavio Paz y Mario Vargas Llosa: América Latina en el mundo polarizado", *Años 90, Porto Alegre*, Vol.16, No. 29, 2009. pp. 261-290.

3. Alcalde Martín, Carlos. "Elogio de la madrastra, erotismo y tragedia", María Guadalupe Fernández Ariza (ed.), *Homo Ludens: Homenaje a Vargas Llosa*, Málaga(España): Ayuntamiento de Málaga, 2007, pp.85-102.

4. Alvarado, Agustín Prado. "Rubén Darío en la poética de Vargas Llosa", *Svět Literatury*, Vol.26, 2016. pp. 110-117.

5. Arrigoitia, Luis de. "Machismo: folklore y creación en Vargas Llosa", *Sin*

Nombre, Vol.13, No.4, 1983. pp. 7-24.

6. Béjar, Eduardo. "La fuga erótica de Mario Vargas Llosa", *Symposium,* Vol.46, No.4, Winter 1992. pp. 243-256.

7. Benedetti, Mario. "Vargas Llosa y su fértil escándalo", *Letras del continente mestizo*, Montevideo: Arca, 1967. pp. 237-258.

8. Berg, Walter Bruno. "Entre zorros y radioteatros: Mito y realidad en la novelística de Arguedas y Vargas Llosa", *Inti*, Vol.29-30, 1989. pp. 119-132.

9. Bhabha, Homi. "Of mimicry and man: the ambivalence of colonial discourse", *Discipleship: A Special Issue on Psychoanalysis*, 28, Spring, 1984. pp. 125-133.

10. Birkenmaier, Anke. "Transparencia del subconsciente: escritura automática, melodrama y radio en *La tía Julia y el escribidor*", *Revista iberoamericana*, nº 224, 2008, pp.685-701.

11. Boldori, Rosa. "Mario Vargas Llosa: angustia, rebelión y compromiso en la nueva literatura peruana", *Letras*, Vol.78-79, 1967. pp. 26-45.

12. Bortoluzzi, Manfredi. "El Mito del Pishtaco", *Lituma en Los Andes* de Mario Vargas Llosa, *Mitologías Hoy*, 8, Invierno, 2013. pp. 93-114.

13. Brown, James W. "El síndrome del expatriado: Mario Vargas Llosa y el racismo peruano". José Miguel Oviedo (ed.). *Mario Vargas Llosa*. Madrid: Taurus, 1981. pp.15-24.

14. Caballero, Arturo. "Hayek, Popper y Berlín. Fuentes del pensamiento liberal de Mario Vargas Llosa", *Contexto. Revista crítica de literatura*, Vol.3, 2012. pp. 29-54.

15. Calderón, Alfonso. "El hombre y sus demonios(reportaje)", *Ercilla*, No.1769. mayo 14-20, 1969. pp. 52-55.

16. Camelo, Marcelo. "Conversación con Vargas Llosa", *Revista Diners*. No.32. Bogotá: Panamericana, 1989. pp. 23-27.

17. Castañeda, Belén S. "Mario Vargas Llosa: El novelista como crítico", *Hispanic review* ,Vol.58, No.3, 1990. pp. 347-359.

18. Castañeda, Belén S. "Mario Vargas Llosa y la función social de la literatura". *La voluntad del humanismo*. Eds. B. Ciplijauskaisté y C. Maruer. Barcelona: Anthropos,1990, pp.249-260.

19. Castro-Klarén, Sara. "Locura y dolor. La elaboración de la historia en *Os Sertões* y *La guerra del fin del mundo*", *Revista de Crítica literaria latinoamericana*, oct. 1984. pp. 207-231.

20. Cegarra, J. A. "Modernización, ciudad y literatura", *Contexto (Segunda etapa)* 6, 2002. pp. 105-114.

21. Chang-Rodríguez, Raquel. "La obra de Rubén Darío en el juicio juvenil de Mario Vargas Llosa", *Anales de Literatura Hispanoamericana*, Vol.46, No. Especial, 2017. pp. 207-216.

22. Cousiño Valdés, Carlos. "Mario Vargas Llosa: *La utopía arcaica. José María Arguedas y las ficciones del indigenismo*", *Estudios públicos*, Vol.72, 1998. pp. 293-304.

23. Cornejo Polar, Antonio. "Hipótesis sobre la narrativa peruana última", *Sobre literatura y crítica latinoamericana*, Lima: CELACP. 2013. pp. 157-167.

24. Cornejo Polar, Antonio "La literatura hispanoamericana del siglo XIX: continuidad y ruptura (Hipótesis a partir del caso andino)", *Esplendores y miserias del siglo XIX. Cultura y sociedad en América Latina*, Beatriz González Stephan (eds.),Venezuela: Monte Ávila Editores Latinoamericana, 1995. pp.11-24.

25. Corral, Wilfrido. "Mario Vargas Llosa. La Utopía Arcaica: José María Arguedas y las ficciones del indigenismo México D.F. Fondo de Cultura Económica, 1996", *Revista Hispánica Moderna*, 51, 1998. pp. 196-200.

26. Domínguez Castro, María Esperanza. "Vargas llosa y *Las travesuras de la niña mala*, Gabriel García Márquez y *Memoria de mis putas tristes*:¿epígonos de sí mismos?", *Anales de Literatura Hispanoamericana*, Vol.40, 2011. pp. 363-384.

27. Eduardo Urdanivia Bertarelli, "Realismo y consecuencias políticas en *Historia de Mayta*", *Revista de crítica literaria latinoamericana*, Vol.12,

No.23, 1986. pp. 135-140.

28. Elmore, Peter. "Imágenes literarias de la modernidad, entre *Conversación en La Catedral* de Vargas Llosa y *El Zorro de Arriba y El Zorro de Abajo* de Arguedas", *Revista Márgenes*, octubre, 1987. pp. 23-42.

29. Escárzaga, Fabiola. "La utopía arcaica y el racismo del escribidor." *El debate latinoamericano.* Volumen 5, *Tradición y emenacipación cultural en América Latina.* México: Siglo XXI, 2005. pp.148-174.

30. Fauquié, Rafael. "La ética como escritura. Llosa y Octavio Paz", *Esp é culo: Revista de estudios literarios*, 2005.

31. Fernández-Cozman, Camilo Rubén. "El etnocentrismo radical en *la utopía arcaica* y *La civilización del espectáculo* de mario vargas llosa", *Castilla. Estudios de Literatura*, Vol.7, 2016. pp. 517-539.

32. Fernández-Cozman, Camilo Rubén. "La utopía de Vargas Llosa", *Alma Mater*, vol.13-14, 1997. pp. 113-117.

33. Fernández-López, Claudia Saraí. "Cronotopo de las ciudades en *Travesuras de la niña mala*, de Mario Vargas Llosa". *La Colmena*, n.º 89, 2016, pp.45-54.

34. Forgues, Roland. "Escritura e ideología en *La tía Julia y el escribidor* de Mario Vargas Llosa". Néstor Tenorio Requejo (ed.); *Mario Vargas Llosa: El fuego de la literatura*, Lima: Arteidea Editores, 2001, pp.211-226.

35. Franco, Jean. "Lectura de *Conversación en La Catedral*", *Revista Iberoamericana*, Vol.37, No.5, 1971. pp. 763-768.

36. Franco, Sergio R. "Tecnologías de la representación en *El hablador,* de Mario Vargas Llosa", *Espéculo: Revista de Estudios Literarios*, No.30, 2005.

37. Frank, Roslyn M. "El estilo de *Los cachorros*", *Anales de Literatura Hispanoamericana*, No.2-3, 1973-74. pp.569-591.

38. Fuente González, Miguel Ángel de la. "Problemas de puntuación en La fiesta del chivo, de Mario Vargas Llosa", *Espetáculo. Revista de estudios literarios*, No. 28, 2004.

39. Gallegos de Dios, Osbaldo Amauri. "Redes político- intelectuales entre Mario Vargas Llosa y Octavio Paz", *Sincronía*, No. 67, enero-junio, 2015.

40. García-Bedoya, Carlos. "El malestar de la cultura. A propósito de La civilización del espectáculo de Mario Vargas Llosa", *Contextos. Revista crítica de literatura*, Vol.3, 2012. pp. 55-80.

41. Gladieu, Marie Madeleine. "Fe, Utopía y Fanatismo: El enfoque unilateral de la realidad", *La guerra del fin del mundo. Explicación de textos literarios*, Vol.XXV, No.2, 1996-1997. pp. 111-118.

42. Gnutzmann, Rita. "Mitología y realidad socio-histórica", *El hablador* de Vargas Llosa. *Anales de Literatura hispanoamericana*, 21, 1992. pp. 421-435.

43. González Ortega, Nelson. "Fronteras del relato: El hablador de Mario Vargas Llosa ¿novela o reporte etnográfico?", *Mitologías hoy*, 3, otoño 2011. pp. 35-45.

44 Guichot Muñoz, Elena. "El teatro vargasllosiano de los ochenta: la mujer entre la tinta y la sangre", *Revista Chilena de Literatura*, noviembre, No.80, 2011. pp. 29-50.

45. Guillermo Huacuja, Mario. "Los amores de un escritor soberbio", *Nexos*, 1 de agosto de 2006. pp. 92-93.

46. Guillermo Prieto, Alma. "The Bitter Education of Vargas Llosa", *The New York Review of Books*, 26, May,1994. 41(10), pp. 19-24.

47. Hebra, Hedy. "El arte como espejo: función y trascendencia de la creación artística de *Los cuadernos de don Rigoberto*". Confluencia, Vol.18, No.2, 2003. pp. 160-170.

48. Hebra, Hedy. "Postmodernidad y reflexividad estética en *Los cuadernos de don Rigoberto*", *Chasqui*, 2001. pp. 81-93.

49. Henighan, Stephan. "Nuevas versiones de lo femenino en *La fiesta del chivo, El paraíso en la otra esquina* y *Travesuras de la niña mala*", *Hispanic Review*, Vol.77, Nº 3, 2009. pp. 369-388.

50. Huamán, Miguel Ángel. "La Escritura Utópica de Mario Vargas Llosa",

Letras : Órgano de la Facultad de Letras y Ciencias Humanas, Vol.81, N° 116, 2011. pp.45-56.

51. Huamán, Miguel Ángel. "Reseña-*Mario Vargas Llosa: Análisis Introductorio de Sara Castro-Klarén*". *Revista de Crítica Literaria Latinoamericana*, Vol.15, N°29, 1989. pp.337-339.

52. Jersonsky, Eva. "Las ciudades fuera de lugar: la Lima de Sebastián Salazar Bondy y Mario Vargas Llosa", *Extravío. Revista electrónica de literatura comparada*, No.8, 2015. pp. 72-85.

53. José Pérez, Antonio. "Juego y tradición folclórica en una novela de Mario Vargas Llosa", *Olivar,* 18, 2012. pp. 343-361.

54. Kim, Euisuk. "Deseo, fantasía y masoquismo en *Los cuadernos de don Rigoberto* de Mario Vargas Llosa". *Confluencia*, Vol.26, N° 2, 2011. pp.13-20.

55. Kokotovic, Misha. "Mario Vargas Llosa Writes of(f) the Native: Modernity and Cultural Heterogeneity in Peru", *Revista Canadiense de Estudios Hispánicos*, 25, 3, 2001. pp. 445-467.

56. Lapesa, Rafael. "Unidad y variedad de la lengua Española", *Cuenta ya Razón*, Vol.8, 1982. pp. 21-33.

57. López Jiménez, Sinesio. "Intelectuales y Políticos en el Perú del siglo XX", *Pensamiento político peruano, 1930-1968*, Lima, Desco, 1990. pp. 30-40.

58. Luz Carrillo, Sonia. "Mario Vargas Llosa y Juan Carlos Onetti, entorno al poder de la invención", *Escritura y pensamiento*, Vol.II, No.3, 1999. pp. 85-94.

59. Marsal, Juan Francisco. "¿Qué es un intelectual en América Latina?", *Los intelectuales políticos*, Buenos Aires, Ediciones Nueva Visión, 1971. pp. 103-106.

60. Martínez Rubio, José. "Reseña: *La civilización del espectáculo* de Mario Vargas Llosa", *Caracteres*, Vol.1, N° 2, 2012. pp. 102-108.

61. Martínez Gómez, Juana. "El periodismo en la literatura. Impresiones de la realidad en la narrativa de Vargas Llosa", *Revista Letras*, Vol.116, N° 81, 2011.

p. 7-23.

62. Martos, Marco. "Piura en la obra narrativa de Mario Vargas Llosa". *Revista Letral*, N° 21, 2019. pp.204-223.

63. M. F., "Conversación con Vargas Llosa", *Suplemento de Imagen*, agosto de 1967, no.6. pp.1-15.

64. Mujica, Ramón. "Mario Vargas Llosa y la negación occidental del mundo andino", *Debate*, (19) 94, mayo-junio, 1997. pp. 40-44.

65. Martínez Arias, Jack. "Moraña, Mabel. Arguedas/Vargas Llosa: Dilemas y Ensamblajes", *Hispanic Review*, summer 2015. pp. 367-370.

66. Martínez Cantón, Clara Isabel. "El indigenismo en la obra de Vargas Llosa", *Esp é culo: Revista de estudios literarios*, No.38, 2008.

67. Marti-Peña, Guadalupe. "El teatro de ser: dualidad y desdoblamiento en la escenificación narrativa de *Los cuadernos de don Rigoberto*, de Mario Vargas Llosa", *Revista canadiense de estudios hispánicos*, 2001. pp.355-375

68. Marti-Peña, Guadalupe. "Egon Schiele y *Los cuadernos de don Rigoberto de Mario Vargas Llosa: Iconotextualidad e intermedialidad.*" *Revista Iberoamericana*, Vol.LXVI, N°190, 2000, pp.93-111.

69. Mayer, Enrique. "Perú in deep trouble: Mario Vargas Llosa´s inquest in the Andes reexamined", *Cultural Anthropology,* Vol.6, N° 4, 1991. pp. 466-504.

70. Nitschack, Horst. "Mario Vargas Llosa: La ficcionalización de la historia", *La guerra del fin del mundo, Revista Chilena de literatura*, N° 80, 2011. pp. 117-133.

71. Nogué, Joan. "Jordi de San Eugenio Vela. La dimensión comunicativa del paisaje. Una propuesta teórica y aplicada", *Revista de Geografía Norte Grande.* Vol.49, 2011. pp. 25-43.

72. Ninapayta, Jorge. "Vargas Llosa y el boom de la novela latinoamericana", *La casa de cartón de OXY*, N° 8, 1996. pp. 2-9.

73. Naxe, Vincent. " (Vargas Llosa) Teatro", *Turismo*, Vol.18, N° 171, 1954. pp.25-26.

74. Noemi Perilli, Carmen. "La familia literaria latinoamericana en el ensayo de Mario Vargas Llosa", *Espéculo*, 04, 2009.

75. O'Bryan, Jean. "El escritor y el hablador: en búsqueda de una identidad peruana", *Lexis*, Vol.14, Nº 1, 1990. pp.81-96.

76. Oliart, Alberto. "La Tercera novela de Vargas Llosa", *Mario Vargas Llosa: el escritor y la crítica*. Ed. José Miguel Oviedo, Madrid, Taurus, 1981.

77. Ortega González-Rubio, Mar Estela. "La relación biografía/ideología en *La ciudad y los perros*, de Mario Vargas Llosa". *Espéculo*: *Revista de estudios literarios*, No.29, 2005.

78. Osorio Tejada, Nelson. "La expresión de los niveles de realidad en la narrativa de Vargas Llosa", *Novelistas hispanoamericanos de hoy*. Juan Loveluck (eds.), Madrid : Taurus, 1972. pp.237-248.

79. Oviedo, José Miguel. "*Historia de Mayta*: una reflexión política en forma de novela", *Antípodas. Journal of Hispanic Studies at the University of Auckland*, 1, December 1988. pp. 142-159.

80. Oviedo, José Miguel. "*Los Cachorros*: fragmentos de una exploración total", *Homenaje a Mario Vargas Llosa*, 1971. pp.347-356.

81. Oviedo, José Miguel. "Mario Vargas Llosa: la alternativa del humor (seis problemas para MVLl)", *Palabra de Escándalo*, ed., Julio Ortega. Barcelona: Tuequets. 1974. pp. 315-335.

82. Oviedo, José Miguel. "Vargas Llosa entre Sartre y Camus", *Hispanoamérica en sus textos: ciclo de conferencias* (A Coruña, 1992), Eva Valcárcel (ed.). A Coruña: Universidade da Coruña. Servizo de Publicacións, 1993. pp. 85-96.

83. Ortega, Julio. "García Márquez y Vargas Llosa, imitados", *Revista Iberoamericana*, Vol.52, Nº.137, 1986. pp. 971-978.

84. Ortega, Julio. Antonio Cornejo Polar, Vargas Llosa y otros. "José María Arguedas: indigenismo y mestizaje cultural como crisis contemporánea hispanoamericana", *Anthropos*, Vol.2, Nº 128, 1992. Pp.15-76.

85. Ortiz Rodríguez, María de las Mercedes. "La Fisura Irremediable: Indígenas,

Regiones y Nación en Tres Novelas de Mario Vargas Llosa", *Antípoda*, No.15, 2012. pp. 111-136.

86. Portugal, José Alberto. "Héroes de nuestro tiempo. La formulación de la figura del protagonista en tres narraciones de M. Vargas Llosa, A. Bryce y M. Gutiérrez", *Revista de Crítica Literaria Latinoamericana*, Vol.30, No.59, 2004. pp. 229-248.

87. Pribyl, Rosario de. "Evidencias médico antropológicas sobre el origen del Pishtaco", *Revista Peruana de Medicina Experimental y Salud Publica*, Vol.27, N° 1, 2010. pp.123-137.

88. Quintana Tejera, Luis. "Seducción, crotismo y amor en *Travesuras de la niña mala*", *Narrativas: Revista de narrativa contemporánea en castellano*, No.10, 2008 (Issue dedicated to: Narrativa erótica). pp. 13-19.

89. Rama, Ángel. "Reseña de *La ciudad y los perros*", *LyS*, Vol. 1, No.1, octubre-diciembre 1965. pp. 117-121.

90. Rama, Ángel. "*La guerra del fin del mundo*. Una obra maestra del fanatismo artístico", *La crítica de la cultura en América Latina*, Caracas: Biblioteca Ayacucho, 1985, pp. 335-363.

91. Rechhia Paez, Juan. "Reseña de: Mabel Moraña, Arguedas/Vargas Llosa: Dilemas y Ensamblajes", *Orbis Tertius*, Vol.XIX, No.20, 2014. pp. 224-226.

92. Ricardou, Jean. "Temps et description dans le récit dáujourd´hui", *Probñémes du nouveau roman*, París: Seuil, 1967. pp. 161-170.

93. Rivas, José Andrés. "*El hablador:* Metáfora de una autobiografía nostálgica", *Antípodas*, Vol.1, 1989. pp. 190-200.

94. Rodríguez Monegal, Emir. "Madurez de Vargas llosa", *Mundo Nuevo*, No.3.1967. pp. 62-72.

95. Rosaldo, Renato. "Imperialist nostalgia", *Representations*, Vol.26, 1989. pp. 107-122.

96. Rowe, William. "De los indigenismos en el Perú: examen de argumentos", *Revista Iberoamericana*, Vol.186, 1999. pp. 191-197.

97. Rowe, William. "Vargas llosa y el lugar de enunciación autoritario", *Ensayos de hermenéutica cultural*. Buenos Aires, Beatriz Viterbo Editora, 1997. pp. 65-78.

98. Schlickers, Sabine. "*Conversación en La Catedral* y *La guerra del fin del mundo* de Mario Vargas Llosa: Novela Totalizada y Novela Total", *Revista de Crítica Literatura Latinoamericana*, No.48, Lima, 1998. pp. 183-221.

99. Schlickers, Sabine. "La mujer trastornada en la literatura del siglo XXI: La fiesta del chivo de Mario Vargas Llosa, Letargo de Perla Suez, Distancia de rescate de Samanta Schweblin y El último día de las vacaciones de Inés Garland", *Revista Estudios*, Vol.31, No.2, 2015. pp. 1-17.

100. Sommers, Joseph. "Literatura e ideología: el militarismo en la novelas de Vargas Llosa", *Revista de Crítica Literaria Latinoamericana*, Año 1, No.2, 1975. pp. 87-112.

101. Standish, Peter. "Vargas Llosa´s Parrot", *Hispanic Review*, 59, 2, 1991. pp. 143-151.

102. Schweikart, David. "Sartre, Camus and a Marxism for the 21st Century", *Sartre Studies International*, Vol.24, No.2, 2018. pp. 1–24.

103. Steele, Cynthia. "Mario Vargas Llosa, *El hablador*", *Revista Crítica Literaria Latinoamericana*, No.30, Lima, 1989. pp. 365-367.

104. Sommer, Doris. "About-Face:The Talker Turns", *Boundary*, 2, 23,1996. pp. 91-133.

105. Shils, Edward. "Intelecuals and responsibility", *The Political Responsibility of Intelectuals*. New York: Cambridge University Press, 1990. pp. 257-306.

106. Spielmann, Ellen. "Los costos de una huachafería limeña: Boucher, Tiziano y Bacon en manos de Vargas Llosa". *Revista de Crítica Literaria Latinoamericana,* Vol.28, n. 56.2002, pp.53-67.

107. Signorelli, Amalia. "Cultura popular y cultura de masas: notas para un debate", *Estudios Sobre Culturas Contemporáneas*, Vol.2, 1982. pp. 109-122.

108. Tascón, Valentín. Fernando Soria Heredia (eds.) *Literatura y Sociedad en*

América Latina, Salamanca: San Estebán, 1981.

109. Tcherepashenets, Nataly. "El amor en la traducción: *Travesuras de la niña mala* de Mario Vargas Llosa y la novela europea decimonónica", *Káñina, Rev. Artes y Letras*, (1) 2016. pp. 13-20.

110. Tealdo, Alfonso. "Cómo atrapar el ángel (1966)". *Mario Vargas llosa. Entrevistas escogidas*. Lima: Fondo Editorial Cultura Peruana, 2004. pp.19-27.

111. Tuesta, Max Silva. "Mario Vargas Llosa y la 'escena originaria'", *Liberabit*, No.13, 2007. pp. 79-88.

112. Uribe, Germán. "Papel del escritor en América Latina", *Mundo Nuevo*, No.5. 1967. pp. 27-29.

113. Valenzuela Garcés, Jorge. "Escritores comprometidos, campo literario y novela total en los años sesenta. Mario Vargas llosa, lector de *Cien años de soledad*", *Letras*, Vol.81, No.116, 2010. pp. 25 43.

114. Vargas Llosa, Mario. "La novela", *Klahn Norma y Wilfrido H. Corral(eds.), Los novelistas como críticos (II). México: Fondo de Cultura Económica,1991*. pp.341-359.

115. Vargas Llosa, Mario. "Mesa redonda sobre "La ciudad y los perros", *Casa de las Américas*, Vol.30, 1965. pp. 63-80.

116. Vargas Llosa, Mario. "Questions of Conquest: What Columbus wrought, and what he did not", *American Educator,* Vol.16, Nº1, 1992. pp.25-27.

117. Vargas Llosa, Mario. "Updating Karl Popper", *PMLA,* october, 5, 1990. pp. 1018-1025.

118. Vargas Llosa, Mario. "Sebastián Salazar Bondy y la vocación del escritor en Perú", *Casa de las Américas*, No.45. 1966. pp. 11-27.

119. Vargas Llosa, Mario. "The Latin American Novel Today (Introduction)", *Books Abroad*, vol.44, No.1.1970. pp. 7-16.

120. Vargas Llosa, Mario. "Carta de batalla por Tirant lo Blanc", prólogo a: *Tirant lo Blanc*. Barcelona: Seix Barral. 1991. pp.3-24.

121. Vanden Berghe, Kristine. "Los trópicos de Mario Vargas Llosa, ¿tristes tópicos?", *Amazonía: civilizaciones y barbaries.* ed. Kristine Vanden Bergh. Belgique: Les éditions de l'Université de Liége, 2009. pp. 39-55.

122. Vanden Berghe, Kristine. "Mario Vargas Llosa y la ficción del indigenismo", *Alianzas entre historia y ficción. Homenaje a Patrick Collard.* Eugenia Houvenaghel & Ilse Logie. Switzcrland: Publisher Droz, 2009. pp. 305-314.

123. Volek, Emil. "*El hablador* de Vargas Llosa: Del realismo mágico a la postmodernidad", *Cuadernos hispanoamericanos*, N° 509,1992, pp.95-102.

124. Volek, Emil. "Utopías y distopías posmodernas: *El hablador* de Mario Vargas Llosa". Housková, Anna. Procházka, Marin (ed.) *Utopías del Nuevo Mundo.* Prague: Czech Academy of Sciences. 1993, pp.219-226.

125. Wiseman, David P. "Review: *Mundos alternos y artísticos en Vargas Llosa* by Hedy Habra", *Hispania*, Vol.97, No.4, 2014. pp. 695-696.

126. Zanelli, Carmela. "Mario Vargas Llosa: *La utopía arcaica. José María Arguedas y las ficciones del indigenismo*", *Lexis*, XXIII, 1, 1999. pp. 189-196.

五、会议论文

1. Aachen, Marga Graf. "'El lado de acá' - Los autores del boom y el discurso literario y cultural en Hispanoamérica a partir de los años sesenta", *Actas del XII Congreso de la Asociación Internacional de Hispanistas*: 21-26 de agosto de 1995, Birmingham, Vol.6, 1998. *Estudios hispanoamericanos I* / coord. By Trevor J. Dadson. pp. 268-274.

2. Cusato, Domenico Antonio. "La Chunga de Mario Vargas Llosa: tiempos y perspectivas de la memoria", *Atti del XXI Convegno [Associazione Ispanisti Italiani]*: Salamanca 12-14 settembre, 2002 coord. by Domenico Antonio Cusato, Loretta Frattale, Gabriele Morelli, Pietro Taravacci, Belén Tejerina, Vol.1, 2004 (Letteratura della memoria). pp. 273-286.

3. Enguita Utrilla, José María. "Peculiaridades léxicas en la novela hispanoamericana actual (a propósito de ¿*Quién mató a Palomino Molero*? de M.Vargas Llosa", en Manuel Ariza, Antonio Salvador, Antonio Viudas

(editores), *Actas del I Congreso Internacional de Historia de la Lengua Española*, Cáceres, 30 de marzo- 4 de abril de 1987, Arco/Libros, Madrid, pp.785-806.

4. Gutiérrez Quezada, Esteban. "'Terminaré rebanándoles el sebo': Las narraciones del Pishtaco en el mundo andino", *Folklore y Tradición Oral en Arqueología Vol. III. Memorias del IV Congreso Nacional y I Internacional de Folklore y Tradición Oral en Arqueología*, coord. América Malbrán Porto, Enrique Méndez Torres y Byron Francisco Hernández Morales, Centro deEstudios Sociales y Universitarios Americanos S.C., Vol.3, 2016. pp. 431-441.

5. Hare, Cecilia. "Peruanismos sintácticos y léxicos a través de la investigación lingüística de 'El Cantar de Agapito Robles', de Manuel Acorza", *El español de América. Actas del III Congreso internacional de El de Español América*, Valladolid, 3-9 de julio de1989, Junta de Castilla y León, Valladolid, 1991, 3 tomos: tomo 2. pp.731-738.

6. Jansen, André. "Al denunciar el fanatismo y la injusticia social, *La guerra del fin del mundo* propone el escepticismo y la condena de la violencia", *Actas del VIII* Congreso de la Asociación Internacional de Hispanistas, 1983.

7. Oviedo, José Miguel. "Recurrencia y divergencias en *Pantaleón y las visitadoras*", *Memorias del IV Congreso de la Nueva Narrativa Hispanoamericana*. Colombia: Cali, 1974.

8. Poupeney Hart, Catherine. "El cronista y el hablador. En torno a una permanencia", *Actas de la Asociación Internacional de Hispanistas X*. 1989. pp. 907-917.

9. Rodríguez, María Nayra. "Análisis de las coincidencias léxicas entre el español de América y el español de Canarias a través de *La Chunga* de Vargas Llosa", *XX Coloquio de Historia Canario-Americana*, coord, Elena Acosta Guerrero, 2014.

六、报刊文章

1. Ayala-Dip, Jorge Ernesto. "Realidad sin límites", *El País*, 8, 10, 2010.

2. Benedetti, Mario. "Ni corruptos ni contentos", *El País*, domingo, 08 de abril de 1984.

3. Bryce Echenique, Alfredo. "El retorno del amigo pródigo", *El Mundo,* Madrid, 07, 10, 1993.

4. Careaga, Roberto. "Cuba edita obra de Padilla, símbolo de la censura castrista", *La Tercera* (diario), Chile, 20 de febrero de 2013.

5. Conte, Rafael. "Vargas Llosa y la novela total", *Inform*, No.80, 15 de enero de 1970.

6. Contreras Morales, Oscar. "El intelectual barato Por Mario Vargas Llosa", *miércoles*, 16 de octubre de 2013.

7. Domínguez Michael, Christopher. "Onetti por Vargas Llosa", *Letras Libres*, 27 de julio de 2009.

8. Gilio, María Esther. "Onetti y sus demonios interiores", *Marcha*, Montevideo, no.1310, 01 de julio de 1966.

9. González Vigil, Ricardo. "Vargas Llosa: los Andes desde fuera". *El Dominical*. Lima: 19 de diciembre, 1993.

10. Gutiérrez Alcalá, Roberto. "Analizan el pensamiento político de Mario Vargas Llosa", *Gaceta UNAM*, abril de 2019.

11. García-posada, Miguel. "Hablando de sí mismo, Autobiografía y testimonio político de Vargas Llosa", *El país*, Madrid, 27 de marzo de 1993.

12. Krause, Enrique. "Mario Vargas Llosa: literatura y libertad", *Letras Libres*, 8 de octubre de 2010.

13. Lizarazo Cañón, María Paula. "Albert Camus y Jean Paul Sartre: la confrontación existencialista del siglo", *El Espectador,* 25 de noviembre de 2016.

14. Martín-Cabrera, Luis. "Contra la escritura letrada de Vargas Llosa", *Rebelión*, noviembre de 2010.

15. Millones, Luis. "Vargas Llosa y la mirada de Occidente andina". *El Peruano*. Lima. 12 de enero de 1994.

16. Méndez, José Luis. "El hechicero de la tribu y sus maleficios", *Estado Español*, CUBA. 18, 12, 2019.

17. Morgenfeld, Leandro. "Reseña *El hechicero de la tribu* de Atilio Borón". Vecinos en conflictos. 2 de septiembre de 2019.

18. Moynihan, Michael. "Gunter Grass Was a Finger-Wagging Scold", *Daily Beast*, Apr. 19, 2015.

19. Poniatonska, Elena. "*Al fin, un escritor que le apasiona escribir, no lo que se diga de sus libros: Mario Vargas Llosa*", *Suplemento de 'Siempre'*, 117. México, 7 de julio de, 1965.

20. Riva, Valerio. "Entrevista de Mario Vargas Llosa", *Panorama*, Roma, 2 de enero de 1984.

21. Ruiz Ortega, Gabriel. "El intelectual barato 2.0", *La fortaleza de la soledad*, 26, 2, 2017.

22. Soto, Ángel. "Literatura y política", *El Nacional*, 5 de octubre de 2015.

23. Vargas llosa, Mario. "Huellas de Gauguin", *El País*, 20 de enero de 2002.

24. Vargas llosa, Mario. "José María Arguedas(Narradores de Hoy)", *Suplemento dominical* de *El Comercio*, 9 de abril de 1955.

25. Vargas llosa, Mario. "Las putas tristes de Fidel", *El País*, 31 de octubre de 2004.

26. Vargas llosa, Mario. "Mario Benedetti: cien años", Opinión, *El País*, 04 de agosto de 2019.

27. Vargas llosa, Mario. "Recitando a Darío...", *Los Andes. Opinión.* Domingo, 20 de octubre de, 2019.

28. Vargas llosa, Mario. "El pene o la vida", *El Comercio*, Lima, 30 de enero de, 1994.

29. Vargas llosa, Mario. "El pensamiento liberal en la actualidad", *Letras Libres*, 31 de mayo de 2010.

30. Vargas llosa, Mario. "Entre tocayos-I", *El País*, miércoles, 13 de junio de 1984.

31. Volpi, Jorge. "El último de los mohicanos", *El País*, 27, abril, 2012.

32. Zavaleta, Carlos Eduardo. "Vargas Llosa y la ideología de Arguedas", *El Peruano/Opinión*, 3 de abril de 1997.

七、网络文献

1. Dante Castro, "*La fiesta del chivo y el Premio Nobel*". https://cercadoajeno. blogspot.com/2010/10/la-fiesta-del-chivo-y-el-premio-nobel.html

2. Gonzalo Portocarrero, "*Melanie Klein desde el Perú. Relevancia de la obra de Melanie Klein para las Ciencias Sociales: una apreciación desde el Perú*", http://gonzaloportocarrero.blogsome.com/2005/09/11/melanie-klein-desde-el-peru/#comments/

3. Krause, Enrique. "Mario Vargas Llosa: vida y libertad",01 noviembre 2010. https://enriquekrauze.com.mx/mario-vargas-llosa-vida-y-libertad/

4. "Muere el periodista Carlos Ney, mentor literario de Vargas Llosa", *Panama América*, 25 de noviembre de 2017. https://www.panamaamerica.com.pa/life-style/muere-el-periodista-carlos-ney-mentor-literario-de-vargas-llosa-1089566

5. Nueva York (AFP), "Vargas Llosa elogia a Onetti 'uno de los grandes' por su exploración del mal", *Centro de Formación Literaria Onelio Jorge Cardoso.* http://www.centronelio.cult.cu/noticia/vargas-llosa-elogia-onetti-uno-de-los-grandes-por-su-exploración-del-mal.

6. Pérez Zúñiga, Ernesto. "El revólver de Onetti (con balas de Vargas Llosa)", *Biblioteca Virtual Miguel de Cervantes*, 2013. http://www.cervantesvirtual. com/obra/el-revolver-de-onetti-con-balas-de-vargas-llosa/

7. Ruiz, Rosario Asensio. "Los americanismos en *Lituma en los Andes* de Mario Vargas Llosa". Alicante: Biblioteca Virtual Miguel de Cervantes, 2014. http://www.cervantesvirtual.com/obra/los-americanismos-en-lituma-en-los-andes-de-mario-vargas-llosa/

8. Vargas Llosa, Mario. "Literatura es fuego". https://www.literaterra.com/mario _vargas_llosa/la_literatura_es_fuego/

9. Vargas Llosa, Mario. "Primera obra de teatro, inédita. 1952", *Universidad Complutense*, Madrid: el 24 de noviembre de 2010. https://webs.ucm.es/ BUCM/escritores/mario_vargas_llosa/obras/obr1200.php

10. Velásquez Castro, Marcel. "El ensayo literario en la generación del cincuenta (Ribeyro, Salazar Bondy, Loayza)" https://studylib.es/doc/7182139/el-ensayo-literario-en-la-generación-del-50--ribeyro

11. Vidal Costa, Adriane. "Vargas Llosa: um intelectual latino-americano entre Sartrc c Camus", *Revista Brasileira de História & Ciências Sociais*, Julho de 2009. https://periodicos.furg.br/rbhcs/article/view/10352

12. William Rowe, "A propósito de *La utopía arcaica*¨, (entrevista de Rocío Silva Santisteban), http://w3.desco.org.pe/publicaciones/QH/QH/qh106rs.HTM

八、中文专著

1. 曹顺庆《比较文学学》，成都：四川大学出版社，2005 年。

2. （法）让-保尔·萨特《萨特自述》，黄忠晶、黄巍译，天津：天津人民出版社，2008 年。

3. 毛频《马里奥·巴尔加斯·略萨小说中的戏仿研究-以〈胡丽娅姨妈和作家〉与〈叙事人〉为例》，北京：对外经济贸易大学出版社，2013 年。

4. （美）华莱士·马丁《当代叙事学》，伍晓明译，北京：北京大学出版社，2005 年。

5. （美）雷蒙德·莱斯利·威廉姆斯《马里奥·巴尔加斯·略萨：他的文学人生》，袁枫译，哈尔滨：黑龙江教育出版社，2016 年。

6. （秘鲁）马里奥·巴尔加斯·略萨《给青年小说家的信》，赵德明译，上海：上海文艺出版社，2015 年。

7. （秘鲁）马里奥·巴尔加斯·略萨《谎言中的真实：巴尔加斯·略萨谈创作》，赵德明译，昆明：云南人民出版社，1997 年。

8. （秘鲁）马里奥·巴尔加斯·略萨《谎言中的真实》，赵德明译，昆明：云南人民出版社，1997 年。

9. （秘鲁）马里奥·巴尔加斯·略萨《水中鱼》，赵德明译，上海：上海：

华东师范大学出版社，2016 年。

10. （秘鲁）马里奥·巴尔加斯·略萨《挑战》，尹承东译，北京：人民文学出版社，2018 年。

11. （墨西哥）胡安·鲁尔福《佩德罗·巴拉莫》，屠孟超译，南京：译林出版社，2007 年。

12. （西班牙）安赫尔·埃斯特万，安娜·加列戈·奎尼亚斯著，《从马尔克斯到略萨，回溯"文学爆炸"》，侯健译，北京：生活 读书 新知 三联书店，2021 年。

13. （英）罗吉·福勒《现代西方文学批评术语词典》，袁德成译，成都：四川人民出版社，1987 年。

14. 赵德明《巴尔加斯·略萨传》，北京：新世界出版社，2005 年。

15. 赵德明《略萨传》，北京：中国长安出版社，2011 年。

16. （智利）何塞·多诺索《"文学爆炸"亲历记》，段若川译，昆明：云南人民出版社，1993 年。

17. 朱景冬、沈根发选编《拉丁美洲名作家短篇小说选》，武汉：长江文艺出版社，1982 年。

九、中文期刊

1. 白雪梅《"一切都是现在"——试析略萨〈绿房子〉的时空结构》，载《辽宁师专学报（社会科学版）》1999 年第 4 期。

2. （西）鲍斯盖《秘鲁作家巴尔加斯·略萨获法国最佳外国作品奖》，载《世界文学》1981 年第 3 期。

3. 陈春生、张意薇《巴尔加斯·略萨：一只啄食腐肉的"兀鹫"》，载《海南师范大学学报（社会科学版）》2011 年第 5 期。

4. 陈光孚《"结构现实主义"述评》，载《文艺研究》1982 年第 1 期。

5. 陈菱《〈绿房子〉的时空结构》，载《当代文坛》1991 年第 6 期，第 62-64 页。

6. 陈晓燕《两个"魔盒"，不同风景——莫言〈酒国〉与略萨〈胡利娅姨妈与作家〉比较》，载《中国比较文学》2018 年第 1 期。

7. 陈众议、格非、白烨、李敬泽《中国文学或需略萨这杯酒？》，载《北京日报》2011 年 6 月 23 日，http://news.youth.cn/wh/201106/t20110623_1624258.htm。

8. 陈众议《自由知识分子巴尔加斯·略萨》，载《外国文学动态》2010 年第 6 期。

9. 陈众议《为"马尔克斯"一辩》，载《中华读书报》2003 年 4 月 23 日。

10. 戴荧《异托邦〈略萨小说中的空间建构〉》，载《湖南城市学院学报》2013 年第 2 期。

11. 方志红《论巴尔加斯·略萨对阎连科小说创作的影响》，载《中国文学研究》2018 年第 2 期。

12. 高红梅《魔幻现实主义与国家话语的重构——魔幻现实主义与新时期中国文学》，载《社会科学家》2015 年第 9 期。

13. 龚翰熊、略萨《〈酒吧长谈〉的结构形态》，载《外国文学评论》1995 年第 4 期。

14. 郭存海《中国的国家形象构建：拉美的视角》，载《拉丁美洲研究》2016 年第 5 期。

15. 韩小蕙《中国作家向世界文坛学什么》，载《北京文学》1998 年第 1 期。

16. 姜伯静《面对略萨，作家们忒肉麻了》，载《深圳商报》2011 年 6 月 20 日。

17. 李冠华、何妍《虚构与现实——略萨小说诗学探析》，载《安徽文学（下半月）》2011 年第 7 期。

18. 李蕾《论略萨作品在中国的译介出版及对中国作家的影响》，载《出版广角》2017 年第 16 期。

19. 李森《绦虫寓言—巴尔加斯·略萨的《情爱笔记》》，载《花城》2003 年第 2 期。

20. 李星星《现代小说的空间形式—连通管—读略萨〈给青年小说家的信——连通管〉有感》，载《青年文学家》2017 年第 9 期。

21. 廖高会《论阎连科小说的魔幻诗学》，载《宁夏大学学报（人文社会科学版）》2021 年第 3 期。

22. 凌逾《小说空间叙述创意——以西西与略萨的跨媒介思维为例》，载《江西社会科学》2008 年第 4 期。

23. 刘桂茹《"戏仿"：术语辨析及其文学现象》，载《信阳师范学院学报（哲学社会科学版）》2012 年第 5 期。

24. 楼宇《中拉文化交流 70 年：以拉美文学作品汉译为例》，载《西南科技大学学报》2020 年第 4 期。

25. 孟宪臣《谈〈玛伊塔的故事〉的现实意义及艺术特色》，载《外国文学》1988 年第 21 期。

26. 齐金花《魔幻现实主义与幻觉现实主义文学生产肌理的比较——以马尔克斯与莫言为例》，载《中国比较文学》2020 年第 1 期。

27. 绍天《秘鲁作家略萨及其作品》，载《外国文艺》1979 年第 6 期。

28. 宋红英、高建国《论〈潘达雷昂上尉与劳军女郎〉中的"中国套盒"结构》，载《乐山师范学院学报》2018 年第 10 期。

29. 孙家孟《结构革命的先锋—论巴尔加斯·略萨及其作品《酒吧长谈》》，载《世界文学》1987 年第 1 期。

30. 滕威《从政治书写到形式先锋的移译——拉美"魔幻现实主义"与中国当代文学》，载《文艺争鸣》2006 年第 4 期。

31. 滕威《拉丁美洲文学翻译与中国当代文学》，载《中国比较文学》2007 年第 4 期。

32. 王红《本体与征象：略萨文学创作理论及〈城市与狗〉的伦理学批评》，载《文化与传播》2012 年第 4 期。

33. 王鹏程《"谎言中的真实"与"真实中的谎言"——论小说中现实与虚构的关系》，载《小说评论》2014 年第 3 期。

34. 王伟均《论略萨〈城市与狗〉中的暴力书写》，载《外国语文研究》2016 年第 5 期。

35. 吴恙《从中西文学交流失衡看"失语症"》，载《中外文化与文论》2019 年第 2 期。

36. 习近平《促进共同发展 共创美好未来：习近平在墨西哥参议院的演讲》，载《人民日报》2013 年 6 月 7 日第 2 版。

37. 晓牧《略萨的第一个剧本在马德里受到欢迎》载《译林》1983 年第 2 期。

38. 杨美霞《小说中的艺术与现实之"妙"——浅析巴尔加斯·略萨的结构现实主义小说特点》，载《湖北函授大学学报》2016 年第 7 期。

39. 杨文臣《对小说叙事的探索与革新——墨白与略萨、胡安·鲁尔福、马尔克斯等拉美作家小说文本的比较研究》，载《南腔北调》2018 年第 10 期。

40. 杨文臣《墨白与略萨的比较研究——以《欲望》与《绿房子》、《潘达雷昂上尉与劳军女郎》为例》，载《躬耕》2018 年第 7 期。

41. 叶兆言《马尔克斯与略萨》，载《中国企业家》2012 年第 18 期。

42. 尹志慧《福克纳与略萨创作主题对比研究》，载《唐山师范学院学报》2012 年第 3 期。

43. 张金玲《〈绿房子〉中的女人们》，载《甘肃高师学报》2004 年第 4 期。

44. 张婧琦、李维《论巴尔加斯·略萨由左及右的文学观》，载《齐齐哈尔大学学报（哲学社会科学版）》，2015 年第 5 期。

45. 张琼、黄德志《巴尔加斯·略萨在中国的译介及研究述评》，载《南京晓庄学院学报》2013 年第 29 期。

46. 张伟劼《略萨小说〈天堂在另外那个街角〉对西方文明的批判》，载《湖南科技大学学报（社会科学版）》2018 年第 2 期。

47. 张艳《时代悲剧的体现者—浅析巴尔加斯·略萨〈绿房子〉中的主人公形象》，载《阜阳师范学院学报（社会科学版）》2001 年第 5 期。

48. 赵晖、党琦《特稿：同舟共济扬帆起 乘风破浪万里航——写在习近平主席提出中拉命运共同体理念七周年之际》2021 年 7 月 16 日，http://www.xinhuanet.com/2021-07/16/c_1127662509.htm

49. 赵岚、刘家肇《再媒介化视域下中国当代少数民族文化身份建构与传播研究》，载《民族学刊》2021 年 8 月 9 日。

50. 周明燕《从略萨看后殖民作家与本土文化的疏离》，载《深圳大学学报》2011 年第 5 期。

附　录

附录一：巴尔加斯·略萨作品（西班牙语）及中译本列表

类型	出版时间	名　称	中译本名称	（最早）出版信息
小说	1957	*El Desafío*	《挑战》	尹承东译，2000；人民文学出版社，2018
	1959	*Los jefes*	《首领们》	尹承东译，2000；人民文学出版社，2018
	1963	*La ciudad y los perros*	《城市与狗》	赵德明译，外国文学出版社，1981
	1966	*La casa verde*	《青楼》、《绿房子》	韦平、韦拓译，云南人民出版社，1982；孙家孟、马林春译，外国文学出版社，1983
	1967	*Los cachorros*	《幼崽》、《崽儿们》	尹承东译，时代文艺出版社，2000；人民文学出版社，2018
	1969	*Conversación en La Catedral*	《酒吧长谈》	孙家孟译，云南人民出版社，1995
	1973	*Pantaleón y las visitadoras*	《潘上尉与劳军女郎》	孙家孟译，北京十月文艺出版社，1986
	1977	*La tía Julia y el escribidor*	《胡丽娅姨妈与作家》	赵德明，李德明译，云南人民出版社，1986

	1981	*La guerra del fin del mundo*	《世界末日之战》	赵德明等译，江苏人民出版社，1983
	1985	*Historia de Mayta*	《狂人玛依塔》	孟宪成、王成家译，云南人民出版社，1988
	1986	*¿Quién mató a Palomino Molero?*	《谁是杀人犯＋叙事人》	孙家孟译，时代文艺出版社，1996
	1987	*El hablador*	《谁是杀人犯＋叙事人》	孙家孟译，时代文艺出版社，1996
	1988	*Elogio de la madrastra*	《继母颂》	赵德明等译，时代文艺出版社，1996
	1993	*Lituma en los Andes*	《利图马在安第斯山》	李德明译，时代文艺出版社，2000
	1997	*Los cuadernos de don Rigoberto*	《情爱笔记》	赵德明译，百花文艺出版社，1999
	2000	*La fiesta del chivo*	《公羊的节日》	赵德明译，上海译文出版社，2009
	2003	*El paraíso en la otra esquina*	《天堂在另外那个街角》	赵德明译，上海译文出版社，2009
	2006	*Travesuras de la niña mala*	《坏女孩的恶作剧》	尹承东译，人民文学出版社，2010
	2010	*El sueño del celta*	《凯尔特人之梦》	孙家孟译，上海译文出版社，2016
	2013	*El héroe discreto*	《卑微的英雄》	莫娅妮译，上海译文出版社，2016
	2016	*Cinco esquinas*	《五个街角》	侯健译，人民文学出版社，2018
	2019	*Tiempos recios*	/	/
散文/论文、著作	1968	*La novela*	/	/
	1968	*La novela en América Latina : diálogo [entre Gabriel García Márquez y Mario Vargas Llosa]*	/	/
	1970	*Literatura en la revolución y revolución en la literatura / por Oscar Collazos, Julio Cortázar y Mario Vargas Llosa*	/	/

1971	*Historia secreta de una novela*	/	/
1971	*García Márquez: Historia de un deicidio*	/	/
1972	*El combate imaginario : las cartas de batalla de Joanot Martorell*	《给白脸蒂朗下战书》	朱景冬译，时代文艺出版社，2000
1973	*García Márquez y la problemática de la novela / Ángel Rama, Mario Vargas Llosa*	/	/
1975	*La orgía perpetua: Flaubert y Madame Bovary*	《无休止的纵欲》	朱景冬译，时代文艺出版社，2000
1978	*"José María Arguedas, entre sapos y halcones"*	/	/
1978	*La utopía arcaica*	/	/
1981	*Entre Sartre y Camus*	/	/
1983	*Contra viento y marca (1962-1982)*	《顶风破浪》	赵德明译，时代文艺出版社，2000
1984	*¨La suntuosa abundancia¨*	/	/
1985	*La cultura de la libertad, la libertad de la cultura*	/	/
1986	*Contra viento y marea. I (1962-1972) ; II (1972-1983)*	《顶风破浪》	赵德明译，时代文艺出版社，2000
1990	*Contra viento y marea. III (1983-1990)*	《顶风破浪》	赵德明译，时代文艺出版社，2000
1990	*Contra viento y marea. (1964-1988)*	《顶风破浪》	赵德明译，时代文艺出版社，2000
1990	*El debate*	/	/
1990	*La verdad de las mentiras*	《谎言中的真实》	赵德明译，昆明：云南人民出版社，1997
1991	*Carta de batalla por Tirant lo Blanc*	《给白脸蒂朗下战书》	/
1993	*El pez en el agua: memorias.*	《水中鱼》	赵德明译，时代文艺出版社，1996

1994	*Desafíos a la libertad*	/	/
1996	*La utopía arcaica: José María Arguedas y las ficciones del indigenismo*	/	/
1997	*Cartas a un joven novelista*	《中国套盒：致一位青年小说家》；《给青年小说家的信》	赵德明译，百花文艺出版社，2000；上海译文出版社，2004
1997	*Una historia no oficial*	/	/
2000	*El lenguaje de la pasión（1992- 2000）*	/	/
2001	*Bases para una interpretación de Rubén Darío：tesis universitaria（1958）*	/	/
2001	*Literatura y política*	/	/
2001	*Andes，（fotografías de Pablo Corral）*	/	/
2003	*Diario de Irak*	/	/
2003	*Escritos políticos y morales (Perú: 1954- 1965)*	/	/
2003	*Palma, valor nacional*	/	/
2004	*La tentación de lo imposible: Victor Hugo y Los miserables*	/	/
2005	*Ensayos literarios*	/	/
2006	*Diccionario del amante de América Latina*	/	/
2006	*Israel / Palestina: Paz o Guerra Santa*	/	/
2008	*El viaje a la ficción: El mundo de Juan Carlos Onetti*	/	/
2009	*Sables y utopías*	/	/
2010	*Sueño y realidad de América Latina*		
2012	*La civilización del espectáculo*	《做戏的文明》	赵德明译，第一章《外国文学》，2013 年第 2 期

	2013	*Diálogo con Navegante*	/	/
	2014	*La literatura es mi venganza*	/	/
	2015	*Elogio de la educación*	/	/
	2017	*Conversación en Princeton (2015)*	《普林斯顿文学课》	侯健（译），人民文学出版社，2020
	2018	*La llamada de la tribu*	/	/
	2020	*Medio siglo con Borges*	/	/
戏剧	1952	*La huida del Inca*	/	
	1981	*La señorita de Tacna*	《达克纳小姐》	赵德明等译，时代文艺出版社，2000
	1983	*Kathie y el hipopótamo*	/	/
	1986	*La Chunga*	《琼卡》	赵德明等译，时代文艺出版社，2000
	1993	*El loco de los balcones*	/	/
	2006	*Obra reunida : teatro*		
	2007	*Odiseo y Penélope*	/	/
	2008	*Al pie del Támesis*	/	/
	2009	*Las mil noches y una noche*	/	/
	2015	*Los cuentos de la peste*	/	/
广播剧	1994	*Ojos bonitos, cuadros feos*	/	/
童话	2010	*Fonchito y la luna*	/	/
	2014	*El barco de los niños*	/	/
诗集	2004	*Estatua Viva*	/	/
	2007	*Diálogo de damas*	/	/
译著	1989	*Un corazón bajo la sotana (Arthur Rimbaud) (francés)*	/	/
合集	1999	*Obra reunida : narrativa breve*	/	/
	2004	*Obras Completas. Volumen I: Narraciones y novelas (1959-1967)*	/	/

	Volumen II: Novelas (1969-1977)		
2005	*Obras Completas. Volumen III: Novelas y Teatro (1981-1986)*	/	/
2006	*Obras completas. Volumen VI: Ensayos Literarios I*	/	/
2007	*Obras Completas. Volumen IV: Novelas y Teatro (1987-1997)*	/	/
2010	*Obras Completas. Volumen V: Novelas (2000-2006)*	/	/
2012	*Obras Completas. Volumen IX, Piedra de Toque I (1962-1983); Volumen X, Piedra de Toque II (1984-1999); Volumen XI, Piedra de Toque III (2000-2012)*	/	/

附录二：巴尔加斯·略萨与贝内德蒂论战原文[1]

1. 马里奥·贝内德蒂："既不腐败也不快乐"

马里奥·巴尔加斯·略萨在他的七部小说中表现出的不可否认的才华，二十多年来积累的奖项和荣誉，以及他作品的普及度，让每一个即使不限于文学领域的评论和意见，也产生了合理的期待。近年来，《绿房子》的作者在解释自己偏好和政治觉悟时，表现出一定的担忧。前者包括，例如，费尔南多·贝朗德·特里领导的本国政府；后者包括古巴革命和早前的桑地诺革命。从 1960 年至今，巴尔加斯·略萨在政治倾向上发生了惊人的转变，尽管他总是竭力表现出对自由的特殊奉献；但事实是，15 年前，他得到了拉美左派的热情支持，而今天，他却又得到了右派的奉承和支持。显然，在这两者之间存在着广泛地对作者的误解，但无论如何，这些误解都是需要考虑的问题。左派往往在狂热中犯错，右派几乎从不犯错。

在我看来，一个作家，尤其是像巴尔加斯·略萨这样广为人知和备受钦佩的作家，会感到极大的现实的压力，以至于经常向世界宣示自己的观点，这是绝对合理的。许多拉美知识分子尽管没顺从或盲目服从于略萨，但我们仍然拥护古巴和尼加拉瓜革命的事实并不妨碍我们理解伤害、侵犯甚至破坏了其他知识分子的某些准则和标准的虚幻现实。因此，虽然巴尔加斯·略萨只是表达他个人对他所认为的理想政治制度的看法（这种模式多年来从古巴

1　全文由本书作者翻译。

传播到以色列），以及他面对艰辛的革命进程所作出的无情判断，并且他与大多数拉美知识分子的立场差异仍在不断拉大，但相互之间的尊重依然存在。今天，巴尔加斯·略萨明确承认（见 1984 年 1 月 2 日罗马《全景》采访），坦率地说，他的立场是我们各国知识分子中的少数。

　　这一发现不仅使他震惊和恼怒，也让他陷入了一种不满的情绪中。这在拉美世界中并不常见，因为在拉美文化世界中，各种不同的、甚至是矛盾的方式一直共存。我经常阅读巴尔加斯·略萨的文章和媒体的采访。然而，在上面提到的《全景》报道中，我第一次发现一些断言，这些是前所未见的。我之所以能读到那篇报道，是因为有朋友从意大利寄给我，并且报道里直接影射了我。采访人瓦莱里奥·里瓦给有关文章起了一个标题为《腐败与快乐》，总结了这位杰出对话者对拉美同仁的诊断。他只提到了三个例外（他澄清说"必须用手电筒寻找"）： 奥克塔维奥·帕斯（Octavio Paz），豪尔赫·爱德华兹（Jorge Edwards）和埃内斯托·萨巴托（Ernesto Sábato），但我怀疑最后一位是否因为出现在三人名单中而洋洋自得。巴尔加斯·略萨认为，帕迪亚事件恢复了他的个人主权，从此他不再像许多同仁那样，觉得自己是"僵尸、机器人、狗"。他在欧洲的知识分子和拉丁美洲的知识分子之间划出了一条分界线："在欧洲的左翼知识分子中已经涌现了积极的反思浪潮，但在拉丁美洲，大多数人还处于条件反射和服从状态下"。当瓦莱里奥·里瓦问他这些"条件反射的知识分子"有多少，是谁时，巴尔加斯·略萨回答说："加西亚·马尔克斯，马里奥·贝内德蒂和胡利奥·科塔萨尔"。这些是最出名的，但还有无数的中、小知识分子，他们都是百分百的被操纵者、服从者、腐败者，被面对极左派妖魔化机制的条件反射的害怕所腐蚀。（…）十分可敬的知识分子吞下声名狼藉的谎言，只是为了不被这种诽谤机制击垮。"

　　我明白巴尔加斯·略萨本人并不能佐证其理论的可接受性，因为多年来他一直在与我们一些最坚定的信念任意地唱反调，然而他似乎并没有被撕碎：我不仅不记得有人称他为"腐败和快乐"，甚至是"巴甫洛夫的狗"，反而记得他同这个世界上其他少数作家一样，被提拔、赞扬、编辑、奖励和翻译。也许他可以成为一个例子，说明一个作家除了创作优秀的作品外，攻击左派的立场和态度，也能获得支持。其实，巴尔加斯·略萨作为一个被压垮的知识分子的典范，并不是很有说服力。

　　他接着说："在第三世界国家，特别是在拉丁美洲，知识分子是不发达的一个基本因素。知识分子不是一个与不发达作斗争的人，因为他是一个很好的陈旧观念的传播者，并创造了条件性的知识反射。他通过重复所有宣传的老生常谈，最终阻碍了创造新的、解放公式的任何可能性"。我的印象中，条件反射理论一直在影响着巴尔加斯·略萨。由于巴甫洛夫，我们现在知道，不发达并非发达和不发达的帝国主义的结果，不是遥不可及的跨国'舶来品'，也不是普遍文盲之产物，而是有文化的恶性知识分子的结果。这是一个启示，尽管我们很难想象卡彭铁尔或聂鲁达比联合水果公司（la United Fruit）或阿纳康达铜矿公司（la Anaconda Copper Mining）更应该为我们的苦难负责。当巴尔加斯·略萨提到大多数拉美作家的腐败（和快乐）的特质时，他很可能想到的是莫斯科的黄金。我们很抱歉让他失望。即使是我们当中最优秀的螺丝钉机器人也没有机会获得这一份黄金。我想他指的不是社会主义国家的著作权，一是因为版税很难收取，二是因为巴尔加斯·略萨的作品曾在共产主义出版社大量出版。

像巴尔加斯·略萨这样艺术水平很高的知识分子，应该被要求以最起码的严肃态度对付政治言论，特别是当这些言论使其同行的操守受到质疑时。贝内德蒂认为，"在这个地区有那么多知识分子被迫害、被禁止、被流放，在这里至少有 28 位诗人（包括他的同胞哈维尔·赫劳）因政治原因而丧生；这里也曾经历过鲁道夫·沃尔什（Rodolfo Walsh）、哈罗尔多·孔蒂（Haroldo Conti）、帕科·乌隆多（Paco Urondo）大屠杀，以及胡利奥·卡斯特罗（Julio Castro）的失踪；罗克·道尔顿（Roque Dalton）和伊比罗·古铁雷斯（Ibero Gutiérrez）的暗杀；卡洛斯·基哈诺（Carlos Quijano）和胡安·卡洛斯·奥内蒂（Juan Carlos Onetti）的监禁；以及毛里西奥·罗森科夫（Mauricio Rosencof）的酷刑和莱昂内尔·鲁加马（Leonel Rugama）的英勇死亡；在这样充斥着歧视和危险、威胁和犯罪的框架内，谈论腐败和快乐至少是一种令人无法忍受的轻率态度"。

既不腐败，也不快乐。第二个修饰语几乎与第一个修饰语同样严重，它揭示了当今支撑且深入拉丁美洲文化的对人类物质的无知。如果拉丁美洲每分钟就有一名儿童因饥饿或疾病而死亡；如果危地马拉每五分钟就有一次政治暗杀；如果阿根廷有三万名失踪人员，我们怎么能高兴？

我承认，在内心深处有阵阵怨气，因为我不认同巴尔加斯·略萨的想法，而这种病毒式的进攻，让我相当失望。正因为我作为一个读者非常喜欢巴尔加斯·略萨的作品，所以我对这种不公正的抨击，感到特别难过，因为我们虽然可能没有他那么好，但却像他一样，每天都在与文字斗争，并试图把它变成文学、变成每个人的遗产。我们没有得到起码的尊重。我们早已认命了，他不和我们在一起，不在我们的战壕里，而是和他们在一起，在我们对面的战壕里；但另一方面，我们又不能认命，因为意识形态上的分歧，或者是在名声光辉豁免的掩护下，他采用低级的打击，不正当的游戏，来加强他可敬的论点。幸运的是，巴尔加斯·略萨的文学作品明显比他本人更左派。而且将继续被僵尸、机器人和巴甫洛夫的狗愉快地阅读。

2. 马里奥·巴尔加斯·略萨："同名者"专栏（1）

我的朋友马里奥·贝内德蒂的文章指责我政治轻浮和诉诸手段（在关于意识形态，题为"也许源自名声的庇护权"辩论中，采取的不光彩打击手段和非法行为 。这些出现在《国家报》报纸上（1984 年 4 月 9 日），后来在世界一半地区（从荷兰到巴西）广为传播。

虽然几年不见，我们的政治理念也日渐疏远，但我对他这个在六七十年代便共同从事政治和文学事业的伙伴的感情没有改变，我对他那优秀诗歌才华和叙事能力，也始终钦佩不已。我甚至是他文章的忠实读者，尽管经常与他的文章意见相左，但我认为他的文章是写好新闻的典范。我很抱歉，在意大利《全景》杂志上刊登的那篇采访中，他认为我在侮辱他，而且瓦莱里奥·里瓦还堂而皇之地称他为"腐败和快乐"。有一点我很清楚，只有把侮辱性的东西排除在知识争论之外，才能使知识辩论成为可能，我不希望任何人在署名为我的文字中找到它们，哪怕是用放大镜搜索。我不太确定，从访谈中，贝内德蒂了解到多少，才意识到当他接受这些采访时，人们是一个受害者，尤其是当这些采访与政治主题接壤时，尤其是当谈到拉丁美洲时，政治主题总是炽热的。

《全景》采访忠实于我所说的内容，而不是断章取义。我在采访中提到的一些问题，确实需要进一步研讨与调和。由于这些问题具有突出的时效性，值得在争议中和那位与我同名的人再次真诚地讨论。

第一个是：知识分子，是我们国家政治不发达的一个因素。我强调政治，因为这是问题的关键。自相矛盾的是，同一个人，在诗歌或小说中表现出胆识和自由，表现出打破传统和惯例以及理性地更新形式、神话和语言的能力，但在意识形态领域却令人不安地因循守旧，在这种情况下，他以谨慎、胆怯、温顺的态度，毫不犹豫地把让人难以相信的教条，甚至仅仅是宣传的口号变成自己的，或以自己的威望来支持它。

让我们来研究一下贝内德蒂提到的、并嘲讽地问我的两位伟大作家——聂鲁达和卡彭铁尔的情况。他们比联合水果公司（la United Fruit）或阿纳康达铜矿公司（la Anaconda Copper Mining）更应该为我们的苦难负责。

我有聂鲁达在本世纪用西班牙语写出的最丰富、最自由的诗歌，这种诗歌与毕加索的绘画一样广阔，其中有神秘、惊奇、极度的简单与复杂、现实主义与超现实主义、抒情与史诗、直觉与理性，以及与发明能力一样伟大的工艺。以这种方式革新诗歌语言的人，怎么可能是写诗赞美斯大林的纪律严明的好战分子，他没有受到斯大林主义的所有罪行—肃反运动、集中营、伪造的审判、大屠杀、僵化的马克思主义——的影响，没让他感受到一丁点的道德触动，没有受到许多艺术家陷入的任何冲突和困境的影响。聂鲁达的政党身份带来的条条框框，是他作品中整个政治层次的桎梏。在他身上没有任何道德上的表里不一：作为一个政治家和作家，他对世界的看法是摩尼教式的、教条式的。由于聂鲁达，无数拉美人发现了诗歌；由于他——他的影响是巨大的——，无数的年轻人开始相信，打击帝国主义和反动的罪恶的最有价值的方法就是用斯大林主义的正统思想来反对它们。

阿莱霍·卡彭铁尔不同于聂鲁达。他优雅的小说中包含着深刻的怀疑和悲观的历史观，它们是美丽的寓言，精致的博学和巧言令色，写的是关于人类事业的徒劳。在最后几年，这位美学家试图写乐观的小说，更符合他的政治立场。这一定侵犯了他的创造力的根本中心，伤害了他无意识的视觉，因为他的作品变得艺术上的贫困。但这位伟大的作家给他的拉美读者上了什么政治道德课呢？一个尊敬的革命官员，在巴黎的外交岗位上，完全放弃了与其说是批评的能力，不如说是政治思考的能力。自 1959 年以来，他在这一领域所说、所做或所写的一切都不是一种意见——这意味着冒险、创作、冒着成功或错误的风险——而是对他所服务的政府的命令的虚伪地重复。

我肯定会被指责为小题大做，愚钝无知：难道一个聂鲁达或卡朋蒂埃的文学贡献还不足以让我们忘记他的政治行为吗？难道我们要以审问者的姿态回归，不仅要求作家在创作上严谨、诚实、大胆，而且在政治和道德领域也要如此？我想马里奥·贝内德蒂和我在这一点上会达成一致。

在拉美，作家不仅仅是一个作家。由于该地区问题的严重性、根深蒂固的传统，由于我们有表达自己意见的立场和方式，我们也期望他为解决问题作出积极贡献。这也许是天真和错误的，但对我们拉丁美洲人来说，人们更加乐意把作家的唯一功能看作是用他或她的书来娱乐或陶醉大众。但贝内德蒂和我知道，情况并非如此；我们也被期望——更多的是被要求——不断地说出正在发生的事情，并帮助其他人表明立场。这是一个巨大的责任。当然，作家可以推脱，仍然可以写出名作。但那些不回避它的人有义务，在那个他们所说和所写的东西会在别人的行动和思考中产生反响的政治领域里，要像做梦时一样诚实、严谨和小心。

无论是聂鲁达还是卡朋蒂埃，似乎都没有履行这种公民职能，因为他们履行的是艺术职能。我对他们和那些像他们一样的人的指责在于，他们认为一个左派知识分子的责任在于无条件地服务于一个党或一个贴着这个标签的制度，而不是指责他们是共产主义者。他们的所作所为称不上是一个作家：没有自己重新加工，没有同他们所宣扬的事实、思想、憎恶、成见或口号进行比较；他们是没有想象力、没有批判精神的共产党人，放弃了一个知识分子的第一职责：自由。许多拉美知识分子放弃了思想和冒险的独创性，这就是为什么我们之间的政治辩论通常如此糟糕：谩骂和陈词滥调。这种态度在拉丁美洲作家中或许占多数，这似乎鼓励了马里奥·贝内德蒂，让他有一种胜利感。这让我很苦恼，因为这意味着，尽管我们大陆开出了非常丰富的艺术之花，但我们还没有从意识形态的蒙昧中走出来。

幸运的是，在我们的政治文学所特有的知识贫乏中，也有一些例外，比如我在采访中引用的作家：帕斯、爱德华兹、萨巴托。当然，不是只有他们。近年来，仅以墨西哥为例，像加布里埃尔·扎伊（Gabriel Zaid）和安里奎·克劳泽（Enrique Krauze）这样的作家都写出了关于时政和经济事务的精彩文章。但为什么这些例子如此罕见？我想有两个原因。第一，军事独裁的灾难和恐怖，使急于打击军事独裁的作家们选择了他们认为最有效、最快捷的方式，避免任何可能被混淆为软弱或"把武器交给敌人"的、含糊或疑虑。第二种：如果你左派进行批评，就会感到恐惧，因为左派在拉丁美洲不善于产生独创性的思想，而它的批评者却表现出无法比拟的歪曲和诽谤艺术的本领（我有一箱剪报可以证明这一点）。

贝内德蒂列举了不少被拉美独裁政权谋杀、监禁和折磨的诗人和作家（我想说，他忘了提到古巴，就像岛上没有作家被监禁，该国流亡的知识分子也没有几十个。另一方面，由于疏忽，他把罗克-道尔顿置于帝国主义烈士之列：事实上，他是宗派主义的烈士之一，因为他是被自己的同伴谋杀的）。我曾经怀疑过这些独裁政权的嗜血和愚蠢的性格吗？我对它们的憎恶和贝内德蒂一样。但是，无论如何，这些谋杀和虐待行为都显示了犯罪者的残忍和盲目，而不一定是受害者的政治洞察力。当然，他们中的一些人有，一些人则没有。英雄主义并不总是源于清醒，它往往是狂热主义的产物。问题不在于我们独裁政权的残暴性（这一点我和贝内德蒂都同意），而在于需要尽快结束独裁政权。问题是：我们用什么来代替他们，是用我所希望的民主政府，还是用其他独裁政权，比如他所维护的古巴政府？就像我们两个马里奥都很喜欢的长篇小说一样，明天继续。

3. 马里奥·巴尔加斯·略萨："同名者"专栏（2）

捍卫拉丁美洲的民主选择，并不是排除任何改革，哪怕是最激进的措施，以解决我们的问题，而是要求通过选举产生的政府来进行改革，并保证创造一个没有人因其思想而受到歧视的法治国家。

当然，这个方法并不排除列宁主义政党上台，比如说，把整个经济状况统计出来。我不希望我的国家出现这种情况，因为我相信，如果国家垄断生产，自由迟早会消失，没有什么能证明这个模式——以及它的巨大代价——能使一个社会（摆脱不发达状态）。但如果这是秘鲁人投票支持的模式，我将为他们的决定争取尊重，争取在新政权内生存的自由（这不是一个学术性的假设：在上次的市政选举中，极左派赢得了利马的市长职位，还有其他许多人在全国其他地方赢得了市长职位）。

我反对古巴政权，就像反对智利、乌拉圭或巴拉圭政权一样，并不是因为它们有什么不同之处（很多）而恰是因为它们的共同点：它们所实行的政策都是纵向决定和实施的，受害或受益的人民无法批准、反对或修改这些政策。至于这些具体政策的性质，我一向不喜欢泛泛而谈，而是喜欢具体地谈（反对死刑，反对任何外国干涉，赞成国家对经济的适度干预，等等），并警告说这些意见有时并不是毫无疑义的，因此可以修改。我认为14年前唯一保持坚定立场的就是捍卫某些游戏规则，而这些规则允许社会中不同观点的并存，以及采取最佳措施来抵抗镇压，审查和民政，这三者已然标榜了我们的历史，并使我们陷入经济不发达和政治野蛮状态。

为什么在反对我和马里奥·贝内德蒂的对话中会有这种自白？为什么一

个作家在拉美地区要为这一问题辩护是非常困难的？谁为它辩护，就会很快发现自己陷入了我提到的瓦莱里奥·里瓦（Valerio Riva）诋毁机制中，这个机制适合意识形态领域的两个极端，除了鼓吹这个谬论外，它在各方面都保持着距离：对拉丁美洲人民来说，选择的不是民主和独裁（马克思主义或新法西斯主义），而是皮诺切特和菲德尔·卡斯特罗所体现的反动和革命。

每次征求他们的意见时，拉丁美洲人民都证明了这种选择是错误的。这就是他们最近在阿根廷、委内瑞拉和厄瓜多尔所做的事情，他们投票给那些更偏右或更偏左的政府，这些政府在本质上是明确的民主。甚至在不太真实的选举中——因为有舞弊或因为极左派没有参加——如在巴拿马和萨尔瓦多的选举中，也清晰可见，民众的授权也是支持慎重和宽容。

然而，大量的拉美知识分子拒绝看到这一证据——民众共存和共识的意愿，并将民主选择仅仅视为一场闹剧。这样一来，就造成了民主运行得不好，经常崩塌。他们的弃权或敌意使各国人民的这一民主选择无法充满原创性的想法，无法具有创新的知识实质，也无法有效地适应我们复杂的现实。此外，我们的革命知识分子也是对这个问题进行辩论的一个相当大的障碍，因为按照旧的革除教籍的蒙昧主义传统，他们会让那些为这一选择辩护的同僚们陷入意识形态的地狱中（反动）。

马里奥·贝内德蒂这样评价我："我们早已认命了，他不和我们在一起，不在我们的战壕里，而是和他们在一起……"他们是谁？谁和我在对面的战壕里？贝内德蒂是一个流亡者，是国家军事独裁政权的受害者，是最可怕政权的敌人，比如斯特罗斯（Stroessner）和娃娃医生（Baby Doc.）的政权。如果我是他的敌人之一，那么我就是这些害虫中的一员。否则，怎么理解这句话所暗示的含义呢？这让我和那些显然和我处于同一战壕里的废物们感到困惑。有一场战争，两个敌人对峙。一边是反动，一边是革命，剩下的是文学吗？

这就是我所说的引起哄堂大笑的妖魔化机制，他自己的文章不是证明了这种机制的存在吗？我的书确实是在共产主义国家出版的。但是，与他不同的是，他可以用他的文章来解释他是什么以及他在政治上想要什么，而我则必须花费大量的时间、墨水和耐心来澄清我不是什么，并纠正那些拒绝区分拉丁美洲民主制度和右翼独裁的人对我的歪曲和讽刺。

就在几周前，为了不被误解，我不得不向一些被与我同名的人所写的文章所迷惑的荷兰读者解释说，与文章所暗示的相反，我和他一样是流放他的暴君的对手，我们的分歧不在于我捍卫反动，而他捍卫进步。而显然是，我同样批评所有流放（或监禁或杀害）其对手的政权，而他却认为如果以社会主义的名义这样做就显得不那么严肃。我是不是正在反过来讽刺他的立场？如果是这样，我收回。但事实是，我不记得我曾读到过他对任何社会主义国家侵犯人权行为的任何告诫或抗议。还是说这些行为在那里没有发生？

与妖魔化作斗争是漫长、枯燥、令人沮丧的，许多拉美知识分子宁愿不打这场仗，保持沉默或认命地接受诬诈也就不足为奇了。如果对贝内德蒂这样的作家来说，不可能区分民主的支持者和法西斯主义者——他把他们混同于他僵硬的意识形态几何学中：他们和我们。那么，对于那些与他有同样的政治亲和力，却缺乏文化、睿智和规则的人，又能指望他们做些什么呢？

我知道会发生什么：例如，米尔科·劳尔（Mirko Lauer）的新闻思辨（举最糟糕的例子）。当然，谩骂是最起码的。其余的就是发现自己不断地处于一种荒谬的境地，被拖入一场贫乏的辩论，被拖入一种拳击游戏的阴沟中的感觉。当你试图谈论言论自由的问题，并被问及你的收入是多少，为什么你在这样的报纸上而不是在其他报纸上写文章，以及你是否知道是谁资助了你参加的大会时，就会发生这种情况。这些都表明，你似乎受到了右翼的奉承和支持。那些在辩论中使用这些论点的人很清楚事实不是这样，而是不断诋毁你的流言蜚语。那么，他们用这些论点做什么呢？恰恰是为了避免辩论；因为在那个对我们造成巨大损害的意识形态绝对主义传统中，他们更多地把政治理解为一种信仰行为，而不是理性的任务。这就是为什么他们不想说服或驳斥他们的对手，而是在道德上剥夺他的资格，所以从他口中——从他笔下——出来的一切，因为出自一个被责备的人之口，就应受到谴责，甚至不值得驳斥。

然而，尽管如此，必须打破这种恶性循环，必须努力确保建立对话并吸引越来越多的知识分子。只有这样，政治才会像文学那样，在我们中间成为思想、试验、多元、创新、幻想、创造的整合。与他对我的看法不同，我认为马里奥·贝内德蒂所捍卫的立场应该拥有城市的权利，因为社会主义也好，马克思主义列宁主义也好，其思想对拉丁美洲有很多贡献。我只要求他承认，任何立场都没有绝对的特权，因此，所有的人都必须与对手进行对话，以丰富内容，修改或加强我们的观点。与我们对立的不是内容，而是这些内容必须通过什么形式来实现。因此，让我们讨论一下政治形式。

很多人会觉得这是浪费时间。但我们作家知道，形式决定文学的内容。形式是政治秩序中的手段。以文明的方式讨论媒体，已经是一种文明，是为我们这片土地的进步做出的贡献。因为拉美地区的政治媒体需要像经济和社会秩序一样进行深层次的改革，这样才能真正摆脱不发达状态。

4. 马里奥·贝内德蒂："既不是愤青，也不是机会主义者"

马里奥·巴尔加斯·略萨在最近的荷兰之行中似乎不得不回答我文章中"既不腐败也不快乐"有关的几个问题。这篇文章最初发表在《国家报》上，后来被荷兰《大众报》转载。而我则受到骚扰（几天后我在阿姆斯特丹），对我的言论提出质疑。由于我不懂荷兰语，我只好依靠我的翻译，他们告诉我，据巴尔加斯·略萨说，"腐败和快乐"的事情是意大利记者瓦莱诺·里瓦的误读，他的意思只是说拉美作家"愤世嫉俗和机会主义"。我手上有一份荷兰《HP》周刊，其中刊登了这篇采访，事实上，它们就在一堆荷兰语单词中间，其中一些单词与其他更容易理解的语言相当相似：拉丁美洲作家（latjnamerikaanse schrijvers）、愤世嫉俗（cynisch）和机会主义者（opportunist）。当一位荷兰记者让我对这些新的鉴定评语发表感想时，我回答说，这也许又是一个新的误解，受访者的意思可能只是说我们是"游手好闲的懒汉和小偷"。

正如巴尔加斯·略萨在他的文章中指出的那样（《同名者》专栏，I 和 II，《国家报》，1984 年 6 月 14 日和 15 日），我们真的已经很多年没有见过面了，这场争论至少让我们知道，我们仍然在愉快地阅读对方的作品。这已经说明，我们的分歧并不是文学作品。这篇新文章并不是为了延长争议。我认为我们已经足够成熟，以至于有一种错觉，即一个人的论点会感动另一个人的信念，反之亦然。我只是认为，纯粹从信息层面记录一些意见和更改是合适的。我们最大的、不可弥补的区别是，巴尔加斯·略萨明白（我不怀疑他的真诚），今天任何一个支持古巴或尼加拉瓜等革命的拉美作家，都不是自由地、出于信念地支持革命，而是因为"意识形态领域令人不安的顺从主义"。我相信（我希望我的同名者也不会质疑我的真诚），绝大多数支持并继续支持这些革命的拉丁美洲作家都是出于自己的选择，而不是因为腐败、愤世嫉俗或机会主义。这就是让我感到欣慰的地方，而不是像巴尔加斯·略萨说的那样，知识分子放弃了思想和冒险的原创性。正因为他们没有放弃自己的思想和风险，所以他们往往成为各种形式的镇压（监狱、酷刑、流放、拒发签证、威胁等）的受害者，所幸的是，他并没有受到这些镇压。

另一方面，当我再提到聂鲁达时，巴尔加斯·略萨只说到"赞美斯大林的诗"，而没有说到他在这方面的自我批评，这一点在《黑岛纪事》和他的回忆录中都有记载。虽然有着相反的思想道路，但聂鲁达关于斯大林的态度演变过程与巴尔加斯·略萨关于古巴的态度演变过程颇为相似。他只把自己的变化判断为自由的标志，却完全没提到聂鲁达的变化。巴尔加斯·略萨责备我说，在引用"许多诗人和作家被拉丁美洲独裁政权谋杀、监禁和折磨"时，我忘了提及古巴。相反，由于疏忽，我把罗克-道尔顿列入"帝国主义的烈士榜单"。实际上，他是教派主义的烈士，因为他是被自己的同志谋杀的。事实上，我说的是 28 位"因政治原因而丧生"的诗人，我并没有把萨尔瓦多诗人"列入帝国主义的烈士之中"。

为了更加稳妥，在我（在哈瓦那和马德里出版）的选集《被截断的诗歌》中，收录了这 28 位诗人，我在谈到罗克-道尔顿时，逐字逐句地说："他加入了萨尔瓦多的一个组织——人民革命军，并秘密地回到了自己的国家，1975年 5 月 10 日，他在自己的国家被该组织的一个极左翼派别暗杀。"另一方面，这本选集收录了五位古巴诗人，他们都是在巴蒂斯塔（Fulgencio Batista）的独裁统治下被谋杀的。因此很明显，革命政府没有杀害任何作家。

我的同名者（略萨）之所以生气，是因为我说的是"他们"和"我们"，推断着我把他列入第一类，就是把他同化为像斯特罗斯（Stroessner）或娃娃医生（Baby Doc.）那样的"害虫"和"废物"的党派，他认为这是一种"妖魔化的机制"。我从来没有想过把《绿房子》的作者和他提到的那些法西斯分子或虐待狂混为一谈。当我说"我们"时，我指的是那些捍卫拉丁美洲革命的人，尽管他们有缺点也可能有错误，但我们认为这些革命是我们人民解放的根本和基础。我说的"他们"指的是被不加以区分的迫害，被拒绝理解，被虚假信息封锁的人。执行这一任务的不仅是"新法西斯"和"害虫们"，也不乏"左翼反动派"。

很明显，我的同名者不再被革命所诱惑；而是呼吁改革，即使是最激进的改革，也要"通过选举产生的政府来进行"（对萨尔瓦多·阿连德的记忆和中央情报局的档案可以证明）。当然，这不包括世界上发生的所有革命，从法国人到苏联人，从墨西哥人到阿尔及利亚人，从古巴人到尼加拉瓜人。也许略萨已经忘记了，即使是美国革命，从宣布独立到第一位立宪总统的选举和就职，也要等 13 年。巴尔加斯·略萨的选举要求却包括索莫萨（Somoza）、斯特罗斯纳（Alfredo Stroessner Matiauda）等统治者和其他"害群之马"，他们从未忘记这一形式上的要求。还包括萨尔瓦多，据巴尔加斯-略萨说，在萨尔瓦多最近的选举中，左派被排除在外，"限制了这一进程，但并没有使选举过程无效"。最后一个案例可能与我国宣布的选举有关。当然，我渴望民主的解决办法，但很明显，如果（按照军方的要求）在没有大赦和禁止的情况下进行这些，这一进程就会失效。换句话说，不同喜好的人都有语义上的民主。

巴尔加斯·略萨所说的我从来没有对社会主义世界中侵犯人权的事实和态度说过消极的话，这是不对的。我们可以说，我从来就不喜欢侵略，在苏联侵略匈牙利和捷克斯洛伐克时，有两篇文章在乌拉圭周报《行进》（*Marcha*）上发表，其中有我的反对意见和我的签名（当然，后者在哈瓦那被转载，尽管它显然与古巴政府的立场不一致）。关于入侵阿富汗的问题，我的否定意见出现在这些网页上发表的不止一篇文章中。

但我认识到，这些不是我想要谈的首要问题。我认为，对于拉丁美洲的经济、社会和政治解放进程来说，敌人不是苏联，而是美国（在最近的一项欧洲调查中，西班牙也表达了同样的观点）。至少到目前为止，我们这些国家所遭受的所有封锁、入侵、拷打、绝育运动和大部分利益，都不是来自苏联，而是来自美国。因此警惕也是有优先顺序的。

由于这些原因，而不是因为愤世嫉俗，我们乌拉圭人不是很理解，例如，巴尔加斯·略萨给由文鲜明（Sun Myung Moon）[2]在哥伦比亚组织的一次知识分子大会带来了声望。我知道，我的同名者对蒙得维的亚的一家报纸宣称，他在那里能够绝对自由地表达自己的观点，我对此毫不怀疑，因为他对左派知识分子普遍进行的无情批评，在南朝鲜人的耳中一定如天籁之音。没有文鲜明或统一教会的追随者，如果您还不知道，我告诉您，文鲜明家族实际上已经入侵了乌拉圭（酒店、银行、报社、出版社、印刷厂等，都是他们令人眼花缭乱的收购对象），所有这些都是与独裁者共谋的。有人说，很快乌拉圭首都将被称为"蒙得维的亚"。独裁者格雷戈里奥·阿尔瓦雷斯中将（Gregorio Álvarez），其近亲是文鲜明在乌拉圭集团的副总裁）曾说过："这是一个以反共产主义为根本基础的宗教派别，它渴望在我国的建筑领域和新闻领域进

2　文鲜明（1920 年 2 月 25 日-2012 年 9 月 3 日），韩国新兴宗教统一教创始人。

行投资。"他还说："关于反共产主义的斗争，显然可以说我们的想法是一样的。"那我所用的带有冲突性的"他们"一词包含的内容也有文鲜明教派还需要澄清吗？

几年前，我同名者以他的职业形象（作家）指出，文学必须永远是颠覆性的，作家必须是一种永远在腐肉周围盘旋的秃鹫。我承认我作为秃鹫的天职实际上是零，也承认当作家认真地地分辨出一些东西来颠覆时，文学的颠覆能力是可行的，也是正当的，但不能把它作为一种永恒的义务，更不能把它作为一种运动。这似乎很清楚，也很基本，如果我为一个更公正的社会而奋斗，当这种变化发生时，即使是主要的变化，试图颠覆这种局面，也等于宣告不公正的回归。我和略萨一样都喜欢长篇小说，然而我不太确定的是，我们在有关不公正问题的立场和思想上是否观点一致。的确，除此之外，剩余的便都是文学，即使它和马里奥·巴尔加斯·略萨的作品一样好。